Millennium

III

Der Weg des Asturiers

Kapitel

1.

Juni 1044 bis Oktober 1044

2.

November 1044 bis Juni 1045

3.

Juli 1045 bis Oktober 1045

4.

November 1045 bis Jänner 1046

5.

Februar 1046 bis Juli 1046

6.

August 1046 bis Juli 1047

Verlag: BoD · Books on Demand GmbH,
In de Tarpen 42, 22848 Norderstedt, bod@bod.de
Druck: Libri Plureos GmbH, Friedensallee 273,
22763 Hamburg
ISBN: 978-3-7693-2790-8

1.
Juni 1044 bis Oktober 1044

Ein Mann lag auf einem mit spärlichen Strohresten bedeckten Steinboden. Ein wuchernder Bart umrahmte sein ausgezehrtes Gesicht, der obere Teil der Kleidung hing in Fetzen, auch die Hose wirkte sehr ramponiert. Er trug keine Schuhe, die Füße lagen in Ketten. Der Körper wirkte ausgemergelt, aber die Augen besaßen einen harten Glanz. Teilweise lagen getrocknete Exkremente herum, in einem Holzkübel befand sich fauliges Wasser. Der Mann setzte sich auf und nahm einen kurzen Schluck. Sein Blick streifte herum, anschließend lehnte er den Kopf gegen die Wand der kleinen Zelle in einem der Gefängnisse der Stadt Tunis. Diese lag an einer flachen Lagune, im Norden befand sich die Insel Chikli. Die Bucht stellte einen Teil des mittelländischen Meeres dar. Das Gefängnis lag innerhalb der Stadt, es gab mehrere mit vielen Zellen. Tunis lag südlich der antiken Stadt Karthago, deren Überreste dem Bau anderer Siedlungen dienten. Als Teil des Reiches der Berberdynastie der Ziriden stand sie im Schatten der mächtigen Städte Mahdia und Kairouan, die südlich an der Küste und im Hinterland lagen. Die Ziriden residierten unter ihrem Herrscher Al-Muʿizz ibn Bādīs az-Zīrī in der Stadt Kairouan. Er repräsentierte den vierten Herrscher der Dynastie. Eine verwandtschaftliche Beziehung gab es zu den herrschenden Ziriden im Taifakönigreich Granada in Hispanien. Trotz einiger Gebietsverluste in Tripolitanien und zunehmender Abhängigkeit zum Kalifengeschlecht der Abbasiden in Bagdad herrschte lange Jahre ein wirtschaftlicher Wohlstand, der erst in den letzten Jahren zurückging. Hungersnöte, Epidemien und hohe Tribute an die Fatimiden, dem Herrschergeschlecht in Kairo, schädigten das Land und ihre Bewohner. Der Gefangene kannte die Namen und Städte aus Schriften und Karten. Er befand sich seit zwei Monaten in diesem Gefängnis. Der Mann hieß Ramon und stammte aus Asturien. Mittlerweile war er sechsundzwanzig Jahre alt und fristete ein erbärmliches Dasein. Er kannte den Grund nicht, warum ihn die Berber am Leben ließen. Vermutlich wegen seines Verhaltens, die Wächter ständig zu attackieren. Sie schlugen ihn regelmäßig, vor allem der Kommandant, er nannte sich Ridwan. Dieser machte sich oft über den Gefangenen lustig. „Es ist gut, dass du bei mir bist, Christ. Mein Name bedeutet „Wächter des Paradieses" und ich verspreche dir, dass du dich wohl fühlen wirst." Er lachte nach diesen Worten und fühlte sich als Herr über Leben und Tod. Ridwan schlug die Gefangenen bei Widerstand, manche wurden gefoltert, die anderen hörten ihre Schmerzensschreie. Ramon musste mehrere Folterungen über sich ergehen lassen, nicht nur in Tunis, aber sein Körper hielt noch stand. Er versuchte, sich immer wieder zu bewegen und den Körper zu kräftigen, trotz des schlechten Essens und fauligen Wassers. Sein Blick fiel auf das kleine Kerkerfenster, durch das spärlich Licht in das Innere strahlte. Das Gebäude lag am Rand der kleinen Stadt und verfügte über zwei unterirdische Geschosse, dazu ein Erdgeschoss, in dem seine Zelle lag. Im sechsten Monat des Jahres stiegen die Temperaturen stetig an, die Hitze nahm zu, die beiden schlimmsten Monate im Sommer standen aber noch bevor. Er erblickte den blauen Himmel, Sehnsucht überkam ihn. Seine Heimat Asturien fiel ihm ein, die er vor fünf Jahren endgültig verließ. Ramon entstammte einer Familie aus dem Dorf Esperanza, dass in der Nähe der Hafenstadt Gijon lag. Diese Region war Teil des Königreichs Leon, Galizien und Kastilien, dass von König Fernando I. und dessen Gemahlin Sancha regiert wurde. Neben den Königreichen Navarra und Aragon stellte es das mächtigste christliche Königreich in Hispanien dar. Seit Jahrhunderten tobte der Kampf zwischen den Religionen auf der Halbinsel. Nach langen Jahren der maurischen Vorherrschaft zerfiel das Kalifat von Cordoba in kleinere muslimische Königreiche, die Taifas genannt wurden. Sein Vater Rey entstammte der Stadt Oviedo und präsentierte sich als stolzer Asturier. Die Geschichte dieses Landes war eng verbunden mit dem christlichen Widerstand gegen die einfallenden muslimischen Mauren. Als letzter Herrscher aus dem Königshaus Asturien fiel Bermudo III. in der Schlacht von Taramon vor fast sieben Jahren gegen seinen Schwager Fernando I. Ein Jahr später wurde dieser zum mächtigsten König der Christen gewählt. Ramon nahm als Neunzehnjähriger an der Schlacht teil, trotz Bedenken seiner maurischen Mutter Safia. Diese entstammte einer Familie eines hohen Verwaltungsbeamten im arabischen Valencia und konvertierte vor der Hochzeit mit seinem Vater zum Christentum. Sein Großvater Tariq ibn Salman gehörte in Valencia bis zu dessen Tod zu den mächtigen Männern. Die Verbindung eines Christen mit einer arabischen Maurin entsprang einer großen Liebe, die bis heute anhielt. Ramon hoffte, dass seine Eltern noch lebten. Sein Vater Rey verlor den Großteil des linken Armes in der Schlacht, weitere schwere Verletzungen an den Beinen ließen ihn leicht hinken. Auch der Hidalgo des Dorfes Esperanza, Madoc, erlitt schwere Verletzungen. Die beiden führenden Männer von Ramons Heimatort überlebten aber die Schlacht, im Gegensatz zu vielen anderen Soldaten. Trotz ihres Alters von über Fünfzig folgten sein Vater und der Hidalgo des Dorfes mit Gefolgsleuten und Söhnen ihrem geleisteten Eid gegenüber Fernando I. Ursprünglich diente das Dorf dem Königsgeschlecht der Asturier, dessen letzter König Bermudo III. auf Hilfe verzichtete und sie schlecht behandelte. Deshalb entschied der Hidalgo Madoc, sich dessen Schwester Sancha und deren Mann Fernando I. anzuschließen, was sich im Nachhinein als richtige Entscheidung erwies. Das Dorf Esperanza konnte weiterhin existieren und seinen Wohlstand ausbauen. Es ging auf eine frühe Siedlung zurück, die vor Jahrhunderten entstand. Kinder eines Kelten und einer Römerin gründeten die erste Siedlung. Der Kelte Madoc und seine Frau Leia, eine Nachfahrin der Gründerfamilie, ließen das Dorf in altem Glanz erstrahlen. Gemeinsam mit ihren Freunden Rey und Safia, Ramons Eltern, leiteten sie Esperanza und führten es zu einem Wohlstand, auf den andere bisweilen mit Neid blickten. Aber ihre Loyalität zum König und dem Adel und ihre Fähigkeiten in Kampf und Wirtschaft wurden geschätzt und respektiert. Die Haupteinnahmen des Dorfes und der Geschäfte in den umliegenden Städten stammten aus Verkäufen des bekannten Apfelweins, aber auch anderer Waren. In der Hafenstadt Gijon führte Madocs Sohn Brios mit seiner Frau Nela die Geschäfte für die Familien in Esperanza. Auch in Oviedo, Leon und Santiago de Compostela gab es erfolgreiche Zweige. Die Schlacht von Tamaron erwies sich als sehr verlustreich für das Dorf, einige Männer kamen ums Leben, die beiden Anführer wurden schwer verletzt. Fabio, der älteste Sohn von Madoc und Leia, fiel in der Schlacht.

Seine Witwe Aida lebte mit dem gemeinsamen Sohn in der Stadt Oviedo, sie heiratete nach der Trauerzeit einen anderen Mann. Rey und Madoc mussten ihrem Alter und den Nachwirkungen der Schlacht Tribut zollen. Der Hidalgo legte sein Amt zurück, aber sein Sohn Brios verzichtete auf die Übernahme des Dorfes. Er blieb in Gijon. Ansonsten gab es keine anderen Kinder, die in Asturien lebten. Die Führung von Esperanza wurde von Ramons ältestem Bruder Rafael und dessen Frau Alaia übernommen. Dies wurde vom König bestätigt. Die feierliche Zeremonie in Esperanza mit der Übertragung des Amts des Hidalgos durch einen königlichen Beauftragten erwies sich als der letzte Aufenthalt Ramons im Dorf. Es gab zuvor Vorbehalte wegen der maurischen Abstammung seines Bruders, aber diese konnten aufgrund der ausgezeichneten Referenzen der Familien und des Dorfes zerstreut werden. Geldgeschenke halfen bei der Entscheidung. Rafaels Frau Alaia entstammte einer befreundeten Familie aus der Stadt Donostia – San Sebastian. Sie war die Tochter des Basken Danel und der Wikingerin Yrsa, die langjährige Freunde und Geschäftspartner seiner Eltern und Esperanza darstellten. Ramon mochte seine temperamentvolle Schwägerin. Sie passte als neue Hidalga zum Bild der selbstbewussten Frauen des Dorfes. In Esperanza wurden die Frauen unter Leitung der Patronin Leia und Ramons Mutter Safia in Sprachen und Kampfkünsten ausgebildet, je nach Willen und Talent. Safia sprach Griechisch, Latein, Spanisch und Arabisch und verfügte über enormes Wissen über die Geschichte der Araber und Europäer. Gemeinsam mit Leia lehrte sie die Kindern viel Wissen, das in vielen anderen Dörfern nicht bekannt war. Die Männer und gewillte Frauen erhielten Kampfausbildung durch Madoc, Rey und deren Gefolgsleute. Das Erfolgsrezept des Dorfes hieß gleiches Recht für Frauen und Männer, manchmal misstrauisch beobachtet von der Umgebung, vor allem von der religiösen Oberschicht. Stolz und selbstbewusst präsentierten sich die Bewohner dem restlichen Asturien. Der Anführer des Dorfes achtete bis zu seinem Rückzug darauf, dass die geltenden Regeln der männlichen Dominanz im Austausch mit dem Adel und anderen Dörfern eingehalten wurden, um sich nicht den Unmut der Herrschenden zuzuziehen. Bis jetzt funktionierte das System Esperanza. Einige fremde Männer besuchten das Dorf, um für immer zu bleiben. Sie ehelichten stolze Frauen. Nach dem tragischen Verlust einiger Dorfbewohner in der Schlacht zeigten sich die Witwen stark und wurden von der Gemeinschaft gestützt, manche heirateten erneut. Der Tod ihres ältesten Sohnes Fabio setzte Madoc und Leia zu. Da die älteste Tochter Elena in Donostia lebte und die zweite Tochter Isabella verschwand, blieb nur Brios, der aber Gijon dem Dorf vorzog. Daher übernahm die zweite führende Familie die Leitung. Ramon freute sich für seinen Bruder Rafael. Seine Schwestern Maria und Sara lebten mit ihren adeligen Männern in Santiago de Compostela und Leon, der zweitälteste Bruder Juan diente in der Leibgarde des Königs von Navarra in Pamplona. Ramon erwies sich als der Jüngste und Umtriebigste seiner Geschwister. Er liebte den Kampf, das Abenteuer und vor allem die Weiblichkeit. Seine Mutter ermahnte ihn ständig, die Frauen im Dorf in Ruhe zu lassen und keine Kinder zu zeugen. Zum Glück wussten die weiblichen Bewohnerinnen Esperanzas dank der Patronin Leia mehr über den weiblichen Körper, als die meisten Frauen ihrer Zeit. Dieses Wissen ermöglichte ihnen, den Zeitpunkt der Fruchtbarkeit halbwegs einschätzen zu können. Ramons Triebhaftigkeit und seine Beliebtheit unter den Frauen führten zu Streitigkeiten mit eifersüchtigen Männern, auch in den Städten Gijon und Oviedo. Er erinnerte sich an die zweitälteste Tochter von Leia und Madoc, Isabella. Die rothaarige Frau erwies sich als beste weibliche Kämpferin und als sehr leidenschaftliche Frau. Nach dem Tod ihres Ehemannes führte sie ein zügelloses Leben, auch er profitierte davon in seiner Jugend. Sie verschwand vor einigen Jahren mit dem hünenhaften Basken Nael, der der befreundeten Familie aus Donostia entstammte. Die beiden führenden Familien Esperanzas und jene im Baskenland waren freundschaftlich eng verbunden, dessen Band durch gewisse Ehen verstärkt wurde. Es gab starke wirtschaftliche Beziehungen. Die Basken verfügten über Kontakte zu den Nordmännern und nutzten fischreiche Gründe der Wikinger. Niemand wusste, wo sich Isabella und Nael befanden. Ihre Reise sollte sie nach Rom führen, der Stadt des Papstes, dort verlor sich ihre Spur. Beide Elternteile schienen aber überzeugt zu sein, dass sie noch lebten. Ramons Mutter Safia pflichtete dieser Ansicht bei. „Eine Mutter spürt dies, ob ihr Kind noch lebt", sagte sie mit Überzeugung. Ein Lächeln trat in sein Gesicht, als er an seine hochintelligente und auch im Alter noch schöne Mutter dachte. Als er mit seinem schwerverletzten Vater von der Schlacht aus Tamaron zurückkehrte, schüttelte sie nur den Kopf. „Hast du jetzt genug vom Kämpfen, Rey? Du bist und bleibst ein Dummkopf, alter Mann", sagte sie laut, aber in ihren Augen stand die Freude über seine Rückkehr. Sie freute sich darüber, dass beide lebend zurückkehrten. Die beiden hochrespektierten Frauen von Esperanza, Leia und Safia, leiteten weiter die örtliche Schule und pflegten ihre Männer, die sich als zäh erwiesen. Ramon spürte die Liebe und das Vertrauen innerhalb dieser Paare. „Irgendwann wirst auch du diese Frau finden, die dich fordert und dein Verantwortungsbewusstsein fördert. Du bist ein schlimmerer Dummkopf als dein Vater, aber du bist mein Sohn", sagte seine Mutter Safia einmal. Sie belehrte ihn oft, aber ihr Jüngster erwies sich als ihr Lieblingskind, vermutlich weil er dem Vater am ähnlichsten war. Nach der Einführung seines Bruders Rafael als neuer Ortsvorsteher von Esperanza verließ Ramon das Dorf. Er begab sich in den Dienst des Königs, der auf seine kämpferischen und sprachlichen Fähigkeiten zurückgriff. Dem königlichen Wunsch konnte sich seine Mutter nicht verwehren. Er erinnerte sich an das Gespräch mit König Fernando I. und dessen Berater. „Deine arabische Herkunft wird manchmal kritisch beäugt, aber es gibt viele Kinder aus solchen Verbindungen. Du bist gebildet und sprichst die Sprache unserer Feinde perfekt, dazu kämpfst du in der Tradition des großen Madoc und deines Vaters Rey. Wir brauchen dich, Ramon", sagte der König, der sich im gleichen Alter wie er selbst befand. Er durchfuhr eine Ausbildung in der Nachrichtenübermittlung und arbeitete fortan als Spion des Königs. Dabei gelangte er in alle wichtigen Städte der Berber und Araber in Hispanien. Die kleinen Königreiche der Muslime benötigten in ihren Bürgerkriegen bisweilen die Hilfe ihrer christlichen Nachbarn aus dem Norden. Ramon suchte Albarracin, Zaragoza und Toledo auf, aber er bereiste auch Cordoba, Sevilla und Granada im Süden. Er lernte viel und konnte dem König über das Informantennetz die Lage in den einzelnen muslimischen Königreichen schildern. Einige maurische Frauen säumten seinen Weg, aber keine konnte ihn halten. Er trieb sich herum und vergnügte sich gerne in Tavernen, herrschaftlichen Häusern und Palästen. Die Frauen mochten ihn, er konnte sich gut ausdrücken und erwies sich als hervorragender Geschichtenerzähler. Einige Feinde mussten ihr Leben lassen, damit seine Tarnung nicht aufflog. Er wechselte ständig seine Identitäten. Über vier Jahre führte er ein gutes Leben, aber sein Erfolg machte ihn unvorsichtig. Sein Heimatdorf und die Ideale gerieten in Vergessenheit, in seinem Kopf gab es Abenteuer und Vergnügen. Die Tätigkeit als Spion inspirierte ihn, er mochte das Risiko und das freie Leben dahinter. In Valencia, der Heimatstadt seiner Mutter, ging seine Glückssträhne vor nicht ganz zwei Jahren zu Ende. Eine Liebschaft zu einer adeligen, verheirateten Frau, die ihn mit Informationen über ihren mächtigen Mann versorgte, erwies sich als schlecht. Er wurde während einer Liebesnacht erwischt und konnte seinen Verfolgern nicht entrinnen. Die Frau gab an, vergewaltigt worden zu sein. Ihr Gemahl ließ bei seiner vierten Frau Gnade walten, sie musste aber fortan abseits des schönen Palastes leben. Zumindest erzählte der Araber davon, als er Ramon foltern ließ. Er erinnerte sich an die Worte des rachsüchtigen arabischen Verwaltungsbeamten aus dem Geschlecht der Amiriden. „Ich will dich quälen, Christ. Danach lasse ich dich entmannen, denn du hast meine Ehre beschmutzt", sagte er höhnisch grinsend im Kerker von Valencia. „Töte mich, aber lass mich nicht als kastrierter Mann inmitten von schönen Frauen leben. Das halte ich nicht aus", sagte der Asturier damals, tatsächlich übermannte ihn eine große Verzweiflung. Der Araber lachte nur. „Meine Kerkermeister werden dich bearbeiten. Du sollst mit der Erkenntnis leben, dass du kein Mann mehr sein wirst. Aber den Zeitpunkt werde ich bestimmen. Bis dahin sollst du darüber nachdenken, welche Schande du über meine Frau und mich gebracht hast. Vielleicht werde ich sie doch töten, aber sie hat große Qualitäten, du kennst einige", sagte der Mann grinsend. Er lebte seine Macht über den Gefangenen aus, danach sah ihn Ramon nie wieder. Er erfuhr, dass dieser aus wichtigen Gründen die Stadt verließ. „Nach seiner Rückkehr machen wir dich zur Frau", sagte einer der Wächter und lachte laut. Ein interner Kampf zwischen verfeindeten muslimischen Familien erwies sich für den Asturier als Glücksfall, denn er sah sich bereits als Eunuch in einem Harem arbeiten. Anstelle des Mannes erschien dessen Frau, Ramons ehemalige Geliebte, im Gefängnis. Mit der Unterstützung von zwei Berbern organisierte sie die Flucht, einer davon erwies sich als neuer Geliebter der Frau. Gemeinsam flüchteten sie nach Süden. Der neue Mann im Leben der verheirateten Frau erwies sich als feindselig. „Sie hat für dich gesprochen, du hast Glück. Ich werde diese Frau mitnehmen, denn sie gehört weder diesem arabischen Hund noch einem Ungläubigen, sondern ganz allein mir. Verschwinde!", sagte er beim Abschied. Die Frau verabschiedete sich mit einem Lächeln. „Es ist eine schöne Zeit gewesen. Ich finde, du hast genug gelitten, deshalb habe ich dich befreien lassen. Hier trennen sich unsere Wege, mein christlicher Freund. Ich werde ein neues Leben beginnen, mit dem Geld meines Mannes." Provokant lächelte sie ihn an. Ramon kannte ihre Gefährlichkeit, diese

Art von Frau spielte gerne mit den Männern. Offensichtlich konnte sie den Berber überreden, ihn zu befreien, aber dieser schien davon nicht restlos begeistert zu sein. Der zweite Mann führte Befehle des anderen aus. Ramon verabschiedete sich, ein Bedauern lag im Blick der jungen Araberin, aber sie wählte ihr kulturelles Umfeld. Das Ziel lag angeblich in Malaga, dort herrschten die Hammudiden, eine Berberdynastie. Sie schien den eifersüchtigen Berber im Griff zu haben, aber dessen Rache ließ nicht auf sich warten. Nach der Trennung von der Gruppe wurde Ramon von drei Männern überrascht, als er sich auf dem Weg zur Küste befand. Diese erwiesen sich als bezahlte muslimische Söldner. Leider fehlten ihm Waffen zur Verteidigung, er bekam von den beiden Fluchtgehilfen keine ausgehändigt. Die drei Söldner präsentierten sich als kampferfahren und nahmen ihn bei passender Gelegenheit gefangen. Sie lachten ihn aus, weil er ihnen in die Falle ging. „Hast du tatsächlich geglaubt, dass dich unser Anführer ziehen lässt? Er hat gewartet, bis seine neue Frau endlich nachgegeben hat. Sie kann störrisch sein, aber er will sie unbedingt haben, daran ist er selbst schuld. Wir sind euch ständig gefolgt und sollen dich töten oder als Sklaven verkaufen. Die zweite Variante ist ergiebiger, du wirst einen guten Ruderer abgeben. Viele arabische Seeleute suchen kräftige Männer", führte einer aus. Ramons Pechsträhne hielt danach an. Sie verkauften ihn in Cartagena an einen arabischen Seefahrer, gemeinsam mit anderen christlichen Sklaven musste er Ruderdienste leisten. Einige starben an den Strapazen des harten Dienstes, die Narben von Peitschenhieben am Rücken zeugten von dieser Zeit. Aber er erwies sich als zäh, trotz der Erniedrigungen und Qualen wartete er auf die

Gelegenheit zur Flucht. Er erinnerte sich an die Ausbildung in Esperanza, der Kelte Madoc erwies sich als Vorbild. Dieser zeichnete sich nach den Erzählungen seines Vaters durch Überblick, Intelligenz und Geduld aus. „Du musst warten können, länger als dein Gegner. Solange du lebst, ergibt sich eine Möglichkeit, Junge", erzählte der alternde Anführer oft. Er griff auf eine bewährte Methode zurück. In seinem rechten Stiefel befand sich ein Metallstück, dass sie im Zuge der Durchsuchung nicht fanden. Mit diesem gelang es ihm, die Ketten zu öffnen und den schlafenden Wächter zu töten. Dieser erwies sich als einer der Schlimmsten während seiner Zeit am Schiff. Das Schiff lag zu diesem Zeitpunkt in der Nähe der Stadt Mahdia vor Anker. Gemeinsam mit einigen Sklaven wagte er die Flucht, andere schienen durch die Torturen bereits am Ende zu sein. Leider wurden sie zu früh entdeckt, aber Ramon gelang es, mit einem zweiten Mann den unmittelbaren Verfolgern zu entkommen. Der Fluchtgefährte trug einen großen Hass auf die Muslime in sich und erwies sich als ungeduldiger Mensch. Unbedacht griff er eine Berberfamilie an und tötete den Mann. Als er sich an der Frau und den Kindern vergreifen wollte, griff Ramon ein und tötete seinen tobenden Kameraden. Leider alarmierte der Vorfall seine Verfolger, die sich als zäh und konsequent erwiesen. In der Nähe von Tunis konnten sie ihn schließlich einfangen, erschöpft und ausgebrannt ergab er sich seinen Verfolgern. Nur die Fürsprache der Witwe rettete ihn vor dem schnellen Todesurteil. Dankbar dachte er an die anständige Berberfrau, die trotz des Todes ihres Mannes die Wahrheit über den Vorfall aussagte. Das änderte aber nichts an seinem weiteren Schicksal, seit zwei Monaten lag er in dieser

Zelle und vegetierte vor sich hin, den Launen von Ridwan ausgeliefert. Ramon kannte die Gnadenlosigkeit im Umgang mit Menschen der anderen Religion. Der Berber war kein Sadist. Die Behandlung von ungläubigen Gefangenen erwies sich stets als gleich hart für die Betroffenen, auch die Christen gingen mit den Muslimen ähnlich oder noch schlimmer um. Er schlich mit den nackten Füßen durch die mannshohe Zelle und versuchte, seine verkrampften Muskeln zu bewegen. Es schmerzte sehr stark, die Wächter schlugen ihn erst vor zwei Tagen. Derzeit schienen seine Knochen noch zu halten, selbst seine Zähne hielten allen Widrigkeiten bisher stand, aber sein Widerstand erlahmte langsam. Die Wachposten in diesem Gefängnis erwiesen sich als sehr diszipliniert und untersuchten ihn gründlich bei der Einlieferung. Sie fanden das Metallstück im Stiefel und nahmen ihm dieses ab. „In diesem Paradies benötigt ein Mann keine Schuhe, Christ", sagte Ridwan höhnisch. Ramon verdrängte die Gedanken, lange ging er auf und ab. Er musste sich bewegen, obwohl es schmerzte. Immer wieder fielen ihm die Worte Madocs ein. „Solange du lebst, besteht eine Möglichkeit zur Flucht geben. Sie wird kommen. Versuche stets, konzentriert zu bleiben, egal was passiert und wie hart es ist. Du musst die Gelegenheit ergreifen, wenn sie da ist." Auch sein Vater sprach ähnlich. Die Dunkelheit brach an. Ramon setzte sich an die Wand. Das faulige Wasser schmeckte ekelhaft, erwies sich aber als Lebensspender. Er dachte an seine Liebschaften. „Wie es aussieht, wird es wohl nichts mehr werden mit einer schönen Frau", sagte er laut auf Arabisch. In der Nachbarzelle erklang eine Stimme. „Das ist schade, denn es gibt sehr viele davon", antwortete eine männliche Stimme. Die beiden Zellen lagen gemeinsam mit einer dritten im linken Teil des Erdgeschosses und wurden von einem Wachposten kontrolliert. Es gab eine Zugangstür vom Gang. Der Zellennachbar wurde vor ungefähr einem Monat eingeliefert, fiel bis jetzt aber nicht durch Redseligkeit auf. Die Wachposten schätzten es nicht, wenn sich die Gefangenen unterhielten. Derzeit befand sich kein Wächter innerhalb des Zellenbereichs. Die Stimme des Mannes klang nicht verzweifelt. „Wer bist du, mein Freund?", fragte Ramon. Lange Zeit gab es keine Antwort, er zuckte mit den Schultern. Der Wächter erschien und überprüfte alles genau, die Gefangenen machten keinen Ärger. Sie antworteten nicht auf Bemerkungen des Mannes, den dies konnte sich als nachteilig erweisen. Ramon spürte die Nachwirkungen der letzten Schläge mit dem Knüppel am Rücken. Nach der Überprüfung verließ der Wächter den Bereich. Plötzlich ertönte die Stimme des Zellennachbarn. „Ich heiße Carlo, stamme aus einem Dorf in der Nähe der Stadt Pisa im schönen Italien und habe keine Freunde." Er sprach ruhig. Der Asturier schüttelte ob der seltsamen Worte den Kopf, aber er wollte die Gelegenheit nutzen, um sich zu unterhalten. Er mochte es, sich mit Menschen auszutauschen. Ramon nannte Namen und Herkunft. „Du bist der zweite Mensch aus Asturien, den ich kennenlerne. Der Erste ist eine rothaarige Frau gewesen, eine Kriegerin", antwortete der Mann. Ramon riss die Augen auf, die Beschreibung passte auf Isabella, die rothaarige Tochter von Leia und Madoc. Er fragte nach und erfuhr, dass sein Zellengenosse Isabella und den Basken Nael vor einigen Jahren in Italien traf. „Ich habe ihnen geholfen nach Konstantinopel zu flüchten, gemeinsam mit ihren neuen Partnern, einem

Mann namens Bartholomäus und der schönen Emilia. Sie haben ihr Glück gefunden." Plötzlich kamen sie ins Gespräch, trotz ihrer misslichen Lage. Carlo erzählte von seinem Heimatland. „Die Normannen werden den Süden meines geliebten Italiens okkupieren, die Überreste der langobardischen Herrschaft sind zu schwach." Sie beendeten ihr Gespräch sofort, als der Wächter auftauchte. „Haltet den Mund, ihr Bastarde!", rief er laut, aber er schien nicht gewillt zu sein, sie zu bestrafen. Er wirkte betrunken, die Männer feierten. Ridwan schien sich außerhalb der Stadt zu befinden. Als der Wächter verschwand, kehrte Stille ein.

Der Rest des Monats Juni verlief ruhig. Die steigenden Temperaturen besänftigten die Wächter, sie ersparten sich zu viel Kraftaufwand in der Hitze. Kommandant Ridwan erschien mit zwei anderen Männern. Ramon hörte, wie sie Carlo schlugen. „Für den Mord am großartigen und respektierten Brahim Abu Atif at-Tawil werden wir dich langsam töten, du mieser Bastard. Du wirst leiden wie kein Zweiter!", schrie der Oberaufseher. Ramon hörte die Schläge und schloss die Augen. Bevor Ridwan mit seinen Folterknechten verschwand, suchte er den Asturier auf. „Du hast Glück, Christ. Dein Zellennachbar ist ein bösartiger Mann, er verdient unsere Aufmerksamkeit. Aber ich will dir eine gewisse Zuneigung nicht verweigern", sagte der Mann mit dem Kinnbart lächelnd. Dann warfen sie ihn auf den Bauch und Ridwan stellte seinen Fuß auf eine frische Wunde am Rücken. Ramon stöhnte auf, der Berber lachte. „Nicht so empfindlich, Christ. Auch dein Erlöser musste leiden, bevor er gestorben ist." Sie lachten, aber sie machten nicht weiter mit der Tortur. „Ich muss leider bis Ende des Monats in den Süden reisen, aber danach werde ich mich um euch kümmern. Die Geschichte mit der geretteten Frau kann ich nicht glauben. Sie ist froh gewesen, dass ihr Mann gestorben ist, er hat sie geschlagen. Leider kann ich dich nicht verkaufen. Du wirst mit deinem Nachbarn sterben, auf dessen Hinrichtung sich bereits alle freuen. Es liegt einfach daran, dass ich dich nicht leiden kann. Du hast mich zweimal angegriffen und geschlagen, das kann ich nicht dulden. Bis zu meiner Rückkehr werden euch meine verbliebenen Männer das Paradies bereiten", sagte er höhnisch und verschwand. Ramon atmete schwer, der Schmerz überkam ihn, keuchend setzte er sich auf. „Du musst ruhiger werden, Asturier", ertönte die Stimme des Zellennachbarn. „Ich habe gehört, als du ihn letztes Mal angegriffen hast. Das ist sehr mutig, aber dumm." Carlos Stimme klang ruhig. Ramon zeigte sich überrascht. „Ich habe gedacht, du bist bewusstlos", sagte er leise. Lange Zeit blieb es still. „Du musst dich auf etwas anderes konzentrieren, wenn sie dich schlagen, deinen Körper beherrschen. Lernt ihr das nicht in Asturien?", fragte der Zellennachbar süffisant. Es schien unglaublich zu sein. Der Mann wirkte, als ob es die Schläge zuvor nicht gegeben hätte. „Vermutlich steht dir Gott persönlich bei, Römer", antwortete Ramon. „Ich bin Etrusker und werde deshalb nicht zuwarten, bis dieser Bastard wieder auftaucht." Der Asturier hob den Kopf. „Was hast du vor, Carlo?" Der Zellennachbar gab vorerst keine Antwort. „Ich werde fliehen, Asturier. Leider kann ich diesen Bastard nicht töten. Aber manche seiner Männer neigen zu Disziplinlosigkeiten, wenn Ridwan abwesend ist. Sie werden sich betrinken, dann werde ich sie töten und dieses Land verlassen", sagte er flüsternd. „Was hast du vor?", fragte Ramon, erhielt aber keine Antwort. Der Asturier versuchte erneut, ein Gespräch zu beginnen. Plötzlich spürte er, dass dieser Mann wusste, wovon er sprach, und er schien überzeugt zu sein, aus dem Gefängnis zu entkommen. „Wer ist dieser Brahim Abu Atif at-Tawil gewesen?" Die Antwort ließ auf sich warten. „Er hat vor langen Jahren meine Familie bei einem Überfall mit seinen Männern getötet, dieser Bastard. Ich habe ihn erst jetzt gefunden, in der Nähe von Tunis, auf seinem Landsitz. Er ist gerade mit einer jungen Frau beschäftigt gewesen. Ich habe sie verschont, das ist mein Fehler gewesen, aber ich töte keine Frauen, wenn sie mich nicht bekämpfen. Das würde mir meine geliebte Pia nicht verzeihen." Diesmal klang die Stimme nicht mehr so ruhig, offensichtlich sprach er von seiner verstorbenen Frau. Er schien noch immer eine starke Verbindung zu ihr zu haben. Weitere Informationen behielt er für sich. In den nächsten beiden Tagen schien nichts zu passieren. Ridwan blieb abwesend, offensichtlich war er bereits unterwegs. Ramon merkte es am Verhalten der Wächter, sie betranken sich. Zwei Männer erschienen. Sie hielten Wache in diesem Teil des Erdgeschosses. Es gab zwei weitere Bereiche mit Zellen, der Kommandant saß in einem Zimmer neben dem Eingang. Sie öffneten die Nachbarzelle. „Wir sollen dich täglich bestens behandeln", meinte einer höhnisch und lachte. Ramon hörte die Geräusche. Offensichtlich schlug einer der Wächter mit einer kurzen Lederpeitsche zu. „Du schlägst wie ein Weib", erklang die provokante Stimme Carlos. Plötzlich signalisierten Ramons Instinkte, dass sich in der Nachbarzelle Entscheidendes anbahnte. Leise erhob er sich und schlich zur Zellentür, die wenigen Fackeln beleuchteten die Szenerie. Im

Nebenraum wurde es lebendig. Der Schmerzensschrei eines Wächters ertönte, dem ein kurzer Kampf folgte, ein röchelnder Laut stellte das Ende dar. Der zweite Wächter taumelte heraus, Blut strömte aus seinem Hals. Als er an Ramons Zelle vorbeikam, griff dieser durch die Stäbe und zog den Mann heran. Sein Arm lag um dessen Hals, mit der Hand hielt er den Mund zu. Im Gürtel des Wächters steckte ein Messer, dieses zog der Asturier heraus und stach mehrmals zu. Bevor er den Mann losließ, nahm er den Zellenschlüssel an sich, der Bund hing an dessen Gürtel. Langsam ließ er den Mann nach unten gleiten, anschließend öffnete er seine Fußketten und die Zellentür. Plötzlich stand er einem kleineren Mann gegenüber. Dieser wies dunkle Haare mit einigen grauen Strähnen an den Schläfen auf. Das Gesicht wies Schlagspuren auf, aber der Mann wirkte unaufgeregt. „Gut gemacht, Asturier. Auch die rothaarige Isabella konnte kämpfen." Die Stimme klang ausdruckslos, im Grunde genommen wirkte der Mann unscheinbar. „Das Schicksal hat uns zusammengeführt, Etrusker. Wir sollten unsere Flucht gemeinsam fortsetzen", schlug Ramon vor. Carlo nickte nach kurzem Überlegen. Sie zogen sich das Oberteil der Wächter über, bei Ramon wurde es eng, zumindest die Stiefel passten. Trotz der monatelangen Torturen und mangelnder Ernährung wirkten die beiden Männer sehr entschlossen. „Du machst, was ich sage, Asturier. Ansonsten muss ich dich töten", sagte Carlo. Ramon blickte den unscheinbaren Mann an, er schien es ernst zu meinen. „Du bist ein gefährlicher und intelligenter Mann, Etrusker. Ich bin dir etwas schuldig und werde dir folgen. Wenn alles erledigt ist, können wir noch immer über alles reden", antwortete Ramon leise. Carlo nickte und deutete zur Zugangstür. Vorsichtig blickten sie in den Gang, nichts deutete auf die Anwesenheit von Wachposten in diesem Bereich hin. Sie kannten den Weg zum Eingang. Langsam und vorsichtig schlichen sie zum Hauseingang, aus dem Zimmer des Kommandanten ertönten verdächtige Geräusche. Dieser schien sich mit einer jungen Frau zu vergnügen. Der Etrusker deutete zum Eingang, Ramon nickte. Plötzlich ging die Türe auf und ein Mann kam herein. Sie fanden in einer dunklen Nische Platz, aber er entdeckte sie. Bevor er Alarm geben konnte, stand Carlo bei ihm und stach zu. Der Wachtposten kam zu keinem Wort, der Etrusker zog den Toten in eine Ecke. Ramon erkannte die Schnelligkeit, mit der dieser mysteriöse Mann handelte. Sie verschwanden nach draußen und blieben vorsichtig. Leider wurden sie von einem Wachtposten entdeckt. Er konnte Alarm schlagen, aber Ramon tötete ihn kurz danach. Die Männer verließen den Schauplatz und liefen durch die Straßen der Stadt. Die Randlage des Gebäudes kam ihnen entgegen. Dazu öffnete sich Tunis teilweise zum Inland hin, es gab nicht überall eine Mauer. Hinter sich hörten sie Schreie und Geräusche, aber vermutlich verdächtigten ihre Verfolger andere Menschen und dachten an einen Überfall. Die Flüchtigen liefen in der Dunkelheit um ihr Leben, beide atmeten schwer, aber sie mussten leise sein. Die Strapazen der letzten Monate wirkten nach. Ramon bewunderte den kleineren Mann, der stetig und unbeirrt seinen Weg in der Dunkelheit fand. An einer Wasserquelle löschten sie ihren Durst, anschließend setzten sie ihre Flucht fort. Im Westen lag das Reich der Hammadiden, die in ständigen Konflikten mit den Ziriden von Ifrikija lebten. Der Etrusker schien das Gebiet zu kennen, denn er wandte sich von der Küste weg in das Landesinnere, während ihre Verfolger sich noch sammeln mussten und erst in diesem Moment den erfolgreichen Fluchtversuch bemerkten. Die beiden Männer nutzten die Dunkelheit und den harten felsigen Untergrund, um ihre Spuren zu verwischen, aber sie kannten die Zähigkeit und Ausdauer der Berber. Sie zogen durch das Innere des Ziridenreiches Richtung Westen. Der Etrusker kannte die Örtlichkeiten und erzählte, dass im Süden nach dem Küstenland das Gebirge begann, der Tellatlas, Teil des Atlasgebirges, dass den gesamten Maghreb durchzog. Nach dem Gebirgsstreifen kam ein Hochland, danach noch einmal ein Teil des Atlasgebirges, anschließend folgte die große Sandwüste. „Wir müssen das Gebiet der Hammadiden erreichen. Unter ihrem Herrscher al-Quaid ibn Buluggin trotzen diese den Herrschern von Ifrikija. Aber es ist ein weiter Fußmarsch. Diese Bastarde werden uns wie Hunde verfolgen. Ich hoffe nicht, dass sie Beduinen zu Hilfe nehmen." Ramon hörte bereits von den unruhigen Wüstenstämmen, teilweise stammten sie aus dem arabischen Raum. Sie fanden auf ihrem Weg zum Glück Wasserstellen, da sie sich am Rand des Gebirges hielten, aber der Hunger meldete sich immer stärker. Die Zähigkeit und der Wille der Flüchtenden erwiesen sich als einzige Waffe gegen ihre Verfolger. „Sie werden es im Norden versuchen, bei Bizerta. Aber wir müssen vorsichtig bleiben. Unser Ziel liegt im Westen, die Hafenstadt Beleb el-Anab", sagte Carlo. Der Mann wirkte ruhig, aber der stundenlange Marsch forderte seinen Tribut. Beide spürten die Nachwirkungen ihrer Gefangenschaft, sie sprachen in den nächsten Tagen fast nicht miteinander. Der Hunger entwickelte eine übermächtige Präsenz, auch die Erschöpfung erwies sich als immer nachhaltiger. Die Schmerzen vergangener Torturen machten sich bemerkbar, die Männer reagierten gereizt. „Ich hoffe, du weißt, was du tust, Etrusker", sagte Ramon wütend. Dieser drehte sich um, seine Augen verengten sich. „Du kannst gehen, wohin du willst. Ich kann dich aber auch töten", sagte er ausdruckslos, seine Augen glitzerten gefährlich. Beide verfügten über die arabischen Säbel der Wächter. Doch die Angriffslust verflog, als sie in ihrer Nähe Pferde hörten. Schnell suchten sie ein Versteck auf. Ein Wagen mit einer Familie kam vorbei, plötzlich tauchten dahinter Reiter auf. Es handelte sich um sechs schwerbewaffnete Männer. Sie fragten den Bauern, ob er Fremde gesehen hätte, zwei entlaufene, christliche Sklaven. Die Flüchtigen befanden sich derzeit in der Nähe der Küste, nachdem sie das Hinterland durchquerten. Der einfache Mann transportierte Gemüse und Früchte, ein Junge half ihm dabei. Carlo und Ramon lagen gut versteckt, aber die Reiter beobachteten misstrauisch die Umgebung. „Woher wissen diese Bastarde, wo wir hin wollen?", fragte der Asturier leise. Carlos Blick erfasste ihn, er schüttelte ärgerlich den Kopf. Tatsächlich blickte einer der Reiter in ihre Richtung. Er konnte sie nicht sehen, aber es sah aus, als ob er Witterung aufnehmen würde. Sie hörten das Gespräch, offensichtlich wurden sie im gesamten Küstenstreifen gesucht. Die Sonne brannte unbarmherzig auf die Flüchtigen, aber sie konnten sich nicht bewegen. Zu ihrem Glück wurde dieser Weg oft benutzt, er führte zur Küste. Die Menschen kamen aus dem Hinterland, um ihre Früchte zu verkaufen. Die Reiter forderten den Bauern auf, aufmerksam zu bleiben, denn die Ungläubigen wären Mörder, dann ritten sie weiter Richtung Küste. Der Mann folgte mit seinem Sohn und den vollbeladenen Wagen, ein Esel zog den Karren. Ramon blickte auf die Früchte, er erkannte Proviantsäcke. Carlo deutete Richtung Westen. Der Asturier schüttelte den Kopf. „Wir müssen essen, Carlo. Der Mann hat Proviant, wir werden ihn fragen." Bis jetzt vermieden sie den Kontakt zur Bevölkerung und hofften, ihr Hungergefühl bis zur Küste zu unterdrücken, aber der vollbeladene Wagen verursachte Sehnsüchte und Schmerzen im Bauch. Der Etrusker nickte. „Der nächste Hafen liegt in Tabarca. Vielleicht kommen sie aus Bizerta und suchen in dieser Richtung nicht mehr." Ramon blickte ihn an. „Sie brauchen uns nicht zu suchen. Jede Hafenstadt wird kontrolliert, dazu kommen die Patrouillen. Der gelungene Fluchtversuch nagt an ihrem Stolz." Carlo blickte ihn lange an. „Die Asturier sind offensichtlich nicht so dumm, wie sie aussehen", antwortete er grinsend. Ramon deutete mit dem Finger auf ihn und nickte. Dann folgten sie dem Wagen des Bauern in gebührendem Abstand, immer wieder kamen kleine Fuhrwerke oder Menschen auf Eseln entgegen. Der Durst meldete sich, sie stillten diesen an einem kleinen Fluss, der aus dem Gebirge kam. Als die Dunkelheit anbrach, näherten sie sich dem Lager des Bauern und seines Sohnes. Vorsichtig überprüften sie die Umgebung, sie mussten mit ihren Verfolgern rechnen. Diese lagen möglicherweise auf der Lauer. Carlo wandte sich an Ramon. „Sie werden in Tabarca warten. Ich denke, wir können den Mann aufsuchen." Vorsichtig näherten sie sich dem kleinen Feuer in der Nacht. Doch auch andere Männer visierten den einfachen Mann an, es handelte sich um örtliche Räuber. Drei finster blickende Männer erwiesen sich als schneller als die Flüchtigen und stürmten das Lager. Die Männer beobachteten die Wegelagerer, die sich am Wagen zu schaffen machten. Sie aßen von den Früchten und verlangten Geld vom Bauern. Dieser stritt ab, etwas zu besitzen außer seinen Produkten, die er am Markt in Tabarca verkaufen wollte. Einer der Männer packte den knapp zehnjährigen Sohn und hielt ihm ein Messer an den Hals. „Bitte, tötet meinen Sohn nicht! Er ist noch jung. Meine Frau ist gestorben, ich muss vier Kinder ernähren, drei warten zu Hause. Ich brauche das Geld aus dem Verkauf!", rief der verzweifelte Bauer. Das Messer ritzte den Hals des Jungen, der mit erschrockenen Augen auf seinen Peiniger sah, aber kein Wort hervorbrachte. In Carlo und Ramon veränderte sich sofort etwas. Beide verurteilten Angriffe auf Frauen und Kinder. Vor allem der Etrusker wurde in solchen Situationen an seine tote Familie erinnert. Plötzlich lag ein gegenseitiges Einverständnis in den Blicken der Flüchtigen. „Holen wir uns diese Bastarde", sagte Ramon leise. Sie trennten sich und näherten sich dem Lager von verschiedenen Seiten. Der Bauer lief einstweilen zum Wagen und holte aus einem Sack ein paar Münzen. „Bitte, nehmt mein letztes Geld, aber verschont den Jungen." Der Anführer der Wegelagerer lächelte plötzlich und gab dem Mann ein Zeichen, dieser ließ ihn los. Er blickte auf die paar Münzen und schüttelte den Kopf. „Ich habe Lust auf Fleisch", sagte der Dritte grinsend und näherte sich dem Esel. Der Junge rannte zum Tier, stellte sich davor und hob die Hände. „Bitte, tötet ihn nicht! Er ist mein Freund!", rief er verzweifelt. „Halt den Mund, du kleine Ratte, und geh mir aus dem Weg. Ansonsten werde ich dich vielleicht töten", antwortete der hagere Räuber. Plötzlich trat

Carlo hinter einem Baum hervor und stellte sich vor dem Jungen. „Du kannst es mit mir versuchen", sagte er auf Arabisch. Der Räuber wich zuerst zurück, dann griff er mit dem Messer an. Carlo wich dem Angriff mit einer blitzschnellen Bewegung aus, blockte dessen Messerhand und stach selbst mehrmals zu. Röchelnd fiel der Mann auf die Knie und hauchte sein Leben aus. Der Esel wurde unruhig, aber der Junge beruhigte ihn. Carlo wandte sich dem Anführer zu. Dieser drehte sich in diesem Moment zu seinem anderen Mann, aber in dessen Rücken tauchte Ramon auf, der sich ähnlich mitleidlos zeigte wie der Etrusker. Der zweite Räuber fiel ebenfalls zu Boden, der Anführer wollte weglaufen, aber Carlos Messer erwies sich als schneller. Plötzlich ragte dessen Griff aus dem Hals des Räubers. Ungläubig blickte er auf den unscheinbaren Mann, der ihn mit einem Tritt zu Boden beförderte. „Man tötet oder bedroht keine Kinder, du Mistgeburt", sagte er hart und drehte das Messer im Hals. Der Körper des Mannes zuckte, dann lag er still. Carlo nahm sein Messer und reinigte es, danach steckte er es in den Gürtel. Der Bauer blickte auf die beiden Männer, die ihn vor den Räubern retteten. Sein Sohn stand beim Esel und blickte sie verängstigt an. „Ich grüße euch, meine Herren. Ihr habt uns gerettet, wie kann ich euch danken?", fragte der Bauer höflich. Er lebte in einer harten Welt und schien mit den Toten kein Mitleid zu haben. Ramon kratzte sich am Kopf. „Wir haben Hunger, mein Freund. Deshalb sind wir eigentlich gekommen. In diesem Fall hat der Zeitpunkt gepasst", antwortete er lächelnd. Der Mann nickte und winkte seinem Sohn. „Ridha, komm her! Unsere Retter haben Hunger und sind eingeladen", sagte er laut. Dieser näherte sich ängstlich. „Du brauchst keine Angst mehr zu haben, Junge. Die bösen Männer haben es hinter sich", sagte der Etrusker ruhig. Er lächelte, als er den Jungen ansah. Scheu erwiderte der Zehnjährige das Lächeln. Anschließend durchsuchten Ramon und Carlo die Toten. Deren Waffen erwiesen sich als brauchbar. Beim Anführer fanden sie einen Beutel mit Münzen. Einer der Toten wies die Größe von Ramon auf. Beide Männer wechselten die Kleidung. Danach brachten sie die Leichen in eine nahegelegene Einbuchtung eines Felsens und legten sie dort ab. Sie versperrten diese mit Sträuchern und Steinen, anschließend kehrten sie zurück. Der Bauer stellte zuvor ein Kochgeschirr auf das Feuer und schnitt verschiedene Früchte und Gemüsesorten hinein, dazu kam getrocknetes Fleisch. „Warum habt ihr die Kleidung der Toten genommen?", fragte der Junge neugierig. Sein Vater reagierte ungehalten. „Lass die Herren in Ruhe, sie haben uns gerettet." Carlo winkte ab. „Es ist in Ordnung, du hast einen guten Sohn", sagte er zum Bauer, der sich als Tafsut vorstellte. Stolz nickte der Mann. Der Etrusker nahm eines der Messer der Toten aus dem Gürtel und warf es dem Jungen zu. „Es ist ein gutes Messer. Lerne, damit umzugehen, damit du dich verteidigen kannst, Ridha." Gekonnt fing es der Junge auf und strahlte plötzlich. Carlo nickte seinem Vater zu, der den Blick dankbar erwiderte. Der Junge lief zum Esel und zeigte ihm stolz sein neuestes Geschenk. „Es ist schön, einen Sohn zu haben", sagte der Etrusker nachdenklich. Anschließend teilte Tafsut das Essen aus. Ramon aß gierig, der Hunger verursachte Schmerzen. Tafsut fragte nach, ob es auch gut wäre. „Es ist das beste Essen aller Zeiten, mein Freund", antwortete der Asturier und schob sich den nächsten Holzlöffel hinein, er konnte sein Gier fast nicht bremsen. Carlo schüttelte den Kopf, er aß ruhig und in kleinen Portionen. „Es tut mir leid, aber mein Freund besitzt kein Benehmen, er frisst wie ein Tier", sagte der Etrusker. Der Bauer winkte ab und holte einige Datteln vom Wagen, dankbar griff Ramon danach. Das Essen wirkte wahre Wunder. Tafsut verfügte auch über einen Saft, den er mit Wasser mischte. Danach saßen die Männer schweigend vor dem Feuer, der Junge spielte mit seinem Messer. Er setzte sich zum Feuer und blickte Ramon und Carlo an. „Ihr seid die beiden Christen, die die Männer gesucht haben", sagte er in die Stille hinein. Der Asturier hob den Kopf. Carlos Blick fiel auf den Vater, der erschrocken seine Hände hob. „Was redest du für einen Unsinn, Ridha?", fragte er laut. Ramon wandte sich an Tafsut. „Du hast einen intelligenten Sohn, wie Carlo gesagt hat, ein guter Junge. Aber du musst dich nicht verstellen. Wir reden zwar Arabisch, aber nicht im Dialekt dieser Region, dazu unsere Bewaffnung." Tafsut hob die Hände. „Es tut mir leid. Wir werden euch nicht verraten, ihr habt uns gerettet. Das ist ein Versprechen", sagte er ernst. Carlo nickte zu seinen Worten. „Es ist gut, Tafsut. Wir werden euch nichts tun, denn wir haben nur Männer getötet, die es auch verdienen." Ernst blickte der einfache Mann dem Etrusker in die Augen, dann nickte er. „Es ist egal, ob Christ oder Muslim, die Ehrlichkeit und Anständigkeit ist wichtig", sagte er ruhig. Ramon aß die nächste Dattel. „Du hast ein großartiges Obst. Ich kenne Datteln, aber diese sind vorzüglich, du musst eine gute Lage haben", sagte er anerkennend. Der Bauer nickte stolz und erzählte von seinem Heimatdorf, dass nicht unweit von hier lag. Als die Sprache auf seine Frau kam, stockte er kurz und blickte auf den Jungen. „Meine Frau ist vor zwei Jahren am Stich eines giftigen Tieres gestorben. Mein ältester Sohn passt derzeit auf seine beiden jüngsten Geschwister auf. Ich werde bald eine neue Frau heiraten, sie hat ihren Mann verloren. Sie ist gut für die Kinder und mich." In der nächsten Stunde erwies sich der einfache Mann als redselig, auch der Junge erzählte gerne. Sie fühlten sich sicher im Umfeld ihrer Retter. Aber die Männer zogen sich bald zurück und wählten in der Nähe des Feuers einen verdeckten Schlafplatz. Beide mussten Schlaf nachholen und wechselten sich in der Wache ab. Ramon hielt diese, als der Morgen graute. Tafsut und sein Sohn erwachten ebenfalls. Sie aßen Brot und teilten es mit den Männern. „Wir bedanken uns bei dir", sagte Carlo und übergab dem Bauern einen kleinen Beutel voller Münzen. Ungläubig blickte der Mann hinein. „So viel kann ich am Markt nicht verdienen, das ist ein ganzer Jahreslohn." Er wollte es zurückgeben, aber der Etrusker winkte ab. „Das ist für deine Gastfreundschaft, mein Freund." Dankbar nickte Tafsut und zog mit seinem Sohn und der Fuhre weiter Richtung Tabarca. Ridha winkte lange, nachdenklich blickte der Etrusker hinterher. „Ich hoffe, du hast auch für uns ein paar Münzen aufgehoben, guter Mann", sagte Ramon. Carlo winkte ab. „Natürlich! Wir werden aber nicht dazu kommen, sie auszugeben, denn unsere Verfolger warten auf uns." Der Asturier nickte. Gemeinsam folgten sie ihren neuen Freunden Richtung der Hafenstadt Tabarca. Wie viele der Städte an dieser Küste konnte diese auf eine lange Geschichte zurückblicken. Die meisten wurden von den Phöniziern gegründet und waren lange Zeit Teil des Reiches der Karthager, danach folgte das Römische Imperium. Nach dessen

Zusammenbruch im Westen eroberten die Vandalen unter Geiserich das Gebiet, die den sich ausbreitenden Arabern unterlagen. Seitdem gab es in diesem Gebiet, dass Maghreb genannt wurde, und von Tripolitanien bis nach Mauretanien reichte, verschiedene muslimische Herrscher. Derzeit regierten die Ziriden, bedrängt von arabischen Beduinenstämmen, die immer mehr ins Land strömten. Die Küste erwies sich als malerisch und mit dem Mittelgebirge im Hintergrund präsentierte sich der Fischerort im strahlenden Licht der Sommersonne. Eine Insel lag davor, auf der sich eine kleine Festung befand. Die beiden Männer blieben bis zum Einbruch der Dunkelheit in sicherer Entfernung, misstrauisch beobachteten sie das Leben im Ort. Sie sahen keine Pferde ihrer Verfolger, offensichtlich ritten diese weiter. Beobachtungsposten vor Ort mussten aber einkalkuliert werden. Sie vereinbarten, die Umgebung des Ortes zu prüfen und sich an der Küste in der Nähe der Insel zu treffen. Ramon wartete bereits, als Carlo auftauchte. Beide bemerkten keine Beobachter. Sie trugen die Kufiya, eine arabische Kopfbedeckung, die sie den Toten abnahmen. Aufgrund der neuen Kleidung wirkten sie wie Einheimische, nur die Größe Ramons wich vom normalen Maß der Berber und Araber ab. Carlo fiel nicht auf unter der Bevölkerung. „Du bist zu groß gewachsen, Asturier, und solltest gebückt gehen." Dieser winkte ab. „Mach dir keine Sorgen, alter Mann", antwortete er grinsend. Mittlerweile gewöhnten sich die beiden unterschiedlichen Männer aneinander, obwohl sie auch einige Ähnlichkeiten aufwiesen. Ihre Art zu leben oder ihr Umgang mit Gefahr, aber allein an der Größe unterschieden sie sich deutlich. Ramon war einen Kopf größer als der Etrusker. Sie trennten sich vor dem Ort und betraten diesen aus verschiedenen Richtungen. Das Ziel stellte der kleine Hafen dar, in dem sich viele kleine Boote befanden. Das Kopftuch verbarg auch ihr Gesicht. Viele Menschen wanderten durch den kleinen Ort, es fanden Feiern statt. Ramon musste einer Gruppe Männer ausweichen, die sich lärmend in seiner Gasse bewegte. Er erkannte einen davon. Dieser befand sich unter den Reitern, die den Bauern befragten. Er setzte sich in eine Nische und hielt den Kopf gesenkt, während die Gruppe vorbeiging. Sie warfen einen kurzen Blick auf den kauernden Mann, beachteten ihn aber nicht weiter. Sein Blick folgte der Gruppe, die sich offensichtlich auf der Suche nach einer Taverne befand. Er erhob sich langsam und streifte am kleinen Hafen entlang, am Ende traf er Carlo. Er berichtete von der Gruppe, die von einem der Männer des Reitertrupps geführt wurde. „Sie wissen nicht, wo wir uns aufhalten, und verstärken die Präsenz. Zu unserem Glück nehmen es die Männer nicht immer ernst mit ihren Pflichten. Aber wir benötigen ein Schiff, dass uns nach Sizilien bringt, auf der Ostseite ist christliches Territorium", antwortete Carlo leise. In diesem Ort gab es nur die kleinen Boote der örtlichen Fischer im Hafen. „In Bizerta befinden sich wahrscheinlich Schiffe der Römer vor Ort, die uns nach Sizilien bringen. Dort müssen wir hin", führte der Etrusker aus. „Woher weißt du so viel über dieses Land?", fragte Ramon. Auch er war belesen und kannte viele Geschichten seiner arabischen Mutter über Geschichte und Geografie der muslimischen Welt, aber der Etrusker verfügte über detaillierte Kenntnisse, wie die örtlichen Bewohner der Region. „Ich musste mich vorbereiten auf die Suche nach Brahim Abu Atif at-Tawil, dazu sind genaue

Kenntnisse der Geografie und der Sprache notwendig. Leider habe ich ihn nicht sofort gefunden und sie haben mich erwischt." Ramon nickte, plötzlich kam ihm eine Idee. „Es gibt einen großen Stall am Rand des Ortes. Ich gehe davon aus, dass dort Pferde stehen. Wir sollten die Feierlaune unserer Verfolger nutzen und mit ihren Pferden nach Bizerta reiten. Ich hege die Hoffnung, dass du reiten kannst", sagte er abschließend süffisant. „Ich bin mit Pferden verwachsen, seltsamer Mann, aber die Idee ist gut", antwortete Carlo. Seit den Mahlzeiten bei Tafsut wirkten die beiden Männer erholt, obwohl ihre Körper noch immer schmerzten. Ihre Intelligenz und das Durchhaltevermögen erwies sich als ihr großer Trumpf in diesem Spiel. Sie umrundeten das Dorf und erreichten den genannten Stall. Der Besitzer schien nicht zu Hause zu sein. Ungehindert drangen sie in den Stall ein, in dem einige Pferde standen. Sie beruhigten die Tiere und legten ihnen Sättel auf, dann führten sie sie nach draußen und vom Stall weg. In der näheren Umgebung angekommen, saßen sie auf und umrundeten das Dorf in einem großen Bogen, anschließend wandten sie sich wieder der Küste zu. Die Männer wollten die Nacht nutzen, um einen Vorsprung herauszuholen. Sie mussten einkalkulieren, dass ihre Verfolger nach dem Diebstahl der Pferde auf die Flüchtigen schlossen und das vermutliche Ziel kannten. Aber diese mussten sich erst finden und darüber nachdenken, in der Zwischenzeit konnten sie bis nach Bizerta gelangen. Sie ritten bis zum Morgengrauen und rasteten danach einige Stunden, um den Pferden Erholung zu geben. An den vielen Wasserquellen löschten sie ihren Durst, es gab auch Dattelplantagen. Sie ritten am späten Nachmittag weiter, immer wieder führten sie die Pferde am Zügel. Da sie sich auf Wegen im Hinterland aufhielten, trafen sie meistens auf Bauern, aber auch Boten, die ihnen im Galopp entgegenkamen. Trotzdem erreichten sie in der Dunkelheit des zweiten Tages unbehelligt die Hafenstadt Bizerta. Sie stellten die Pferde in einem Stall ab und gaben dem Besitzer ein paar Münzen, um die Pferde zu versorgen. Misstrauisch betrachtete der Mann die Fremden, deren Dialekt ihm eigenartig vorkam, aber er lebte von den Einnahmen. Schnell verschwanden sie aus der Umgebung des Stalles und näherten sich der Hafenstadt von einer anderen Richtung. Sie erkannten im Mondlicht einige größere Schiffe. „Die Muslime betreiben regen Handel mit dem Reich der Römer im Osten, die Fatimiden in Kairo bezahlen meines Wissens auch Tribut an dieses Reich. Keiner wird ein Schiff des mächtigen Nachbarn durchsuchen", sagte Carlo. Sie zogen sich zurück und holten ihren Schlaf nach, am nächsten Tag suchten sie getrennt die Stadt auf. Beide versorgten sich mit Essen und beobachteten das Treiben, manchmal unterhielten sie sich mit Bewohnern. Sie verhielten sich unauffällig. Ramon sah ein paar schöne Frauen, die ihn interessiert anblickten. „Leider habe ich keine Zeit für euch, ihr schönen muslimischen Frauen", sprach er leise zu sich selbst. In der Menge der Menschen der Hafenstadt fiel keiner von ihnen auf, sie trafen sich am späten Nachmittag außerhalb von Bizerta. „Ridwan ist hier", sagte Carlo kurz. Ramon riss überrascht die Augen auf. „Ich habe gedacht, er ist bis Ende des Monats im Süden. Das kann gefährlich werden." Die Nachricht vom Auftauchen ihres Gefängnisaufsehers beunruhigte den Asturier. „Er verfolgt uns sicher mit der Ausdauer eines Wolfes, die Flucht verletzt seinen Stolz."

Carlo nickte. „Neben der schlechten Nachricht gibt es eine gute. Ein griechisches Schiff liegt im Hafen, der Kapitän ist Spyridon. Ich habe ihm zweimal gegen andere Männer geholfen, wir haben miteinander gefeiert. Er ist mir etwas schuldig." Der Asturier freute sich darüber. Sie kannten aber den Abfahrtszeitpunkt des Schiffes nicht. „Wir müssen schnell handeln. Morgen kann es zu spät sein. Ich habe das Gefühl, dass sich alle Verfolger hier sammeln", sagte Ramon. Carlo nickte zustimmend. Er beschrieb dem Asturier das Schiff. „Wohin willst du?", fragte dieser. „Ich kenne den Aufenthaltsort von Spyridon. Er vergnügt sich derzeit sicher mit einer Frau. Ich werde ihn in zwei Stunden in Empfang nehmen, bis dahin musst du unauffällig bleiben." Ramon nickte und verschwand. Carlo folgte kurze Zeit später. Während der Etrusker in einer dunklen Nische auf den Kapitän wartete, schlich der Asturier zum Hafen und fand in der Nähe des genannten Schiffes einen geeigneten Platz als Rückzugsort. Die Zeit zog sich langsam dahin. Ramons Instinkte schlugen an. Der dunkle Hafen wurde von gut bewaffneten Männern aufgesucht, die mit ihren Fackeln alle Zugänge zu den Schiffen kontrollierten. Der Asturier fluchte leise und verließ seinen Aufenthaltsort. Er tauchte in das Wasser ab und verbarg sich hinter einem Schiff. Fackelschein zog über ihn hinweg, als er kurz untertauchte. Die Männer suchten alles ab. Er hörte ihre Gespräche und die Stimme Ridwans. Sie fanden die Pferde ihrer Männer im Stall, zudem tauchten einige Verfolger aus Tabarca auf. Wachen wurden aufgestellt, die die ankommenden Seeleute untersuchten. Auch einen kleinen, hageren Mann, der sich über die ungewohnte Behandlung aufregte. „Ich bin Spyridon aus

Syrakus und bin hier bekannt. Was soll das?", rief er laut, aber die Berber interessierte dies nicht. Sie ließen den Kapitän und seine beiden Seeleute bald darauf passieren. Ramons Augen richteten sich auf den Hafen. Das Wasser setzte ihm mittlerweile etwas zu, aber in den Sommermonaten konnte er dies ertragen. Er tauchte unter und schwamm zum Schiff des Griechen. Am vom Hafen abgewandten Ende hielt er sich an. Es handelte sich um eine große Trireme, die für den Handel ausgebaut wurde. Der Mann musste vermögend sein. Er hörte Männer im Rumpf keuchen und husten und erinnerte sich an seine Rudertätigkeit als Sklave auf einem arabischen Schiff. Vorsichtig blickte er auf den Hafen, wo die Wächter unter dem Kommando von Ridwan alles genau kontrollierten. Das Schiff lag am unteren Ende des Hafens, er befand sich vorerst in Sicherheit. Er wusste nicht, wo sich Carlo befand. Irgendwie musste er auf das Schiff kommen, dies erschien risikoreich und würde vielleicht Ridwan alarmieren. Ramon fluchte leise. Plötzlich spürte er eine Bewegung hinter sich. „Hast du mich vermisst, Asturier?", fragte Carlo süffisant. Der Etrusker tauchte unvermutet in seinem Rücken schwimmend auf. Sie beobachteten das Ufer, wo sich noch immer Männer herumtrieben. Plötzlich öffnete sich seitlich am Bug eine kleine Luke oberhalb ihrer Köpfe. „Ich grüße dich, mein Freund. Sehr feucht in diesen Tagen, meinst du nicht?", fragte eine flüsternde Stimme süffisant. Es handelte sich um den Kapitän, dieser ließ ein Seil hinunter. Mit letzter Anstrengung gelangten beide vom Wasser in einen Raum, der sich als Rückzugsort des Kapitäns herausstellte. Dieser legte den Finger auf den Mund und führte die Männer in einen angrenzenden kleinen Hohlraum. Dort ließ er sie zurück und verschloss die Tür. „Ich hoffe, er ist ein echter Freund, denn ansonsten ist es aus. Er braucht nur zu Ridwan gehen und dieser holt uns ab", flüsterte Ramon leise. Sie dösten in dem engen Verlies vor sich hin und erwachten durch Lärm, den einige Männer veranstalteten. Das Schiff wurde durchsucht. Sie hörten den Kapitän rufen. „Ich protestiere, mein Herr, und werde mich beschweren!" Wahrscheinlich wollte er sie damit auch warnen, sollten sie nicht wach sein. Geräusche erklangen in unmittelbarer Nähe. Männer durchsuchten den Raum des Kapitäns, aber den engen Spalt zwischen Schiffswand und dem dahinterliegenden Raum erkannten sie nicht, da die Tür als solche nicht erkenntlich war und zugestellt wurde. Bald verschwanden die Männer. Ridwan entschuldigte sich beim Kapitän, danach verließ er das Schiff. Carlo erfuhr am Vorabend, dass das Schiff an diesem Tag in den Heimathafen nach Syrakus fuhr. Gespannt warteten sie auf die weiteren Ereignisse, aber es tat sich nichts, außer dass die Seeleute das Schiff abfahrbereit machten. Schließlich fuhren sie los, langsam atmeten die Männer aus. Das große Schiff verließ den Hafen von Bizerta und fuhr in das offene Meer hinaus. Es stellte nicht das einzige dar, das den Hafen verließ. Ridwan blickte den davonfahrenden Schiffen hinterher, ein merkwürdiges Gefühl erfasste ihn. Er erwirkte beim örtlichen Verwaltungsbeamten die Durchsuchung der Schiffe, denn die flüchtigen Mörder mussten das Land verlassen und dieser Hafen bot dazu die passende Gelegenheit. Der Aufseher schien sich sicher zu sein, aber er fand niemand vor. Die gefundenen Pferde, die Männer aus Tabarca, es passte alles zusammen. Doch die beiden Flüchtigen konnten nicht gefunden werden. Einer seiner Männer beobachtete einen Verdächtigen in der Nähe einer Taverne, aber es gab viele Männer in einer Hafenstadt. Dieser verschwand bald und wurde nicht mehr gesehen. Möglicherweise täuschte er sich und die Männer wandten sich auf ihrer Flucht nach Süden, vielleicht nach Mahdia, auch eine Flucht nach Westen zu den Hammadiden erschien möglich. Aber es gab keinen Anhaltspunkt mehr, wo sich die Männer befinden konnten. Beide sprachen Arabisch und konnten in der Menge untertauchen, es handelte sich um sehr gefährliche Männer. Leider konnte er seine Wachtposten nicht mehr bestrafen, sie bezahlten ihr Versagen mit dem Tod. Nur der eingeteilte Wachkommandant musste Einiges erdulden, aber er ließ ihn am Leben. Lange blickte er den davonfahrenden Schiffen hinterher. „Was sollen wir tun, Kommandant?", fragte einer der Soldaten. Ridwan wandte sich ihm zu. „Wir kehren nach Tunis zurück. Zwei Männer bleiben hier, vielleicht tauchen die Flüchtigen noch auf, aber sie sollen sich zurückhalten. Der örtliche Stadtkommandant ist wütend über die erfolglose Durchsuchung. In vier Tagen sollen sie ebenfalls zurückkehren. Die Warnung vor den beiden Mördern in allen Hafenstädten bleibt aufrecht, vielleicht tauchen sie an anderer Stelle auf", befahl er mit barschem Ton. Der Mann verneigte sich und erteilte die weiteren Befehle. Noch einmal blickte Ridwan zum Horizont, dann zuckte er resignierend mit den Schultern und wandte sich ab. Bald darauf verließ er Bizerta Richtung Tunis. In der Zwischenzeit segelte das griechische Schiff mit den beiden Flüchtigen Richtung Syrakus.

Der Kapitän beließ die beiden Flüchtigen im Versteck, nur gelegentlich brachte er Essen. Obwohl seine Mannschaft gehorchte, traute er dem Frieden nicht. „Es gibt überall Spione, die Welt ist derzeit in Unordnung, nur unser Reich im Osten ist stabil", flüsterte der hagere Mann leise, wenn er mit Carlo sprach. Ramon wurde immer mit misstrauischen Blicken bedacht. Die Überfahrt dauerte länger als erwartet, trotz Trinken und Essen wurde die Lage im engen Versteck immer ungemütlicher. „Gegen dieses Loch ist die Gefängniszelle ein Palast gewesen", flüsterte Ramon zähneknirschend. „Übe dich in Geduld, Asturier. Spyridon verkehrt geschäftlich mit den Berbern und Arabern. Wenn sich herumspricht, dass er zwei Mördern geholfen hat, kann dies fatale Folgen für ihn haben. Wir verlassen dieses Schiff, wie wir es betreten haben, unauffällig, und sind nie an Bord gewesen", antwortete der Etrusker leise. Obwohl die Geräusche auf dem Schiff aufgrund der Schreie und Befehle aus dem Raum der Ruderer sehr laut waren, vermieden sie lange Gespräche, um nicht aufzufallen. Sie verloren das Zeitgefühl, irgendwann erreichten sie den Hafen von Syrakus. Die Männer vernahmen die Geräusche von außerhalb, die auf Ladetätigkeiten und Vorgänge im Hafen zurückzuführen waren. Langsam wurde es ruhiger, auch im Schiff. Nach Einbruch der Dunkelheit warteten sie auf Spyridon, dieser ließ sich Zeit. „Wo bleibt dieser Mann?", fragte Ramon leise. Ringsum erklangen typische Geräusche aus einem Hafenviertel, es wurde gesungen und gefeiert, Schreie waren zu hören. Plötzlich öffnete sich die Zugangstür, der hagere Kapitän deutete mit dem Kopf. Er verschloss das Versteck wieder und führte die beiden Männer in seine Kabine. „Wir haben uns nie getroffen, Schattenmann", sagte der Kapitän leise. Carlo nickte, dann erschien ein Lächeln in seinem

Gesicht. „Ich habe bereits gedacht, du lieferst mich den Berbern aus. Es tut mir leid, dass ich dir misstraut habe." Der hagere Kapitän zuckte mit den Schultern. „Ich habe daran gedacht, denn du bist der verkommenste Bastard, der unter dieser Sohne wandelt. Aber ich kann diese arroganten Berber noch weniger leiden." Der Etrusker nickte zu seinen Worten. „Es ist schön, dass du dich daran erinnerst, dass ich dir zweimal das Leben gerettet habe." Spyridon blickte ihn abschätzig an. „Meine Schuld ist getilgt, beim nächsten Mal betrachte ich dich als Handelsware. Und jetzt verschwinde von meinem Schiff und nimm diesen ungewaschenen Bastard mit. Ihr stinkt zum Himmel. Es ist ein Wunder, dass keiner meiner Männer euch bemerkt hat, dieser Geruch kann töten." Arrogant deutete der Kapitän auf die bereits offene Luke, durch die sie in seinen Raum einstiegen. Ramons Augen verengten sich, aber er blieb ruhig. Carlo ließ ihn am Seil ins Wasser hinunter. Dieses tat gut nach dem stickigen, engen Versteck. Er verbarg sich im Wasser, die Wächter befanden sich am anderen Ende des Schiffes. Der Etrusker wollte ihm folgen. Spyridon hielt ihn zurück und gab diesem einen Beutel mit Münzen. „Ich bleibe nie etwas schuldig, das widerspricht meiner Ehre. Wenn ihr an Land seid, besorgt euch neue Kleidung und geht in ein Bad. Das ist das Letzte, was ich für dich tun kann. Leb wohl, Schattenmann", sagte der hagere Kapitän. Carlo nickte langsam, nahm den Beutel und verstaute ihn in seiner Kleidung. Dann seilte er sich ab, das Wasser kühlte angenehm nach den letzten Tagen. Das Seil wurde hochgezogen, die Luke geschlossen. Die beiden Männer nutzten die Dunkelheit und die vielen Schiffe, um am Ende des Hafens unbemerkt das Wasser zu verlassen. Sie blickten auf den Nachthimmel der Stadt und dachten über ihre Flucht nach, beide spürten die Nachwirkungen der Behandlungen durch die Berber. „Es ist unglaublich, dass ich noch einmal davongekommen bin", sagte Ramon laut, plötzlich lachte er. Es handelte sich um ein befreiendes Lachen und schien ansteckend zu sein, auch Carlo grinste. „Pia passt auf mich auf, obwohl ich kein gutes Leben führe", sagte der Etrusker. Er entnahm der Kleidung den Beutel mit Münzen und präsentierte ihn den Asturier. „Was hast du getan, dass dieser Mann dermaßen in deiner Schuld gestanden ist?" Carlo berichtete von zwei Vorfällen, einer in Neapel, ein anderer davor in Rom, in denen er den Griechen jedes Mal vor dem Tod bewahrte. „Seine Leibwächter haben sich immer als ungeeignet erwiesen. Er wollte mich, aber ich liebe die Freiheit, binde mich nur kurzfristig. Das werde ich auch diesmal tun, aber vorher muss ich den Dreck der letzten Monate loswerden. Danach warten willige Frauen irgendwo auf mich." Der Asturier blickte ihn an. „Was ist mit mir? Darf ich mich anschließen? Ich bin mir bewusst, dass du normalerweise allein arbeitest, aber vielleicht bleiben wir zusammen." Carlo blickte ihn an. Er verhielt sich gegenüber anderen Menschen sehr distanziert, aber der junge Asturier erwies sich als brauchbar und verfügte über hervorragende Fähigkeiten, als Kämpfer und sprachlich. Zudem merkte er, dass ihm die Gespräche mit seinem neuen Kameraden gut taten, dieser erwies sich als intelligent und schlagfertig. „Wir werden eine stille Bleibe suchen und morgen eine Badeanstalt beehren. Danach besorgen wir uns Kleidung und passende Schuhe. Die Mädchen werden uns lieben", sagte er grinsend. Ramon nickte. Diese Aussichten gefielen ihm, die letzten zwei Jahre waren vorbei, er blickte nach vorne. Sie erhoben sich, das Wasser tropfte von ihrer nassen Kleidung. Ein Schuppen in der Nähe des Hafens bot den Platz zum Schlafen, sie verzichteten diesmal auf eine Wache. Beide verließen sich auf ihre Instinkte. Der Schlaf tat gut. Am nächsten Vormittag wurden sie durch einen Arbeiter geweckt, der sie rustikal anpackte. Ramon verdrehte ihm die Hand. „Lass das! Wir verschwinden gleich!" Seine Stimme bekam einen bedrohlichen Unterton. Eingeschüchtert nickte der Mann. Sie suchten eine Badeanstalt auf, beide saßen danach in einer Holzwanne mit warmen Wasser. Das Geld machte es möglich, dass der Besitzer einen befreundeten Schneider kommen ließ, der die beiden Männer begutachtete, abschließend nickte er. Kleidung und Stiefel befanden sich in gutem Zustand. Nachdem alles bezahlt wurde, bedankten sich die Geschäftsleute und wünschten viel Glück. Die beiden suchten einen Schmied auf, der die gestohlenen Waffen der Wächter verbesserte. Es dauerte eine Weile, bis sie sich mit dem Zustand zufrieden zeigten. Sie besorgten sich eine Lederschlaufe für den Rücken und verstauten die Schwerter, die Messer befanden sich wie die Geldbeutel am Gürtel. Carlo erwies sich als loyal und übergab seinem Kameraden einen Teil des restlichen Geldes. „Das werde ich dir nicht vergessen, Etrusker. Obwohl ich dich eigentlich nicht leiden kann", sagte Ramon grinsend. Der Angesprochene winkte ab. Bevor sie über die weitere Zukunft nachdachten, wollten sie in dieser Stadt Versäumtes nachholen. Der Hunger nach Leben und Lust erwies sich als riesengroß bei den Männern. Ihre gemeinsame Flucht schuf ein Band zwischen den neuen Freunden, obwohl sie vieles vom anderen nicht wussten.

Aber sie erkannten, dass sie sich aufeinander verlassen konnten. Beide handelten nach Ehrbegriffen, obwohl ihre Tätigkeit im Normalfall eine blutige darstellte. Sie fanden im Zentrum von Syrakus eine Taverne, die alles bot, was sie benötigten. Wein, Weib und Gesang stellten an diesem Ort die Maxime für das Leben dar. Der Konsum des Alkohols wirkte schnell, aber sie ließen sich treiben nach der harten Zeit bei den Berbern. Ramon erzählte Erlebnisse aus seiner Heimat, auch Carlo öffnete sich, nur die Geschichte mit der Ermordung seiner Familie ließ er aus. Junge Frauen gesellten sich zu ihnen, sie boten sich an und wurden verköstigt. Die Nacht dauerte länger, aber die Gier nach weiblicher Gesellschaft nahm überhand. Beide zogen sich mit den Frauen zurück und holten nach, was sie glaubten, versäumt zu haben. Am nächsten Tag erwachte Ramon gegen Mittag. Sein Kopf schmerzte, aber diesmal handelte es sich um selbstverschuldete Schmerzen aufgrund des Übergenusses an Wein. Eine nackte, mollige Frau lag an seiner Seite. Er griff nach ihr, sie schlug seine Hand weg. „Lass mich in Ruhe! Mein ganzer Körper schmerzt. Ich muss heute rasten nach dieser Nacht, du unersättlicher Bastard!", rief sie laut, aber Ramon ließ sich nicht abhalten. Er griff nach ihren Brüsten und legte sich auf sie. Zuerst wehrte sie sich, aber dann umschlang sie ihn mit Armen und Beinen. „Du bist unersättlich, aber ein besonderer Mann. Ich muss heute sowieso rasten!", rief sie laut und bewegte sich im Rhythmus ihrer Leidenschaft, die sich ekstatisch steigerte und sich in lautem Stöhnen und Geräuschen äußerte, bis sie sich erlösten. Danach vertrieb sie ihn aus dem Bett. „Verschwinde! Aber vergiss nicht zu bezahlen, du gieriger Bastard. Deine Lust ist unglaublich. Wo hast du gesteckt? Haben sie dich irgendwo eingesperrt die letzten Jahre?", fragte sie laut und schüttelte den Kopf. Ramon grinste, auch sein Körper schmerzte, aber es fühlte sich angenehm an. In der Taverne traf er auf Carlo, der ebenfalls zufrieden wirkte. „Wo bist du so lange gewesen, Asturier?", fragte er gedehnt. Ramon zuckte mit den Schultern. „Sie wollte mich nicht gehen lassen und hat mich über alle Maßen gelobt, mein Freund", antwortete er grinsend. Danach orderten sie einen Krug Wein. Das erzwungene Eremitendasein im Gefängnis führte zu einer neuen, gefühlten Lust am Leben, die sie selten zuvor verspürten. Danach sprachen sie über mögliche Pläne, aber derzeit erschien nichts interessant, außer Feiern und Trinken. Carlo erzählte von Syrakus. Die Stadtgründung ging auf Griechen aus Korinth zurück, die auf der Insel Ortygia die erste Siedlung etablierten. Der Name der Gegend war als „Syrakka" bekannt, die das sumpfige Gebiet zwischen den Mündungsgebieten der Flüsse Ciane und Anapo bezeichnete. Vor den Griechen lebte der Stamm der Sikeler auf Sizilien. Der Zeitpunkt entsprach ungefähr dem Gründungszeitpunkt Roms. Syrakus wurde lange Jahrhunderte von Tyrannen regiert, die Stadt erweiterte ihre Lage und ihren Einflussbereich auf das Festland Siziliens. Sie stellte sich den Karthagern und Römern entgegen, der berühmte Mathematiker Archimedes lebte in der Stadt. Nach dem Zusammenbruch des westlichen Teils des Reiches der Römer fiel es unter die Herrschaft der Ostgoten, danach eroberten Armeen des verbliebenen römischen Reiches im Osten die Insel Sizilien. Nach langen Jahrhunderten okkupierten die Sarazenen das Gebiet, es stellte das Zentrum der arabischen Macht in Italien dar. Vor ein paar Jahren eroberte der römische General Georgios Maniakes mit seinem Heer die Stadt von den Arabern. Dieser gebot über ein starkes Heer, dass von der Warägergarde des Kaisers unter Führung von Harald Hardrade unterstützt wurde, dazu kamen starke Verbände der Normannen. Der General konnte seinen Erfolg nicht lange auskosten. Am vorherigen Abend erfuhren sie in der Taverne, dass Georgios Maniakes den römischen Kaiser Konstantin IX herausforderte. Er ließ sich nach Erzählungen einiger Gäste zum Gegenkaiser ausrufen, unterlag bei Thessaloniki einem Herr des amtierenden Kaisers und büßte mit seinem Tod. Die Ostküste von Sizilien befand sich seit dem erfolgreichen Feldzug von Maniakes in der Hand des Reiches der Römer und stellte einen Teil des Katepanats Italien dar. Dieses wurde derzeit von Basileios Theodorokanos geführt, der in Varis an der Ostküste Apuliens residierte. Die derzeitige Lage erwies sich für die Städte im Osten als instabil, das Ende der römischen Herrschaft schien absehbar zu sein. Die Sarazenen beherrschten den Westen und Süden der Insel, besaßen aber viele Kontrahenten. Die Stadt Pisa im Norden schielte auf Sizilien, ebenso wie die langobardischen Herrscher in Capua und Salerno. „Die gierigsten Eindringlinge stellen die Normannen dar. Ich habe sie gesehen und kenne viele aus Italien. Der deutsche Kaiser hat sie zu Vasallen und Grafen erhoben. Rainulf Drengot, Graf von Aversa, hat neue Leute geholt, noch wildere, sie wandeln sich von Söldnern zu Eroberern", sagte ein Gast laut. Ein Mann saß am Tisch und hörte teilweise zu. „Das stimmt! Diese Nordmänner sind nicht aufzuhalten, nur der Kaiser in Konstantinopel kann es schaffen!", rief er laut, er schien betrunken zu sein. Sie erfuhren, dass es Gerüchte gab, dass der

Langobardenherzog Waimar gemeinsam mit einem Wilhelm Eisenarm Kalabrien erobern wollte. „Sie bauen an einer großen Festung bei Stridula", sagte er laut. Carlo lud den redseligen Mann ein, der sich für den Wein bedankte. Sie blickten sich um. Am späten Nachmittag herrschte kein großer Betrieb, die Temperaturen im siebten Monat stiegen spürbar an, dies äußerte sich im Durst der Gäste. Drei Männer traten ein, wahre Riesen mit breiten Schultern und ruhigen Blicken. „Das sind Leute aus der Warägergarde des Kaiser. Sie sind die letzten Reste der kaiserlichen Ordnung, aber es gibt auch viele Normannen in der Stadt", flüsterte der betrunkene Mann. Die Waräger entstammten dem hohen Norden, dies war auch Carlo bekannt. Sie beherrschten und schützen einen wichtigen Handelsweg vom Norden in das Reich der Römer und dienten seit langen Jahrzehnten als Leibgarde beim Kaiser in Konstantinopel. Ansonsten hielt sich der Wissensstand des Mannes und Carlos in Grenzen. Die drei Männer nahmen an einem anderen Tisch Platz, ihre Blicke streiften durch die Taverne und blieben schließlich auf Ramon und Carlo hängen. Diese bemerkten, wie die drei miteinander sprachen, die Kellnerin brachte ihnen einen Krug Wein. Der Asturier zog den Kopf ein, er wollte keine Aufmerksamkeit erregen, aber sie trugen ihre Schwerter am Rücken und dies machte die großen Männer neugierig und misstrauisch. „Sie halten Ordnung mit den verbliebenen Römern und Söldnern der Armee von General Maniakes", erzählte der Mann. Das Lokal füllte sich langsam, das lenkte die Aufmerksamkeit der drei Waräger auf eintretende Gäste. Die nächsten Stunden passierte nichts, es wurde viel getrunken, wie in allen Tavernen. Plötzlich öffnete sich die Tür und zwei Männer traten ein, die ebenfalls beachtlich wirkten, sie verfügten über die gleiche Größe wie Ramon. Dieser trank bereits wieder mit mächtigem Durst und vergaß auf die anderen Gäste, auch Carlo wirkte betrunken. Der Wein machte sich bemerkbar und der Asturier musste seine Notdurft verrichten. In der Dunkelheit leuchteten die Sterne über Syrakus. Als er wieder in die Taverne zurückkehrte, stand plötzlich seine mollige Liebesgespielin aus der letzten Nacht in seinem Weg. Sie erkannte ihn sofort. „Bist du schon wieder hier, du Bastard!", rief sie laut. Breitbeinig blieb sie vor dem Asturier stehen. „Hast du mich vermisst, Ramon?" Ihre laute Stimme erweckte die Neugier anderer Gäste. „Ich habe gedacht, du bist heute nicht hier", antwortete der angetrunkene Asturier. Die Frau lachte und winkte ab. „Ich muss von etwas leben, großer Mann." Ihre Augen wirkten verlockend, dann trat sie zu ihm und umarmte ihn vor den anderen Gästen. „Aber du darfst ohne Bezahlung zu mir kommen, Großer", flüsterte sie leise und verlockend in sein Ohr. Sie drängte sich an ihn, sein Körper reagierte sofort, aber plötzlich schrillten Alarmsignale in seinem Kopf. Eine eindeutige Zuwendung einer hübschen Frau inmitten einer Horde Betrunkener erweckte den Neid anderer, dies konnten sich Adelige leisten, aber nicht ein Fremder. „Was willst du mit diesem Dummkopf, Kara?", ertönte eine Stimme in seinem Rücken. Die Frau löste sich von Ramon und blickte den Sprecher spöttisch an. „Er hat mich glücklich gemacht, im Gegensatz zu dir, Cedrik", antwortete sie laut. Gelächter ertönte, die Frau war für ihre Schlagfertigkeit bekannt. „Halt den Mund, du Dirne!", erklang die Stimme. Kara zuckte mit den Schultern und verneigte sich. „Wie ihr wünscht, mein normannischer Gebieter!", rief sie laut, dann gab sie dem Asturier einen Kuss und verließ den Schauplatz mit wiegenden Hüften. Sie erhielt Zuspruch, das Gelächter schien den Normannen nachhaltig zu stören. Ramon schüttelte den Kopf, schnell erfasste er die Situation. Er erblickte Carlo, aber dieser saß mit einer Frau am Tisch und wirkte abgelenkt. Der Asturier wollte weitergehen und die Situation hinter sich lassen, aber dies gelang ihm nicht. „Wo willst du hin, Fremder? Ich hoffe, du versteckst dich nicht hinter einem Weiberrock!" Ramon reagierte nicht und versuchte weiterhin, die Situation herunterzuspielen. „Vielleicht doch, wenn man bedenkt, was sich unter dem Rock befindet", antwortete er laut und erntete dafür Gelächter, auch Kara wirkte amüsiert. Dies stachelte den Zorn des Normannen weiter an, aber der Asturier wollte weitergehen. „Bleib stehen!" Diesmal hallte die Stimme durch den Raum. „Dreh dich um, du feiger Bastard, und blick mir in die Augen!" Ramons Blick traf sich mit dem von Carlo. Dieser schüttelte unmerklich den Kopf, er zuckte entschuldigend mit den Schultern. Langsam drehte er sich um und erfasste mit seinem Blick den gleichgroßen Normannen. Dieser hob die Hände. „Endlich dreht sich dieser Feigling um, aber er stellt nicht viel dar", sagte Cedrik laut. „Vermutlich trägt er sein Schwert, um sich die Nägel zu putzen und die Haare zu scheren!" Einige lachten ringsum, vorerst blieb Ramon eine Antwort schuldig. Interessierte Blicke der drei Waräger trafen ihn, während der Kumpan des Normannen seitlich hinter seinem Kameraden stand. „Lass den Tölpel in Ruhe, Cedrik. Ich will mich betrinken und feiern", sagte dieser. „Halt den Mund, Ollo. Aber ich erlaube ihm, zu gehen, wenn er sich entschuldigt", sagte Cedrik gönnerhaft.

Ramon lächelte und verneigte sich. „Ich entschuldige mich gerne, aber du musst mir den Grund sagen", antwortete er laut. Neugierig blickten die Gäste auf die Szene, die beiden Normannen waren bekannt. Der Fremde tauchte erst am gestrigen Tag in der Taverne auf. Ein möglicher Kampf erweckte die Sensationslust unter den betrunkenen Männern. „Du kannst nicht mit meiner Kara schlafen, Fremder. Das geht nicht. Hast du mich verstanden?" Ramon zuckte mit den Schultern. „Es tut mir leid, aber es ist keine Absicht gewesen, dich zu demütigen. Ich muss aber zugeben, deine Kara besitzt unglaubliche Fähigkeiten, Cedrik", antwortete der Asturier lächelnd und verneigte sich wieder. Er beherrschte die Sprache der Einheimischen sehr gut. „Ich bin die Beste, mein Lieber, und gehöre nicht diesem betrunkenen Normannen. Sie glauben, ihnen gehört bereits alles, aber dem ist nicht so. Du darfst heute wieder bei mir schlafen, Großer!", rief die Frau laut. Einige zustimmende Rufe folgten, es gab aber kein Gelächter. „Haltet den Mund! Wenn alle Hautevilles mit ihren Männern aus der Normandie kommen, werden wir ein neues Königreich errichten. William und Drogo sind bereits hier, Humfred soll folgen. Dann beginnt eine neue Zeit!", rief der Normanne laut, sein Kumpan stimmte ein. Er wies auf die Waräger. „Dann können auch die Rus des Kaisers niemand aufhalten und ihr werdet uns alle die Füße küssen!" Seine Stimme hallte durch den Raum. „Es ist gut, Cedrik. Ich werde mich um dich kümmern. Vergiss den Asturier!", rief Kara versöhnlich, ihre Augen wirkten verlockend. Sie trat an den Normannen heran, wollte ihn umarmen, aber er stieß sie weg. „Verschwinde, du Metze! Wenn ich dich brauche, sage ich es dir, Weib", antwortete er herrisch. Kara fluchte und erhob sich, aber sie verzichtete angesichts des Zornausdrucks des Normannen auf weitere Kommentare. Entschuldigend blickte sie auf Ramon, in ihren Augen war ein Bedauern zu lesen, dies entfachte seinen Stolz. Er blickte den Normannen an, wollte aber ein letztes Mal versuchen, die Sache gütlich zu regeln. „Ich habe mich entschuldigt, damit ist die Sache erledigt, Cedrik", sagte er ernst und wollte sich wegdrehen. „Ich habe dir nicht erlaubt, zu gehen. Entschuldige dich noch einmal, aber auf den Knien!", rief der Normanne laut. Interessiert blickten die Gäste den großen Fremden an. „Wer oder was ist ein Asturier? Wo liegt dieses Land?", führte Cedrik weiter aus, er fühlte sich überlegen. Die drei Waräger betrachteten die Szene ebenfalls interessiert. Sie schienen nicht gewillt zu sein, im Streit einzugreifen. „Selbst wenn ich es dir erkläre, kannst du es nicht begreifen. Deine Intelligenz ist nicht ausreichend, du dummer Mensch", antwortete Ramon laut. Überrascht blickten alle auf den großgewachsenen, dunkelhaarigen Mann, der plötzlich ein anderes Verhalten zeigte. Die höfliche Art schien vorbei zu sein, ein gieriges Leuchten stand in den Augen Einiger zu lesen. Sie kannten den Normannen Cedrik und warteten begierig auf seine Reaktion. Dieser wirkte zuerst überrascht, aber schnell veränderte sich sein Anblick, die Zornesröte schoss in sein Gesicht. „Du wagst es, mit mir so zu sprechen, du Halunke!", rief er laut und griff gleichzeitig an. Ramon trat blitzschnell zwei Schritte nach vor, blockte den Schlag und trat den Mann in den Unterleib. Ein schmerzerfüllter Schrei hallte durch den Raum, aber der Asturier wollte seinem Gegner keine Gelegenheit geben, sich zu erholen. Ein weiterer Tritt gegen das Knie ließ den Mann einknicken, danach folgte ein wuchtiger Schlag gegen die Nase des Normannen. Blut spritzte, als diese unter der Gewalt des Schlages brach. Cedrik stolperte blindlings nach hinten, schrie schmerzerfüllt, und Ramon versetzte ihm einen Tritt gegen die Brust, dass er nach hinten über einen Tisch fiel, wo er unsanft mit dem Kopf gegen eine Kante schlug. Dann lag er halb benommen und mit blutigem Gesicht am Boden und stöhnte laut. Plötzlich schlugen die Alarmsignale in Ramons Kopf an, er vergaß den zweiten Normannen. Er drehte sich um, der Mann wollte sein Schwert ziehen. Plötzlich flog ein Messer durch die Luft und blieb oberhalb dessen Kopfes im Holz stecken. „Wenn du dein Schwert ziehst, muss ich dich töten!", rief Carlo laut. Die Menge drehte sich zum neuen Mitspieler in diesem Kampf um, dieser hielt ein zweites Messer in seinen Händen. „Du kannst es dir aussuchen, wie du sterben willst." Seine Stimme klang ruhig, das Gesicht wirkte ausdruckslos. Er wirkte trotz Weinkonsums nüchtern und strahlte eine Gefährlichkeit aus, die auch den Normannen erreichte. Die Gäste freuten sich über die Wendung. Der unscheinbare Mann wirkte wie einer von ihnen, nicht so groß wie seine Gegner, aber stark und unbeugsam. „Um dir die Entscheidung zu erleichtern. In Italien werde ich der Schattenmann genannt. Einige Normannen haben als Letztes in ihrem Leben mein Gesicht wahrgenommen, du kannst der Nächste in der Reihe sein." Überrascht rissen die Umstehenden die Augen auf. Es gab viele Geschichten über den legendären Auftragsmörder, von dem nur bekannt war, dass er Frauen und Kindern half, ansonsten nur gegen Bezahlung arbeitete. Alle glaubten, dass er tot wäre. Viele Tote wurden ihm zugeschrieben, keiner kannte sein wahres Aussehen. Viele sahen ihn, aber die Beschreibungen differierten. Der Normanne schien keine Angst zu haben, aber am Blick von Carlo erkannte er, dass er die Wahrheit sprach. Er arbeitete vor einigen Jahren in Rom und hörte von diesem Mann, der einen mächtigen Angehörigen der herrschenden Familie der Tuskulaner getötet haben sollte. Es wusste keiner, ob dies stimmte. Davor waren einige Normannen verschwunden, die mit diesem Mann zusammenarbeiteten. Seitdem gab es keinen Kontakt mehr zu diesem mysteriösen Menschen, er schien verschwunden zu sein, um an diesem Tag in Syrakus aufzutauchen. „Vielleicht bist du es oder auch nicht. Man sagt, der richtige Schattenmann trägt eine tätowierte Rose auf seiner Brust, mit dem Namen seiner verstorbenen Frau. Sie soll von den Sarazenen getötet worden sein", antwortete der Normanne unbeeindruckt und zog sein Schwert. Die Menge machte den Weg frei für den Kampf, neugierig betrachteten sie die beiden Gegner. Ramon zog sich zurück und beobachtete den am Boden liegenden Cedrik. Dieser wollte sich erheben, aber der Asturier schlug noch einmal mit ganzer Brutalität zu. Der Schlag traf das Kinn und brach das Kiefer, es knackte laut, dann brach Cedrik bewusstlos zusammen. Ungerührt blickte Ollo, der zweite Normanne, auf seinen Kumpanen. Er schüttelte den Kopf. „Er weiß nie, wann es genug ist. Das wird ihm eine Lehre sein. Aber das ändert nichts daran, dass du sterben wirst, Schattenmann." Mit einer schnellen Bewegung zog er sein Schwert und griff an. Carlo wich den Schlägen aus. Obwohl sich der Normanne schnell bewegte, schien es für den kleineren Mann keine Mühe zu sein, den Angriffen auszuweichen. Es schien, als ob er mit ihm spiele, dies steigerte den Zorn von Ollo. „Du bist schnell, Bastard, aber es wird dir nicht helfen", sagte er laut. Seine Atmung beschleunigte sich, dann griff er wieder an. Er schlug vorbei, den zweiten Angriff blockte Carlo mit dem Schwert und stach mit dem Messer in den Oberarm. Ein Schmerzensschrei ertönte. Ollo zog sich kurz zurück, Blut rann aus einer tiefen Wunde. Ohne Kommentar griff der Normanne noch einmal an, mit einer schnellen Wendung ließ Carlo den großen Mann an sich vorbeilaufen. Bevor sich dieser wieder umdrehte, setzte er nach und versetzte ihm einen schweren Treffer am Hals. Blut spritzte, Ollo schrie auf. Mitleidlos setzte der Etrusker nach und schlug ihm das Schwert aus der Hand, dann schnitt er ihm den Hals auf und stach mit dem Messer zu. Der Normanne fiel auf seine Knie, sein letzter Blick traf Carlo. „Verfluchst sollst du sein, Schattenmann", sagte er mit röchelnder Stimme, anschließend fiel sein Oberkörper auf den Boden. Stille kehrte ein, plötzlich brandete Jubel auf. „Endlich hat jemand diesen arroganten Bastarden gezeigt, wie richtig gekämpft wird!", rief eine Stimme. Der Etrusker blickte sich um und schüttelte den Kopf. Die Menschen erwiesen sich immer schon als sensationslüstern. Auch der Gastwirt griff ein, er spendete Wein für alle. Offensichtlich schienen die Normannen unbeliebt zu sein, aber vielleicht betraf es nur diese beiden. Ramon trat zu Carlo, der seine Waffen reinigte und einsteckte. „Wir verschwinden besser", sagte der kleinere Mann leise und der Asturier nickte zustimmend, aber die Menschen ließen sie nicht gehen. Die drei Waräger erhoben sich und traten zu ihnen. Misstrauisch blickten sie auf die drei Riesen, aber diese wirkten nicht feindselig. „Cedrik und Ollo sind Parteigänger und Kundschafter der Brüder Hauteville, diese schwingen sich zu den Führern der Normannen auf. Aber sie haben in Kalabrien und Apulien zu tun, Sizilien liegt noch nicht in ihrem Einflussbereich. Wir werden sehen, was die Zukunft bringt." Der Sprecher deutete seinen Männern, diese brachten die beiden Normannen mit Hilfe zweier Gäste aus dem Lokal. Er deutete zu seinem Tisch. „Ihr seid bemerkenswerte Kämpfer. Darf ich euch einladen?", fragte er ernst. Carlo und Ramon blickten sich an, dann nickten sie. Der Etrusker erhielt einige Schulterklopfer, die Gäste schienen mit dem Ausgang des Kampfes absolut zufrieden zu sein. Kara kam zu Ramon und umarmte ihn. Sie flüsterte ihm etwas ins Ohr, er grinste plötzlich. Dann küsste sie ihn und half dem Gastwirt, die Gäste mit Wein zu versorgen. „Mein Name ist Oleg. Ich bin Kommandant der verbliebenen Krieger der Leibgarde. Zusammen mit Griechen und Römern bilden wir den letzten Rest an Ordnungsmacht für den Kaiser in Konstantinopel." Carlo und Ramon stellten sich vor und blickten interessiert auf den braunhaarigen Hünen, der einen Vollbart trug. Ihre Gesichter präsentierten sich nach dem gestrigen Badetag bartlos. „Die beiden Normannen sind bereits seit einigen Monaten hier. Sie treiben sich ständig herum und tauchen in mehreren Städten an der Ostküste Siziliens auf. Offensichtlich versorgen sie die Hautevilles mit Informationen, es gibt genügend Menschen, die sie unterstützen." Ramon blickte sich um. „In dieser Taverne aber nicht", antwortete er lächelnd. Oleg blickte ihn an. „Täusche dich nicht und sei vorsichtig bei der leidenschaftlichen Kara. Der Gastwirt und sie sind bis jetzt gut mit den Normannen ausgekommen, aber vielleicht irre ich mich. Auch andere Gäste haben zu laut Beifall geklatscht. Sie werden ihr Verhalten ändern, wenn es notwendig ist." Carlo lächelte. „Viele Menschen werden sich immer dem Stärkeren zuwenden, das ist der Lauf der Dinge. Es ist nichts Ungewöhnliches, man darf ihnen nicht böse sein. Sie müssen sich anpassen, wenn sie in dieser Welt überleben wollen. Das ist in Ordnung. Es geht darum, ob diese Normannen von anderen Kämpfern Verstärkung erhalten. Ollo ist tot, aber Cedrik wird andere holen." Er blickte auf Ramon. „Wir werden verschwinden, es ist besser." Der Asturier nickte langsam. „Es gibt keine anderen in der weiteren Umgebung. Cedrik ist tot", sagte der hünenhafte Waräger leise und bestimmt. Die Männer nickten nachdenklich zu seinen Worten. „Ollo und sein Freund werden verschwinden, keiner fragt nach ihnen", führte der Waräger weiter aus. Kara brachte zwei Weinkrüge. „Für meinen Helden", sagte sie laut und stellte sich vor Ramon hin. „Die Herren entschuldigen mich", sagte er bestimmt und zog die Kellnerin in ein Nebenzimmer der Gastwirtschaft. Er schloss die Tür und zog sie an sich. Unter ihrem Rock trug sie nichts. Der Asturier drückte sie gegen die Wand und nahm sie von hinten, was sie zu lauten Freudenskundgebungen hinriss. Danach umarmte sie ihn und küsste ihn lange. „Ich hoffe, du bleibst länger. Aber jetzt muss ich weitermachen. Wir treffen uns bei mir, Großer." Er betrat wieder die Gaststube, wo Oleg ihn kopfschüttelnd musterte. „Du bist sehr triebhaft, dies kann gefährlich sein. Viele gute Männer sind wegen dieses Grundes unvorsichtig geworden. Sie sind tot, du solltest dich disziplinieren." Carlo nickte dazu. „Ich kenne ihn nicht lange, aber er neigt zum Risiko." Ramon grinste. „Was ist mit euch

Warägern? Ich hoffe, ihr mögt Frauen?" Grinsend betrachtete er den Hünen. „Ich habe Druck verspürt, vermutlich durch den Kampf. Es ist eine Erleichterung gewesen, Freund Oleg." Der Waräger nickte und grinste ebenfalls. „Ich verstehe das, geht mich auch nichts an. Kara wechselt schnell. Sie lebt davon, mein Freund", sagte er lächelnd. „Mich kann sie aber nicht vergessen, das geht allen Frauen ähnlich, die mich kennen", antwortete Ramon selbstbewusst. Carlo schüttelte den Kopf. „Warum glaubst du das? Das ist Unsinn", sagte er süffisant. „Ich bin Asturier, mein etruskischer Freund. Wir sind die christlichen Verteidiger gegen die unbeugsamen Mauren und das seit langen Jahrhunderten." Oleg griff ein. „In allen Ländern am Mittelmeer gibt es diese Frontlinie zwischen den Religionen. Von den Mauren im Westen über die Fatimiden in Ägypten, die Abbasiden in Bagdad und die türkischen Seldschuken im Osten des Reiches des Kaisers. Derzeit scheint die Lage an allen Fronten unter Kontrolle, aber die Seldschuken machen mir Sorgen. Sie sind die wildesten Kämpfer, die ich kenne und dienen bereits in allen Armeen der Araber als Söldner." Die Männer tranken und unterhielten sich angeregt. Ramon erzählte von Asturien. Er präsentierte sich als guter Unterhalter, mittlerweile stießen die beiden anderen Waräger zur Runde. Sie lachten, als er von den Abenteuern mit arabischen Frauen berichtete. Oleg und seine Männer zeigten sich überrascht über die Sprachkenntnisse des Asturiers, der Latein, Griechisch und Arabisch sprach. Er zeigte auf Carlo. „Dieser Halunke kann das auch", sagte er lallend, der Wein zeigte bereits eine starke Wirkung. Aber der Etrusker erwies sich als weniger redselig als sein Kumpan. Die Männer akzeptierten dies anstandslos, vor allem weil Ramon gute Geschichten erzählte, die den Männern vor lauter Lachen die Tränen in die Augen trieben. Im Laufe des Abends kam er auf Nael zu sprechen, dem Sohn der befreundeten Familie in Donostia. „Er muss irgendwo in eurer Stadt wohnen, wenn er noch lebt. Angeblich wohnt dort auch eine rothaarige Asturierin mit Namen Isabella." Er erzählte von der Wikingervergangenheit des Basken. Oleg riss überrascht die Augen auf. „Ich kenne die beiden Familien." Er erzählte davon, dass Nael mit seiner Frau Emilia ein großes Handelsunternehmen führte. Die Familie mit Isabella und ihrem Mann Bartholomäus betrieb eine große Gastwirtschaft. Sie traten als Schauspieler und Sänger auf, teilweise am Hof des Kaisers. „Bartholomäus besitzt eine großartige Stimme, aber auch seine Frau und Kinder. Ich habe sie vor ein paar Jahren gehört, es gefällt auch dem Kaiser. Sie leben gut in der Stadt." Ramon zeigte sich überrascht über die Wandlung des Basken Nael und der Asturierin Isabella. „Ihre Eltern werden sich freuen", sagte er aber nur und gab keine weiteren Kommentare ab. Im Laufe des Abends bot Oleg den beiden an, in seine Dienste zu treten, als Verstärkung seiner Männer. Nach einigem Zögern stimmten sie zu. „Ich muss Kara sagen, dass ich länger hierbleibe. Sie wird sich freuen", sagte er laut, aber die Frau schien verschwunden zu sein. Die Männer erfuhren, dass die Kellnerin mit einem vermögenden Mann verschwand. Carlo schlug dem Asturier auf die Schulter. „Aber vergessen wird sie dich nie, mein Freund!", rief er laut. Der ansonsten ruhige Etrusker wirkte erheblich betrunken, auch er schien das Gefühl nach erlangter Freiheit voll auszuleben. Die Gefangenschaft erweckte den Wunsch, das Leben mehr auszukosten als zuvor. Die Stadt Syrakus am Mittelländischen Meer schien geeignet zu sein, in nächster Zeit alle Möglichkeiten zu bieten, gut zu leben. Die Waräger lachten, die Männer verstanden einander. Ramon winkte ab und zog eine angetrunkene Frau auf seinen Schoß, die sich in seiner Nähe befand. Sie schrie kurz auf, fügte sich aber sofort, als sie den großen Mann sah. Danach trank er ausgiebig. Irgendwann verließen die Waräger die Taverne. Ramon und Carlo schlossen sich der jungen Frau an, die bewies, dass sie auch mit zwei Männern zurechtkam.

Die nächsten Monate in diesem Jahr verbrachten die beiden als Ordnungskräfte in Syrakus. Der Sold wurde pünktlich bezahlt, die Narben und Blessuren aufgrund des Aufenthalts bei den Berbern verblassten vollständig. Oleg erwies sich als umsichtiger Anführer der verbliebenen Waräger und als ruhiger, besonnener Mann, der auf Ordnung Wert legte. Er erzählte gerne von den Anfängen der kaiserlichen Leibgarde vor über fünfzig Jahren. Der Kyiver Großfürst Wladimir I. entsendete sechstausend Wikinger zum römischen Kaiser Basileios II., der mit Unterstützung dieser Krieger seinen Thron verteidigen konnte. Sie lösten anschließend die Herkulianer als Leibgarde des Kaisers ab und nahmen am erfolgreichen Feldzug des Georgios Maniakes gegen die Sarazenen in Sizilien teil. „Unser Anführer ist Harald Sigurdsson gewesen, ein Norweger. Die Römer haben ihn Araltes genannt. Aber er ist vor zwei Jahren nach Hause gezogen, hat die Tochter des Großfürsten Jaroslaw, Elisabeth, geehelicht und residiert als König in seinem Land. Sie nennen ihn Harald Hardrade, er ist tatsächlich ein harter Mann." Oleg erzählte von der kaiserlichen Leibwache, die aus Männern aus dem

Norden oder vom Volk der Rus, das sich aus Wikingern und Slawen zusammensetzte, bestand. „Wir gehören zu den größten Exemplaren der männlichen Gattung, deshalb kommt Carlo nicht in Frage. Ich kann auch dich nicht nehmen, Schwätzer, du bist zu dunkel geraten", sagte er zu Ramon. Dieser wies auf einen anderen Waräger. „Sieh dir Igor an, er ist dünkler als ich, aber um das Thema abzuschließen, weder Carlo noch ich wollen für diesen Kaiser dienen. Eine Leibgarde von ein paar tausend Mann unterliegt strengen Regeln. Vermutlich seid ihr deshalb noch hier, um auszuspannen." Der dunkelhaarige Igor schüttelte den Kopf. „Wir machen unsere Arbeit, Schwätzer, aber wir haben über dich gesprochen. Du bist einfach zu hässlich für die Leibgarde. Das sind echte Männer mit gutem Aussehen", sagte der große Mann grinsend. Sie nannten Ramon „Schwätzer", weil er ununterbrochen redete. Der Asturier blickte auf Carlo. „Du musst mir helfen. Diese Riesen schaffe ich nicht allein", sagte er laut. Dieser winkte ab. „Wenn du nur kurze Zeit nicht sprechen würdest, wäre allen geholfen", antwortete der unscheinbare Mann. „Dieser Schwätzer schafft das niemals. Er muss dies machen, denn er redet so lange auf die Frauen ein, bis sie Mitleid zeigen und ihn nehmen. Bei seiner Hässlichkeit eine enorme Überwindung", sagte Hakon, der dritte Waräger. Sie bildeten die Führungsriege der vorhandenen Truppe an Leibgardisten von ungefähr dreißig Mann. Ramon und Carlo arbeiteten vor allem als Kundschafter in der Umgebung, aber auch als Sicherheitsleute innerhalb der Stadt. Der Asturier ging nicht ein auf die Worte Hakons, die Waräger lachten. Sein Finger zeigte auf Oleg. „Meinetwegen lacht nur, aber die Frauen wissen, was sie an mir haben. Sie schwärmen geradezu. Es ist ein Wunder, dass sie nicht applaudieren nach einer Nacht mit mir." Die Waräger lachten, der Etrusker schüttelte den Kopf. „Du musst mit richtigen Frauen schlafen, im Reich der Rurikiden in Kyiv. Der Großfürst herrscht über die Fürstentümer im ganzen Osten. Unser Volk besteht aus vielen Slawen. Wir verwenden diese Sprache, aber die Oberschicht besteht zu einem größeren Teil aus Nachkommen der ursprünglichen Frauen und Männer aus Schweden. Sie entstammen den Stämmen der Svear und Gauten, es gibt aber fast keine Verbindung mehr zu unserer ursprünglichen Heimat." Oleg hielt inne in seiner Erzählung, dies nutzte der Asturier, um einzugreifen. „Es ist in Ordnung, dass ihr ein gemischtes Volk seid. Das ist besser als immer das gleiche Blut. Aber wenn diese Frauen der Rus, Slawinnen oder ursprüngliche Wikingerinnen, ähnlich aussehen wie ihr, dann werde ich mich wohl betrinken müssen, um sie nicht mit Kühen zu verwechseln." Carlo beobachtete die drei Waräger interessiert. „Ich werde diesen Schwätzer einfach schlagen, wenn er unsere Frauen beleidigt", sagte Hakon, aber Oleg schüttelte den Kopf. „Erinnerst du dich an unseren letzten Besuch in Ljubetsch am Fluss Dnepr, an meine kleine Schwester Tofa." Hakon grinste plötzlich und blickte auf Igor. „Erzähle ihm etwas von Tofa, Bruder. Du hast es bei ihr versucht, es hat zumindest so ausgesehen." Oleg und Hakon lachten. Igor grinste gequält. Er erzählte vom letzten Besuch in ihrer Heimat am Fluss Dnepr in Olegs Heimatstadt Ljubetsch vor vier Jahren. „Sie ist wunderschön, seine kleine Schwester, aber sie ist der Teufel in Menschengestalt. Mein Unterleib hat lange geschmerzt von ihrem Tritt", sagte Igor laut. Seine beiden Freunde lachten. „Sie ist damals sechzehn gewesen. Normalerweise sollte sie bereits heiraten, aber sie will nicht. Tofa beherrscht die Kriegskünste und ist wild und unbeherrscht. Sie hat zwei mögliche Ehemänner getötet. Mein Vater hat zu tun, ihre Probleme zu lösen. Sie macht trotzdem, was sie will", sagte Oleg. „Du bist ihr nicht gewachsen. Sie würde dich entmannen, Schwätzer. Nimm dir einfache Frauen, ich mache es seitdem ähnlich", sagte Igor grinsend. Ramon winkte ab und wandte sich an Oleg. „Es klingt nach einer echten Herausforderung. Nimm mich mit und ich zeige diesem hässlichen Igor, wie ein echter Mann mit Frauen umgeht." Der Waräger schüttelte den Kopf, nachdenklich blickte er den Asturier an. „Denk nicht daran, Oleg. Dieser Idiot bringt nur Unruhe in euer Reich. Wenn es ihm nämlich gelingt, deine Schwester zu betören, musst du ihn danach töten. Er wird sie nämlich wieder verlassen", sagte Carlo mit ruhiger Stimme. Ramon hielt eine Reise ins Land der Rus spontan für eine gute Idee und wandte sich an den Etrusker. „Neben deiner bisherigen Tätigkeit als Kundschafter und Auftragsmörder interessiert dich vor allem die Geschichte und die Geografie der Völker. Das wäre etwas Neues. Die Berber und Araber kennen wir schon, aber diese Mischung aus Slawen und Wikingern ist neu. Ich kenne sie nur mit Basken. Vielleicht erbarmt sich eine slawische Frau deiner gequälten Seele, armer Mann", antwortete Ramon grinsend. Carlo blickte ihn kopfschüttelnd an, dann wandte er sich an Oleg. „Ich hätte ihn bei den Berbern belassen sollen", sagte er resignierend. Die Waräger lachten. „Vergiss es, Schwätzer. Du wirst unseren heiligen Boden am Dnepr nicht schänden mit deiner Triebhaftigkeit. Aber ich werde bald nach Konstantinopel zurückversetzt,

Hakon und Igor bleiben noch. Eure Freunde leben in der Stadt. Dieses Angebot kann ich euch machen. In der größten Stadt der Welt gibt es viel zu tun für Männer wie euch. Begleitung von Handelszügen, Leibwächterdienste und andere notwendige Tätigkeiten, um Leben und Reichtum zu schützen." Ramon nickte. „Das klingt gut. Carlo und ich kommen natürlich mit. Wir wollen die Welt sehen. Am liebsten würde ich aus jedem Volk eine Frau bezirzen, das ist mein Traum!", rief er laut. Die Männer winkten ab. Der Asturier erhob sich. „Ich muss heute Kara aufsuchen, sie ist bereits eifersüchtig", sagte er entschuldigend und verließ die Männer, die außerhalb einer Taverne saßen. „Irgendwann werden sie ihn an seinen Hoden aufhängen, diesen triebhaften Bastard, und ich werde daneben stehen und laut lachen", sagte Hakon, die Männer nickten zustimmend. Oleg wandte sich an Carlo. „Ich werde Ende Oktober fahren, also in einigen Tagen. Mein Angebot gilt, du kannst auch mitfahren." Der Etrusker zuckte müde mit den Schultern. „Ich werde auf diesen Idioten aufpassen müssen", antwortete er kopfschüttelnd, die Waräger lachten. Carlo veranlassten aber auch andere Gründe für die Zusage. Er spürte, dass er sich bereits zu lange an einem Ort befand. Die Geschichte mit den beiden Normannen sprach sich herum und diese verfügten über viele Freunde im Süden Italiens. Er überlegte, ob er nach Hause zurückkehren sollte, nach Etrurien oder Toskana, wie es heute genannt wurde. Aber er war ein Getriebener, musste vergessen, was vor langen Jahren passierte. Der Mörder wurde bestraft und litt Qualen unter dem Messer Carlos. Nach langen Jahren der Suche fand er im Maghreb den Schuldigen für den Tod seiner Frau Pia, seinem kleinen Sohn

Lucius und Serena, dem ältesten Kind. Der Vorfall ereignete sich vor sechzehn Jahren. Die Sarazenen suchten mit ihren schnellen Schiffen ständig die Küsten Italiens heim, überfielen nicht nur Städte, auch die Küstendörfer. Sein Heimatdorf lag südlich von Pisa an der Küste der Toskana. Pia und er wuchsen gemeinsam auf, waren gleich alt. Sie war die Schönste in der ganzen Umgebung, aber auch er zeigte von Kindheit an außergewöhnliche Fähigkeiten, vor allem im Kampf. Sein Vater bildete ihn aus, dieser arbeitete lange Zeit in Pisa als Leibwächter eines reichen Adeligen. Sie lernten in ihrem Dorf Lesen und Schreiben, was ungewöhnlich war in diesen Zeiten, aber ähnlich wie in Esperanza in Asturien lebten die Menschen in diesem Dorf freier von herkömmlichen Regeln und nutzten dies für ihren Erfolg und zur Steigerung ihrer Lebensfreude. Dann erfolgte der Überfall, zu diesem Zeitpunkt befand sich Carlo außerhalb des Dorfes. Pia, die zweijährige Serena, und der einjährige Lucius blieben zu Hause und warteten auf seine Rückkehr. Er half einem Freund bei einem Transport nach Pisa. Als sie sich auf der Rückreise befanden, vernahmen sie Lärm und Geschrei vom Dorf. Sie beeilten sich, aber sie kamen nicht rechtzeitig. Die meisten Männer, Frauen und Kinder waren tot. Sie sahen die abziehenden Schiffe der Sarazenen am Horizont. Er erinnerte sich an den Anblick seiner toten Familie. Pia versuchte offensichtlich ihre Kinder zu schützen und wurde dabei ermordet, andere Frauen traf es noch schlimmer. Sie wurden davor vergewaltigt und anschließend getötet, oder als Sklavinnen mitgenommen. Sein Freund hatte mehr Glück, dessen Frau und Kind versteckten sich rechtzeitig. Es gab nur eine Handvoll Überlebende, die sich von der Küste weg ins

Inland zurückzogen. Niemals würde er den Anblick seiner abgeschlachteten Kinder und die weit aufgerissenen Augen seiner Pia vergessen. Er kannte die Erbarmungslosigkeit im Kampf der Religionen, die jeweils anderen waren in den Augen der einen unwertes Leben, deshalb wurde auf Kinder keine Rücksicht genommen. Terror gegen Unschuldige erwies sich stets als Mittel bewaffneter Horden, um furchteinflößend zu wirken und Beute zu machen. In diesem Moment brach das Gute und Anständige in ihm. Sein Freund und er fanden einen verwundeten Sarazenen. Carlo quälte ihn so lange, bis er den Namen und die Herkunft des Anführers preisgab, danach tötete er ihn mitleidlos. Sein Freund zeigte sich schockiert über die Härte, aber es machte ihm nichts aus. Er verließ sein Dorf. In den nächsten Jahren arbeitete er als Kundschafter und Auftragsmörder, um an Geld zu kommen. Er verbesserte stetig seine Fähigkeiten und erweiterte sein Wissen. Arabisch und Griechisch brachte er sich selbst bei, bisweilen nahm er sich einen Lehrer. Sein Ziel hieß Rache und Vergeltung, aber sein Leben als gedungener Mörder brachte ihm einen zweifelhaften Ruf, den er bisweilen mit Alkohol und Frauen zu vergessen suchte. Frauen und Kinder griff er nie an, im Gegenteil, er half Menschen in Not und tötete andere, die Leid verursachten und vergrößerten. Fast zehn Jahre irrte er durch Italien, bis er auf den unbeugsamen Basken Nael und seine Kampfgefährtin Isabella traf. Diese befanden sich inmitten einer Familienfehde. Er half ihnen schlussendlich, ihre Feinde zu töten. Es handelte sich um seine letzten Auftraggeber, den Normannen Tancred und dessen Männer. Die Paare sollten eine gute Zukunft haben in der Stadt Konstantinopel. Er suchte danach Rom auf, um den Verursacher der ganzen Fehde, den Tuskulaner Dino, auszuschalten. Diesbezüglich half er sich mit Gift, dies erwies sich oft als unauffällig. Danach verschwand er aus Italien und suchte den Verantwortlichen für den Mord an seiner Familie, Brahim Abu Atif at-Tawil. In diesen Jahren lebte er in Maghreb, auf Sardinien und Sizilien. Der Gesuchte trieb sich herum und war schwer zu lokalisieren, aber er fand ihn und ließ ihn leiden. Danach wurde er unvorsichtig und landete im Gefängnis von Tunis, wo er auf Ramon traf. Er mochte den großen Asturier. Dieser zeigte zwar eine große Triebhaftigkeit und eine noch größere Redseligkeit, aber seine Fähigkeiten als Kämpfer und bei Sprachen erwiesen sich als erstaunlich. Im Kampf neigte er zu einer ähnlichen Brutalität wie er selbst, obwohl bisher keine echte Tragödie in dessen Leben stattfand. Der Asturier war über zehn Jahre jünger als er, aber er präsentierte sich als loyaler und ständig gut aufgelegter Kumpane. Die Idee mit Konstantinopel klang gut. Carlo spürte, dass der endgültige Abschied aus seiner Heimat Italien bevorstand. Er würde nicht mehr zurückkehren, sein ursprüngliches Leben fand vor langen Jahren ein Ende. Er verbrannte damals das Haus und die Leichen seiner Familie, ihre Asche verstreute er im Meer. Seit damals konnte er nicht mehr weinen, zu viele Tränen und Selbstvorwürfe setzten ihm bis dahin zu. Er nahm sich vor, so viele böse Menschen wie möglich zu töten und an dieses Prinzip hielt sich. Nach seiner Überzeugung tötete er nie einen Unschuldigen, dafür erhielt er Geld. Er verabschiedete sich von den Warägern und machte einen Rundgang, die Dunkelheit brach früher an im Oktober. Carlo blickte auf das Haus mit Karas Zimmer, in dem sie Männer empfing. Auch er genoss die angenehmen Seiten des Lebens, seine Pia würde ihm verzeihen. Er trug wie vom Normannen Ollo angesprochen eine Tätowierung auf der Brust, eine große rote Rose, die als Heilpflanze und als Gift in der Toskana bekannt war. Dazu schien der Name seiner Frau oberhalb auf. Ein Mann in Pisa beherrschte die Kunst der Tätowierung. „Ich werde mit dem Asturier weiterziehen und unsere Heimat verlassen. Seit eurem Tod habe ich die Bindung verloren, fremde Völker drängen hinein in unser schönes Land. Ich spüre, dass ich nicht mehr wiederkommen werde, mein Mörder wartet im Osten auf mich, oder ist es eine Frau?" Carlo hielt inne in seinen Gedanken. Er dachte an seine letzte Beteiligung an einem Kampf in der Sabina, an das Gespräch mit einem einfachen Mann, der ihn beschuldigte, sich zu verkaufen. Dieses Gespräch änderte sein Verhalten und er half Fremden, die er nicht kannte, aber es tat gut, auf der richtigen Seite zu stehen. Sie wollten eine gute Zukunft und waren bereit, dafür zu kämpfen und ihre Heimat zu verlassen, weil sie den richtigen Menschen fanden, der ihnen half und sie in eine gute Richtung wies. Damals verspürte er wieder so etwas wie Freude, liebende Menschen erschienen sehr positiv. Dieses Gefühl erfasste ihn auch, wenn er einfachen Menschen gegen Übermächtige half, ihre Freude über eine kurze, gewonnene Freiheit. Carlo blickte in den Nachthimmel von Syrakus. Im Osten warteten neue Welten auf ihn. Er hoffte darauf, dass Ramon auf eine Reise zu den Rus verzichtete, in diesem Teil der Welt lebten wilde Völker mit einem schlechten Ruf. Nicht nur die Rus und die Slawen, vor allem auch die Turkvölker in den weiten Steppen des Ostens. Er kannte diese vom Hörensagen, plötzlich erfasste ihn Abenteuerlust. Der

Asturier brachte ihn dazu, anders zu denken und neue Ziele zu suchen. Er freute sich plötzlich auf Konstantinopel. In der Zwischenzeit suchte Ramon Kara auf, die sich ihm willig hingab. Das Liebesspiel mit dem Asturier erwies sich stets als Höhepunkt ihres Lebens, aber sie entwickelte keine Gefühle für ihn. Sie wollte leben und überleben, Gefühle erwiesen sich dabei als hinderlich. Gemeinsam verbrachten sie intensive und geräuschvolle Stunden, nach Mitternacht schlief er ein. Kara erhob sich einige Zeit später mit bedauerndem Blick, nackt stand sie vor dem Bett. „Es tut mir leid, mein Freund, aber die Normannen sind nicht aufzuhalten und sie zahlen gut", sagte sie leise. Dann kleidete sie sich rasch an und eilte nach draußen. Vor der Tür standen zwei kleine Männer, keine Normannen, sondern von diesen beauftragte, gedungene Mörder. Sie verließ das Haus, wollte nicht dabei sein beim blutigen Schauspiel. Kara suchte die Taverne auf und wurde mit Jubel von der betrunkenen Menge empfangen. Bereits davor informierte sie Ramon und den Gastwirt, dass sie die Taverne noch einmal aufsuchen würde. Die Kellnerin trank einen großen Schluck Wein und antwortete auf ein paar anzügliche Wortmeldungen mit ihrer bekannten Schlagfertigkeit. In der Zwischenzeit lag der Asturier auf dem Bett. Er erwachte bei Karas Verschwinden. Seine Instinkte funktionierten trotz des erschöpfenden Liebesspiels. Die Alarmsignale schlugen an, er reagierte schnell und griff nach seinen Waffen. Im Zimmer herrschte Dunkelheit, als die beiden gedungenen Mörder in den Raum kamen. Zu spät erkannten sie, dass sich ihr Opfer nicht mehr im Bett befand. Ramon stach mitleidlos zu. Der Erste kam nicht dazu, sich zu wehren. Beim zweiten erwies sich die längere Reichweite des Schwertes als vorteilhaft, um den Kampf schnell zu beenden. Röchelnd hauchten die beiden Männer ihr Leben aus. „Dieses verdammte Miststück hat mich verkauft", sagte er zu sich selbst, aber sollte er sie deswegen bestrafen. Er vermied Gewalt bei Frauen, zu sehr schätzte er ihre Vorzüge. „Ich werde ihr einen Besuch abstatten." Er kleidete sich an und suchte die Taverne auf. Zufällig stand Carlo an der Schank, die beiden grüßten einander. Kara kam herbei und riss überrascht die Augen auf, als sie den Asturier erblickte. „Ich habe gedacht, du schläfst, Großer", sagte sie schnell und wollte an ihm vorbei, der Gastwirt gesellte sich dazu. Der Asturier fasste beide ins Auge. „Du wirkst überrascht, liebe Kara. Hast du mich nicht erwartet?", fragte er süffisant. Er lächelte, aber seine Augen wirkten bedrohlich. Der Gastwirt schluckte, auch der Kellnerin schoss die Röte ins Gesicht. „Ist etwas passiert, Ramon?", fragte Carlo. Der Asturier schüttelte den Kopf. „Übrigens, zwei Männer wollten dich sprechen, aber sie konnten sich nicht verständlich ausdrücken. Ich denke, du musst dein Zimmer reinigen, das viele Blut ruiniert den Holzboden", sagte er etwas lauter. Karas Gesicht wechselte die Farbe. Sie wollte etwas sagen, auch der Gastwirt, aber Ramon unterbrach sie mit einer schnellen Handbewegung. „Haltet den Mund, und sagt euren Freunden, dass es mehr braucht als solche Versager, um einen Asturier zu töten. Ich bin etwas enttäuscht", sagte er süffisant. Sie erkannte, dass er keine Vergeltung üben wollte, auch der Gastwirt schien erleichtert zu sein und machte sich davon. Die Frau trat zu Ramon. „Ich kenne diese Männer nicht, aber vielleicht kann ich mich erkenntlich zeigen für dein Verständnis, Großer", sagte sie mit verlockender Stimme. Der

Angesprochene nickte. „Du wirst dich erkenntlich zeigen, meine Hübsche, das wirst du auf alle Fälle. Ich bin nicht nachtragend bei Frauen", sagte er grinsend. Kara zuckte mit den Schultern, die Sache ging gut für sie aus. Die „Bestrafung" würde ihr guttun, sie freute sich darauf. Ramon erzählte Carlo vom missglückten Attentat. „Du besteigst sie noch einmal, obwohl sie dich verkauft hat, Asturier?" Ramon hob verständnislos die Augen. „Natürlich! Ich muss bis zu unserer Abfahrt nichts zahlen, das Paradies wartet auf mich. Das verstehst ein Trauerklotz wie du nicht", sagte er laut. Der Etrusker tippte sich verblüfft an die Stirn und schüttelte den Kopf. Kara hielt ihr Versprechen und leistete dem Asturier willige Liebesdienste bis zu seiner Abfahrt. Ende Oktober verließen Carlo und Ramon gemeinsam mit dem Waräger Oleg die Stadt Syrakus Richtung Osten mit dem Ziel Konstantinopel. „Ich muss mein Griechisch verbessern", sagte der Etrusker laut, während sein Blick auf der sich entfernenden Insel Sizilien lastete. Seine Heimat lag hinter ihm. Ramon schlug ihm auf die Schulter. „Ich werde dir helfen, auch bei den Frauen. Das ist ein Versprechen", sagte er grinsend. Carlo nickte, während Oleg den Kopf schüttelte.

2.
November 1044 bis Juni 1045

Die Fahrt von Syrakus nach Konstantinopel dauerte mit einigen Hafenankünften zehn Tage, sie kamen auch nach Athen. Ramon zeigte sich beeindruckt von der Inselvielfalt im Ägäischen Meer, hier lag das Machtzentrum des Reiches der Römer. Oleg erzählte viel über die Stadt Konstantinopel, aber noch mehr über seine Heimat im Norden des Euxinischen Meeres. Zwischen diesen beiden größeren Meeren lag das kleine Marmorameer, das seinen Namen von einer Insel herleitete. Die Marmorinsel oder Prokonnisos lag im vorderen Teil, dessen Wassermassen vom salzarmen Wasser des Euxinischen und dem salzintensiveren des Ägäischen Meeres gespeist wurden. Das Klima wies Attribute beider Zonen auf. Auf der Insel wurde weißer Marmor abgebaut, der im gesamten Raum des Mittelländischen Meeres verwendet wurde. Der Hellespontus stellte die Meerenge zwischen dem Ägäischen und dem Marmorameer dar. Am Eingang zur nächsten Meerenge, dem Bosporus, zwischen dem Euxinischen und dem Marmorameer, lag an einem Kap die Stadt Konstantinopel. Nördlich der Stadt erstreckte sich das Goldene Horn. Dieser Meeresarm zog sich westlich bis in nordwestlicher Richtung ins Landesinnere und diente als Schutz für die Stadt. Die Einfahrt wurde mit einer riesigen Eisenkette geschützt. Es gab viele Häfen, die den Zugang zur Stadt ermöglichten. Am Marmorameer lagen der große Eleutherioshafen, der Kontoskalionhafen und der Julianhafen. Über den Letztgenannten erfolgte der direkte Zugang zum großen Palast des Kaisers, seiner Angehörigen und der Höflinge. Angeblich befanden sich auf dem Areal mehrere Paläste, die als ein Komplex gesehen wurden. Das Hippodrom befand sich anschließend, es diente als Wettkampfarena, vor allem für die berühmten Wagenrennen. Nach dem Eingang zum Goldenen Horn und Überwindung der riesigen Eisenkette lagen der Prosphorionhafen und der Neorionhafen, dort lag ihr Ziel. Die Stadt wurde als Byzantion vor langer Zeit am südwestlichen Ausgang des Bosporus von dorischen Griechen gegründet, als Byzantium stellte es lange Zeit einen Teil der römischen Provinz Thrakien dar. Kaiser Konstantin der Große machte die Provinzstadt zu seiner Residenzstadt und nannte sie „Neues Rom". Deswegen gab es wie in der Mutterstadt auch sieben Hügel, die aber schwerer zu identifizieren waren als die Hügel Roms. Nach dessen Tod erhielt die Stadt den Namen Konstantinopel, in der sich in den nächsten Jahrhunderten griechische Lebensform und Sprache durchsetzten. Die Reichsteilung unter dem römischen Kaiser Theodosius führte zu einer Spaltung des Imperiums. Nachdem das westliche Reich unter dem Ansturm der germanischen Stämme zerbrach, blieb das Reich im Osten als Nachfolger des einst alles beherrschenden Imperiums über. Die Bewohner und die Obrigkeit sahen sich als Römer und einzige legitime Nachfolger des großen Reiches. Dies wurde von den übrigen Fürsten und Königen anerkannt. Die Anerkennung eines Titels durch den römischen Kaiser in Konstantinopel galt unter den christlichen Herrschern als notwendig und verlieh dem erhaltenen Titel Gewicht und Dauer. Im untergegangenen westlichen Reich etablierten sich mittlerweile die deutschen Kaiser als Gegengewicht zum Kontrahenten in Konstantinopel. Dieser Kaisertitel wurde vom karolingischen Franken Karl dem Großen erworben, dieser wurde vom Papst in Rom gekrönt. Die Menschen im Osten bezeichneten die Menschen im Westen als Franken, diese Bezeichnung wurden von den Muslimen für alle Europäer verwendet. Seit der Kaiserkrönung Karls des Großen und der Einrichtung eines Kirchenstaates unter der Oberhoheit des Papstes in Rom, unter dem Schutz der fränkischen Kaiser, erweiterte sich die Spaltung in den Einflussbereichen der jeweiligen Kultur. Diesbezüglich gab es seit langem Streitigkeiten, ob der Papst in Rom weiterhin als Oberhaupt aller christlichen Glaubensrichtungen anerkannt wurde. Vor allem die Kirchen im Osten, die Patriarchate von Konstantinopel, Alexandrien, Antiochien und Jerusalem entwickelten sich in ihren inneren Abläufen anders als jene im Westen. Es gab seit Jahrhunderten Differenzen in der Christologie und Fundamentaltheologie. Laut den Erzählungen von Oleg fanden derzeit konkrete Verhandlungen zwischen Rom und Konstantinopel statt, die den Streitpunkt der Anerkennung des Papstes als oberste christliche Autorität klären sollten. Das Patriarchat in Konstantinopel wurde von Michael I. Kerularios geführt, in Rom residierte Benedikt IX. als Papst. Derzeit erwies sich das Reich der Römer als stabil, obwohl einige Besitzungen im Westen verlorengingen, aber die Fatimiden in Kairo mussten Tributzahlungen leisten. Der letzte Kaiser, der sich im Sinne seiner römischen Vorgänger als fähig erwies, das Reich durch erfolgreiche Feldzüge zu erweitern, war Basileios II. Dieser residierte am längsten in der Geschichte des Römischen Reiches, er konnte aber die Macht einflussreicher Adelsfamilien nicht brechen. Seit seinem Tod gab es ständige Intrigen um die Nachfolge. Die Kaiser erwiesen sich bisweilen als vergnügungssüchtig oder kränklich. Der derzeitige Kaiser Konstantin IX. musste sich im letzten Jahr dem Gegenkaiser Georgios Maniakes stellen. Dieser wurde von seinen Truppen in Syrakus zum Kaiser ausgerufen. In der Schlacht von Thessaloniki stellte sich der Eunuch Stephanos Pergamenos den Truppen des Maniakes entgegen. „Georgios ist ein fähiger Mann gewesen. Den Sieg vor Augen ist er an einer Verwundung verstorben, dies hat zum Sieg des Eunuchen geführt", erzählte Oleg leise. Der siegreiche Feldherr organisierte im selben Jahr eine erfolglose Verschwörung, die rechtzeitig enttarnt wurde. „Sie haben ihn geschoren und verbannt, niemand kennt seinen Aufenthalt. Die restlichen Verschwörer sind hingerichtet worden." Oleg erzählte auch vom vergeblichen Versuch einer Flotte der Kyiver Rus, die Stadt einzunehmen. „Sie haben Maniakes unterstützt, aber sie sind erfolglos geblieben. Das Griechische Feuer hat sich als verheerend erwiesen", sagte der braunhaarige Waräger. Carlo und Ramon hörten von dieser Wunderwaffe, die brennbare Flüssigkeiten gegen feindliche Schiffe spritzte. „Unser Kaiser ist zwar von der Gicht geplagt, aber er ist ein Glückskind. Das letzte Jahr hat sich als erfolgreich herausgestellt. Nur seine Gemahlin Zoe, eine triebhafte, alte Intrigantin, macht ihm zu schaffen." Oleg wandte sich an Ramon. „Diese Frau ist etwas für dich, Schwätzer. Sie ist zwar über sechzig Jahre alt, aber treibt es gerne mit jungen, willigen Günstlingen", sagte er lachend. Der Asturier schüttelte den Kopf. „Ich bevorzuge junge Frauen, mein Freund. Diese adeligen, alten Damen sind gefährlich und schwer zu ertragen, wenn sie sich entkleiden", sagte er kopfschüttelnd. „Du suchst ständige Herausforderungen, Junge. Eine Kaiserin ist nicht zu schlagen, egal was du jetzt sagst", sagte Carlo süffisant. Ramon hob abwehrend die Hände. „Ich werde mich von dieser Frau fern halten, denn ich interessiere mich für blonde Wikingerinnen", antwortete er grinsend. Oleg zuckte mit den Schultern. „Ich will im nächsten Jahr nach Ljubetsch fahren. Die blonden Frauen sind selten geworden, aber du kannst mitkommen, mein Freund." Der Asturier nickte grinsend. „Du hast erzählt, deine Schwester Tofa ist blond und eine Schönheit. Ich hoffe, du störst nicht in meinem Werben um die wehrhafte Frau." Oleg blickte ihn verständnislos an, dann schüttelte er den Kopf. „Mein Vater ist froh, wenn sich ein Mann findet, der diese Wahnsinnige ehelicht. Vermutlich hat er sie bereits gezwungen, oder sie ist weggezogen. Tofa hat ihren eigenen Kopf, sie ist verrückt und besitzt ein großes Kämpfertalent. Sie wird dich töten, wenn du einen Fehler machst. Ich habe dir von den Eheanwärtern erzählt. Sie will einen Nordmann, vermutlich befindet sie sich bereits in Schweden oder Norwegen." Ramon zuckte mit den Schultern. „Du vergönnst sie mir nicht, mein Freund. Mein Erfolg bei Frauen ist bekannt, aber ich kenne bisher nur eine nennenswerte blonde junge Frau. Das ist meine Schwägerin Alaia, eine halbe Wikingerin, aber mein Bruder Rafael wäre über mein Interesse wahrscheinlich nicht erfreut gewesen." Carlo blickte ihn misstrauisch an. Der Asturier schüttelte den Kopf. „Familie ist Familie! Es hat nichts gegeben zwischen Alaia und mir. Du traust mir schlimme Dinge zu, mein Freund", sagte er gespielt entrüstet. Auf der Fahrt erfuhren sie auch, dass das Heer der Römer zum größten Teil aus Söldnereinheiten bestand, die von einem Strategen geführt wurde. Dieser war gleichzeitig oberster Anführer eines Themas. Die Themen erwiesen sich als benannte Gebiete und bildeten seit einigen Jahrhunderten die militärische und zivile Grundstruktur des Reiches der Römer. Dem Strategen unterstanden bis zu zehntausend Soldaten aus Wehrbauern und Söldnern. Diese Einheit wurde in zwei bis vier Abteilungen aufgeteilt, die von einem Turmarch geführt wurden. Die Soldaten erhielten im jeweiligen Gebiet Landbesitz und verpflichteten sich, zur Abwehr von Feinden beizutragen. Dies führte oft dazu, dass brachliegende Höfe bei Kriegszügen von aristokratischen Großgrundbesitzern aufgekauft wurden. Es gab starke Tendenzen zur Feudalisierung, die kaisertreuen Wehrbauern wurden sukzessive ersetzt durch Männer des jeweiligen Aristokraten. Die Einheiten des Turmarch wurden Turma genannt, die sich in Drungus gliederten, die von einem Drungarios geführt wurden. Im Kriegsfall konnten diese Einheiten in Bandum eingeteilt werden, die ein Comes befehligte. Diese wiesen bis zu dreihundert Männer auf. Die militärische Struktur ergab eine schnelle Bereitschaft und Beweglichkeit, wurde aber auch gewählt, um Revolten innerhalb des Militärs zu verhindern. Das System funktionierte sehr gut, obwohl die Soldaten der Themen in der Ausbildung und Ausrüstung den Tagmata, kaiserlichen Eliteregimentern, nachhinkten. Aber die Plünderungszüge arabischer und türkischer Horden konnten mit diesem System erfolgreich bekämpft werden, da sich die Ortskenntnis und schnelle Verfügbarkeit als geeignete Mittel zur Abwehr erwiesen. Aufgrund dieser vielen Milizeinheiten wurden die Horden der Plünderer in ihren Wirkungsbereichen abgeschnitten. Eine Feldarmee mit zusammengefassten Themeneinheiten und kaiserlichen Eliteeinheiten erwies sich als schlagkräftig. Deshalb blieben sie in den letzten Jahrzehnten gegenüber arabischen Reichen und den Slawen im Nordwesten erfolgreich. Carlo und Ramon hörten dem Waräger interessiert zu. Informationen waren wichtig, wenn man in ein fremdes Land kam. „Ich hoffe, du kannst uns helfen, aber die alte Kaiserin soll mir fern bleiben", sagte der Asturier und hob abwehrend die Hände. Oleg lachte. „Du bist zu wählerisch, Schwätzer. Die Kaiserin kennt die Hälfte der jungen Männer der Stadt. Sie kann dir etwas beibringen", antwortete er süffisant. „Eine erfahrene Frau kann dir vielleicht helfen", ergänzte Carlo die Ausführungen des Warägers, beide grinsten. „Es ist vielleicht besser, du zeigst uns, wo die rothaarige Isabella mit ihrer Familie wohnt", antwortete Ramon kopfschüttelnd. Oleg erzählte, dass die Familien der Asturierin Isabella und des Basken Nael im Viertel der Genueser innerhalb der ehemaligen Severischen Mauer lebten. „Nael ist ein guter Freund und mit einigen von uns bereits öfter auf Handelsreise im Norden gewesen. Er spricht die Sprache der Wikinger, ein großartiger Kämpfer. Seine Frau Emilia ist sehr geschäftstüchtig. Das andere Paar kenne ich nicht gut. Sie betreiben ein Haus der Künste mit einer riesigen Gastwirtschaft und spielen Stücke für den Adel und das Volk. Die Familie unterhält die Menschen. Sie sind bekannt und sehr beliebt, vor allem Bartholomäus, der Ehegatte von Isabella", erzählte der Waräger. Ramon schüttelte den Kopf. „Ich muss mir anhören, wie die rothaarige Isabella singt. Sie hat mir einiges gezeigt in Gijon, in dieser Zeit hat sie getrunken und triebhaft gelebt", sagte er anzüglich. Oleg blickte ihn kopfschüttelnd an. „Das mag sein, aber diese Zeiten sind lange vorbei, denn diese Isabella ist als Künstlerin anerkannt. Die Menschen mögen sie, zudem solltest du bei ihrem Ehemann vorsichtig sein." Der Asturier blickte ihn verständnislos an. Er kannte die Geschichte über Nael und Isabella von Carlo, aber dieser erzählte nicht viele Details. „Der Mann ist ein Sänger", sagte er kopfschüttelnd. „Gerüchten zufolge hat er als Spion für den deutschen Kaiser gearbeitet, aber mehr weiß ich nicht. Jedenfalls hat er mühelos einen Mann aus der Garde besiegt, der seiner Ehegattin zu nahe kam. Er hat sehr schnell und brutal gehandelt, ähnlich wie Carlo." Der Etrusker nickte, er kannte Bartholomäus de Wenia aus Italien. „Ein sehr gefährlicher Mann, mit vielen Talenten und er hat ähnlich triebhaft wie du gelebt, bevor er die rothaarige Isabella traf", sagte Carlo. Ramon blickte den Etrusker an. „Du verschweigst mir zu viel. Freunde sollten Vertrauen zueinander haben, du musst mir mehr erzählen. Selbst dieser Waräger besitzt eine redselige Seite. Öffne dich anderen Menschen, Carlo", sagte der Asturier süffisant und grinsend. Der Etrusker blickte auf Oleg, der mit den Schultern zuckte. „Ich würde ihn auf Dauer nicht aushalten, aber es ist deine Entscheidung, Carlo", antwortete er offen. Der Etrusker wandte sich an Ramon. „Wir sind keine Freunde und ich kann dich töten. Aber ich werde es Olegs Schwester überlassen. Ich hoffe inständig, dass sie im nächsten Jahr noch am Dnepr weilt", antwortete er lächelnd. Der Asturier setzte ein überhebliches Grinsen auf. Er deutete auf Oleg. „Wenn mein Freund nicht eingreift, dann wird mir seine kleine Schwester zu Füßen liegen." Der Waräger blickte Ramon an. „Das will ich sehen, ich freue mich darauf. Ich muss nicht eingreifen, du wirst am Fluss Dnepr sterben, wenn Tofa im Ort weilt", antwortete er grinsend. Die Männer beendeten ihre Unterhaltung und blickten auf das Marmorameer, das sich an diesem Tag im November mit bewölktem Himmel präsentierte. Sie umfuhren das Kap, an dem das Tor der heiligen Barbara lag und segelten Richtung Neorionhafen, wo sie an Land gingen. Die schwere Kette, die die Zufahrt zum Goldenen Horn behinderte, war zwischen einzelnen hölzernen Schwimmkörpern angebracht und bot Einlässe in diesen Bereich. Gemeinsam verließen die drei Männer das Schiff, das sie sicher in die größte Stadt der bekannten Welt brachte. Bereits zuvor erstaunte sie die Größe und Pracht von Konstantinopel, das von einer unendlichen Mauer umgeben zu sein schien, die viele Türme und Tore aufwies. „In dieser Stadt liegt das Geld auf den Straßen, mein Freund. Wir werden reich sein, das spüre ich", sagte Ramon beeindruckt zu Carlo. Dem Etrusker gefiel die riesige Stadt mit ihren Möglichkeiten. „Wir werden sehen, aber es ist ein guter Platz, vor allem kommen wir zu einem guten Zeitpunkt. Die inneren Kämpfe sind vorbei, das ist gut", sagte er nachdenklich. Der Waräger wies auf die gegenüberliegende Seite. „Dort liegt Pera. Das ist derzeit unbesiedeltes Gebiet, aber die Vertretungen der italienischen Städte schielen darauf. Hinter diesem Hafen und der Mauer liegen die Viertel der Venezianer, Amalfitaner, Pisaner und Genuesen. Du wirst dich heimisch fühlen, Carlo", sagte Oleg. „Ich hoffe, der Etrusker beginnt nicht zu weinen vor lauter Rührung", sagte Ramon grinsend und ging voran. Carlo blickte ihm hinterher, anschließend fiel sein Blick auf Oleg, der den Kopf schüttelte. „Ich sollte ihn töten, diesen Dauerredner, aber ich hoffe auf deine Schwester", sagte der Etrusker. „Ich weiß nicht, ob sie noch zu Hause ist. Aber ich halte es für sein übliches, dämliches Gerede. Dieser Mann erzählt gerne Geschichten und will allen beweisen, wie witzig er ist." Carlo schüttelte den Kopf. „Ich kenne ihn mittlerweile. Der Name deiner Schwester hat sich in sein Gehirn eingebrannt. Geld und Gold sind nebensächlich für Ramon, aber die Gunst einer Frau, vor allem einer schwierigen Frau, stellt für diesen triebhaften Mann ein lohnendes Ziel dar. Wir werden sehen, was passiert, aber ich denke, dass wir dich nächstes Jahr begleiten werden." Oleg blickten den kleineren Mann überrascht an. „Du denkst tatsächlich, dass er wegen einer Frau, die er nicht kennt, nach Norden fährt?" Carlo nickte. „Er hat es sich in den Kopf gesetzt und die Vorstellung, uns zu beweisen, dass er selbst die schwierigsten Frauen bekommt, lässt ihn nicht los. Es ist bei ihm wie bei anderen Männern die Gier nach Gold." Oleg lachte plötzlich. „Er ist verrückt, aber ich mag den Idioten irgendwie." Gemeinsam folgten sie dem Asturier, der vor dem Neoriontor auf die beiden Männer wartete.

Sie gelangten mühelos durch das Tor, der Waräger wies sich als Mitglied der Leibwache aus. Danach marschierten sie durch dicht bebaute Viertel. „In diesem Bereich wohnen viele Menschen aus Italien, Venedig, Pisa, Genua und aus der Umgebung von Neapel", erzählte der braunhaarige Hüne. Aus seinen Erzählungen während der Schifffahrt erkannten die Männer, dass der Waräger die Stadt liebte. Carlo sprach ihn darauf an. „Ich liebe meine Heimat am Dnepr, aber diese Stadt inspiriert mich. Sie bietet Menschen mit Ideen Möglichkeiten und beherbergt großen Reichtum. Deshalb stellt sie ein ständiges Objekt der Begierde anderer Völker dar, auch meines Volkes", antwortete Oleg. „Meine Heimat bleibt in meinem Herzen und ich besuche sie gelegentlich, aber diese Stadt stellt mein Leben dar, für das ich bereit bin, alles zu geben. Meine Frau wartet bereits." Überrascht blickten die Männer auf, von einer Ehefrau sprach der Waräger bis jetzt nicht. Dieser schüttelte angesichts der überraschten Blicke den Kopf. „Was ist los mit euch? Auch Leibgardisten haben Ehefrauen. Ethia ist Griechin und entstammt Kleinasien. Wir haben zwei Kinder. Sie erträgt meine Abwesenheiten mit Geduld und Güte." Ramon begann zu grinsen. „Ich hoffe, du stellst uns vor, mein Freund." Der Hüne schüttelte den Kopf. „Meine Familie gehört mir, dort will ich mich ausruhen und mit ihnen beschäftigen. Du störst nur, Schwätzer." Carlo nickte verständnisvoll zu seinen Worten. Das Viertel der Genueser lag innerhalb der ehemaligen Severischen Mauer, in der Nähe stand der Palast der Familie Botaneiates. „Eine mächtige Familie, der Palast ist von Häusern und Pavillons umgeben. Das Oberhaupt Nikepheros ist ein bekannter Intrigant", erzählte der Waräger. Schließlich langten sie an ihrem Ziel an, er zeigte auf ein zweistöckiges Gebäude. „Hier wohnt die Familie. Es ist ein großes Haus mit einem hinteren Teil und einem großen Hof. Das Geschäft von Emilia und Nael liegt im Erdgeschoss. Isabella und Bart wohnen im Haus anschließend, der Zugang erfolgt über eine enge Gasse. Das Theater mit Gastwirtschaft liegt in der Nähe des großen Forums, aber sie werden es euch sicher zeigen." Der Waräger blieb stehen und schüttelte den Männern die Hand. „Wir sehen uns, meine Freunde", sagte er abschließend und begab sich Richtung Osten zum Großen Palast, in dessen Nähe sein kleines Haus lag, in dem seine Familie wohnte. Der Asturier blickte ihm nach. „Ein guter Mann, aber ich wäre neugierig, wie seine Frau aussieht", sagte er grinsend. „Halt den Mund!", antwortete der Etrusker. Carlo blickte auf das Haus, im Erdgeschoss existierte ein großes Geschäft. Er erinnerte sich an Emilia, die stolze und schöne Römerin. Sie sahen sich einmal, als er mit seinem ehemaligen normannischen Auftraggeber Tancred das Landhaus in der Sabina aufsuchte, möglicherweise bemerkte sie ihn aber nicht. Bartholomäus und Nael würden ihn wiedererkennen. Die Familien erwiesen sich in ihrer neuen Heimat als erfolgreich, wie das geschäftige Treiben im Geschäft bewies. „Ich kenne den Basken nur von seinem kurzen Aufenthalt in Esperanza, aber er wird sich an mich erinnern", sagte Ramon. Er erzählte von Isabella und verwies wieder auf ihre gemeinsame Nacht in Gijon. „Behalte dies lieber für dich, mein Freund. Ihr Mann ist so gefährlich wie ich und ich kann dich jederzeit töten", antwortete Carlo lächelnd. Ramons Blick fiel auf den Etrusker, er zuckte mit den Schultern. Dieser erkannte, dass sich der Asturier jedem Mann im Kampf ebenbürtig fühlte. Es gab aber immer bessere Kämpfer, obwohl er zweifellos über sehr gute Fähigkeiten verfügte. Sie betraten das Geschäft und verlangten, die Hausherrin zu sprechen. Vorerst erschien niemand, dann wurden sie eingeladen, den hinteren Teil des Hauses aufzusuchen. Eine schlanke, hochgewachsene Frau erwartete sie in einem großen Wohnraum, den ein reich verzierter Mosaikboden schmückte. Beeindruckt blickten die Männer sich um. Anschließend verneigten sich die beiden vor der Frau, die sich als Emilia Sabina vorstellte. Sie wirkte nicht misstrauisch, ihr interessierter Blick musterte die Besucher, letztendlich blieb ihr Blick an Carlo hängen. Plötzlich verengten sich ihre Augen. „Ich kenne dich." Emilias Personengedächtnis erwies sich als hervorragend. „Du hast vor einigen Jahren mein ehemaliges Landhaus in der Sabina mit Feinden aufgesucht und bist als Schattenmann bekannt, ein Auftragsmörder", sagte sie laut. Ramon schüttelte den Kopf und blickte auf den Etrusker. „Mit dir kann man nirgends hingehen, mein Freund", sagte er süffisant. Er wandte sich an Emilia. „Es tut mir leid, aber mein Freund hat keine vorzeigbare Vergangenheit. Grundsätzlich besitzt er einen guten Charakter, er tötet nur böse Menschen", antwortete er lächelnd. Der Etrusker blickte seinen Kampfgefährten verständnislos an. „Bist du verrückt? Du brauchst dich für mich nicht zu rechtfertigen", sagte er ruhig, aber in seiner Stimme lag eine klare Warnung. „Das ist richtig. Er muss sich nicht entschuldigen", ertönte eine Stimme in ihrem Rücken. Die Männer drehten sich um, sie wirkten nicht verunsichert. Ein breitschultriger, blonder Hüne stand vor ihnen. Neben ihm befanden sich zwei Männer mit ähnlichen Ausmaßen, offensichtlich Nordmänner. Es handelte sich um den Basken Nael und seine beiden Leibwächter. Das blonde Haar war noch nicht ergraut, aber die Farbe schien etwas verblasst zu sein. Zwei große junge Männer im Alter von ungefähr vierzehn Jahren traten hinter der Frau in den Raum, auch sie trugen Waffen. Der Asturier ergriff die Initiative. „Nael, mein baskischer Freund! Ich bin es! Ramon, der Sohn von Rey und Safia aus Esperanza. Wir haben uns vor Jahren gesehen, als du im Dorf gewesen bist." Der Baske blieb stehen und nickte. „Ich weiß, wer du bist und kenne auch den anderen Mann. Trotzdem ist Vorsicht geboten, denn der Grund eures Besuches ist uns nicht bekannt", sagte der Hüne, seine Augen fixierten die Männer. Ramon wollte wieder das Wort ergreifen, aber sein Freund schnitt ihm dieses mit einer energischen Handbewegung ab. Der Baske sicherte sein Haus und die Familie ab. Carlo schätzte die beiden Leibwächter ähnlich gut ein wie die Kämpfer der Waräger von Oleg. Er kannte die Qualitäten des Basken, sie befanden sich ungefähr im gleichen Alter. „Ramon wollte alte Freunde besuchen, da wir diese Stadt als Ausgangsort zukünftiger Pläne ansehen. Ansonsten gibt es keine Gründe", antwortete der unscheinbare Etrusker mit ruhiger Stimme. Die Blicke der beiden Männer fanden sich, lange blickten sie einander in die Augen, bis der Baske nickte. „Ich glaube dir. Du hast uns damals geholfen gegen die Normannen." Naels Blick fiel auf Emilia, aber diese schien noch nicht zufrieden zu sein. „Hast du meinen ehemaligen Mann getötet?", fragte sie laut. Der Etrusker blickte auf die stolze Frau, sie präsentierte sich als unnahbare Schönheit. Er zuckte mit den Schultern, seine Augen ruhten auf der Frau. Carlo war es gewohnt, keine Dankbarkeit zu erhalten, aber er wollte sich nicht rechtfertigen. Er drehte sich um und wollte gehen. Die Anspannung wuchs, denn sein Blick haftete ausdruckslos auf den drei Hünen. Nael erkannte die Gefährlichkeit der Situation. „Er hat Giovanni nicht getötet, wir haben darüber gesprochen. Ohne diesen Mann würden wir hier nicht leben", sagte der Baske bestimmt. Die stolze Römerin blickte auf ihren Mann und lächelte plötzlich. „Es ist gut. Ich bin mir nie sicher gewesen in diesem verworrenen Spiel von Dino", antwortete sie ruhig. Carlo deutete seinem Freund. Er wollte das Haus wieder verlassen, aber dieser schüttelte den Kopf. „Beruhige dich wieder, Etrusker. Sie hat es nicht so gemeint", sagte er laut. „Ich bin ruhig, du Idiot", antwortete dieser und wollte gehen. Die Stimme von Emilia erklang. „Mein Mann hat recht. Es tut mir leid, gewisse Erinnerungen sind hochgekommen", sprach sie mit weicher Stimme. Der Etrusker drehte sich um und blickte auf die Hausherrin, die es offensichtlich ehrlich meinte, aber bei diesem Typ Frau schien er sich nie sicher zu sein. Zwei Kinder stürmten in den Wohnraum und stritten laut, ihre Aufpasserin folgte. Die Blicke der Erwachsenen richteten sich auf sie. „Was ist das für ein Benehmen? Melina, Leto, begrüßt unsere Gäste!", rief Emilia streng. Trotzig blieben die Kinder stehen, der fünfjährige Junge besaß dunkle Haare wie seine Mutter, das zwei Jahre ältere Mädchen kam mehr nach dem Vater mit der Haarfarbe. Widerwillig begrüßten sie die Männer. Ramon lächelte. „Ich bedanke mich bei euch, aber ich würde gerne auch den Namen eurer schönen Begleiterin erfahren", sagte er schmeichelnd und trat zu den Kindern und ihrer Aufpasserin. Die junge Frau errötete unter dem forschenden Blick des Asturiers. „Halt den Mund! Lass die Frau in Ruhe", sagte sein Freund laut. Der Angesprochene wandte sich an alle Beteiligten. „Er ist bisweilen unhöflich, deshalb ist sein Volk der Etrusker vermutlich auch ausgestorben. Zu viele Feinde können fatal sein", sagte er grinsend. Naels Blick fiel auf Carlo, dessen Verhalten sich plötzlich änderte. Dieser tippte sich gegen die Stirn. „Theodora wird bald heiraten. Lass sie in Ruhe!", sagte Emilia warnend. Der Asturier drehte sich grinsend um und verneigte sich. „Einem Wunsch einer dermaßen schönen Frau kann ich mich nicht widersetzen", sagte er mit schmeichelnder Stimme, nahm ihre Hand und küsste sie kurz. Emilia hob ihren Kopf. „Ein Mann mit gutem Benehmen, das ist in diesem Haus selten", wandte sie sich süffisant an Nael, den Basken schien das aber nicht zu beeindrucken. „Ramon ist in Esperanza und Umgebung bekannt gewesen, dass keine Frau vor ihm sicher ist. Das hat sich offensichtlich nicht geändert", antwortete der blonde Hüne lächelnd. „Er ist der triebhafteste Mann, den ich kenne", sagte Carlo kopfschüttelnd. Emilia zuckte mit den Schultern. „Aber er besitzt gutes Benehmen, dieser triebhafte Kerl." Ihr Blick verweilte auf Ramon. „Sie erkennen die wahren Stärken eines Mannes. Nehmen sie den Basken und den Etrusker nicht ernst. Beide entstammen uralten Völkern, die von allen anderen gemieden werden", antwortete der Asturier lächelnd. Emilia lachte herzhaft. „Du erinnerst mich an Bartholomäus. Isabella hat zu tun, ihn von den Frauen wegzuhalten." Nael trat an die Seite seiner Frau. „Das halte ich nicht aus, ein zweiter Typ wie Bart. Aber wir werden damit leben müssen. Trotzdem wirst du sämtliche Frauen in diesem Haus und dem Umfeld unseres Geschäfts in Ruhe lassen, das gilt besonders für meine Frau", sagte der blonde Hüne lächelnd. Emilias Lachen setzte wieder ein, sie griff nach der Hand ihres Mannes. „Du bist nicht zu ersetzen, mein Lieber", antwortete sie süffisant. Er zuckte mit den Schultern und reichte beiden Männern die Hand. Die Vierzehnjährigen stellten sich als Marco und Ferrucio vor. Emilia ließ Essen und Trinken bringen. Theodora, die junge Frau, erschien mit zwei Krügen Wein. Ramon warf ihr einen Blick zu, sie wurde wieder unsicher. „Hör auf damit! Lass diese Frau in Ruhe. Du hast den Hausherrn gehört. Ich werde sein Verbot umsetzen, das heißt für dich, dass du schnell sterben kannst", sagte Carlo bestimmt. Alle blickten auf die beiden Männer, sie kannten die Art ihrer Unterhaltung noch nicht. Ramon winkte ab. „Der Mann ist ein Trauerkloß und nicht ernst zu nehmen. Er schafft es nicht, ich bin zu gut", antwortete der Asturier laut. Emilia schüttelte den Kopf und lachte angesichts des überbordenden Selbstbewusstseins. Ihr Blick fiel auf ihren Ehemann. „Er ähnelt Bartholomäus tatsächlich, dieser bezeichnet dich auch immer mit derartigen Begriffen." Der Baske nickte. „Nun, dann haben Carlo und ich gemeinsame Interessen. Wir befreien diese Welt von solchen Angebern", antwortete er süffisant. Der Etrusker nickte, die beiden Männer stießen mit ihren Kelchen an. Ramon schlug sich mit der Hand gegen den Kopf. „Oh, mein Gott! Zwei Männer mit Problemen, das wird hart", sagte er grinsend. Emilia lachte wieder herzhaft, ihr gefiel die Unterhaltung. Danach tauschten sich die Menschen aus. Ramon und Carlo erfuhren, dass die Familie nach ihrer Ankunft in der Stadt vor sieben Jahren das mitgebrachte Geld mit Unterstützung einer einheimischen Kaufmannsfamilie gut anlegte und mittlerweile über Handelsbeziehungen nach Kleinasien, Griechenland und in das Land der Rus verfügten. „Emilia ist die geborene Geschäftsfrau, sie kann mit Zahlen besser umgehen als jeder Mann. Ich kümmere mich mehr um das Personal und den Transport", erzählte Nael mit Blick auf seine Frau. Diese lächelte, sie freute sich über das Lob. Carlo erkannte, dass das innere Band zwischen den beiden Menschen stark war, nur Ramon schien dies weniger zu interessieren. Marco und Ferrucio erzählten davon, dass Nael sie in allen Kampffertigkeiten ausbildete. „Vielleicht kann ich euch noch etwas lernen, euer Vater ist schon etwas älter", sagte Ramon laut. Marco und Ferrucio grinsten, ihnen gefiel der Gast aus Asturien, sie mochten seine Sprüche und Erzählungen. „Wie sieht es mit Frauen aus, Freunde? Es ist eine große Stadt, hier müssen viele junge Frauen leben, die danach gieren, sich mit euch einzulassen. Oder irre ich mich?", fragte Ramon. Ferrucio lachte laut. „Ich bemühe mich, aber mein Bruder hat nur Augen für eine Frau, meine Schwester." Verständnislos sah der Asturier den jungen Mann an. Ein vorwurfsvoller Blick von Emilia traf Ferrucio. „Du steckst zu viel bei Bartholomäus, junger Mann. Lass deinen Bruder in Ruhe, sonst kämpft ihr wieder", sagte sie streng. Der Angesprochene hob die Augenbrauen, Nael griff ein. „Du hast deine Mutter gehört. Deine Schwester verhält sich nicht immer gut", antwortete er bestimmt, Ferrucio nickte. Marco erschien als der Gutmütige unter den Brüdern. Emilia erklärte ihren Gästen die Zusammenhänge. Der Etrusker erinnerte sich an die Hintergründe. Ferrucio entstammte der Familie von Atanasio und Silea, diese dienten als Angestellte ihrer Herrin Emilia und deren verstorbenen Mann Giovanni. Im Zuge der Kämpfe vor einigen Jahren wurden die Eltern von Ferrucio getötet. Emilia nahm ihn als Sohn in ihre Familie auf, gemeinsam mit seiner älteren Schwester Ornella. Nach ihrer Flucht aus Italien nach Konstantinopel wurde die Schwester in die Familie von Bartholomäus de Wenia und der rothaarigen Isabella integriert, sie lebte als Tochter in dieser Familie, während Ferrucio als Sohn von Emilia und Nael aufwuchs. Marco entstammte Emilias erster Ehe mit dem Sabiner Giovanni. „Das klingt verwirrend, aber offensichtlich existieren große Gefühle", sagte Ramon pathetisch. Er wandte sich an Marco. „Du darfst dich nicht auf eine Frau konzentrieren, mein Freund. Sie nutzen das aus", sagte er grinsend. Bevor er fortfahren konnte, griff Emilia ein. „Keiner benötigt deine Ratschläge, Ramon. Wenn du dich nicht korrekt verhältst, werde ich meinem Mann sagen, dass er dich tadelt, wenn du weißt, was ich meine", sagte sie bestimmt, sie schien es ernst zu meinen. Naels Blick wirkte grimmig. Ramon hob entschuldigend die Hände, zwinkerte Marco aber zu. „Erledige es gleich, er hört nicht. Irgendwann wird ihn eine Frau töten", sagte Carlo gleichmütig zu Nael. Der Baske nickte. Emilia schüttelte den Kopf. Ferrucio grinste plötzlich. „Er will Ornella heiraten, aber sie kann ihn nicht leiden", sagte er laut. Emilias Augen verengten sich. Sie wollte etwas sagen, aber ein neuer Gast erschien. Es handelte sich um eine schwarzhaarige junge Frau von sechzehn Jahren. Ornella schien gespürt zu haben, dass über sie gesprochen wurde, denn plötzlich erschien sie im Raum wie eine Prinzessin, über ihrer hellen Tunika trug sie einen Mantel. Das schwarze, lange Haar war hochgesteckt. Sie grüßte höflich, ihr provokanter Blick fiel auf Marco. Emilia stellte die Gäste einander vor. Ramon verneigte sich tief. „Es ist wunderbar, bereits die dritte Frau zu treffen, deren Schönheit strahlend ist, werte Ornella", sagte er laut. Die junge Frau wirkte geschmeichelt, aber nicht verunsichert. Sie hob arrogant den Kopf. „Ein wahrer Mann, ich mag das. Männer sind mir lieber als Jungen, die sich wie Kinder verhalten", sagte sie süffisant, ihr Blick traf Marco. Sie hob die Augenbrauen, der Asturier erkannte die Spannung zwischen den beiden. Der dunkelhaarige Marco verfügte für sein Alter über eine beachtliche Größe, er schien trainiert zu sein. Sein gelocktes, braunes Haar und sein glattes Gesicht ließen ihn sympathisch erscheinen. Er zuckte mit den Schultern und enthielt sich einer Antwort. Ferrucio grinste, verzichtete aber auf eine Wortmeldung angesichts des Blickes seiner Mutter.

Ornella schien gerne im Mittelpunkt zu stehen, sie genoss es offensichtlich. Sie setzte sich und erzählte vom Grund ihres Besuches. „Mutter bittet darum, dass du das neue Parfüm reservierst, wenn du es aus dem Orient geliefert bekommst", sagte sie zu Emilia. Diese nickte. „In zwei Tagen trifft eine Lieferung ein, wenn der Transport keine Schwierigkeiten hat. Ich werde daran denken. Werdet ihr heute auftreten?" Die junge Frau nickte und erzählte von einem neuen Stück, das zur Aufführung kam. „Vater liebt das Theater, aber Mutter und ich mögen lieber das Singen. Aber es wird grundsätzlich nicht gern gesehen, wenn Frauen Rollen in Theaterstücken übernehmen. Aber meine Eltern schert das nicht." Die schwarzhaarige Schönheit konnte gut erzählen, ihr Hang zur Außendarstellung erschien offensichtlich. Der Asturier blickte auf den jungen Marco. Er war jünger als Ornella, die mit ihrer Schönheit in den Fokus bekannter Männer und Krieger geriet. Sie erweckte Begehrlichkeiten, gegen einen ausgewachsenen, kräftigen Mann erschien der große Junge uninteressant. Es stellte nicht sein Problem dar, die junge Schönheit erweckte auch sein Interesse. „Wenn du so gut singen kannst, wie du aussiehst, liegt dir die männliche Welt zu Füßen, liebe Ornella", sagte er höflich. Sie nickte und lächelte. „Natürlich! Ich erhalte viele Angebote, manche wollen mich heiraten, aber ich bin noch zu jung. Vater sagt immer, dass ich keinen heiraten muss, den ich nicht liebe. Vorher will er mit uns die Stadt verlassen. Meine Mutter ist anstrengender, dabei hat sie lange Zeit wild und frei gelebt. Ich verstehe diese Frau manchmal nicht. Sie weist ständig auf Söhne reicher Kaufmannsfamilien hin. Aber diese sind mir zu langweilig, ich mag mehr die kräftigen Kerle aus der

Leibgarde", sagte sie laut. Nael blickte auf Carlo, seine Stirn legte sich in Falten. Das Verhalten der jungen Frau erwies sich als überheblich und arrogant. Eine gefährliche Mischung, die aber viele Männer reizte und deshalb für die junge Frau selbst risikoreich erschien. „Hast du bereits jemand die Gunst erwiesen, Schwester?", fragte Ferrucio grinsend. Er schien der Lebensfrohe in der Reihe der größeren Kinder zu sein. Ornella zuckte mit den Schultern, ihr Blick fiel auf Marco. „Es geht dich nichts an, aber Bojan ist mein Favorit. Er ist ein paar Jahre älter, muskulös und führt bereits eine eigene Truppe, die im Palast Dienst versieht", sagte sie schwärmerisch. Marco schienen die Erzählungen der jungen Frau nicht zu gefallen. Er erhob und verabschiedete sich. Ornellas provokanter Blick traf ihn. „Er will mich heiraten, wie andere auch. Nicht wahr, Marco?", fragte sie laut und süffisant. Der junge Mann errötete leicht, enthielt sich aber einer Antwort und verließ den Raum. Emilias Blick traf die junge Schönheit. „Hör auf mit diesem Spiel, Ornella. Marco ist mein Sohn und nicht dein Spielball", sagte sie ernst. Die junge Frau zuckte mit den Schultern. „Was soll ich tun? Mutter und du habt mir gelernt, sich nichts gefallen zu lassen und Vorteile bei den Männern zu verschaffen. Ich kann nichts dafür, liebe Emilia", antwortete sie respektlos. Der Asturier wollte in die Unterhaltung eingreifen, aber Carlo schüttelte den Kopf. Emilias Augen verengten sich. „Das mag sein, aber Marco ist mein Sohn und gehört zu unseren Familien. Du kennst die Regeln und solltest ehrlich zu ihm sein, liebe Ornella. Er liebt dich seit eurer Kindheit. Es ist in Ordnung, wenn du andere Männer wählst. Aber nicht, wenn du ihn ständig bloßstellst vor den anderen", antwortete die Römerin mit eisigem Ton. Die junge Frau schien das nicht sonderlich zu beeindrucken. Sie erhob sich. „Es ist schön, dass eine Mutter ihren Sohn schützt. Aber leider kann er dann nicht zum Mann werden", sagte die junge Frau lächelnd und süffisant. Emilia erhob sich schnell, ihre Augen blickten voller Zorn. „Es reicht, Ornella!" Die harte Stimme Naels unterbrach die Unterhaltung der beiden Frauen. „Geh zu deinen Eltern und lasse sie von uns grüßen. Nimm die beiden Männer mit. Deine Mutter wird sich freuen, einen Landsmann zu sehen", sagte er bestimmt. Der blonde, breitschultrige Hüne wirkte furchteinflößend, dies zeigte bei der jungen Frau mehr Wirkung. Ornella nickte und wandte sich an Ramon und Carlo. „Folgt mir! Ich führe euch zu unserer Gastwirtschaft. Dort gibt es auch einige junge Frauen, lieber Ramon", sagte sie kokett, grüßte kurz und ging mit wiegendem Schritt zu ihrem Mantel. Emilias Fäuste ballten sich, während die junge Frau sich den Mantel umhängte. „Dieses kleine Miststück! Ich muss mit ihrer Mutter sprechen", sagte sie leise. Nael wandte sich an seine Frau. „Wir reden danach, auch mit Marco. Er macht sich kaputt, das muss ein Ende haben. Ornella ist nichts für ihn, das muss ihm klarwerden." Die junge Frau hörte die Worte, sagte aber nichts dazu. Sie stand mit erhobenem Kopf, wirkte arrogant. „Warte draußen, Ornella!", sagte die Hausherrin schroff. Die junge Frau verneigte sich theatralisch und verließ das Haus. Wütend schlug die Römerin auf den Tisch. „Ich muss mit Isabella sprechen!", sagte sie zornig. Nael erkannte die Gemütslage seiner Frau, die ihren ältesten Sohn über alles liebte. Er schätzte ihn wie einen eigenen Sohn, aber für Emilia stellte er eine Verbindung zu ihrem verstorbenen Mann Giovanni her, der ein sehr intelligenter, humaner Mensch war. „Marco muss sich lösen von seiner kindlichen Vorstellung, Emilia. Ornella ist ihm weit voraus. Er benötigt Zeit für seine Reife, aber sie ist bereits eine Frau, die mehr von einem Mann verlangt als kindliche Vorstellungen", sagte der Baske hart. Emilia blickte ihren Mann an. Sie wusste, dass er richtig lag, aber der Mutterinstinkt ließ es nicht zu, dies objektiv zu sehen. „Dieses eingebildete Miststück behandelt ihn schlecht, obwohl er sich immer gut gegenüber ihr benimmt. Ornella ist anderen Männern zugeneigt, deshalb muss sie ihn nicht demütigen. Marco ist Teil unserer Familien, wir halten zusammen, das ist vereinbart. Sie beleidigt ihn auch vor ihren Verehrern. Ich werde mit Isabella und Bart sprechen." Nael nickte, er verstand Emilia. Ornellas Benehmen eskalierte langsam, sie schien sich ihres Verhaltens offensichtlich nicht bewusst zu sein oder überschätzte ihre Qualitäten. „Wir werden mit ihnen sprechen, aber vorher mit Marco. Er muss sich bewusst sein, dass nicht alle Träume in Erfüllung gehen, auch wenn es sehr schmerzlich ist. Es wäre für uns alle eine schöne Verbindung zwischen den Familien, aber die beiden sind zu unterschiedlich. Ich hoffe, das Gespräch überzeugt ihn", sagte der Baske. Ramon erhob sich. „Ich kann helfen, denn ich weiß, wie man Frauen behandelt. Auf den Vater wird er nicht hören", sagte er lächelnd. Verständnislos blickte der Baske ihn an, auch Carlo erschien angesichts des Vorschlages erstaunt zu sein. „Du mischst dich nicht ein, ansonsten lernst du mich von einer anderen Seite kennen", sagte Nael drohend. Emilia blickte den großgewachsenen Asturier zuerst misstrauisch an, plötzlich nickte sie aber. „Der Vorschlag klingt gut. Ramon kann unserem Sohn die

Dimension seiner Möglichkeiten in der Frauenwelt erweitern, die derzeit nur aus Ornella bestehen", sagte sie lächelnd und erhob sich ebenfalls. „Ich bin mir nicht sicher, ob dieser Mann einen guten Einfluss hat", sagte der Baske zweifelnd. „Wir werden mit ihm sprechen, das ist besser", ergänzte er laut. Emilia nickte. Danach verabschiedeten sich die beiden Männer und verließen das Haus, vor dem Ornella wartete. „Wo seid ihr so lange? Diese arrogante Frau macht mich manchmal wahnsinnig. Ich kann nichts dafür, dass ihr Sohn mich anhimmelt. Er ist und bleibt ihr großer Junge, aus Marco wird nie ein Mann", sagte sie laut. Eine leichte Enttäuschung schwang in ihrer Stimme mit. Sie mochte ihren Kindheitskameraden, derzeit trennten sie aber Welten, um sich zu finden. Gemeinsam suchten sie die Gastwirtschaft auf, die von Ornellas Eltern geführt wurde. Es handelte sich um ein sehr großes Gebäude, ein Anbau beherbergte eine kleine Bühne mit vielen Holzsitzen für die Zuschauer. Derzeit fand keine Aufführung statt, aber die junge Frau erzählte davon, dass sie bald ein Stück spielen würden. „Es heißt „Medea" und stammt aus der griechischen Mythologie. Vater hat es ausgesucht, aber es wird unsere letzte Theateraufführung sein. Mutter mag nicht mehr, wir haben noch einmal zugesagt. Diese Stücke sind zu dramatisch, wir lieben mehr lustige Gesänge in der großen Taverne. Vater singt manchmal in den Kirchen, er hat eine wundervolle Stimme", erzählte die junge Frau. Sie zeigte ein gänzlich anderes Verhalten als im Haus von Nael und Emilia, wirkte natürlich und zugänglich, von Arroganz keine Spur. „Ich singe gerne und muss Mutter nach ihrem Auftritt ablösen. Sie wird bald auftreten in der Taverne", sagte Ornella und lächelte. Sie sah bezaubernd aus. Die Männer verstanden, weshalb sie viele begehrenswert fanden. Ramon musterte die junge Frau eingehend, sie verfügte über eine schlanke Gestalt und eine gute Figur, dazu kam ihr schönes Gesicht. „Hast du alles gesehen?", fragte sie schroff. Sie ärgerte sich offensichtlich und veränderte ihr Verhalten. Der Asturier grinste und nickte. „Ich bringe euch zu Vater", sagte sie arrogant, er blickte ihr kopfschüttelnd nach. „Musste das sein, du Idiot? Sie ist ein großartiges Mädchen, das sich vor solchen triebhaften Bastarden wie dir nur schützt", sagte Carlo ruhig, aber in seinen Augen lag ein gefährlicher Glanz. Mittlerweile kannte sein Freund die Anzeichen, er hob entschuldigend die Hände. Sie folgten Ornella, die in der großen Gastwirtschaft freudig begrüßt wurde. Die junge Frau setzte ein Lächeln auf, das die Männer begeisterte. Sie spielte ihre Rolle perfekt, lächelnd, aber unnahbar. Der Etrusker erkannte die Fähigkeiten der jungen Frau. Er dachte an den unglücklich verliebten Jungen, aber das passierte jedem Menschen im Leben. Die beiden konnten in späteren Jahren zueinander finden, aber bis dahin würde noch viel passieren. Es gab andere Menschen, die besser passten. Ornella drängte sich durch die Menge, es herrschte viel Betrieb am späten Abend. Carlo bemerkte die Mischung der Menschen, auch gutgekleidete Menschen befanden sich unter den Gästen. Plötzlich trat Stille ein, eine rothaarige Frau erschien in einer weißen, eleganten Tunika. Ihre roten, gelockten Haare fielen auf ihre Schulter. Sie strahlte eine sinnliche Weiblichkeit aus, die Männer schienen gefangen zu sein von ihrem Auftritt. Mehrere Männer mit Instrumenten begannen zu spielen, dann stimmte die Frau ein stimmungsvolles Lied über einen Helden und seiner verlorenen Liebe an, die er aber wieder fand. Sie sang auf Griechisch. Carlo und Ramon blickten fasziniert auf die singende Frau. Ornella trat an ihre Seite. „Mutter ist noch immer eine schöne Frau, obwohl sie über Dreißig ist", sagte die junge Frau. Der Asturier schüttelte den Kopf. „Ich kenne deine Mutter von früher, wir stammen aus dem gleichen Dorf, wie du weißt. Aber ich habe nicht gewusst, dass sie so gut singen kann." Ornella nickte. „Vater hat ihr alles beigebracht. Er hat Gesang gelernt, wie vieles andere auch. Und er hat ihr Talent erkannt." Sie blickte den großen Asturier an. Er gefiel ihr, aber trotz ihrer Jugend erkannte sie die Gefährlichkeit. Dieser Mann gefiel vielen Frauen. „Es tut mir leid, Ornella. Ich wollte dir vorher nicht zu nahe treten", sagte er entschuldigend. Die junge Frau nickte. „Es ist in Ordnung, viele Männer mustern mich ständig. Ich bin es gewohnt", antwortete sie selbstbewusst. Er nickte, derweil verfolgte Carlo den Auftritt von Isabella, die sichtlich Spaß daran fand, die anwesenden Männer und Frauen zu unterhalten. „Wie gut kennst du meine Mutter? Du musst zehn Jahre älter als ich sein, aber jünger als sie", fragte sie interessiert. Ihr Blick fing ihn ein, sie sah schön aus, aber er konnte mit ihrer Ausstrahlung umgehen. „Es sind wilde Zeiten gewesen in Gijon im schönen Asturien. Ich bin jung gewesen, sie wild und kriegerisch", antwortete er vielsagend. Wissend nickte Ornella, stellte aber keine weiteren Fragen. Sie verabschiedete sich und ging hinter die Schank, um im Nebenraum zu verschwinden. Kurze Zeit später tauchte sie auf der Bühne neben ihrer Mutter auf. Die Menge johlte, denn die beiden Frauen sangen ein bekanntes, schwungvolles Lied. Ramon kannte es aus seiner Heimat, die Frauen benutzten Spanisch, dies störte die Anwesenden nicht. Begeistert klatschte die Menge mit, schließlich endete alles in einem tobenden Applaus der Zuhörer. Die Frauen verschwanden und die Männer wandten sich dem Essen und Trinken oder ihrer Begleitung zu. Es herrschte eine gute Stimmung im Lokal. Carlo und Ramon standen an der Schank und tranken einen hervorragenden griechischen Wein. Nach dem Konsum im Haus von Emilia und Nael setzte sich das Trinken fort, aber sie genossen ihr Leben. Plötzlich deutete ihnen ein Angestellter, in den Nebenraum zu kommen. Dort standen Ornella und Isabella mit einem hochgewachsenen Mann. Dieser wirkte athletisch, mit braunen Haaren und glattrasiertem Gesicht. Es handelte sich um Bartholomäus de Wenia. Die rothaarige Asturierin trat näher. „Du bist es tatsächlich, Ramon. Offensichtlich ist ein ganzer Mann aus dir geworden", sagte Isabella. Sie freute sich sehr über den Besuch aus ihrer Heimat und umarmte den großgewachsenen Landsmann lange. Die beiden unterhielten sich länger in ihrer Landessprache, die anderen konnten nicht genau folgen. Ornella wandte sich an ihren Vater. „Du musst aufpassen, Papa. Der Mann ist ein ehemaliger Liebhaber von Mutter", sagte sie provokant auf Griechisch. Isabella drehte sich um. Ihr Blick erfasste ihre Tochter, die sie entschuldigend anblickte. Aber Bart schien dies nicht zu stören. „Nun, dann werden wir ihn willkommen heißen, diesen Mann aus Asturien. Der andere ist mir bekannt und ich frage mich, was er hier will?" Sein Blick fiel auf Carlo. Ramon ergriff das Wort. Er ging auf Bart zu. „Der Mann hat sich gebessert. Er tötet nur mehr jeden zweiten Tag Menschen, heute setzt er aus", sagte er grinsend und streckte dem Hausherrn die Hand entgegen. „Alles klar, mein Freund. Ich hoffe, du hast gute Erfahrungen mit meiner Frau gemacht?", fragte er grinsend. Der Asturier nickte und wollte etwas erzählen. „Halt den Mund, Ramon! Das geht diesen Gaukler nichts an. Er erzählt auch nicht viel von seinen Frauen", sagte die rothaarige Frau laut. „Wir leben in einer Welt der Männer, holde Isabella. Ich brauche mich nicht zu rechtfertigen, nur Frauen müssen das tun", antwortete Bart genüsslich. „Der Mann spricht wahre Worte", ergänzte Ramon mit lautem Ton. Isabella blickte auf die beiden Männer, dann erschien ein Lächeln in ihrem Gesicht. „Nun denn, offensichtlich haben sich zwei Idioten gefunden, die ihre eingeschränkte Denkweise miteinander verbinden können. Ich denke, es wird reichen, wenn einer von euch beiden spricht", antwortete sie süffisant. Ihr Ehemann nickte. „Natürlich, meine Liebe. Ich muss ergänzen, dass du an den besten Mann vergeben bist", sagte er lächelnd. Isabella hob die Augenbrauen. „Ich habe dies nicht gewusst, aber als anständige Ehefrau will ich dir recht geben, Gaukler", antwortete sie süffisant. „Du gehörst mir, meine Liebe." Die Unterhaltung setzte sich fort, das Ehepaar genoss offensichtlich das Spiel mit den Worten. „Kein Mensch gehört einem anderen. Aber die Menschheit hat eine andere Meinung dazu, vor allem die Männer. Für dich gilt das aber nicht, in unserer kleinen Welt bin ich frei", antwortete Isabella lächelnd. Bart verneigte sich. „Mutter ist vergeben, aber ich bin frei", sagte Ornella laut und wiegte sich vor Ramon verführerisch in den Hüften. Sie zeigte wieder ein anderes Verhalten, wollte offensichtlich ihre Mutter provozieren. Ihren Vater schien das Gehabe nicht zu stören, er wandte sich an seine Tochter. „Du bist mein allerliebstes Goldstück, außer deinen beiden kleinen Geschwistern, aber dieser Mann ist ein alter Freund deiner Mutter. Er wird weder deiner Mutter noch dir zu nahe treten, ansonsten muss ich ihn töten. Es wäre doch schade um ihn." Bart grinste, sein Blick richtete sich auf Ramon. Dieser nickte und lächelte. „Singen allein wird nicht ausreichen, mein Freund." Der Angesprochene hob die Hände. „Ich kann dir jederzeit das Lied vom Tod singen, aber ich muss dir ein Geheimnis verraten. Es gibt sehr viele Frauen in dieser Stadt, auch unsere alte Kaiserin sucht junge, stattliche Männer. Ich kann dir helfen, sie kennenzulernen." Der Asturier grinste über das ganze Gesicht. „Die Kaiserin vergiss wieder, aber der Rest klingt interessant. Du meinst damit, es gibt schönere Frauen als diese beiden?", fragte er süffisant. Bart hob die Schultern und blickte auf Isabella und Ornella, die ihn mit verengten Augen ansahen. „Du bringst mich in eine prekäre Lage, jede falsche Antwort bedeutet Liebesentzug. Jedenfalls gibt es viele Frauen, über die wir in Ruhe reden können", antwortete der Sänger grinsend. Ramon nahm seine Hand und schüttelte diese. Isabella blickte auf die Szene. „Ich bin mir nicht sicher, ob dein Besuch gut ist", sagte sie zu ihrem Landsmann. „Das haben sie bereits im letzten Haus festgestellt. Der Mann ist unglaublich triebhaft, aber ich werde aufpassen", antwortete Carlo für den Asturier. Isabella lächelte. Bart schüttelte die Hand des Etruskers. „Ramon kann machen, was er will, solange er Ornella in Ruhe lässt. Aber du wirst über andere Frauen nur reden, ansonsten frische ich alte Liebschaften wieder auf", sagte Isabella provokant zu ihrem Ehemann, der sich darauf verneigte. „Sie ist schwierig, aber ich kenne sie nicht anders, diese verrückte Asturierin. Irgendwann werde ich mit ihr nach Wien zurückkehren", sagte Bart lächelnd. Isabella schüttelte den Kopf. „Diese Stadt ist unsere Heimat, mein Lieber. Wir werden sie nicht verlassen." Er blickte auf die Asturierin. „Viele Völker schielen auf die Stadt. Vielleicht müssen wir sie verlassen." Isabella zeigte auf Carlo und Ramon. „Wir haben Unterstützung bekommen, die vielen Krieger in Konstantinopel werden diese verteidigen. Was meinst du, Tochter?" Ornella nickte. „Ich hoffe, das werden sie hinbekommen. Wenn es nach ihren Angebereien geht, müsste jeder von ihnen ein König sein", sagte die junge Frau süffisant. Die Unterhaltung wurde anschließend an einem großen Tisch weitergeführt, die Frauen verschwanden zwischenzeitlich, um noch einmal zu singen. Danach saß vor allem Isabella lange am Tisch, um sich mit Ramon über ihre alte Heimat in ihrer Muttersprache zu unterhalten. Auch Ornella und Bart benutzten die Sprache, mittlerweile verstanden sie wieder alles. Sie benutzten diese nicht oft. Carlo konnte der meisten Unterhaltung folgen. Isabella zeigte sich erschüttert über die Auswirkungen der Schlacht von Taramon. Der Tod ihres Bruders Fabio erschütterte sie innerlich. Stille trat ein. Tränen standen in ihren Augen, ihr Ehemann legte einen Arm um sie. Ramon versuchte die Stille zu überbrücken und erzählte von Madoc und Rey. „Mein Vater hat zwar den halben Arm verloren, aber du kennst ihn, er ist eine Frohnatur. Das leichte Hinken stört ihn nicht. Und dein Vater ist noch immer der Fels in der Brandung im Dorf. Sie haben sich zwar zurückgezogen, aber ihnen geht es gut", erzählte Ramon. Isabella wirkte nach dem ersten Schock wieder gefasst, sie dachte an ihre Familie. Plötzlich füllten sich die Augen noch einmal mit Tränen. „Ich werde sie nicht wiedersehen", sagte sie traurig. Der Asturier winkte ab. „Dein Platz ist hier. Die Heimat ist an der Seite des geliebten Menschen. Das haben sie uns gelehrt. Du kannst mir einen Brief mitgeben, denn ich kehre sicher nach Asturien zurück und werde ihnen erzählen, wie erfolgreich du lebst." Er wirkte verständnisvoll, aus beiden sprach die Liebe zu ihrer Heimat, die sie beide verließen, um die Welt zu sehen. Isabella wusste, dass sie Asturien nicht mehr sehen würde, aber die zufällige Begegnung mit Ramon verschaffte ihr die Möglichkeit, sich ihren Eltern mitzuteilen. Sie nahm sich vor, den Brief zu schreiben. „Du hast ausreichend Zeit, wir bleiben ein paar Jahre, Isabella", sagte der Asturier laut. „Wenn er so weitermacht, wird er nicht lange überleben", ergänzte Carlo. Dieser unterhielt sich mit Bart, vor allem über die Begegnung im Wald von Ortona, dem schicksalshaften Kampf gegen sechs Normannen. Beide kannten die Fähigkeiten des anderen, aber sie lebten ein vollkommen anderes Leben. Während der Etrusker seiner Familie nachtrauerte, erwies sich Bartholomäus de Wenia stets als positiver Mensch, der anderen vorlebte, das Leben zu genießen. Er genoss sein Familienleben, obwohl der Drang bisweilen stark war, mit anderen Frauen zu schlafen. Aber er wollte Isabella nicht verlieren. Die Nacht dauerte lange. Carlo und Ramon erhielten ein Zimmer im Haus. Am nächsten Tag erwachten sie mit brummendem Kopf, der starke Wein wirkte nach. In den nächsten Tagen wurde öfter gefeiert, auch Oleg erschien. Ramon entwickelte sich bald zum Mittelpunkt, gemeinsam mit Bart unterhielt er die Gesellschaft. Isabella und Emilia sprachen über ihre Kinder. „Ich werde mit Ornella sprechen, aber sie ist arrogant. Daran trägt mein Mann die Schuld, er vergöttert seine Prinzessin. Aber auch wir beide tragen einen Teil davon. Wir haben ihr immer gesagt, sie soll sich mit den Waffen einer Frau in der Männerwelt durchschlagen." Emilia nickte. „Marco muss sich noch entwickeln. Vielleicht mag Ornella ihn, aber sie ist bereits eine erwachsene Frau und sieht ihn nicht als vollwertigen Mann. Das kränkt ihn", antwortete die Römerin. „Nael hat vorgeschlagen, ihn auf die nächste Reise an den Dnepr zu den Rus mitzunehmen, um ihn auf seine Aufgaben vorzubereiten. Ich denke, die Ablenkung wird ihm guttun." Isabella nickte zu den Worten ihrer Freundin, die beiden Frauen tranken an diesem Tag Rotwein, der ihnen mundete. „Wie ist dieser große Asturier gewesen, liebe Isabella?", fragte Emilia neugierig. Ihre Freundin überlegte lange. „Damals ist er ein talentierter Bursche mit vielen Fähigkeiten gewesen. Er wird dies ausgebaut haben und strotzt vor Selbstbewusstsein. Ich denke, der einzige Unterschied zu Bart ist, dass er nicht singen kann. Auch Ramon hat für seinen König als Spion gearbeitet. Ich hoffe, er lässt Ornella in Ruhe, dieses Miststück geizt nicht mit ihren Reizen", sagte Isabella heftig. Emilia lachte. Die beiden Frauen erzählten mit steigendem Alkoholkonsum frivole Geschichten und ihre Beobachtungen junger Männer. „Manchmal wäre Abwechslung interessant, aber Nael ist auf Dauer in keinster Weise zu ersetzen. Ich darf ihn nicht betrügen, denn er würde mich verlassen", sagte Emilia leicht betrunken. Isabella nickte. „Mein Gaukler agiert anders. Er würde die Gelegenheit nutzen, um mich zu betrügen und vermutlich nie mehr damit aufhören. Das ist mir zu riskant. Wir werden wohl mit unseren Männern auskommen müssen", antwortete sie genüsslich. Die Frauen lachten und gossen sich ihre Becher voll. Sie befanden sich im Haus von Emilia. Nael und Bart tauchten auf. „Endlich erscheinen unsere Göttergatten!", rief die Hausherrin laut. Der Baske blickte auf seinen Freund, dieser nickte langsam. Sie setzten sich zu ihren Frauen. „Wenn sie betrunken sind, neigen sie zu verwerflichen Gedanken, unsere beiden hübschen Frauen", sagte Bart genüsslich. Isabella zog ihn zu sich. „Wir haben von jungen, muskulösen Männern gesprochen, aber ich nehme auch dich, Gaukler", antwortete sie lächelnd, dann küsste sie ihn. Nael wusste nicht, wie ihm geschah, denn Emilia erwies sich als tatkräftig und zog ihn in das gemeinsame Schlafzimmer. „Liebe mich, Baske! Ich kann nicht genug von dir kriegen", sagte sie seufzend und zog ihn über sich. Isabella und Bart bezogen ein Gästezimmer und nutzten es lautstark. Die Ehepaare trafen sich bisweilen in einem der Häuser zu einer kleinen Feier, alle Kinder befanden sich dann jeweils im anderen Haus. Später trafen sie sich wieder im großen Raum und feierten weiter, alle wirkten entspannt und gut gelaunt. Ferrucio und Marco befanden sich währenddessen in der Stadt. Zuvor mussten sie im Geschäft helfen, danach trainierten sie gemeinsam. Manchmal tranken sie Wein. Ferrucio besaß viel stärker den Hang zu den Genüssen des Lebens. Er zog Marco aber mit sich, die beiden verstanden einander sehr gut, obwohl die Kämpfe bisweilen ausarteten. Dabei erwies sich der ruhigere Marco meistens als Sieger. Ferrucio traf sich heimlich mit einer jungen Frau, die er für Liebesdienste bezahlte. Bart vermittelte ihm dieses Erlebnis. Er musste ihm aber versprechen, seiner Mutter nichts davon zu erzählen. Nael wusste davon. Marco lehnte solche Möglichkeiten ab, seit seiner Kindheit liebte er die schöne

Ornella. Mittlerweile überragte er sie an Körpergröße, aber sie wurde als erwachsen angesehen, während er als unerfahrener Jüngling galt. Ferrucio versuchte oft, dessen Interesse auf interessierte Frauen zu lenken, darunter befanden sich auch verheiratete. Die Gesellschaft von Konstantinopel entsprach der des alten Roms, die Bürger liebten Feste und neigten zu großen Feiern, die teilweise in Orgien mündeten. Konstantinopel erwies sich als eine Stadt des Handels, der Weltoffenheit und der Sünde, an diesem Ort trafen sich die Kulturen, beschützt von einer unüberwindbaren Mauer. Diese wurde in der Amtszeit des römischen Kaisers Theodosius II. vom Präfekten Anthemius in einer gemeinsamen Kraftanstrengung der gesamten Bevölkerung errichtet. Der Grund lag darin, dass die alte Konstantinische Mauer nicht mehr ausreichte, da sich auf dem flachen Feld davor bereits Häuser befanden. In dieser Zeit gab es die Einfälle der Hunnen, das Beispiel des Einfalls von Föderatenvölkern wie der Ostgoten in Italien galt als warnendes Beispiel. Diese plünderten die alte Hauptstadt Rom. Es bestand dringender Handlungsbedarf, der Ausdruck in einem einzigartigen Festungssystem fand. Die Mauer wurde durch ein Erdbeben schwer beschädigt und danach besser aufgebaut. Damit gewann die Stadt Neuland, das für die Ausweitung der Stadt ausreichend erschien. Das neue Land wurde in den letzten Jahrhunderten nie überbaut und für die Landwirtschaft genutzt, dazu gab es Trinkbrunnen und Wasserreservoirs. Die gesamte Mauer auf Land und See belief sich auf dreizehn römische Meilen, wobei landseitig die stärksten Mauern standen, diese betrug über vier römische Meilen. Die Stadt wurde im Norden von der Meeresbucht des goldenen Horns, im

Osten vom Bosporus und im Süden vom Marmorameer eingefasst, sie verfügte über eine günstige Lage. Die dreiteilige Landmauer erwies sich als nicht zu bezwingender Schutzschild und besaß eine sakrale Bedeutung für die Bewohner, ähnlich wie die größte Kirche, die Hagia Sophia. Aus Thrakien kommend strahlte die Mauer für den Beobachter weiß im Sonnenlicht, da das aufgehende Mauerwerk aus einer Schalenkonstruktion bestand, deren Inhalt aus Bruchstein und Beton bestand und von einer Kalksteinhülle ummantelt wurde. Horizontale Ziegelbänder durchzogen die Außenseite, die die Kalksteinhülle kastenartig miteinander verband und dadurch zu einer höheren Festigkeit führte. Das Kernstück bildete die von Anthemios von Tralleis, einem berühmten Architekten jener Zeit, geschaffene Mauer aus einem besonders widerstandsfähigem Gußmörtelkern, der aus zerriebenem Bimsstein bestand. In der Breite betrug das Ausmaß über zweihundert Fuß und die Länge der Landmauer deckte fast die gesamte Westseite der Halbinsel ab. Nur im Osten, im Blachernenviertel, gab es die Mauer als einziges Stück, aber auch dieses wies gewaltige Dimensionen auf. Besondere Geländegegebenheiten an dieser Stelle bedurften Anpassungen der ansonsten dreiteiligen Mauer. Die Verteidigungsanlage bestand im Wesentlichen aus vier hintereinander, stufenförmig angeordneten Befestigungslinien. Der mit Ziegel ausgemauerte und mit Wasser geflutete Graben wies eine Breite von fünfzig bis sechzig Fuß auf und war bis zu zwanzig Fuß tief. Er gliederte sich in Sektionen, die durch Schotte getrennt wurden. Die Mauer am Graben diente als Brustwehr und wurde niedrig gehalten, um von den hinteren Verteidigungslinien einen sicheren Beschuss zu gewährleisten. Sie war sechs Fuß hoch. Die äußere Mauer zeigte eine Höhe von fünfundzwanzig und eine Breite von neun Fuß. Sie unterteilte sich in Kasematten und wurde mit zweiundachtzig nach außen vorkragenden Türmen bestückt. Die innere Mauer stellte das größte Bollwerk dar. Sie erreichte eine Höhe von vierzig und eine Breite von zwanzig Fuß. Sechsundneunzig vorkragende Türme wurden auf dieser Mauer versetzt zu den Türmen der äußeren Mauer angelegt, damit wurden diese Lücken der Verteidigung geschlossen. Die Wehrgänge wurden durch mannshohe Zinnen gedeckt und waren über gemauerte Treppenaufgänge rasch erreichbar. Zwischen der Grabenmauer und der äußeren Mauer lag eine Terrasse mit einer Breite von sechzig Fuß, zwischen äußerer und innerer Mauer wies die Terrasse eine ähnliche Breite auf. Es gab zwei Schwachstellen. Im mittleren Abschnitt beim tief eingeschnittenen Tal des Flusses Lykos folgten die Mauern dem Abhang, damit lagen sie unterhalb der Angreifer und im Blachernenviertel musste auf die dreiteilige Mauer verzichtet werden, um die Kirche Sankt Maria von Blachernae in die Umwehrung einzubeziehen. Die Türme besaßen runde, quadratische und mehreckige Formen und wiesen eine Höhe von achtzig Fuß auf. Sie bestanden aus einem Lagerraum im Erdgeschoss, zwei Kammern und einer mit Zinnen bewehrten Plattform, von dort konnte mit Katapulten Wurfgeschosse oder Behälter mit griechischem Feuer auf die Belagerer geschossen werden. Es gab zwölf streng bewachte Tore. Die Heerestore ermöglichten eine Verbindung und rasche Truppenbewegungen zwischen den einzelnen Abschnitten. Zusätzlich gab es kleinere Nebentore. Das Goldene Tor im Süden der Mauer an den

Ufern des Marmorameeres mit einer Breite von zweihundert und einer Höhe von siebzig Fuß erwies sich als das prächtigste und größte aller Tore. Es präsentierte sich mit Goldplatten, zahlreichen Bronzestatuen und zwei massiven Türmen aus poliertem Marmor. Dort lag der Endpunkt der Via Egnatia, der östlichen Fortsetzung der Via Appia. Diese stellte die direkte Verbindung zwischen Rom und Konstantinopel dar. Die Seemauer erhob sich etwa fünfzig Fuß über der Küstenlinie und wurde mit hundertachtundachtzig Türmen und drei größeren, befestigten Häfen gesichert. Das unruhige Marmorameer erwies sich für eine erfolgreiche Landung von Schiffen als zu riskant, es gab starke Strömungen und plötzlich aufziehende Stürme. Die durchgehende Mauerlinie wurde durch ständig anbrandende Wellen teilweise geschädigt, diese unterspülten die Fundamente. Es waren ständige Sanierungsmaßnahmen erforderlich, mit Inschriften auf Marmorplatten wurde darauf hingewiesen. Im Norden lag die ruhige Bucht des Goldenen Horns, dort lagerte die Flotte der Römer. Hundertzehn Türme sicherten die Seemauer in diesem Abschnitt, dort lagen zahlreichere kleinere Tore und die beiden größten Häfen der Stadt. Zusätzlich wurde die Zufahrt mit einer massiven Eisenkette geschützt. Ihre großen Glieder wurden auf dem Wasser von Holzflossen getragen, beide Bestandteile wurden während der Winter einsatzbereit gehalten. Viele Völker versuchten, diese Mauern zu erstürmen, aber bis jetzt scheiterten alle. Die Bewohner vertrauten ihrer Mauer und den Wachmannschaften, die zum größten Teil aus Söldnern bestanden. Ferrucio und Marco liebten ihre neue Heimat, sie mochten die große Stadt und ihre Möglichkeiten. Manchmal sprachen sie über ihre

Kindheit in Rom und der Sabina, aber die Vergangenheit verblasste mittlerweile. Keiner wollte zurückkehren an diese Orte. Sie lebten in Vierteln, in denen viele Menschen aus der alten Heimat wohnten und deren Sprache gesprochen wurde. Beide jungen Männer beherrschten mehrere Sprachen. Darauf legten ihre Eltern Wert. Auch in der Familie von Bart und Isabella mussten deren jüngste Kinder Melina und Leto von Kindheit an mehrere Sprachen erlernen, darunter Griechisch, Latein, Spanisch und Italienisch. Nael beherrschte die Sprache der Nordmänner und Bart sprach die fränkische Sprache. Diesbezüglich gab es für den Nachwuchs kein Entrinnen, Sprachkenntnisse erwiesen sich als sehr wichtig. Auch Ornella lernte fleißig. Ihre Geschwister befanden sich im gleichen Alter wie die jüngeren Kinder von Emilia und Nael, Alva und Giovanni. Sie wuchsen bereits in der Stadt auf und kannten nichts anderes, im Gegensatz zu den größeren Kindern Ornella, Ferrucio und Marco, die gemeinsam mit den Eltern aus Italien flohen. Die Trennung der blutsverwandten Geschwister auf zwei Familien nach dem Tod ihrer ursprünglichen Eltern ergab bisweilen eine seltsame Situation, aber sie fühlten sich als Teil ihrer neuen Familien. Alle liebten ihre kleinen Geschwister und mussten auf sie aufpassen, was vor allem Ornella missfiel. Sie kritisierte manchmal ihre Pflichten. Ferrucio kam an diesem Tag auf seine Schwester zu sprechen. „Ich verstehe dich nicht, Marco. Ornella will dich nicht, sie behandelt dich schlecht. Kein Mann lässt sich wie ein Hund behandeln, Bruder." Marco blickte auf seinen etwas kleineren Freund und Bruder. „Hör auf, mich damit zu quälen. Ich liebe Ornella seit meiner Kindheit, aber seit zwei Jahren behandelt sie mich schlecht.

Trotzdem kann ich meine Gefühle nicht vergessen", antwortete der junge Mann. Er ärgerte sich über die Behandlung, aber in ihrer Anwesenheit brachte er meistens kein Wort hervor. Die Dunkelheit lastete über der Stadt, Marco drängte auf den Aufbruch. „Unsere Eltern haben ihren gemeinsamen Abend. Das hält keiner aus im Haus, wenn sie loslegen. Es wird getrunken und Liebe gemacht", antwortete Ferrucio. Sein Bruder nickte, er kannte die Gewohnheiten der Elternpaare. Manchmal hörte er zu, wenn sie sich lautstark liebten. In diesen Momenten dachte er an Ornella. Ferrucio riss ihn aus seinen Gedanken und schlug ihm auf die Schulter. „Du musst ihr klarmachen, dass du der Mann in ihrem Leben bist. Küsse sie einfach, vielleicht zeigt sie eine positive Reaktion. Meinen Segen hast du, obwohl sie eigentlich meine Schwester ist. Manchmal fühlt sich das seltsam an, dann denke ich an Papa Atanasio und Mama Silea." Ferrucio wurde ruhig und dachte an seine verstorbenen Eltern, er gedachte ihnen und seinem älteren Bruder Pietro, sie wurden das Opfer langobardischer Mörder. Aber das Leben mit seinen neuen Eltern gefiel ihm, es bot mehr als sein damaliges Leben als Sohn von Angestellten. Er nannte Emilia und Nael Mutter und Vater und sie behandelten ihn wie Marco, dem Sohn von Emilia und deren verstorbenen Ehemann Giovanni. Dies würde er ihnen ewig danken, auch die Ausbildung erwies sich als vorteilhaft. Als Mitglied einer angesehenen Familie gab es mehr Vorteile. Marco war in Kindheitstagen sein Freund, jetzt sein Bruder, das gefiel ihm. Deshalb ärgerte ihn das Verhalten von Ornella. Seine Bindung zu Marco erwies sich als stärker als zu seiner Schwester. Grundsätzlich verstanden sie einander gut, aber sie verschlechterte in den letzten beiden Jahren ihr Benehmen. Ornella behandelte die beiden Brüder wie Kinder. Ferrucio sprach dies mehrmals offen an und drohte, sie ins Wasser zu werfen, wenn sie ihn arrogant behandelte. Deshalb mutierte Marco zum Opfer ihrer Provokationen. Er vermied bis jetzt äußerliche Reaktionen, aber Ferrucio kannte seinen innerlichen Ärger und Zwiespalt. „Vater nimmt mich nächstes Jahr ins Land der Rus mit. Du bist in diesem Jahr im Norden gewesen. Ich freue mich darauf", sagte Marco. Ferrucio nickte. Er wäre selbst gerne mitgefahren, in das Land der Rus, Chasaren und anderer Völker. Eine willige junge Chasarin machte ihn zum Mann, er erinnerte sich gerne daran. Emilia wollte nicht, dass beide Söhne daran teilnahmen, auch Nael konnte sie davon nicht abbringen. Letztes Jahr verzichtete Marco auf die Reise, dieses Jahr blieb Ferrucio als einer der Männer der Familie zu Hause. „Ihr müsst in allen Bereichen Verantwortung übernehmen, nicht nur im Training und auf Reisen", lehrte Emilia ihre Kinder. „Große Familien entstehen durch Disziplin und Loyalität ihrer Mitglieder. Das kann diese Familie schaffen, wenn sie sich an Regeln hält." Auch Nael achtete darauf, dass seine Söhne Verantwortung übernahmen und die Angestellten korrekt behandelten. Gepaart mit dem Geschäftssinn stand dieser Familie eine goldene Zukunft bevor, wenn diese Stadt erhalten blieb und sie stetig an ihrem Wohlstand arbeiteten. Die jungen Männer mochten ihr Leben, nur Marcos Gefühle für Ornella trübten ihr angenehmes Dasein. Sie schlenderten durch die große Stadt und wichen den Rudeln Betrunkener aus, die immer wieder auftraten. Es gab Frauen, die Dienste anboten, aber Marco weigerte sich. „Sei kein Spielverderber! Es wird dich von Ornella heilen, du

Idiot", sagte Ferrucio ärgerlich. „Mutter sagt, manche dieser Frauen verbreiten Krankheiten", antwortete sein Bruder bestimmt. Dieser schlug sich gegen den Kopf. „Du wirst nie begreifen, um was es geht. Ohne Risiko gibt es keinen Gewinn, aber eine neue Erkenntnis kann dir helfen." Ferrucio winkte ab, die ständigen Diskussionen über dieses Thema ermüdeten ihn. Sie gelangten in das Viertel der Genueser, in dem ihr Haus lag. Beide trugen Waffen, ein kurzes Schwert steckte in einer Lederscheide am Rücken, wie es Nael ihnen zeigte. In einer kleinen Gasse trafen sie auf ein Paar, das sich innig küsste. Die Brüder erkannten Ornella als weiblichen Teil. Der Mann hieß Bojan und stammte aus dem Land der Bulgaren. „Du kannst zu mir kommen, Ornella. Heute ist eine wunderbare Nacht, die wir nutzen können. Deine Eltern sind auf Besuch bei ihren Freunden." Er bedrängte die junge Frau, der die Liebkosungen gefielen. Sie zeigte sich aber nicht bereit, sich ihm hinzugeben. „Ich muss nach Hause, auf die kleinen Geschwister aufpassen. Das ist eine Regel in unseren Familien. Meine Eltern würden es mir nicht verzeihen, wenn ihnen etwas zustößt." Bojan lachte, dann küssten sie sich erneut. Ornella mochte den athletischen jungen Mann, der in der Wachmannschaft der Stadt diente und als Ordnungskraft eingesetzt wurde. Er besaß harte Muskeln, die sie erregten, aber sie spürte, dass sie noch nicht bereit war für den letzten Schritt. „Bring mich bitte nach Hause, Bojan." Dieser lachte, seine Hände fuhren unter ihrem Mantel. Ornella seufzte, aber sie hielt stand. Sie drängte ihn weg. „Irgendwann werde ich nach Hause gehen, in das Land der Bulgaren an der Donau. Dort ist es schön. Wir werden mit unserer Familie in einem eigenen Haus leben, denn ich nehme dich mit." Ornella schüttelte verständnislos den Kopf. „Ich will nirgends hingehen, diese Stadt ist meine Heimat. Was bildest du dir ein?", fragte sie plötzlich arrogant. Bojan zeigte sich als stolzer Mann, er packte die junge Frau an den Armen. „Du gehörst mir. Irgendwann wirst du es einsehen, schöne Ornella." Er versuchte, sie zu küssen, aber ihre Lust wurde durch seine Aussagen abgekühlt. Bojan ließ sich nicht überzeugen, er reagierte ärgerlich. „Hältst du dich für etwas Besseres? Mein Volk ist vor den Toren dieser Stadt gestanden und kämpft seit langem erfolgreich gegen die Römer. Dir wird es gefallen an der Donau, schöne Ornella." Die junge Frau wurde von ihrem Vater in einigen Kampftechniken ausgebildet, aber sie bewies mehr Talent im Gesang. Zudem handelte es sich bei Bojan um einen sehr guten Kämpfer. Der junge Bulgare wirkte auch auf andere Frauen, sie wusste das, trotzdem wollte sie sich ihm nicht hingeben. Ornella verspürte mehr keine Lust und wusste nicht, was sie tun sollte. Bojan ließ sie nicht los. Seine Liebkosungen steigerten sich, ihre Erregung kehrte zurück, die Knie zitterten. Ferrucio und Marco standen in einer dunklen Nische und hörten alles an. In diesen Minuten zerbrach die letzte Hoffnung des jungen Mannes auf eine glückliche Zukunft mit der angebeteten Ornella. Resignation ergriff ihn, er wollte sich abwenden, aber Ferrucio ärgerte sich über das Verhalten des Bulgaren. Er trat einen Stein in die Richtung der beiden und trat aus der Nische. Das Paar trennte sich spontan und blickte auf den Mann, der ihnen entgegentrat. Die Öllampen beleuchteten die Szene spärlich. Bojan erkannte Ferrucio, die beiden trafen sich bereits öfter, aber sie sprachen nie miteinander. „Du hast Ornella gehört, Bojan. Bring sie nach

Hause, wir begleiten euch", sagte der junge Mann laut. Der Bulgare begann zu lachen. „Du hast mir nichts zu sagen, auch wenn du dich als Sohn eines Kaufmanns für etwas Besseres hältst. Geh nach Hause, Junge, ansonsten kann es schmerzen." Ferrucio verfügte über eine gute Ausbildung, aber der Bulgare galt als guter Kämpfer und besaß mehr Erfahrung. Marco trat aus der Nische. „Ferrucio hat gesagt, was du machen sollst, Bulgare", sagte er ruhig. Bojan schüttelte den Kopf. „Der nächste arrogante Junge. Ich kann es nicht glauben. Verschwindet einfach, ansonsten kann es wehtun", antwortete er hart. Die jungen Männer verfügten über keine Kampferfahrung, aber der Bulgare wusste von ihrer Ausbildung. Er lebte seit zwei Jahren in der Stadt. Seitdem kannte er die junge Frau und ihre Familie. Sie sprachen oft miteinander, aber bis jetzt zeigte sich die Schönheit hartnäckig und wies seine Werbungsversuche ab. Eine Heirat mit der Tochter der bekannten Sängerfamilie würde ihm helfen. Zudem mochte er die junge Frau, aber sie weigerte sich, mit ihm zu schlafen. Bojan holte sich das Verweigerte von anderen Frauen, es gab genug in dieser Stadt. Ornella wusste nichts davon, aber vermutlich ahnte sie es. Die Zurechtweisung des jungen Mannes erzürnte den stolzen Bulgaren. „Ich wiederhole mich nur einmal. Verschwindet!", rief er laut, aber Ferrucio und Marco blieben stehen. Der Letztgenannte trat einen Schritt auf Bojan zu. „Du bist älter und erfahrener, aber wir sind zu zweit. Wenn du nicht gehst, wirst du das Land an der Donau nicht sehen, Bulgare", sagte Marco mit hartem Ton. Er verspürte keine Angst, der Ärger über das Gehörte verhalf zur notwendigen Ruhe in der Situation. Bojans Augen verengten sich, er griff nach seinem Schwert. Plötzlich hielten Ferrucio und Marco ihre eigenen in der Hand. Der Bulgare wirkte überrascht ob der gezeigten Schnelligkeit. Ornella riss die Augen auf. Sie stellte sich dazwischen. „Was soll das? Hier wird nicht gekämpft!", rief sie laut. Schritte näherten sich. „Wenn du mich weiterhin sehen willst, vergisst du diesen Kampf, Bojan", sagte sie energisch. Der Bulgare blickte sie an, anschließend fiel sein Blick auf die jungen Männer. Plötzlich lächelte er und steckte sein Schwert ein. Er zog Ornella an sich und küsste sie noch einmal. Dann drehte er sich um und verschwand mit einem Lachen in der Dunkelheit. „Das werde ich euch nicht vergessen, ihr arroganten Jungen!" Sein Ruf hallte durch die Gasse, anschließend wurde es ruhiger. Zwei Wachposten erschienen und trieben sie weg. Still marschierten die drei Richtung Ornellas Haus. „Du hast richtig männlich gewirkt, als du dich gestellt hast, Marco", sagte sie plötzlich laut. Der Angesprochene blieb stehen, er drehte sich zu der jungen Frau. „Du musst mich nicht loben, Ornella. Seit Kindheitstagen liebe ich dich, aber heute ist etwas zerbrochen. Nimm dir irgendeinen Mann, aber lass mich in Frieden. Ich denke nicht, dass du es wert bist, dir hinterherzulaufen", sagte der ansonsten besonnene Marco ernst. Er blickte in ihre überraschten Augen, dann wandte er sich ab und marschierte in Richtung des Hauses seiner Eltern. Ferrucio wirkte ebenfalls überrascht, anschließend wandte er sich an die junge Frau, die vor dem Haus ihrer Familie stand. „Du hast es übertrieben, Ornella. Aber es ist vielleicht besser so, für euch beide. Irgendwann ist die Kindheit vorbei. Marco hat nur länger gebraucht, es zu begreifen." Sie blickte Ferrucio an. „Wir sind die Kinder von Angestellten. Sie haben uns aufgenommen. Jetzt leben wir in getrennten Familien und du bezeichnest Marco als deinen Bruder. Er entstammt einer reichen, adeligen Familie und verhält sich arrogant. Ich bin mehr wert, als er es sich vorstellen kann, dieser arrogante Bastard", sagte sie aufgebracht. Ferrucio blickte sie kopfschüttelnd an. „Du redest Unsinn. Sie behandeln uns alle gleich. Marco ist nicht arrogant. Du hast dich ihm gegenüber nicht gut benommen und solltest deine eigenen Fehler sehen. Seit zwei Jahren veränderst du dich zum Schlechten, die ständige Bewunderung vieler Männer steigt dir zu Kopf. Du solltest aufpassen auf solche Typen wie Bojan, in seinem Volk zählt die Frau nicht annähernd so viel wie in unseren Familien. Wir haben unsere Eltern verloren, aber können von Glück sprechen, dass sich solche Menschen als neue Familien angeboten haben. Marco verfügt über einen guten Charakter, eine gute Bildung und respektiert Frauen. Daran solltest du bei der Wahl deines zukünftigen Ehemannes denken, Schwester." Nachdenklich blickte Ornella Ferrucio an, anschließend wog sie den Kopf hin und her. Plötzlich trat sie spontan auf ihn zu und umarmte ihn lange. „Danke für deine offenen Worte. Ich werde darüber nachdenken. Marco und ich kennen uns lange, wir sollten zumindest Freunde bleiben", sagte sie leise. Ferrucio nickte und verabschiedete sich. „Seit wann sprichst du so lange und gut?", rief sie ihm hinterher. Ferrucio gab keine Antwort, er grinste plötzlich. „Seit ich die Erkenntnis gewonnen habe, das dies Frauen gefällt", sagte er leise zu sich selbst. Er holte Marco nicht mehr ein und betrat das dunkle Haus, ein Leibwächter ließ ihn ein. Sein Vater legte Wert auf die Sicherung des Hauses, auch sein Bruder und er mussten Wache halten. Zugangsschlösser sicherten das Gebäude an allen Eingängen. Bald erreichte er sein Zimmer und schlief kurz darauf ein.

Der letzte Monat des Jahres brach an. In Konstantinopel herrschte ein windiges Wetter mit vielen Regentagen, die Temperaturen gingen nach unten, erwiesen sich aber um Einiges erträglicher als in den nördlichen Breiten. Die Lage der Stadt erwies sich als gut gewählt zwischen zwei Kontinenten und der Meerenge zwischen dem Euxinischen und dem Marmorameer. Griechenland und Kleinasien bildeten die geografischen Säulen des Reiches der Römer. Thrakien, Bulgarien, Serbien und Kroatien stellten Bestandteile dar, die unter dem letzten großen Herrscher Basileios II. dem Reich hinzugefügt wurden. Vor allem die wilden Bulgaren erwiesen sich als ständiger Unruheherd. Es herrschte eine erbitterte Rivalität auf dem Balkan zwischen dem Reich der Römer und jenem der slawischen Bulgaren, die von einem Zar regiert wurden. Basileios II. zerstörte das große bulgarische Reich, er ging als „Bulgarentöter" in die Geschichte ein. Vor dreißig Jahren verlor Zar Samuil gegen ein Herr der Römer in der Schlacht von Kleidion, der letzte bulgarische Zar war Knjaz Presian II., der vier Jahre später endgültig verlor. Er wurde am Hof in Konstantinopel mit seinen Brüdern aufgenommen und lebte bis zu seinem Tod als Magistros in der Stadt. Nach der Eroberung durch den Kaiser wurde Bulgarien in die fünf Themen Makedonien, Bulgarien, Paristrion, Thrakien und Strimon aufgeteilt. Seit jenen Zeiten bestand diese Konstellation, die seit dem Tod von Basileios II. zunehmend in Frage gestellt wurde. Der römische Landadel untergrub das gut funktionierende Heersystem, viele Söldnerverbände ersetzten eigene Leute der Römer. Auch die

Bulgaren stellten eine große Anzahl an Söldnern für das Heer der Römer. Vor vier Jahren erhoben sich diese unter dem Thronanwärter Peter Deljan, der sich als Enkel des Zaren Samuil ausgab. Er gelangte zuerst als Gefangener nach Konstantinopel. Nach seiner Flucht kehrte er nach Bulgarien zurück und ließ sich in Belgrad zum neuen Zaren ausrufen. Auslöser des Aufstandes waren die Ablösung bulgarischer Priester durch griechische Geistliche unter der Leitung des Erzbistums Ohrid und Einführung von Geldsteuern statt der Naturalabgaben. Zuvor musste er seinen Konkurrenten um den Thron, Tihomir aus Dyrrhachion, ausschalten. Dies gelang in einem Rededuell. Tihomir verlor und wurde getötet. Peter Deljan schloss sich sein Vetter Alusian, der Sohn des letzten legitimen bulgarischen Zaren Iwan Wladislaw, an. Er akzeptierte ihn als Mitregenten, dieser erlitt aber eine verherrende Niederlage bei Thessaloniki. Ein Jahr später wurde Peter Deljan von seinem Vetter verraten, gestürzt und geblendet. Alusian lief zum Kaiser in Konstantinopel über, aber Deljan setzte seinen Widerstand gegen die Herrschaft der Römer fort. In der Schlacht von Ostrowo wurde er vom kaiserlichen Herr unter Führung und Beteiligung der Warägergarde geschlagen. Er wurde nach Konstantinopel gebracht, im Hippodrom dem versammelten, römischen Publikum vorgeführt und hingerichtet. Es gärte unter den besetzten Völkern, derzeit konnte Kaiser Konstantin IX. das Reich aber zusammenhalten. Er erwies sich als widerstandsfähig gegen alle Konkurrenten, obwohl sich im Palast ständige Intrigen abspielten. Der Hofadel und die Verwandtschaft der Kaiser erwiesen sich als gelangweilte, herrschsüchtige Menschen, die ihre Vorteile über die gesicherte Zukunft des Reiches stellten. Die Bevölkerung wusste davon und erzählte lustige Geschichten über die ständigen Machtspiele. Es gab Wetten, wie lange der Kaiser an der Macht blieb. Aber Konstantin erwies sich als Stabilitätsfaktor, gemeinsam mit der alternden Kaiserin Zoe hielt er die Zügel derzeit in der Hand. Der Kaiserin wurden ausschweifende Orgien nachgesagt, ihre jüngere Schwester Theodora stand ihr um nichts nach. Die beiden Frauen regierten vor drei Jahren gemeinsam, erst die Heirat Zoes mit Konstantin Monomachos beendete die gemeinsame Regentschaft. Theodora und Zoe führten und lenkten den Hof nach ihren Wünschen und Vorstellungen und beherrschten das Spiel der Intrige meisterhaft. Das Reich wirkte derzeit trotz vieler Feinde stabil. Die Slawen am Balkan stellten Unruheherde dar, dazu kam der seit Urzeiten bekannte arabische Feind, das Kalifat der Abbasiden in Bagdad. Die größte Gefahr stellten aber die nomadisierenden Turkvölker dar, die von Osten kommend die weiten Ebenen im Norden und um das Euxinische Meer erreichten. Derzeit hielten die christlichen Königreiche Armenien und Georgien dem Druck der Steppenvölker stand. Unter diesen wilden Nomaden kristallisierten sich die Petschenegen im Norden als dominantes Volk heraus. Diese überquerten nach einer Niederlage gegen die Rus die Donau und bedrohten Bulgarien. Aus dem Osten näherten sich die Seldschuken, laut den Berichten der Spione stellten diese wilden Krieger die größte Gefahr für den Bestand des Reiches dar. Bis dato gab es keine militärische Auseinandersetzung, aber sie stand bevor. Die Turkvölker wie Petschenegen, Turkmenen und Seldschuken stellten viele Söldner in den Armeen der Araber und Berber, sie galten als unerbittliche und gefürchtete Kämpfer. Horden von Petschenegen verwüsteten in den Themen Paristrion, Makedonien und Thrakien in den letzten fünfzehn Jahren große Landstriche und hinterließen Tod und Zerstörung. In diesem Teil der Welt gab es ständig Auseinandersetzungen und Kriege, oft endeten sie in Tributzahlungen. Die Religionen gerieten in diesem Gebiet ständig aneinander, dazu kam der Streit innerhalb der Christen um die Oberhoheit des Papstes in Rom. Neben Kaiser Konstantin IX. galt der neue Patriarch Michael I. Kerularios als zweite anerkannte Persönlichkeit in Konstantinopel. Die Stadt stellte als größte bekannte Ansiedlung den Schmelztiegel vieler Menschen aus verschiedenen Völkern dar, das machte sie interessant und aufregend, aber auch konfliktreich und spannungsgeladen. Ende des Jahres fanden immer Feste statt, der Kalender basierte auf dem Julianischen Kalender, der auf den berühmten Feldherrn Julius Cäsar zurückging. Das Jahr begann in Konstantinopel mit Beginn des Septembers, der Monat Dezember war in der Stadt als vierter Monat bekannt. Die zeitliche Einteilung der Tage blieb ident. In diesen Wochen erkundeten Carlo und Ramon die Stadt. Oleg erwies sich als verlässlicher Freund, der sie auch in den Bereich innerhalb des Palasts führte. Er stellte sie seinem Kommandanten vor, schlussendlich fiel die Entscheidung, sie nicht in die Warägergarde aufzunehmen. Derzeit wurden ausschließlich Skandinavier und Rus aufgenommen. Carlo erwies sich als zu klein. Oleg bot beiden an, in der Wachmannschaft der Stadt zu dienen. Ramon schüttelte den Kopf. „Ich diene nicht als Nachtwächter, meine Fähigkeiten liegen woanders. In der Nacht muss ich mich um wichtigere Dinge kümmern. Ich hoffe, ihr könnt mir folgen", sagte er grinsend und griff sich an den Unterleib. Der Asturier konnte bereits Erfolge bei Frauen verweisen. „Ein Verwandter der Schwester der Kaiserin sucht Leibwächter, mein Freund", sagte der Waräger unschuldig. Misstrauisch blickte Ramon den Hünen an. „Du wirkst zwielichtig, Oleg." Der Angesprochene zuckte mit den Schultern. „Diese Menschen feiern gerne und begeben sich oft an die Küste oder ins Blachernenviertel, dabei benötigen sie Schutz. Es gibt viele arme Menschen in der Stadt, dazu organisierte Banden. Der Adel schützt sich, das wird immer so bleiben. Sie genießen ungeniert die Gewinne aus der Tätigkeit des Volkes", antwortete der Waräger sachlich. Er schien damit kein Problem zu haben. „Vielleicht gibt es irgendwann eine Herrschaft des Volkes", sagte Carlo. Oleg nickte. „Vor langer Zeit hat Ähnliches in der Stadt Athen existiert. Freie Bürger haben in Versammlungen entschieden, aber das System hat nicht gehalten. Im Reich der Römer gibt es den Senat und die Volksversammlung. Der Senat hat derzeit wieder mehr Macht, die Würdenträger des Adels nutzen ihn gegen den Kaiser und seine Günstlinge. Die Volksversammlung hat nichts zu bestimmen." Ramon dachte an den Komplex des großen Palastes, der aus mehreren zusammengesetzten Gebäuden bestand, dazu kamen die Schatzkammer des Kaisers, dem Idikon und die Münzprägestätte, das Charagma. Es gab einen Polospielplatz und eine kleinere Version des Hippodrom, das Hippodromion. Vor über zwei Jahren wurde das Areal vom wütenden Volk gestürmt, dass den damaligen Kaiser Michael V. Kalaphates als Usurpator betrachtete. Sie plünderten das Gold der Parteigänger des Kaisers und zerrissen die Steuerregister. Der Herrscher wurde abgesetzt, geblendet und in ein Kloster verbannt, dort starb er einsam und verlassen. Die Bewohner bemängelten seine dynastische Legitimation. Danach übten Theodora und Zoe eine gemeinsame Regentschaft aus, die drei Monate dauerte. Erst mit der Heirat Zoes mit Konstantin Monomachos endete diese Periode. „Es ist viel los in der Stadt, der Adel bekriegt sich, es gibt verschiedene Thronanwärter. Dazu kommen mächtige Feinde von außen, die nach dem Reichtum dieser Stadt gieren. Räuberbanden dominieren die ärmeren Viertel, die Bevölkerung ist bunt gemischt", sagte der Etrusker nachdenklich. Konstantinopel wirkte wie ein Vulkan, der ständig brodelte und bisweilen zum Ausbruch kam. „Der ideale Platz für uns, mein Freund!", rief Ramon grinsend. Oleg brachte sie in den Palast und stellte sie vor, die Familie nahm sie in ihre Dienste auf. Davor prägten sie sich die wichtigsten Punkte der Stadt ein. Ferrucio und Marco ergänzten die Rundgänge mit Oleg und wiesen sie ebenfalls ein. Der Asturier wollte wissen, wie Marco mit Ornella umging. Ramon erinnerte sich an die Geschichte. „Er hat sie verstoßen, der harte Mann", sagte dessen Bruder süffisant. „Halt den Mund!", rief Marco, seine Augen verengten sich. Carlo wandte sich an Ramon und deutete auf Ferrucio. „Der Junge könnte von dir sein", sagte er laut. „Ich bin ein Mann. Letztes Jahr hat eine wilde Chasarin mich dazu gemacht. Die jungen Frauen dieser herrlichen Stadt sind hingebungsvoll", erzählte Ferrucio angeberisch. Ramon schlug ihm auf die Schulter. „Das ist mein Mann, er geht in die Offensive", sagte er anerkennend. Er wandte sich an Marco. „Vergiss diese eingebildete Ornella. Ferrucio hat recht. Am besten gehst du mit ihm und besuchst ein paar junge Frauen. Ich kenne auch einige." Seine Augen verdrehten sich, die Stimme wirkte vergnügt. „Ich habe es ihm gesagt, aber er will nicht", antwortete Ferrucio achselzuckend. „Du verbrauchst dein ganzes Geld für Dirnen. Ich will diese Art von Frauen nicht", antwortete der hochgewachsene Marco. Ferrucio lächelte süffisant und ahmte Ornella nach. „Ich bin es, mein Goldstück. Willst du mich haben?", fragte er laut und wiegte sich in den Hüften. Marco reagierte sehr schnell und traf seinen Bruder mit einem Kinnhaken, dass dieser nach hinten fiel. Überrascht blickten Carlo und Ramon auf den hochgewachsenen, athletischen, jungen Mann, der bisher durch Zurückhaltung und Ruhe auffiel. Ferrucio stand bereits wieder und rieb sich das Kinn, anschließend entbrannte ein Kampf, den die Männer interessiert beobachteten. Die jungen Männer standen sich in Ausdauer und Schnelligkeit um nichts nach, schließlich standen sie einander schweratmend gegenüber. Ferrucio grinste, Marco lächelte, beiden schien der Kampf zu gefallen. „Es reicht, ihr beiden. Eure Eltern werden nicht wollen, dass ihr euch schlägt." Ferrucio und Marco blickten auf den Etrusker, beide zuckten mit den Schultern. „Vater ist es egal, nur Mutter kann unangenehm werden. Sie meint, dass es sich für Kaufmannssöhne nicht geziemt, sich wie wilde Barbaren zu benehmen, dabei macht es Spaß. Sie diskutieren bisweilen darüber, jedes Mal endet die Diskussion im Schlafzimmer", erzählte Ferrucio grinsend. Ramon gefiel die Art des jungen Mannes, der Dinge offen ansprach. „Marco benimmt sich wie ein Muttersöhnchen, das sagt zumindest die liebe Ornella", fuhr Ferrucio provokant fort. Der Angesprochene blickte seinen Bruder an, er schüttelte den Kopf. „Mutter behandelt uns beide gut und Ornella kann mich mal", antwortete er verärgert. Die Kampfeslust kühlte ab, es folgte ein Verbalduell. „Das wünschen sich viele Männer von Ornella", antwortete Ferrucio grinsend. Sein Bruder winkte gelangweilt ab. Carlo gefiel die Reaktion. Die jungen Männer ergänzten sich gut, ähnlich wie Ramon und er. Der Asturier wollte noch etwas sagen. „Haltet alle den Mund! Die arme Ornella kann nichts dafür, dass ihr viele Männer nachlaufen. Sie singt wunderbar und ist eine Schönheit", sagte der Etrusker bestimmt. Er wandte sich an Marco. „Bevor du über junge Frauen urteilst, die für Geld Liebe anbieten, solltest du daran denken, dass sie von Männern dazu gebracht werden. Viele dieser Frauen müssen in einer harten Welt überleben, die von Männern dominiert wird. Auch ich benutze sie und gehöre dazu. Ich bin nicht besser als viele Männer, aber ich würde keine von ihnen respektlos behandeln. Schlechte und böse Menschen sind woanders zu suchen als unter diesen Frauen." Marco blickte den Etrusker nachdenklich an, dann nickte er. Die Gruppe streifte durch die Stadt und besichtigte viele Plätze und Sehenswürdigkeiten, auch die verschiedenen Wasserzisternen. Die Aetius-Zisterne, Aspar-Zisterne und Mocius-Zisterne erregten ihre Bewunderung für die durchdachte Anlage der Stadt. Der Fluss Lykos, der von Nordwesten kam, floss innerhalb der Stadt teilweise unterirdisch, bis dieser Kanal in den Hafen des Eleutherios in das Marmormeer mündete. Mittlerweile kannten sich Ramon und Carlo in der Stadt aus, beide verfügten über eine schnelle Auffassungsgabe und einen ausgezeichneten Orientierungssinn. Sie besuchten die Familien selten, meistens trafen sie sich mit Oleg. Bisweilen hörten sie Isabella und ihrer Familie in deren Gastwirtschaft zu, aber sie standen nicht in regelmäßigem Kontakt zu den Angehörigen. Nur der junge Marco suchte die Gegenwart von Carlo, sie verstanden einander. Ramon verbrachte neben seinen Leibwächterdiensten viel Zeit mit verschiedenen Frauen, auch im Palast wurde er schnell bekannt. Der dritte Monat im neuen Jahr kam ins Land, als er in einen Raum gerufen wurde, wo seine neue Herrin zu feiern pflegte. „Ramon, mein Lieber, meine Cousine erwünscht deine Dienste", sagte sie mit verlockender Stimme. Bei der Cousine handelte es sich um eine schlanke Frau mittleren Alters, die ihn gierig betrachtete. Der Asturier kannte die Wünsche dieser adeligen Frauen und beteiligte sich an der beginnenden Orgie. Sie landeten in einem der vielen Zimmer und gaben sich ihren Lüsten und Genüssen hin. Nach dieser Nacht verbreitete sich sein Ruf unter den adeligen Frauen, die ihn für sich in Anspruch nahmen. Ramon gefiel dieses Leben, er wurde gut bezahlt und avancierte zum persönlichen Leibwächter seiner neuen Herrin. Carlo sprach ihn darauf an. „Du übertreibst es, du hirnverbrannter Idiot. Dieser Palast ist eine Schlangengrube, der bereits viele zum Opfer gefallen sind. Du verkommst als Lustknabe dieser intriganten Gesellschaft, das ist nicht unser gewohntes Feld, auf dem wir uns bewegen." Der Asturier winkte ab. „Ich habe alles im Griff, mein Freund. Du solltest es mir gleichtun. Die Frauen sind nicht wählerisch, das spricht für sie", antwortete er grinsend. Der Etrusker versuchte ständig, seinen Freund zu überzeugen, den Dienst im Palast aufzugeben, aber dieser wollte auf den guten Verdienst und das ausschweifende Leben nicht verzichten. Es gab ständig Feste im Bereich des großen Palastes, Orgien wurden gefeiert. Carlo beschloss, sich aus diesem

Bereich der Stadt zurückzuziehen. Er nahm ein Angebot des Basken Nael an, als Kundschafter und Transportbegleiter nach Kleinasien zu arbeiten, vor allem in die Stadt Nikomedia. Marco begleitete ihn, die beiden freundeten sich an. Der Etrusker zeigte dem jungen Mann neue Kampftechniken. Carlo dachte daran, dass sein verstorbener Sohn Lucius im ähnlichen Alter wie Marco wäre. Ferrucio blieb oft in der Stadt und half seinem Vater. Die Geschäfte der Familie mit Waren aller Art liefen gut. Über Naels Verbindungen zur Warägergarde gelangten sie an gute Abnehmer ihrer Produkte, die sie in Kleinasien und dem Balkan holten. Das Leben ging dahin im Reich der Römer. Nach den Aufregungen der letzten Jahre kehrte Ruhe unter Kaiser Konstantin IX. ein, zumindest nach außen. Der Asturier verstrickte sich immer mehr in die Machenschaften des Hofadels. Eines Nachts lag er angetrunken auf einem Bett, eine betrunkene Frau lag nackt neben ihm. Der Konsum des Weins lastete schwer in seinem Kopf, aber seine Instinkte meldeten sich und signalisierten Gefahr. Er nahm einen Schatten wahr und reagierte trotz seiner Trunkenheit. Ein Tritt beförderte den gedungenen Mörder zurück. Ramon sprang auf. Der kleine, gewandte Angreifer erfing sich rasch und setzte die nächste Attacke. Schnell wich der Asturier dem Messerstoß aus, packte die Hand und zerschlug einen Weinkrug auf dem Kopf des Mannes. Mit den Resten des Kruges stach er in den Hals, der Mann ließ sein Messer fallen und taumelte zurück. Die Frau hinter Ramon schrie auf. Der Angreifer war nicht zu erkennen. Er trug einen Turban, wie ihn die Muslime verwendeten, dieser verdeckte auch sein Gesicht. Glühende Augen fixierten den Asturier, der zum Gegenangriff ansetzte, aber der Angreifer drehte sich um und verschwand spurlos in den Gängen des Gebäudes. Die Frau beruhigte sich und stand auf. Sie war etwas jünger als Ramon und eine gutgewachsene Schönheit. Ihr Name lautete Myrrha. „Er ist weg. Der Mann wollte mich töten", sagte der Asturier verärgert. Die Frau blickte in die Gänge, der kurze Tumult regte niemand auf in diesen Gebäuden. Es gab immer wieder Lärm und Schreie, auch Tote gehörten zu diesem Leben. „Mach dir keine Gedanken, mein Held. In diesem Palast herrscht die Sünde und das Böse, aber es ist ein schönes Leben. Du musst aufpassen, dass du kein Opfer bist. Vermutlich ist er von einem eifersüchtigen Ehemann angestiftet worden. Bei mir brauchst du dich nicht zu fürchten, ich habe keinen Ehemann", sagte die Frau mit den sinnlichen Augen. Sie umarmte und küsste ihn, dann zog sie ihn zum Bett. Myrrha gefiel der große, athletische Mann, aber sie investierte keine großen Gefühle, denn in diesem Palast diente sie höher gestellten Frauen und Männern. Sie bildete eine der Gesellschafterinnen der Schwester der Kaiserin, Theodora. Die zweitmächtigste Frau des Reiches bot Schutz und Wohlstand, dies wollte Myrrha auf keinen Fall aufgeben. Sie zog den Asturier über sich und umschlang ihn mit Armen und Beinen, während sie sich dem Liebesspiel intensiv und leidenschaftlich hingaben. Danach schlief sie ein, nur Ramon konnte nicht sofort einschlafen. Er dachte lange über seine Situation nach und kam zum Schluss, dass er ein Leben führte, von dem viele träumten. Aber es wies Schattenseiten auf, die gefährlich erschienen. Bis jetzt liebte er seine Freiheit, den Weg selbst zu wählen. In diesem Palast war er strengen Regeln unterworfen und üppigen und opulenten Orgien ausgesetzt. Er liebte die Lust und das Leben, der kleine Kosmos der Reichen und Mächtigen innerhalb dieses geschützten Bereichs bot alles. Aber das Beispiel von Kaiser Michael V. Kalaphates stellte ein warnendes Beispiel dar, er fiel einem gelenkten Volksaufstand zum Opfer. Er musste die richtige Seite finden. Deshalb erschien es wichtig, Informationen zu sammeln, um zu den Nutznießern dieses Lebens zu gehören. Aber er stellte keinen Wendehals dar, der für Geld seine Philosophie und Werte verkaufte. Er entschied sich, noch eine Weile zu bleiben und sich anschließend Carlo anzuschließen, auf den Etrusker konnte er sich verlassen. Am nächsten Tag fand er sich wie bereits öfter im Hippodrom ein und gehörte zu den begeisterten Zuschauern, die die Wagenrennen verfolgten. Es gab Wetten, der Asturier gewann. Myrrha erschien. „Meine Herrin will dich sehen, Ramon." Er diente einer anderen Frau und wies daraufhin, worauf Myrrha diese ansprach. Tadelnd blickte seine Herrin auf den Asturier. „Lieber Ramon, wenn unsere Kaiserin ruft, musst du kommen. Ich denke, wir werden dich eine Weile nicht sehen", sagte sie vergnügt, die anderen Damen um sie lachten laut. Der Ruf von Theodora schien nicht der Beste zu sein, aber ihr Umfeld nannte sie die Kaiserin und in ihrem Dunstkreis lebte es sich gut. Myrrha führte den Asturier in einen Raum, von dem man die Wagenrennen mitverfolgen konnte. Es herrschte großes Treiben, Gelächter erfüllte die Luft. Sofas, Tische und Stühle standen gut platziert herum, während Dienerinnen aufgeregt umherliefen und die Wünsche der adeligen Gäste erfüllten. Manche landete auf dem Schoß eines Mannes, nach einem kurzen Aufschrei gab sie sich diesem hin. Eine Stimme ertönte. „Hört auf mit dem Unsinn! Es ist heller Nachmittag, was sollen unsere lieben Bürger denken, die in großen Mietskasernen wohnen!" Es handelte sich um Theodora III., Mitregentin ihrer Schwester Zoe, der derzeitigen Kaiserin und Gemahlin von Konstantin IX. Ihr Blick fiel auf Ramon, alle Augen richteten sich auf den Asturier, den das nicht störte. Er trat heran und verneigte sich vor Theodora. Sie war ungefähr Sechzig Jahre alt, aber man erkannte, dass sie an ihrem Aussehen arbeitete. Die Frau wirkte jünger, dies war ihren täglichen Schönheitskuren und Massagen zu verdanken. Frauen aus der armen Schicht wirkten alt mit Sechzig, die meisten erreichten aufgrund von Krankheiten und der täglichen Arbeit dieses Alter nicht. Doch die höchste Schicht verfügte über alle Möglichkeiten und Ärzte, das Leben besser zu gestalten und den Körper und den Geist zu pflegen. Dies würde sich wahrscheinlich nie ändern, solange die Menschheit existierte. „Du hast mich gesucht, Kaiserin Theodora", sprach er laut. Er wirkte nicht verunsichert, dies gefiel der dunkelhaarigen Frau. Ihr Haar präsentierte sich hochgesteckt, die schwarze Farbe wurde ständig erneuert, um graue Strähnen verschwinden zu lassen. Theodora gefiel das selbstbewusste Auftreten des jungen Mannes, ihr gefielen diese athletischen, großen Typen. Sie musterte ihn genauer und ließ sich einen Becher Wein bringen. „Wie kommst du dazu, mich mit Kaiserin anzusprechen? Wenn das meine zickige Schwester Zoe, unsere hochgelobte Kaiserin, hören würde. Sie würde dich foltern lassen, junger Mann. Selbst mich, ihre treue Schwester, verbannte sie lange Jahre in ein Kloster. Für Menschen mit Lust am Leben stellt das die schlimmste Folter dar. Wie ist es mit dir? Ich habe gehört, du lebst nicht sehr keusch, ein Kloster wäre wohl auch eine Strafe für dich", sagte Theodora süffisant. Der Asturier hob entschuldigend die Hände. „Es tut mir leid, hochgeschätzte Kaiserin. Leider bin ich Stammgast bei unserem Priester. Er nimmt mir ständig die Beichte ab, ansonsten ist das Sündenregister zu lang und der Teufel wird mich holen", antwortete er laut. Theodora lachte, auch den Umstehenden gefiel die Antwort des großgewachsenen Mannes. Er bemerkte, dass ihr die Ansprache als Kaiserin gefiel, vermutlich sah sie sich selbst als die legitime Regentin. „Mir gefallen schlagfertige Männer, die mit Worten ähnlich wie mit Waffen umgehen können. Ich habe gehört, du hast einen Mörder vertrieben." Theodora brach ab und schüttelte den Kopf. „Dieser Palast ist voll von Menschen, die einem nach dem Leben trachten, aber damit muss man umgehen können. Du beherrschst dies offensichtlich, junger Mann. Das gefällt mir. Immer zur Stelle, wen man ihn braucht, für den Kampf und für das Vergnügen. Ich hoffe, unsere gute Myrrha hat sich erkenntlich gezeigt, lieber Ramon." Der Asturier schien nicht verwundert zu sein, dass Theodora seinen Namen kannte. Vermutlich wusste sie über alles Bescheid, was in diesen Hallen und Gebäuden vor sich ging. Ihre Schwester Zoe machte wahrscheinlich einen schweren strategischen Fehler, sie nicht wieder ins Kloster zu verbannen, aber vermutlich existierte eine Regelung nach der Mitregentenschaft Theodoras. Er stand der gefährlichsten Frau des Reiches der Römer gegenüber, eine hochintelligente und intrigante Persönlichkeit, die mit ihrer Umgebung spielte. Aber Ramon störte dies nicht, er spürte Neugier auf das Weitere. Er kannte königliche Umgebungen aus Kastilien und Navarra, aber dieses Reich schien mit seinen Strukturen einige Stufen über diesen Königen zu stehen. Sie hielten sich für die Nachkommen des römischen Imperiums, die Bewahrer von uraltem Kulturgut und Wissen, dies ließen sie andere Völker spüren. Myrrha verneigte sich vor Theodora. „Ich habe mein Bestes gegeben, geschätzte Kaiserin. Er ist ein temperamentvoller Asturier und kommt aus einem Teil Hispaniens." Theodora lachte. „Die gute Myrrha, immer eine gute Antwort parat." Sie fixierte Ramon mit ihren dunklen Augen, er fühlte sich durchleuchtet, am Ende der Musterung lächelte Theodora. „Nun, ich brauche gute Kämpfer. In diesem Land, vor allem im Palast, gibt es viele Feinde. Darunter befinden sich böse Menschen, wir sind die Guten. Was meint ihr, meine Lieben?", fragte sie süffisant in ihre nähere Umgebung. Alle stimmten ihr zu, einige ergänzten es mit vergleichenden Wortspielen, die Theodora erheiterten. „Wenn du Zeit hast, darfst du an meiner Seite Platz nehmen. Ich bin neugierig, zu erfahren, was dich in unser Land geführt hat. Asturien ist bekannt unter den Christen, ein stolzes Volk, das lange gegen die Araber gekämpft hat. Nimm Platz an meiner Seite, lieber Ramon." Sie legte ihre Hand auf einen Stuhl neben ihr, er verneigte sich tief. Die Geste gefiel ihm nicht, er kam sich wie ein Hund vor. Dabei fielen ihm die Worte Carlos ein, der ihn auf das hinwies. „Sie halten dich wie einen Hund und Lustknaben, aber du glaubst, alles im Griff zu haben." Trotzdem konnte er die Einladung dieser mächtigen Frau nicht ausschlagen, dies wäre zu gefährlich für ihn. Er wurde eingebettet im Lager der Schwester der mächtigen Kaiserin Zoe, die ähnlich agierte. Kaiser Konstantin ließ den Hofadel so weit gewähren. Der Asturier bezog seinen Stuhl und erhielt einen goldenen Becher mit Wein. Die junge Dienerin sandte ihm einen interessierten Blick zu, den er lächelnd erwiderte. „Ich bin mir bewusst, dass die jungen Frauen mich an Schönheit ausstechen. Trotzdem wäre es angebracht, mich zu beschäftigen, lieber Ramon", ertönte die Stimme Theodoras. Er wandte sich ihr zu, einige Umstehende betrachteten ihn mitleidig. Sie kannten die Launen ihrer Herrin. Theodoras Augen wirkten mysteriös. „Jede dieser Damen verblasst neben ihnen. Sie überstrahlen alles, werte Kaiserin. Es ist eine Ehre, an ihrer Seite Platz zu nehmen." Er hob seinen goldenen Becher und prostete Theodora zu. Diese nahm das Kompliment wohlwollend zur Kenntnis. In den nächsten Stunden verfolgten sie die Wagenrennen, die Intensität der Feier steigerte sich mit dem Weinkonsum. Essen wurde in großen Mengen gebracht. Viele Menschen erschienen, andere verließen gemeinsam den Raum, manche vergnügten sich gleich daneben. Es gab Seufzen, Stöhnen, lustvolle Schreie, dazu Rülpsen und Furzen, im Mittelpunkt residierte die alternde Theodora. Ramon wusste, was ihn erwartete. Sie zog ihn an sich. „Du wirst mir heute beweisen müssen, wie temperamentvoll die Asturier tatsächlich sind. Ansonsten lasse ich dich töten", sagte sie hocherregt. Gierig fuhren ihre Hände über seinen athletischen Körper. Er blickte in ihre Augen, sie meinte es offensichtlich ernst. Ramon konnte dem Schicksal nicht ausweichen und dachte an Olegs Vorschlag, ihn an eine Verwandte dieser Frau zu vermitteln. Der Waräger musste gewusst haben, dass er die Kaiserin irgendwann traf und sie Notiz von ihm nehmen würde. Aber er nahm sein Leben, wie es kam. „Ich bin ihr treu ergebener Diener und zu allen Taten bereit, geschätzte Kaiserin." Sie lachte herzhaft. „Ich hoffe, auch zu allen Schandtaten", entgegnete sie laut, die Umsitzenden lachten. Bevor das Fest in eine Orgie mündete, erhob sich Theodora und bot ihm ihre Hand. Dienerinnen begleiteten sie. Im Gemach angekommen, schickte sie die Frauen weg und entkleidete sich. Nackt lag die sechzigjährige Frau vor ihm, im Schein der Öllampen wirkte sie jünger. Er entkleidete sich, gierig zog ihn die Frau über sich. „Du bist gut gebaut, Ramon. Ich mag das, zeige mir deine Qualitäten!", rief sie laut und empfing ihn mit einem Seufzer. Es wurden lange Stunden mit Theodora, die viel Erfahrung in Liebesdingen bewies und Ramon ständig forderte. Der Asturier war froh, betrunken zu sein, aber er genoss es immer mehr, mit der lebenserfahrenen Frau zu schlafen. „Du darfst jetzt gehen, Asturier. Es hat mir gefallen, aber jetzt brauche ich Ruhe", sagte Theodora müde und wies ihn weg. Müde schlich er durch die Gänge der Paläste, bis er ein leeres Zimmer fand. In Myrrhas Raum schlief ein anderer Mann. In den nächsten Wochen kam er nicht dazu, den Palast zu verlassen. Seine Herrin trat ihn an Theodora ab, die ihn ständig an ihrer Seite haben wollte. Einmal traf er Oleg, der mit der Garde die Wachdienste im Palast regelte. „Ich habe gehört, du hast endlich das wichtigste Schlafgemach der christlichen Welt betreten. Das freut mich für dich. Unsere Theodora wechselt ihre Lustknaben gerne", sagte der braunhaarige Waräger grinsend. „Du hast gewusst, dass diese Frau mich in die Finger bekommt", antwortete der Asturier mit verengten Augen. Oleg lachte. „Theodora und du sind die triebhaftesten Menschen, die ich kenne. Es ist klar gewesen, dass du in ihr Visier gerätst. Jetzt hast du endlich erreicht, was du immer wolltest. Ein Leben in Reichtum und täglicher Lust, aber hüte dich davor, sie mit anderen Frauen zu hintergehen." Am Ende wurde seine Stimme immer leiser. Er blickte sich vorsichtig um. Ramons Augen verengten sich weiter. „Der letzte Lustknabe, der sie mit einer Dienerin betrogen hat, arbeitet als Eunuch. Sie hat ihn kastrieren lassen, die junge Dienerin ist spurlos verschwunden. Aber so etwas kann dir nicht passieren, mein Freund", sagte der Waräger plötzlich mit lauter Stimme und lachte herzhaft. Ramon ballte die Faust, ein Diener trat heran. „Unsere Kaiserin Theodora lässt dich rufen", sagte er mit arroganter Stimme. Der Asturier griff zu und packte den Mann am Hals, dass ihm die Luft wegblieb. „Du solltest freundlicher zu mir sein, ansonsten muss sich die Herrin einen neuen Lakaien suchen. Hast du mich verstanden?", fragte er mit wütender Stimme. Oleg schüttelte den Kopf. „Lass den Mann in Ruhe, er überbringt nur Botschaften", sagte er grinsend. Ramon ließ den Diener los, der schnell verschwand. Dieser diente bereits lange Jahre im Palast und kannte die Launen und ausufernden Feste der Adeligen. Die Höflinge verhielten sich oft arrogant und erwiesen sich für einen Diener gefährlich. Der Asturier blickte ihm hinterher, anschließend fiel sein Blick auf den grinsenden Waräger. „Du solltest dich beeilen. Ich hoffe, Theodora erweist dir weiterhin ihre Gunst." Ramon winkte ab, dann verabschiedeten sich die Männer. Bald darauf saß der Asturier an der Seite von Theodora. Sie genoss seine Anwesenheit. Er beherrschte die Erzählkunst, auch das nähere Umfeld der Kaiserin mochte den lebenslustigen Asturier. Einige Frauen warfen ihm verheißungsvolle Blicke zu, aber er kannte die Strafe für Fehlverhalten. Sie beanspruchte ihn für sich, solange es ihr gefiel. Derzeit sah es nicht danach aus, als ob er den Bereich des großen Palastes jemals wieder verlassen würde. Myrrha blieb im Hintergrund, sie kannte die Regeln. Der Favorit ihrer Herrin war unantastbar für andere Frauen. Die Liebesnächte mit der reifen Kaiserin erwiesen sich als neue Erfahrung, sie schien trotz ihres Alters unersättlich zu sein. Nach einem erschöpfenden Liebesspiel schmiegte sich die schwitzende Theodora an ihn. „Du machst mich glücklich, Ramon. Ich werde mir eine Leibgarde aus asturischen Männern aufstellen lassen", sagte sie leise. Ihr schwarzes Haar fiel in langen Wellen auf ihren Körper. „Wie lange wird es dauern, Theodora?", fragte er langsam, seine Augen richteten sich auf die Frau. Diese erhob sich und blickte hinunter. „Solange ich Gefallen an dir finde, Ramon. Dann darfst du gehen, aber nicht vorher. Vielleicht lasse ich dich am Leben, aber das liegt an dir. Aber vergiss diese Gedanken, du bist derzeit nicht zu ersetzen." Sie kniete sich auf ihn und küsste ihn intensiv, dann strich sie gierig über seinen muskulösen Körper. Er blickte auf ihre noch immer festen Brüste, die Lust erwachte von Neuem, diese Frau konnte Tote erwecken. Dies teilte er ihr mit. Theodora lachte herzhaft, dann vereinten sie sich und bewegten sich im Rhythmus der Leidenschaft, bis sie sich lautstark erlösten. Danach ließ sie Wein bringen, sie blickte ihn lächelnd an. „Morgen werden wir eine Messe in der Kirche Sankt Maria im Blachernenpalast aufsuchen, mein Lieber. Meine Dienerinnen werden dir eine neue Kleidung bringen", sagte sie bestimmt. Er wusste, was das bedeutete. Bis jetzt wurde sie zu solchen Anlässen ausschließlich von ihren engsten Beratern und Lakaien begleitet. Vermutlich wussten viele beim Adel, wer Theodoras neuer Favorit war, das machte die Lage für ihn gefährlicher. Diese Frau besaß viele Anhänger, aber ebenso viele Gegner. Sie würden auf die derzeitige Kaiserin Zoe, Theodoras Schwester, treffen. Kaiser Konstantin verbrachte den Tag bei der Jagd in Kleinasien. Der Blachernenpalast mit der Kirche lag in der vierzehnten Stadtregion im Nordwesten der Stadt, direkt am goldenen Horn. „Ich hoffe, du freust dich darüber, Ramon", sagte die lächelnde Theodora. Sie saß wie eine Löwin vor ihrer Beute, er konnte aber mit der Situation umgehen. Kurz neigte er den Kopf. „Es ist eine große Ehre für mich, aber ich will mich nicht aufdrängen. Normalerweise kommen ausschließlich Adelige in den Genuss dieser Einladung." Sie blickte ihn an, ihre Augen wirkten ausdruckslos. „Die ganze Stadt weiß, wer du bist, Ramon. Meine Schwester wird vor Neid erblassen, wenn sie dich sieht. Aber du musst dich im Hintergrund halten, wie es deiner Rolle zusteht, mein Lieber." Der Asturier nickte gehorsam. Mittlerweile fand er sich immer schwerer damit zurecht, in diesem Palast eingesperrt zu sein und als Objekt der Begierde wie ein Hund behandelt zu werden. Als Favorit von Theodora schien er gebunden zu sein. Sie ließ ihn sicher überwachen, aber er kannte seine Beobachter. Ramon fühlte sich plötzlich wie in einem Gefängnis, er verglich es mit Tunis. Doch er musste zugeben, das goldene Gefängnis in diesem Palast gefiel ihm weit besser. Theodora genoss die Abwechslung, deshalb würde sie ihm irgendwann ihre Gunst entziehen. Er wollte dies beschleunigen, nur kam ihm keine gute Idee. Ramon machte gute Miene zum bösen Spiel und dachte an eine andere Frau im Palast, aber Theodora würde sie töten lassen. Sie entließ ihn und blickte ihm hinterher, ein Lächeln erschien in ihrem Gesicht. „Du kannst überlegen, was du willst, mein Junge. Nur ich kann dich entlassen, aber erst dann, wenn ich dich nicht mehr brauche", sagte sie lächelnd. Am nächsten Tag zogen sie mit einem gesicherten Geleitzug nach Norden an der Seemauer entlang, bis sie beim neuen Blachernenpalast eintrafen. Kaiserin Zoe erwartete ihre Schwester bereits. Von ihren Beratern umgeben, begrüßte sie Theodora freundlich. Diese verneigte sich vor der Kaiserin. „Ich heiße dich willkommen, liebe Theodora. Wir haben uns lange nicht gesehen, meine Liebe. Mein Mann und ich führen ein Reich, aber was machst du den ganzen Tag?", fragte Zoe süffisant. Die Kaiserin schien noch einige Jahre älter als Theodora zu sein, auch sie wirkte jünger als es ihrem Alter entsprach. Vermutlich lag es neben der täglichen Pflege daran, dass sie sich mit jungen Menschen umgaben, die wie ein Jungbrunnen wirkten. Die Kaiserin wirkte elegant in ihrem Kleid, sie trug einen goldenen Ring um ihren Kopf. Theodora wirkte vergnügt, obwohl sie innerlich kochte. Die Heirat von Zoe mit Konstantin vor über zwei Jahren überraschte sie zu diesem Zeitpunkt, da der Mann wegen einer Verschwörung gegen Kaiser Michael IV. Paphlagon verbannt wurde. Zoes Ehe mit Konstantin war ihre dritte Ehe. Die erste führte sie mit Romanos III., dieser wurde durch ihren Günstling getötet. Dieser wurde als Michael IV. gekrönt, aber er litt an Epilepsie und besaß einen schwachen Charakter. Er erkrankte nach einer Rückkehr aus Bulgarien und verstarb. Zoe musste dessen Neffen adoptieren, dieser herrschte als Michael V. Kalaphates zwei Jahre, dann wurde er vom aufgehetzten Volk abgesetzt, geblendet und in ein Kloster gesteckt, wo er verstarb. Zoe und Theodora herrschten anschließend drei Monate gemeinsam, beide besaßen viele Anhänger unter der Bevölkerung der Stadt. Doch Zoe erwies sich wieder als die schnellere der beiden Schwestern und bestimmte Konstantin Monomachos zum Ehemann und Mitkaiser. Dieser führte seitdem die Regierungsgeschäfte, sprach sich aber mit seiner Ehefrau ab. Seitdem wartete Theodora auf die Gelegenheit, wieder die Macht zu ergreifen. Weder Zoe noch Konstantin besaßen Kinder, sie wartete wie eine Spinne im Netz, um zuzuschlagen. Aber derzeit musste sie mit den Gegebenheiten leben, die Kaiserin beließ sie in der Stadt. „Ich widme mich der Kunst und Philosophie und diskutiere gerne mit Gleichgesinnten", antwortete Theodora auf ihre Frage. Zoe schüttelte lächelnd den Kopf. „Nicht so bescheiden, liebe Schwester. Ich habe gehört, du bist sehr aktiv, umgibst dich gerne mit jungen Männern, die dich hofieren", erwiderte sie süffisant. Theodora hob entschuldigend ihre Schultern. „Ich eifere meiner älteren Schwester nach. Du bist immer ein Vorbild für mich gewesen, liebe Zoe", antwortete sie lächelnd. Die Kaiserin nickte, sie blieb ruhig. Kein Mensch sah den Schwestern an, dass sie sich nicht leiden konnten. Höflich und stilvoll tauschten sie sich aus. Ramon erkannte die Gefährlichkeit dieser Frauen, die unter der Stadtbevölkerung hohes Ansehen genossen, trotz ihrer Ausschweifungen. Theodora stellte einige Personen ihres Umfeldes vor, auch der Asturier kam in den Genuss. „Das ist mein neuer Berater. Er heißt Ramon und stammt aus dem stolzen Asturien. Du kennst die Geschichte ihres heroischen Kampfes gegen die Ungläubigen, liebe Zoe." Die Kaiserin blickte den Asturier lächelnd an, keine Regung ihres Gesichtes deutete auf innere Bewegungen hin. Er verneigte sich vor der Kaiserin. „Worin beratest du meine Schwester, lieber Ramon? Ich weiß, sie strotzt vor

Wissen, aber sie benötigt ständig neue Berater, meistens athletische, junge Männer. Was sind deine Stärken?" Genüsslich zelebrierte die Kaiserin die Unterhaltung, aber das Gesicht Theodoras ließ keine Regung erkennen. Seine Augen richteten sich auf Zoe, die ihn interessiert betrachtete. „In Asturien sind wir neben unserem Apfelwein stolz auf unsere Reitkünste. Unsere Pferde sind die besten der Welt, die Asturier die besten Reiter. Diesbezüglich greife ich auf eine lange Erfahrung zurück, die ihrer Schwester zugutekommt." Ein Lächeln erschien in Theodoras Gesicht, offensichtlich gefiel ihr die Antwort. „Er ist ein wahrer Künstler auf dem Pferd", sagte sie laut. Zoe lächelte und hob anerkennend die Augenbrauen, in der Umgebung wurde getuschelt und gelacht, aber die Kaiserin gebot Ruhe. „Was gibt es Besseres als einen Reitkünstler? Ich hoffe, auch ich komme in den Genuss dieser großen Erfahrungen. Asturien ist bekannt, ich kenne den Apfelwein. Er schmeckt eigenartig, aber es ist vieles Gewohnheit im Leben." Ramon verneigte sich und ging weiter. Die Kaiserin und Theodora wandten sich der Kirche zu und betraten diese gemeinsam. Der Asturier drehte sich um, einige seiner Begleiter grinsten, auch Myrrha lächelte. In der Kirche wurde eine Messe zelebriert, Chöre sangen Kirchenlieder. Ein Sänger trug zwei Lieder vor und brachte die anwesenden Adeligen und ihren Hofstaat zum Sinnieren. Laut hallte der klare Gesang durch die Kirche und verschönte die Messe. Ramon stand im Hintergrund, er hörte nur die Stimme. Danach gab es einen Empfang im Palast, wo er auf den Sänger traf. Es handelte sich um Bartholomäus de Wenia, den Ehemann von Isabella. „Wie geht es dir, mein asturischer Freund? Von dir hört man unanständige Dinge", sagte Bart grinsend. Dieser winkte ab und blickte sich um, aber sie standen allein in dieser Ecke. Sie kannten sich nicht lange, anfangs trafen sie sich öfter, aber sie sahen einander längere Zeit nicht. Beide verstanden einander gut, waren ähnlich im Wesen. „Wie geht es dir mit der alten Frau? Sie ist gefährlich. Du hast dich zu weit hineingewagt in diese Schlangengrube. Kein Mann unserer Ansprüche hält das aus, dieser Entzug an Freiheit ist schlimm. Ich habe in jungen Jahren die damalige deutsche Kaiserin Gisela unterhalten, aber zu meinem Glück hat mich der Kaiser weggeschickt. Diese beiden Frauen sind weit schlimmer. Halte dich von Zoe fern, ansonsten gerätst du zwischen die Fronten", flüsterte der Sänger leise. „Es geht mir gut. Manchmal muss man auf die Gelegenheit warten und Geduld zeigen, Bart. Es ist besser, in diesem Palast zu leben, als in einem Gefängnis in Tunis." Bart kannte die Geschichte ihrer Flucht. Er schlug ihm auf die Schulter. „Meine Anerkennung, Ramon. Du gehst gut mit der Sache um, aber nutze die erste Gelegenheit, um aus dem Palast zu entkommen", sagte er leise. Ein Diener trat heran. „Die Kaiserin lässt dich zu sich bitten, werter Bartholomäus." Der Sänger ging zur Kaiserin, die mit ihrer Schwester auf einem breiten Sofa saß. Theodora erblickte Ramon und winkte ihn heran. Er stellte sich neben sie und beobachtete Bart, wie er sich vor der Kaiserin verneigte. „Ich bedanke mich im Namen aller für diesen großartigen Gesang. Leider darf ich das Wort „göttlich" nicht verwenden, ansonsten wird mich unser Patriarch rügen. Nicht wahr, Michael?", fragte sie einen auf einem Stuhl sitzenden Mann Mitte Vierzig. „Nur Gott kann göttlich sein, meine Kaiserin. Aber ich schließe mich an, der Gesang von Bartholomäus hat wieder alle Anwesenden berührt", antwortete Michael Kerularios, das Oberhaupt des christlichen Patriarchats von Konstantinopel. Der Angesprochene bedankte sich artig. „Lieber Bartholomäus! Ich habe gehört, sie haben früher für den deutschen Kaiser Konrad gearbeitet. Vielleicht können sie helfen, mit der Delegation des Papstes wegen des Kirchenstreites zu verhandeln", sagte die Kaiserin innerhalb der kleinen Runde, die abseits saß. Es gab aber viele Zuhörer, die sich anstrengten, jedes Wort zu belauschen. Der Sänger hob entschuldigend die Hände. „Leider bin ich weder beim Papst noch beim deutschen Kaiser gut angeschrieben. Zwar lebt Konrad nicht mehr, aber sein Sohn Heinrich hält vermutlich nicht viel von mir, obwohl er als Kind meinem Gesang gelauscht hat." Die Kaiserin nickte. Mittlerweile war aufgrund der Popularität des Sängers seine Vergangenheit bekannt geworden, es gab Gesandte des deutschen Kaisers in Konstantinopel. Bart verstand sich gut mit diesen, keiner warf ihm seine Vergangenheit vor. „Ich habe meinem früheren Leben abgeschworen und widme mich meiner Familie und dem Singen, das ist meine wahre Leidenschaft", antwortete er höflich. Die Kaiserin nickte und fragte nach seiner Familie. „Meine Frau entstammt dem Land Asturien wie Ramon, der Berater ihrer geschätzten Schwester. Sie kommen sogar aus derselben Ortschaft", führte er aus. Überrascht blickten die beiden Frauen auf den Asturier. „Es gibt auch Rothaarige bei uns. Das macht vermutlich der Apfelwein, eure Hoheit", antwortete er schlagfertig. Die Frauen lachten herzhaft. Kaiserin Zoe kannte Barts Frau vom Hörensagen, sie war in der Bevölkerung als Schauspielerin und Sängerin bekannt. Viele Höflinge suchten die große Gastwirtschaft der Familie auf, um sie singen zu hören. „Ich habe gehört, auch die Tochter singt gut, lieber Bartholomäus?", fragte Theodora interessiert. Dieser nickte. „Sie singt gut, ist wunderschön und in einem Alter, das sie für alle Männer dieser Welt interessant macht. Ich muss wohl einige davon töten, um sicher zu sein, dass sie nicht an den Falschen gerät", antwortete er lächelnd. Wieder lachten Theodora und Zoe. Die Kaiserin wandte sich an den Patriarchen. „Lieber Michael, du musst jetzt weghören. Es geht um weltliche Dinge", sagte sie vergnügt. Der Patriarch lächelte. „ Ich muss auch von Sünden hören, damit ich weiß, was gut und böse ist", antwortete er laut, die Schwestern lachten. Zoe wandte sich an Theodora und deutete auf den Sänger. „Dieser Mann hat es höflich, aber bestimmt abgelehnt, der Kaiserin seine Gunst zu erweisen. Er hat auf die große Liebe und Einhaltung der christlichen Ehe hingewiesen", gab sie mit gespielter Entrüstung bekannt. Theodora schüttelte den Kopf. „Unglaublich! Wer lehnt die Gunst einer Kaiserin ab?" Sie spielte die Unterhaltung gekonnt weiter. Bart blickte Ramon an, ließ aber nicht erkennen, was er dachte. Der Asturier wusste in diesem Moment, warum Isabella diesen Mann wählte. Er verfügte über hohe Intelligenz, präsentierte sich redegewandt und stellte einen der besten Kämpfer dar, obwohl er gerne auf Kampf verzichtete. „Es tut mir leid, aber die Einhaltung christlicher Regeln ist mir wichtig. Zudem gibt es ein noch kräftigeres Argument." Interessiert blickten Zoe und Theodora auf den Sänger. „Meine Frau hat mir versprochen, mich zu töten, wenn ich sie hintergehe. Die Details ihrer Ausführungen erspare ich den Anwesenden wegen ihrer Grausamkeit. Es ist die pure Angst, die mich antreibt", sagte er in resignierendem

Ton. Die Kaiserin lachte herzhaft, auch ihre Schwester fiel ein. „Es muss sich um eine besondere Frau handeln, vielleicht stellst du mir sie einmal vor", sagte sie abschließend. Bart verneigte sich, anschließend zog er sich zurück. Ramon blickte ihm hinterher, ein Grinsen zog sich über das Gesicht des Sängers. Die Feier dauerte länger. Theodora bezog mit dem Asturier ein Zimmer. „Du musst auf mich aufpassen, Ramon. Ich befinde mich in der Höhle des Löwen", sagte sie mit verlockendem Blick. Der Asturier nickte und legte sich auf sie, ihre gegenseitige Gier hielt an. Sie bewegten sich intensiv, bis Theodora lautstark ihre Freude hinausrief. Danach schmiegte sie sich an ihn. „Sie soll es hören, diese alte Frau, wie ich lebe und liebe", sagte sie vergnügt und schlief bald ein. In den nächsten beiden Monaten lebte der Asturier weiter das Leben eines Lustknaben, aber das Interesse von Theodora ließ langsam nach. Der Grund lag in einem dunkelhäutigen Mann, der vor Muskeln und Kraft strotzte. Er erkannte die Gelegenheit, mit ihr über seinen Abschied zu sprechen. Davor überlegte er eine geheime Flucht. Er musste dafür einige der Spione vor der Ausführung ausschalten. Diese setzte Theodora ein, um ihn zu überwachen. In dieser Stadt passierte nicht viel, ohne das die kaiserlichen Schwestern davon wussten. Eine Flucht aus dem Palast erschien möglich, aber ein Entkommen aus der Stadt gestaltete sich erheblich schwieriger. Selbst bei Gelingen befand er sich mitten im Reich der Römer. Die Verbindungen von Theodora reichten weit, er musste nach Norden fliehen. Dort lebten die Rus, die zeitweilig als Gegner, aber auch als Bündnispartner auftraten. Zumindest betrieben sie einen erfolgreichen Sklavenhandel in den südlichen Teil des Kontinents.

Der Asturier wollte in kein Gefängnis mehr. Er musste als Freund scheiden, denn es konnte für die Familien von Bart und Nael gefährlich werden. Theodora kannte sicherlich seine Kontakte zu Oleg und diesen Männern. Bei einer Flucht würden sie in den Verdacht geraten, ihm geholfen zu haben. Manchmal verfluchte er sich dafür, nicht auf Carlo gehört zu haben. Dieser berichtete ihm bei einem Treffen, dass Oleg die besprochene Reise in sein Heimatland in die Stadt Ljubetsch antreten wollte. Gemeinsam mit zehn anderen Kriegern aus der Warägergarde beabsichtigte er, die Heimat aufzusuchen. Der Baske Nael würde sie begleiten, um Waren anzukaufen, dazu mietete er zwei Schiffe eines befreundeten Kapitäns. Ramon spürte, dass er gehen musste, denn ansonsten würde die Lage im Palast eskalieren. Er suchte im sechsten Monat das Gespräch mit Theodora, die ihn in den letzten zehn Tagen bereits warten ließ. „Was führt dich zu mir, Ramon? Ich habe dich nicht rufen lassen", sagte sie verärgert. Der Asturier wich ihrem Blick nicht aus, ein Lächeln lag in seinem Gesicht. „Du hast dich abgewandt von mir und mich durch einen neuen Liebhaber ersetzt. Es ist dein Recht, du bist die Kaiserin." Er brach ab und beobachtete ihre Reaktion genau. Theodoras Augen verengten sich, dann nickte sie. „Sprich weiter, aber fasse dich kurz, dein Nachfolger wartet auf mich", antwortete sie süffisant. Mit einem Ausdruck des Bedauerns blickte der Asturier sie an, er wirkte resignierend auf die Frau. Ein überlegenes Lächeln kehrte zurück in ihr Gesicht. „Mein Leben liegt in deiner Hand, Theodora. Ich würde mir gerne den Traum erfüllen, die Welt weiter zu bereisen, aber die Entscheidung liegt bei dir. Ich bitte dich um meine Freiheit. Lass mich gehen." Sein

Ton klang bittend, er ging auf die Knie und neigte den Kopf zu Boden. Sie blickte ihn an, sah seinen gebeugten Kopf vor sich. Dann dachte sie an die zurückliegenden Monate der Leidenschaft, aber die Langeweile kehrte bereits ein. Der Asturier meinte es ernst. Plötzlich tat es ihr leid um den jungen, redseligen, stilvollen Mann. Aber sie wollte noch einiges erleben in Konstantinopel, dazu gehörte der Wechsel ihrer Liebhaber. „Erhebe dich, Ramon!", befahl sie laut. Er stand vor ihr und blickte sie an. Ein Lächeln lag in ihrem Gesicht. „Es sind schöne Monate gewesen, du bist ein besonderer Mann. Ich wäre gerne jünger und keine Kaiserin, dann könnte ich dich begleiten, aber jeder Mensch hat sein Schicksal. Meines erfüllt sich in dieser Stadt." Theodora brach ab. Der Asturier erwies sich als loyal, auch als ihre Schwester ihn abwerben wollte. „Du kannst gehen, Ramon. Es wird nichts passieren, du bist frei. Vielleicht kehrst du zurück in die Stadt, aber das interessiert mich nicht mehr. Wenn du den Palast verlässt, gibt es keine Rückkehr in dieses Leben. Ist dir das klar?" Ramon nickte langsam. Theodora lächelte, anschließend rief sie einen Diener. „Er wird dir den letzten Lohn geben, danach werden wir uns nicht mehr sehen. Du tauscht ein gesichertes, gutes Leben gegen das Risiko einer Freiheit ein, die dich jederzeit töten kann. Aber ich akzeptiere es, weil du stets ehrlich und loyal gewesen bist. Geh deinen Weg, Asturier!" Die Stimme wurde laut am Ende. Sie drehte sich um und suchte ihr Schlafgemach auf. Dort lag ihr neuer Liebhaber, größer und breiter als Ramon und mit allem gesegnet, was Theodora anziehend fand. Sie dachte an den Asturier und fragte sich, wohin er ging, aber kurz darauf verdrängte sie ihre Gedanken, als sie den nackten Körper ihres neuen Favoriten erblickte. Ein Lächeln erschien in ihrem Gesicht. Sie ließ den Mantel fallen und legte sich auf das Bett, wo sie der Neue empfing. Ramon folgte in der Zwischenzeit dem Diener. Dieser zahlte seinen Lohn aus und begleitete ihn gemeinsam mit zwei Warägern zur Mauer des Palastes. „Verschwinde und komm nie wieder! Du hast sie gehört. Dieser Bereich ist für dich geschlossen, Bastard!", rief der Mann laut. Dann schlossen sich die Türen. Ramon reagierte nicht auf die Beleidigung. Es handelte sich um den Diener, den er am Kragen packte. Er marschierte mit einem Gefühl der Freiheit vom Palast weg und verließ den Bereich Richtung Genueser Viertel. Carlo wohnte beim Basken Nael, dessen Haus stellte sein Ziel dar. Er freute sich auf die Reise in das Land der Rus. Sie sollte Anfang des neuen Monats beginnen. Er umrundete das Hippodrom, die Dunkelheit umfasste ihn. Das Marmormeer rauschte, die Geräusche des Julianhafens waren zu hören. In der Abgeschiedenheit des Palasts vergaß er die Realität der Außenwelt fast, dort herrschte eine eigene, abgeschirmte Welt voller Lust, Leben und Intrigen. Es fühlte sich an, als ob er eine Last ablegte, trotz der vielen fleischlichen Genüsse in den letzten Monaten. Zukünftig wollte er sich aus dem hohen Adel heraushalten, es stellte ebenso ein gefährliches Leben dar wie die von Theodora genannte Freiheit. Es gab Vorteile und Nachteile, aber er spürte, dass er die richtige Entscheidung traf. Zu seinem Glück willigte die machtbesessene Theodora in einem guten Moment ein. Er wollte aber bis zur Abfahrt unauffällig bleiben. Ramon schritt freudig aus, die Abenteuerlust packte ihn. Das Leben des Lustknaben endete an diesem Tag und er würde es nie wieder führen.

3.
Juli 1045 bis Oktober 1045

Im siebten Monat des Jahres nach Julianischen Kalender bestiegen Oleg, Carlo und Ramon eines der beiden Schiffe, die mit Mannschaften von Ruderern Richtung Norden segeln wollten. Die Schiffe lagen im Neorionhafen bereit, um in das Land der Rus zu segeln. Das nördlichste Ziel hieß Ljubetsch, diese Stadt lag nördlich von Kyiv am Fluss Dnepr. Sie wollten zuerst Kyiv links liegen lassen, Ljubetsch anfahren und im Zuge der Rückfahrt der Hauptstadt der Rus einen längeren Besuch abstatten. Sie warteten auf einen Fahrgast. Marco beteiligte sich an der Fahrt Richtung Norden. Grundsätzlich gab dessen Mutter Emilia ihre Einwilligung, da im letzten Jahr Ferrucio ihren Mann nach Norden begleitete. Beide Söhne durften nach dem Willen der Mutter auf keinen Fall mitfahren. Marco stellte aber ihren leiblichen Sohn dar, die Angst der Mutter kam erneut hoch, als die Abfahrt feststand. Darauf kam es zwischen dem Ehepaar zu Diskussionen. Nael wies daraufhin, dass beide Söhne Erfahrungen in dieser harten, teilweise gnadenlosen Welt sammeln sollten. Es erschien klar, dass Marco den Liebling von Emilia neben seinen kleinen Geschwistern Alva und Giovanni darstellte. Die jüngeren Kinder entsprangen ihrer gemeinsamen Ehe. Marcos Position wurde vom Ziehsohn Ferrucio nie in Frage gestellt, obwohl dieser dieselbe Behandlung und Erziehung erfuhr wie sein Bruder. Im letzten Jahr wollte Nael beide Söhne mitnehmen, gab aber schließlich nach und fuhr mit Ferrucio in das Land der Rus. In diesem Jahr wurde wieder diskutiert. Nael wollte Marco mitnehmen. Ferrucio sollte vor Ort bleiben, um Emilia zu unterstützen. Ramon geriet nach seiner Rückkehr aus dem Palast der lüsternen Theodora zwischen die Fronten im Streit der Eheleute. „Es ist zu gefährlich im Norden. Chasaren, Petschenegen, Bulgaren und andere wilde Völker verheeren regelmäßig die Länder. Die Gefahr für den Jungen ist zu groß. Er soll Kaufmann und kein Krieger werden, Baske!", rief Emilia erzürnt in einem der Verbalduelle. „Marco ist ein Mann. Er besitzt ausgezeichnete Talente im Kampf und Geschäft, aber er muss sehen, welche Welt ihn umgibt. Damit er seine Geschäftspartner oder Konkurrenten beurteilen kann. Er steckt voller Abenteuerlust, Emilia. Du kannst ihn nicht ewig beschützen", antwortete Nael verärgert. Der große Baske schüttelte unwillig den Kopf. Ramon und Carlo verfolgten die Diskussionen, die praktisch jeden Tag seit dem Wiederauftauchen des Asturiers stattfanden. Er besuchte in diesen Tagen auch Isabella und Bart, der viel lachte über seine Erlebnisse im Palast. „Ich hoffe, es ist dir eine Lehre, Ramon. Suche dir eine starke Frau und gehe in eine gemeinsame Zukunft", sagte Isabella tadelnd. „Ich kann ihn ersetzen. Die Frauen am Hof lechzen nach einer musikalischen Unterhaltung", sagte Bart lächelnd und hob die Augenbrauen. Isabellas Augen verengten sich. „Wage es nicht, mich zu betrügen, Gaukler! Ich werde es erfahren und danach als trauernde Witwe unseren Reichtum genießen, mit sehr vielen athletischen jungen Männern", antwortete sie heftig. Ihr Ehemann schüttelte den Kopf und lachte. Ramon und Carlo schliefen im Haus des Basken Nael, da Isabella und Bart mit ihrer Gastwirtschaft und ihrem Theater mit Gesang keine Zeit für Gäste hatten. Ornella, die Tochter des Hauses, beteiligte sich an den Veranstaltungen. Die beiden Frauen stellten die Lieblinge der anwesenden

Zuhörer dar, obwohl Bart mit seinen Gesangskünsten die Menge zum Schweigen und Staunen brachte. Vor allem die sechzehnjährige Ornella erwies sich als Liebling der Männer, sie wusste diese Tatsache stets kokettierend zu nutzen. Der bulgarische Söldner Bojan stellte ihren Favoriten dar, aber sie wies ihn weiter ab. Nach dem letzten Erlebnis mit Marco und Ferrucio schien sie überlegter zu handeln. Die Andeutungen des Bulgaren, dass sie ihm gehörte und das anschließende Gespräch mit Ferrucio machten ihr deutlich, dass sie einer Familie entstammte, in der Frauen gleichwertig behandelt wurden, auch in der Familie von Emilia und Nael. Diese Einstellung entsprach keinesfalls dem Zeitgeist, nur hohe Adelige konnten sich viel erlauben. Schließlich entschied sie sich, sich von Bojan zu lösen und teilte ihm dies mit. Dieser schüttelte verständnislos den Kopf. „Du liebst mich, Ornella. Warum willst du mich nicht mehr sehen?", fragte er ärgerlich. Sie erkannte, dass er die Entscheidung nicht verstand und zunehmend in Wut geriet. „Ich hoffe, du verstehst mich, Bojan. Wir haben keine gemeinsame Zukunft und ich will mich nicht hingeben. Dies ist dem Mann vorbehalten, denn ich liebe." Widerwillig schüttelte der Bulgare den Kopf. „Du redest Unsinn, Weib. Alle Frauen lieben mich. Du glaubst, etwas Besseres zu sein, aber du entstammst einer armen Familie und wurdest von diesen Menschen aufgenommen. Es steht dir nicht zu, mich abzulehnen!", rief der stolze, junge Mann erbost. Obwohl er sich für die bisherige Weigerung von Ornella, sich ihm hinzugeben, an anderen Frauen schadlos hielt, machte ihn ihre Zurückweisung wütend. Er blickte sich um. Sie schienen allein zu sein in diesem Teil Konstantinopels, zumindest erkannte er keine bekannten

Menschen. Es handelte sich um das Hafenviertel, er kannte sich aus. Plötzlich veränderte sich sein Verhalten, ein Lächeln erschien in seinem Gesicht. „Nun gut! Ich kann deine Entscheidung verstehen und akzeptiere sie. Vielleicht gehen wir noch spazieren, Ornella. Danach muss ich mich beim Kommandanten melden", sagte er ruhig. Sie atmete aus, vor der Unterredung verspürte sie großes Unbehagen. Die schnelle Verwandlung von Bojan erschien ihr verdächtig, aber sie glaubte noch an das Gute im Menschen, obwohl sie bereits Vieles in ihrem jungen Leben erlebte. Sie verlor ihre leiblichen Eltern in Italien durch Mord und musste mit ihrer neuen Familie ihr Heimatland fluchtartig verlassen. In dieser Stadt fanden alle eine neue Heimat. Sie liebte die Umgebung und die Menschen von Konstantinopel, obwohl sich diese Stadt wild und lebenslustig zeigte. Aber sie nahm sich ihren Vater Bart als Vorbild, er wirkte immer positiv. Mit ihrer Mutter Isabella stritt sie oft, obwohl sie viel über das Verhalten von Männern und weiblichen Möglichkeiten erfuhr, sich in dieser männlich dominierten Welt durchzusetzen. Aber mit zunehmendem Alter der Tochter gerieten die beiden Frauen öfter aneinander, dies war auch den jüngeren Geschwistern Melina und Leto geschuldet, den gemeinsamen Kindern von Isabella und Bart. Ornella und Bojan schlenderten nebeneinander her, sie verspürte ein seltsames Gefühl. „Ich muss nach Hause, wir haben einen Auftritt, Bojan", sagte die schwarzhaarige Schönheit. Dieser blickte sich um. Sie standen am Eingang zu einer kleinen Nebengasse im dichtverbauten Hafenviertel, die Menschen befanden sich bereits zu Hause oder in Tavernen. Er drängte sie hinein und umarmte sie. „Du kannst mich nicht einfach stehenlassen, schöne Ornella. Ich verlange mehr als schöne Worte des Abschieds", sagte er leise, seine Augen glühten auf einmal vor Zorn und Erregung. Die ständigen Zurückweisungen der jungen Frau machten den stolzen Bulgaren angriffslustig. „Lass mich los", sagte sie laut, aber er verschloss ihren Mund mit einem Kuss. Sie wollte sich wehren, aber ihre Knie wurden weich. Grundsätzlich begehrte sie den jungen Mann. Ihre Arme wollten sich um seinen Hals legen, aber ihr Widerstandswille setzte sich gegen die aufgezwungene Umarmung durch. Sie schlug mit den Fäusten gegen seinen Arm, dann fuhren ihre Fingernägel in sein Gesicht. Er schrie auf und wich zurück. Wut stand in seinen Augen. „Du schlägst mich, du Metze! Wenn ich sage, du gehörst mir, dann ist es so!", rief er laut. In der engen Gasse schien kein Mensch zu sein, aber es gab viele Geräusche in der Umgebung, sie fielen nicht auf in ihrem Streit. Bojan griff an, aber Ornella wehrte sich heftig, trotzdem hielt sie nicht lange stand. Ein Schlag traf ihre Wange, sie taumelte gegen die Wand, wirkte benommen. Er riss sie herum und drängte sie in einen Hof, in denen sich Räume für Bedienstete befanden. Der Bulgare kannte diese abgelegene Unterkunft, deshalb führte er Ornella in diesen Bereich. Sie kam wieder zu sich, konnte sich aber gegen die brutale Kraft des athletischen Mannes nicht durchsetzen. Er riss an ihrem Oberteil, dieses hing plötzlich in Fetzen und legte ihre makellosen Brüste frei. „Wer sagt es denn, meine Schöne? Du siehst gut aus, es wird dir gefallen", sagte der Bulgare leise, er wollte nicht auffallen. Sie wollte schreien, aber sie brachte kein Wort hervor, ihr Hals war wie zugeschnürt. Plötzlich fühlte sie sich allein und hilflos. Ornella fiel in diesem Moment ein, dass ihr in dieser Situation die täglichen Kampfübungen helfen würden, die sie in den letzten Jahren vernachlässigte. Gegen den ausgebildeten Kämpfer schien sie machtlos zu sein, ihr fielen die Ratschläge ihrer Mutter und Emilia ein. Plötzlich blickte sie ihn offen an und streckte ihre Brüste nach vor. Der Bulgare beobachtete sie. „Es wäre mir lieber gewesen, du hättest mich gefragt, Bojan, aber wenn es sein muss, will ich dir gehören." Mit einem verführerischen Lächeln trat sie einen Schritt an den jungen Mann heran. Diesem gefiel die Veränderung, ein Lächeln erschien in seinem Gesicht. Ornella wiegte sich in den Hüften, obwohl sie große Angst empfand. Bojan drehte sich kurz zur Seite, sein Verhalten veränderte sich abrupt. Mit unglaublicher Brutalität schlug er mit der Rückhand zu, der Schlag ließ die junge Frau taumeln. „Du glaubst tatsächlich, mich mit diesem Verhalten zu täuschen, du arrogante Dirne. Ich werde dich nehmen und danach einsperren. Keiner wird dich jemals finden und du wirst mich an die Donau begleiten. Du wirst mir so lange dienen, wie ich will!", sagte er drohend. Sie erkannte die Wut in den Augen des jungen Mannes. „Keine Frau kann mir etwas vormachen", sagte er mit eiskaltem Blick. Ihre Augen wurden groß, sie kannte solche Situationen nicht. Bojan nutzte seine Überlegenheit und warf sie zu Boden. Seine Hand fuhr unter ihrem Rock. Ornella erstarrte. „Bitte nicht", sagte sie verzweifelt. Noch einmal erwachte ihr Kampfgeist und sie trat mit dem Knie in seinen Unterleib, er krümmte sich. „Du gehörst mir, Metze, für immer!", rief er laut und wollte zuschlagen. Auf einmal ertönte eine Stimme vom Eingang. „Lass sie in Ruhe, Bulgare!" Bojan fuhr hoch und wandte sich dem Sprecher zu. Es handelte sich um Marco. Der große junge Mann stand im

Raum. Ornella blickte auf. Ein Lächeln erschien im Gesicht des Bulgaren, er zog sein Schwert. „Heute ist mein Glückstag. Zuerst werde ich einen arroganten römischen Kaufmannssohn töten, danach seine große Liebe beglücken. Sie wird sich freuen", sagte Bojan provokant. Er fühlte sich überlegen, verächtlich blickte er auf den athletischen jungen Mann. Der Raum erwies sich als klein. Marco zog ebenfalls sein Schwert. Er fühlte sich unwohl, versuchte sich zu konzentrieren. Der Etrusker Carlo trainierte viel mit ihm in den letzten Monaten, aber es handelte sich um seinen ersten Kampf auf Leben und Tod. Ornella stellte sich zur Wand und blickte auf die beiden Kontrahenten. Bojan führte Scheinangriffe durch, lachte laut. Er schien sich keiner Gefahr bewusst zu sein und drängte Marco an die Wand. „Du musst härter werden, Söhnchen", sagte der Bulgare provokant und griff vehement an. Hart klirrten die Schwerter aufeinander. Es schien, als ob sich die drei jungen Menschen allein auf der Welt befanden. Marco konzentrierte sich, wie er es von seinem Vater und Carlo hörte. Langsam wich die Anspannung, er wurde ruhiger. „Arroganz ist eine Schwäche des Gegners, diese musst du nutzen, schnell und rücksichtslos", erinnerte er sich an die Worte des Etruskers. Aber derzeit schien Bojan die Oberhand zu behalten, denn er traf Marco am Unterarm, dieser verlor sein Schwert. Ornella schrie auf, in Bojans Gesicht erschien ein Grinsen. Er trat einen Schritt zurück und blickte auf den blutenden Gegner. „Leider hast du kein langes Leben, aber ich verspreche dir, sie glücklich zu machen. Vor allem gleich nach diesem Kampf, du dummer Junge", sagte der Bulgare verächtlich. In diesem Augenblick veränderte sich Marco nachhaltig, die

Verachtung seines Gegners ließ eine Hemmschwelle platzen, er wurde innerlich vollkommen ruhig. Mit einer schnellen Bewegung zog er das Messer und griff an. Seine linke Hand blockte den Schwertarm des Bulgaren, während er mit der rechten Hand dreimal zustieß. Überrascht riss Bojan die Augen auf, taumelte nach hinten und verlor sein Schwert. Marco befand sich wie in Trance und stach erneut zu, diesmal in den Hals. Der Bulgare fiel gegen die Wand und blutete aus mehreren Wunden, das Blut quoll aus dem Hals. Er wollte etwas sagen, röchelte aber nur, dann brach das Licht in seinen Augen. Schweratmend stand der junge Marco vor dem Toten, in der Hand hielt er das blutende Messer. Ornella hielt ihren Mund bedeckt, die brutale Gewalt erschreckte und faszinierte sie gleichzeitig. Die Männer kämpften um sie. Marco erwachte aus seinem Blutrausch. Sein Blick fiel auf die junge Frau, die halbnackt vor ihm stand. Er blickte auf das Messer, ließ es fallen. Die Erkenntnis, einen Menschen getötet zu haben, fuhr in seinen Kopf, sein Körper begann zu zittern, Schweiß trat auf die Stirn. Ein Brechreiz überkam ihn. Ornella wirkte konsterniert, aber sie zitterte nicht. Der erschlaffte Körper von Bojan lag am Boden des kleinen Raumes. Noch immer erschien kein Mensch, offensichtlich waren Mord und Totschlag in diesem Teil der Stadt normaler Alltag. Marco zitterte noch immer. Sie wollte ihn beruhigen, aber er stieß sie zurück. „Lass mich in Ruhe! Es ist deine Schuld, Ornella. Du hast mit ihm gespielt, wie mit allen Männern", sagte er vorwurfsvoll. Sie sagte vorerst kein Wort. Lange blickte sie den jungen Mann an, den sie seit der Kindheit kannte und schätzte. Er holte seine Waffen und reinigte alles, anschließend verstaute er die Sachen. Langsam beruhigte er sich, das Atmen fiel leichter. „Du hast das zu verantworten, Ornella. Deine Arroganz ist augenscheinlich. Ich habe euch gehört. Bojan hat nicht unrecht." Die Augen der jungen Frau verengten sich, noch immer stand sie halbnackt vor ihm. Marco sah die makellosen Brüste. „Er wollte mich vergewaltigen und entführen, dieser Bastard. Es ist nicht schade um ihn", antwortete sie hart. Er schüttelte den Kopf, wieder fiel seine Blick auf ihre Brüste. Ornella lächelte plötzlich. „Warum bist du uns gefolgt, Marco? Hat dich die Eifersucht getrieben?", fragte sie provokant. Er gab keine Antwort, sie trat auf ihn zu. Die Situation gefiel ihr, sie sah keinen Jungen mehr in ihrem Kindheitsfreund. Das gemeinsame Erlebnis dieser Situation veränderte vieles und die Einstellung zueinander. Ihre Augen blickten tief in seine Seele, sie lächelte, ihre Arme schlossen sich um seinen Hals. Er wollte sie wegdrängen, aber sie ließ ihn nicht los, genoss die Szene. Ihre Augen schimmerten plötzlich in einem anderen Glanz. Marco liebte diese Frau von Herzen, er konnte sich ihrer Ausstrahlung nicht entziehen. Ihre Lippen fanden sich zu einem langen Kuss, die Anspannung verwandelte sich in Erregung. Beide vergaßen auf den Toten, die ganze Situation endete in einer Leidenschaft, die sich in immer gierigeren Liebkosungen äußerte. Er wollte sie wegdrängen, aber Ornella legte sich auf eine Decke und zog ihn hinunter. „Liebe mich, Marco", sagte sie leise und hocherregt. Kurz darauf vereinten sie sich, danach äußerte sich alles in einem wilden, aber kurzen Liebesrausch, von dem sie bald wieder erwachten. Er wollte aufstehen, aber die junge Frau zog ihn an sich. „Wo willst du hin, Marco? Wir sind noch nicht fertig", sagte sie mit verlockender Stimme, der der junge Mann willig

Folge leistete. Danach erhoben sie sich. Während Marco unsicher wirkte, schien Ornella entspannt zu sein. Sein Blick fiel auf den Toten. „Sie werden ihn suchen, er ist Teil der Wachmannschaft. Ein toter Wachsoldat erregt Aufsehen", sagte der junge Mann nachdenklich. Er dachte vor allem an dessen Freunde. „Ich benötige ein neues Oberteil, mein Lieber", sagte die junge Frau lächelnd. Sie wirkte vergnügt, er verstand dies nicht. „Bojan ist tot, Ornella. Wir haben Schwierigkeiten", sagte er im leisen Ton. Sie zuckte mit den Schultern und schien die Angelegenheit weniger ernst zu nehmen. „Es gibt ständig Tote in dieser großen Stadt. Wir sind hier in einem verlassenen Teil. Bojan ist verdient gestorben, er hat bösartig gehandelt", sagte sie mit Nachdruck. Sie trat auf ihn zu. „Und du hast ihn getötet, mein Freund. Du hast mich vor einer Vergewaltigung gerettet. Ich werde dir das nie vergessen, Marco, egal was noch kommt", sagte sie ruhig. Sie schien verwandelt zu sein. Trotz des Toten blickte sie ihn lächelnd an, die Kindheit lag hinter ihnen. Keiner wusste, wie es weiterging, aber das gemeinsame Erlebnis verband. Marco nickte, er konnte sich den schönen Augen und ihrer Ausstrahlung nicht entziehen. Ornella erkannte das, es gefiel ihr. Das Liebeserlebnis erfüllte sie mit Freude. Sie gab sich zum ersten Mal einem Mann hin, ihrem Kindheitsfreund, der sie immer heiraten wollte. Aber sie mussten erst lernen, mit der neuen Erfahrung umzugehen. Marco besorgte ein neues Oberteil für Ornella, die unruhig wartete und auf den toten Bojan blickte. „Du wirst deine Donau nicht wiedersehen, mein Freund", flüsterte sie," aber es ist deine eigene Schuld. Trotzdem wird es anderen Menschen helfen." Das Paar versteckte den toten Krieger unter der

Decke und verließ das heruntergekommene Haus bei anbrechender Dunkelheit. Es herrschte großer Lärm in der näheren Umgebung, in den Hafenvierteln ging es hoch her. Schnell verließen sie diesen Bereich und erreichten bald das Genueser Viertel, in diesen Gassen fühlten sie sich wohler. Marco brachte sie zum Haus ihrer Eltern. „Wir sollten es für uns behalten, Ornella", sagte er leise. Die junge Frau schüttelte den Kopf. „Viele Männer würden damit prahlen, mit mir geschlafen zu haben, und du willst nichts sagen", sagte sie süffisant. Er schüttelte ärgerlich den Kopf. „Ich meine den Toten, ansonsten bekommen wir Ärger", antwortete er leise und blickte sich um. Sie schien die Angelegenheit schnell überwunden zu haben. „Bojan hat seinen verdienten Tod gefunden, Marco. Es geht um uns beide, das weißt du. Aber laut Ferrucio wirst du nach Norden fahren im nächsten Monat, oder lässt es deine Mutter nicht zu?", fragte sie provokant. Ornella gefiel das Spiel. „Meine Mutter hat mir nichts zu sagen", antwortete er verärgert. Die junge Frau nickte. „Das gefällt mir. Du solltest nach Norden gehen. Nach deiner Rückkehr werden wir beide mehr wissen und uns orientieren können, Marco", sagte sie ruhig, dann umarmte und küsste sie ihn. Kurz darauf verschwand sie im Haus, dort traf sie auf Isabella. Interessiert blickte die rothaarige Frau auf ihre Tochter. „Ist das Marco gewesen?", fragte sie ruhig. Ornella blickte ihre Mutter an, dann schüttelte sie den Kopf. „Du weißt, das es Marco gewesen ist, Mutter. Warum fragst du?" Isabella trat an ihre Tochter heran. „In beiden Familien würden wir uns alle freuen, wenn ihr ein Paar werdet. Wie sieht es aus?" Die junge Frau konnte dem eindringlichen Blick ihrer Mutter nicht ausweichen, schließlich zuckte sie mit den Schultern. „Wir werden sehen, was kommt, Mutter. Er geht nach Norden, vielleicht kommt er nicht zurück, oder ich nehme einen anderen Mann. Aber es geht dich nichts an, Mutter. Ist das für dich in Ordnung, oder musst du sofort mit Vater darüber sprechen?" Die beiden Frauen blickten einander an, schließlich nickte Isabella. „Du hast eine schöne neue Bluse, meine Liebe. Musstest du die alte ausziehen?", fragte sie ihre Tochter. Diese lächelte plötzlich. „Natürlich musste ich sie ausziehen, aber es hat sich ausgezahlt", antwortete sie lächelnd. Isabella blickte auf ihre Tochter, diese wirkte zufrieden und ausgeglichen, sie vermutete den Grund dahinter. „Lass uns singen, Mutter", sagte Ornella vergnügt, der Tote schien vergessen zu sein. Marco begab sich zum Haus seiner Eltern. Er überlegte lange in seinem Zimmer. Das Erlebnis wirkte nach, er dachte an den toten Bojan. Er wollte nie wieder einen Menschen töten und hoffte darauf, dass die Angelegenheit keine größeren Ausmaße annahm. In den nächsten Tagen passierte nichts, erst danach wurde der Tote gefunden, aber keiner verdächtigte den jungen Mann, auch Ornella gab nichts preis. Diesen Ereignissen folgten die Diskussionen, ob Marco an der Schifffahrt nach Norden teilnehmen sollte. Er erinnerte sich an die Worte von Ornella. Nach dem Liebeserlebnis drängte es ihn, in ihrer Nähe zu bleiben, aber es gab den toten Bojan, der ihn im Traum verfolgte. Er wusste, was er zu tun hatte. Deshalb griff er im Beisein von Ramon und Carlo in die Diskussion seiner Eltern ein. „Es reicht jetzt", sagte er laut. Überrascht blickten ihn Emilia und Nael an. Carlo lächelte. „Ich werde nach Norden gehen, mit Carlo, Ramon und Oleg. Sie werden mich bei den Geschäften unterstützen. Ich muss meine eigenen Erfahrungen machen", sagte er mit lauter Stimme. Nael blickte seinen Sohn lange an, dann nickte er. „Es ist gut, du sollst allein gehen. Ich verstehe das und werde alles mit dir im Vorfeld besprechen", antwortete der Baske, für ihn war die Entscheidung gefallen. Emilia sagte lange nichts, ihre Augen fixierten ihren Sohn, der ihrem Blick standhielt. Sie trat an ihn heran. „Was ist passiert, mein Junge?" Emilia umrundete ihn wie ein Denkmal. Marco wurde unruhig. Er kannte seine intelligente Mutter. „Ich rieche eine Frau, mein Sohn", sagte sie mit erhobenem Kopf. Interessiert blickte sie ihn an, sie wirkte nicht verärgert. Mit dem Instinkt einer Mutter erkannte sie die Veränderung am Kind. Sie wusste nicht, was passiert war, aber es veränderte ihren Sohn nachhaltig, eine Frau stand ebenfalls dahinter. Aber sie wollte ihn nicht drängen, ihr Sohn war erwachsen geworden, sie konnte und wollte ihn nicht mehr halten. „Nun gut! Dann finde deinen Weg, mein Sohn", sagte sie ruhig und umarmte ihn. „Diese Frau ist sensationell. Sie kann andere Frauen riechen", sagte der Asturier grinsend. Nael blickte auf Carlo, der mit den Schultern zuckte. „Die alte Theodora ist vergessen, er ist wieder derselbe Idiot wie davor. Er wird büßen für sein Schandmaul, das ist sicher", antwortete der Etrusker. Emilias Blick fiel auf ihn. „Wir werden auf Marco aufpassen wie auf einen Goldschatz", fuhr der Asturier fort. Die Römerin schüttelte den Kopf. „Halt den Mund, Ramon! Kein Mensch traut dir irgendetwas an", sagte sie laut und wandte sich an den Etrusker. „Ich ersuche dich, meinem Sohn die Treue zu halten, Carlo, und ihn wieder zurückzubringen!" Der Etrusker nickte. Ramon schüttelte den Kopf und wandte sich an Nael. „Warum ist dieser Mann der

Gute von uns beiden? Er hat viele Menschen getötet", sagte er und hob seine Hände. Nael blickte ihn an. „Es geht nicht um Gut und Böse, sondern um Verlässlichkeit. Er wird auch besser bezahlt", antwortete der hünenhafte Baske. Carlo schlug dem Asturier auf die Schultern. „Es wird hart für dich im Norden, wilde Frauen, Chasarinnen, Russinnen, Slawinnen. Eine davon wird dich töten, aber Marco und ich werden in dieser schönen Stadt an dich denken." Emilia lachte plötzlich ob des trockenen Humors des Etruskers. „Keine Frau wird mich jemals töten, sie lieben mich zu sehr", antwortete der Asturier grinsend. Nael schüttelte den Kopf. „Ich habe nicht gedacht, dass es einen schlimmeren Halunken als Bartholomäus gibt, aber ich habe mich getäuscht." Die Unterhaltung wurde weitergeführt und endete in einer humorvollen Auseinandersetzung um das Liebesleben von Ramon. Die Hausherrin mochte den Asturier, aber er wurde nicht von seinem Kopf gesteuert, wie sie Nael am späteren Abend mitteilte, wobei sie ihrem Mann danach bewies, wie stark ihre Leidenschaft noch immer loderte. Dieser informierte in diesen Tagen die Männer über alles und machte Marco zum Anführer der Expedition. Unter Anleitung von Oleg und den anderen sollte er versuchen, Geschäfte zu tätigen und anzubahnen. „Lass dich nicht einschüchtern von diesen wilden Rus, seien sie nordischer oder slawischer Abstammung. Ich bin stolz auf dich!", sagte der Baske vor den anderen Männern. Danach erfolgte der Abschied des jungen Mannes von Ornella, die er am Vorabend der Fahrt aufsuchte. Bis dahin mied er ihre Nähe. Aber er wollte mit ihr sprechen, bevor er fuhr. Sie wusste von der Abfahrt von ihrer Mutter und schien auf ihn gewartet zu haben. Die beiden trafen sich vor dem

Haus von Marcos Eltern. Mit ernstem Blick sah sie ihn an. „Du hast dich seit jenem Tag nicht blicken lassen, Marco", sagte sie ruhig. Der junge Mann nickte. „Es ist viel passiert, ich fahre morgen in den Norden. Ich musste über Vieles nachdenken. Zudem habe ich gehört, dass ihr ständig auftretet." Sie schüttelte lächelnd den Kopf. „Du musst ehrlich zu mir sein, wie in unserer Kindheit. Aber wir sind keine Kinder mehr, mein Freund. Was hast du herausgefunden, Marco? Du bist der Intelligenteste von uns allen." Ornella verzichtete auf Süffisanz, ihr forschender Blick traf ihn. „Ich denke, dass wir nach meiner Reise in den Norden darüber konkret sprechen sollten, wie es weitergeht. Es ist schön gewesen, aber ich habe noch nicht viel erlebt. Vielleicht treffe ich andere Frauen. Du bist der Mittelpunkt eures Viertels. Ältere und erfahrenere Männer umschwärmen dich, möglicherweise willst du dich anders entscheiden. Wir sollten uns nicht binden, bevor wir nicht wissen, was wir wollen. Du bist meine erste Frau gewesen, ich liebe dich seit unserer Kindheit, aber wir sind jung." Sie blickte ihn an. Marco war fast zwei Jahre jünger als sie, aber sie sah nicht mehr den Jungen, das Erlebnis im Hafen erweiterte ihre Sicht nachhaltig und unveränderbar. Er kämpfte für sie und schützte sie, trotz seiner Unerfahrenheit und Jugend stellte er sich einem ausgebildeten Kämpfer und besiegte ihn. Seit diesem Tag veränderte sich ihr Leben, sie wurde zur Frau und erkannte, dass die Worte von Ferrucio ihre Richtigkeit besaßen. Marco liebte sie und betrachtete sie als gleichwertig. Zudem entfachte er in ihr eine Leidenschaft, die unglaublich intensiv nachwirkte. Offensichtlich drangen bereits vorhandene Gefühle an die Oberfläche. Plötzlich interessierten sie andere

Männer nicht mehr, es erschien alles klar. Marco musste nur zum Mann reifen, ihre früheren Provokationen erschienen plötzlich in einem anderen Licht. Der Bulgare Bojan löste mit seiner Brutalität nachhaltige Konsequenzen aus, die sich auf beider Leben auswirkten. Sie dachte nicht mehr an ihren früheren Verehrer, obwohl einige befreundete Bulgaren im Lokal ihrer Eltern erschienen. Doch sie verdächtigten sie nicht, etwas mit seinem Tod zu tun zu haben. Offensichtlich verfügte der umtriebige Mann über gefährliche Kontakte, die in stärkerem Verdacht gerieten. Ornella blickte auf ein Fenster im oberen Geschoss des Hauses. Dort stand Emilia, aber nur die beiden Frauen sahen einander. Plötzlich lächelte die junge Frau und nahm Marco an der Hand, dann führte sie ihn in das Haus ihrer Eltern. Emilia blickte dem Paar nach. Sie lächelte. „Pass nur gut auf meinen Sohn auf, du kleines Luder, ansonsten drehe ich dir den Hals um", sagte sie leise zu sich selbst, aber sie freute sich über die gewonnene Erkenntnis. Marco besaß einen wichtigen Grund für eine Rückkehr, denn es konnte viel passieren im Leben. Sie dachte daran, wie sie Nael zum ersten Mal in der Stadt Pisa erblickte. Ein Mensch konnte viel ändern. Emilia wollte mit Isabella sprechen, sie wusste sicher bereits davon. Ihre rothaarige Freundin erwies sich stets als Informationsquelle ungeahnten Ausmaßes. Im Haus von Ornellas Eltern schien gegen Mittag niemand anwesend zu sein, die Angestellten vertrieben sich im Schatten die Zeit. Die junge Frau führte Marco in ihr Zimmer. Ohne viel zu sprechen, umarmte und küsste sie ihn. Seine Hände drückten sie an sich, ihre Gesichter röteten sich. Ornella ließ ihre Kleider fallen, sie sah wunderschön aus. Marco riss die Augen auf, schnell entkleidete er sich. Der jungen Frau gefiel, was sie sah, ein athletischer junger Mann stand vor ihr. Sie zog ihn auf ihr Bett und über sich. „Bevor du gehst, sollst du wissen, was du verlässt, mein Freund. Liebe mich!", sagte sie in aufforderndem Ton. Bald umfing sie eine intensive Leidenschaft, mit der sie sich bewegten, aber sie mussten sich noch kennenlernen. Dies taten sie ausgiebig während des Nachmittags und in die Nacht hinein. Irgendwann sagte Ornella zu ihm:" Du bist auch mein erster Mann gewesen. Manchmal frage ich mich, was Männer von schönen Frauen glauben. Wir sind nicht der Hort der Sünde, auch wenn manche Priester diesen Unsinn behaupten." Marco lächelte, bald fanden sie wieder zueinander. Die Ausdauer der Jugend machte sich an diesem Tag bezahlt. Ornella lächelte, als sie umschlungen nebeneinander lagen. „Ich habe nie einen alten Mann gewollt und gewusst warum, mein Freund. Du machst mich glücklich, es ist schön", flüsterte sie leise. Sie blieben zusammen bis nach Mitternacht, erst dann kehrte Marco nach Hause zurück und verschlief fast die Abfahrt des Schiffes. Als er endlich eintraf, sagte Ramon laut:" Was hat dich aufgehalten, Marco? Vielleicht eine Frau?", fragte er süffisant, er wusste nichts von den Ereignissen. Der junge Mann blickte ihn grinsend an. Ramon riss die Augen auf. „Ich bin stolz auf dich, Junge", sagte er laut. Nael und Emilia standen am Hafen, als das Schiff zum Auslaufen bereitstand. Plötzlich tauchten Isabella und Ornella auf, sie wirkte verschlafen. Die Männer verabschiedeten sich. Emilia umarmte ihren Sohn lange. Marco und Ornella standen sich letztmalig gegenüber, plötzlich umarmte und küsste sie ihn spontan vor allen Anwesenden. Alle rissen überrascht die Augen auf, außer Isabella und Emilia. Nael blickte auf seine Frau, die unschuldig lächelte, aber er sagte kein Wort. Der verblüffte Ferrucio schüttelte den Kopf. „Was ist passiert, Bruder?" Plötzlich lachte er laut. „Das gefällt mir, mein Bruder liebt meine Schwester. Es klingt etwas seltsam, aber ich freue mich." Er stieß einen lauten Freudenschrei aus und schlug Marco auf die Schulter. „Und jetzt holst du dir ein paar Chasarinnen. Sie sind großartig, Bruder. Ornella bewache ich in der Zwischenzeit wie einen Goldschatz, sie muss keusch leben als Frau!", rief er laut. Ramon stimmte ein, beide grinsten. Ornella wandte sich an Nael. „Kann dieser Idiot nicht mitfahren, er passt zum Asturier", sagte sie laut, alle lachten. Dann betraten die Männer die Schiffe, bald legten sie ab und steuerten Richtung Bosporus. Lange standen die Frauen am Hafen, auch Nael blickte hinterher. Dann wandte er sich an Ornella. „Was ist mit euch beiden? Es freut mich natürlich, aber seit wann steht ihr euch so nahe?" Die junge Frau blickte auf ihre Mutter und das befreundete Paar. Zuerst wollte sie nichts sagen, aber sie verspürte ein großes Glücksgefühl in sich. Der gestrige Tag mit Marco erschien unglaublich angesichts ihrer langen Freundschaft. Sie wusste plötzlich, was sie wollte. Deshalb entschied sie sich, alle Anwesenden über die zurückliegenden Ereignisse zu informieren, auch über den toten Bojan. Nael blickte sich um. „Es ist gut, dass du uns einweihst. Die Bulgaren sind nicht ungefährlich, du musst deinen Vater darüber informieren." Ornella nickte. „Es ist bereits mehr als zwanzig Tage her, bis jetzt weiß es niemand. Ich werde ihn über alles informieren. Und wenn ich alles richtig mitbekommen habe, was Mutter über den weiblichen Körper gesagt hat, wird Marco bei seiner Rückkehr wohl Vater sein." Die Anwesenden rissen die

Augen auf, diese Überraschung wirkte. Nael lachte plötzlich. „Ich freue mich auf Barts Gesicht, wenn seine Prinzessin Mutter wird", sagte er grinsend und blickte auf Isabella. Diese zeigte mit dem Finger auf Emilia. „Dein Sohn steht zu diesem Kind, liebe Freundin", sagte sie mit verengten Augen. Diese schüttelte verständnislos den Kopf und blickte auf den Horizont, die Schiffe waren nicht mehr zu sehen. Sie wandte sich an die junge Frau. „Warum hast du nicht früher etwas gesagt, Ornella? Marco wäre hiergeblieben", sagte sie ernst. Die junge Frau schüttelte den Kopf. „Wir haben das besprochen. Es ist gut, dass er gefahren ist. Marco soll Erfahrungen sammeln. Ich denke, als Frau eines Kaufmanns muss man öfter auf den Mann warten, wenn er auf Reisen ist. Wir wissen alle nicht, was die Männer in der Ferne treiben", sagte sie laut. Isabella und Emilia nickten, alle Blicke richtete sich auf Nael. Der Baske schüttelte den Kopf. „Was seht ihr mich an? Meine Gedanken sind immer bei meiner Frau." Misstrauische Blicke erfassten ihn. Emilia winkte ab. „Lassen wir es gut sein. Männern ist nicht zu glauben." Er wollte etwas sagen, aber sie unterbrach ihn und wandte sich an die junge Frau. „Du musst es deinem Vater sagen, aber lass mich unbedingt dabei sein, liebe Ornella", sagte sie vergnügt. Isabella lächelte. Sie dachte an die starke Verbindung zwischen ihrem Mann Bart und seiner angenommenen Tochter. Nael griff ein und bot Ornella den Arm. „Willkommen in der Familie! Lass uns bitte sofort zu deinem Vater gehen, das wird ein echtes Vergnügen. Ich vermute, er wird heute nicht singen können", sagte er grinsend. Ornella blickte auf die beiden älteren Frauen, die dem Paar lächelnd folgten.

Die beiden Schiffe passierten den Bosporus und fuhren über das Euxinische Meer. Der Begriff „euxinisch" bedeutete gastfreundlich. Manche bezeichneten es als das Schwarze Meer. Der Begriff „schwarz" stammte von der dunklen Färbung des Wassers. Ramon wollte vom jungen Marco mehr über die Liebeserfahrungen mit Ornella erfahren, aber Carlo schritt ein. „Halt endlich den Mund, Asturier! Er genießt und schweigt. Ich denke, der Neid kommt hoch", sagte er laut. Ramon schüttelte den Kopf. „Ich freue mich für ihn. Viele Männer haben die Schönheit begehrt und der Jüngste hat Erfolg. Er hat viel von mir gelernt." Marco blickte auf den Asturier und schüttelte den Kopf. „Hör nicht auf den Schwätzer. Er ist neidig", sagte Oleg laut. Ramon blickte den Waräger an und grinste. „Deine Schwester Tofa wird mir zu Füßen liegen, mein Freund. Ich werde euch zeigen, wie ein richtiger Mann mit schwierigen Frauen umgeht." Carlo blickte auf Oleg, der den Kopf schüttelte. „Vergiss Tofa! Sie ist vermutlich bereits verheiratet. Nimm dir eine Chasarin oder Magyarin, im Osten gibt es viele junge Frauen der Steppenvölker." Carlos Blick fiel auf den Asturier, dann wieder auf den Waräger. „Er kann es nicht. Der Name hat sich in seinem dümmlichen Schädel eingebrannt. Unser Schwätzer wird Schwierigkeiten machen", sagte er nachdenklich. Oleg trat zu Ramon. „Du solltest in meiner Heimat aufpassen. Unser Volk ist brutal und gewalttätig. Mach keine Fehler, ansonsten werden wir dich in den weiten Steppen begraben." Er meinte es offensichtlich ernst, aber der Asturier schien immer guter Laune zu sein. „Mach dir keine Sorgen, mein Freund. Ich habe alles im Griff. Wenn ich sterben muss, dann auf einer schönen Russin, am besten auf deiner

Schwester." Der braunhaarige Hüne wollte ihn packen, aber Ramon schien es zu erahnen und sprang rechtzeitig zurück. Marco schüttelte den Kopf. „Er ist verrückt nach Frauen, das ist unglaublich." Der Asturier winkte ab. „Du solltest auf dieser Reise die gute Ornella vergessen und deine Erfahrungen erweitern. Das wird dir guttun, mein Junge." Dieser schüttelte ärgerlich den Kopf. „Ich denke nicht daran. Ornella ist großartig und ich liebe sie. Zudem nenne mich nicht Junge, denn ich bin der Anführer der Expedition!" Der Etrusker nickte. Ramon verneigte sich. „Natürlich, großer Anführer", antwortete er süffisant. Der junge Mann ärgerte sich offensichtlich, aber Carlo beruhigte ihn wieder. „Lass dich nicht provozieren. Er weiß schon, dass er von deiner Familie bezahlt wird. Du kannst dich auf ihn verlassen, obwohl der Teil mit den Frauen risikoreich erscheint." Danach konzentrierten sich die Männer wieder auf ihre Umgebung. Es gab in diesem Meer Piraten, hier trafen viele Handelsrouten aufeinander, der Schiffsverkehr hielt an. Sie fuhren an der Westküste nach Norden und an der Mündung der Donau entlang. Dieser lange, große Fluss führte nach Westen und verband das Reich der Franken mit dem Reich der Römer und dem Osten. Sie trug viele Namen, da viele verschiedene Völker an ihren Ufern lebten. Niemand wusste, woher die Namen der Flüsse stammten, vermutlich von Menschen, die lange vor ihnen lebten. Als das römische Reich im Westen bestand, nannten sie den oberen Teil Danuvius, nach dem gleichnamigen Flussgott, der untere Teil wurde Ister genannt. Die Bulgaren nannten den großen Fluss Dunav, die Magyaren Duna. Bartholomäus stammte aus einer Stadt an diesem großen Fluss, diese hieß Viennis, die Menschen

nannten sie abgekürzt Wien. Nach dem großen Mündungs-
gebiet der Donau folgte an der Küste das Hoheitsgebiet der
Petschenegen, die unter dem Druck der Kumanen standen,
die weiter im Osten lebten. Die Petschenegen fielen in regelmäßigen Abständen in das Reich der Römer ein und stellten
einen ständigen Unruheherd dar, ähnlich wie die rebellischen
Bulgaren. Kumanen und Seldschuken, Turkvölker aus dem
Osten, bereiteten vielen Bewohnern des Reichs die größten
Sorgen. Dazu existierte das Reich der Chasaren im Osten des
Euxinischen Meeres. Dieses Volk wurde durch die Rus bereits zurückgedrängt und huldigte zum größten Teil dem jü-
dischen Glauben, es gab aber auch christliche und muslimische Chasaren. Swjatoslaw I. zerstörte vor einigen Generati-
onen die Hauptstadt Atil und die Festung Sarkel, aber der
Rest des Chasarenreiches hielt sich zwischen dem Weißen
und Schwarzen Meer. „Woher weißt du das alles, Oleg?",
fragte der Asturier. „Ich kenne viele Menschen, die im Osten
gewesen sind. Diese wilden Reitervölker sind gefährlich, sowohl für die Rus als auch für die Römer." Die Magyaren
stellten früher einen Teil der Chasaren dar, diese lebten aber
mittlerweile weiter im Westen, dort existierte ein Königreich.
„Es mischt sich alles in diesen Breiten. Manche dieser Menschen leben wie früher, andere bauen Festungen und weisen
einen hohen Kulturgrad auf", erzählte der Waräger. Sie näherten sich langsam der Mündung des Flusses Dnepr, der sie
nach Kyiv und Ljubetsch führen sollte. „Wir nennen es das
Wilde Feld. Hier ist immer etwas los. Die Rus und die Slawen
kämpfen seit langem gegen diese Reitervölker. Es ist ein gefährliches Gebiet. Vielleicht solltest du wieder in dein gastli-
ches Asturien zurückkehren", sagte der Waräger süffisant zu

Ramon. „Du kennst unser großartiges Land nicht, dort wird seit Urzeiten gekämpft", antwortete der Asturier. „Es ist vollkommen egal, wie wild die Männer sind, mich interessieren die Frauen dieser Völker. Ich will diese näher kennenlernen", führte er grinsend aus. Sie fuhren einen großen Hafen an, in dem sich Menschen verschiedenen Aussehens herumtrieben. Oleg und seine Männer beobachteten aufmerksam das Treiben, die Ruderer wurden darauf eingestimmt, die beiden Schiffe nach Norden zu bringen. Ramon blickte auf ein paar Frauen, die lange Kleider trugen und deren Haar zu Zöpfen gebunden war. „Ich muss noch einige Erledigungen machen, Freunde", sagte er grinsend. Mittlerweile sprach er sehr gut Griechisch, mit dieser Sprache konnte man sich im Osten mit allen Völkern verständigen. Die Männer blickten ihm nach. „Vielleicht sollten wir ihn begleiten", sagte Marco skeptisch. Carlo schüttelte den Kopf. Während die Männer örtliche Kaufleute und den Markt besuchten, streifte der Asturier durch die Hafenstadt am großen Fluss, die vielen verschieden Menschen einen Platz zum Handel und Austausch bot. Er sah viele Fellhändler, dazu wurden vor allem weibliche und männliche Sklaven angeboten. Der Asturier dachte an zu Hause, in Esperanza gab es keine Sklaven. Seine Familie lehnte dies ebenso ab wie die befreundete in Donostia. Aber es stellte eines der einträglichsten Geschäfte seit den Urzeiten menschlicher Geschichte dar. Der Verkauf unschuldiger Menschen wurde von allen Völkern genutzt. Sie dienten als Arbeitskräfte, Soldaten, Dienerinnen und wurden hart behandelt, nur einzelne Herren nutzten sie nicht schamlos aus. Sklaven besaßen keine Rechte und wurden verkauft wie Waren. Ramon blickte in teilnahmslose Gesichter, teilweise erkannte er die Spuren von Schlägen. Er mochte diesen Anblick nicht, erinnerte sich an seine Gefangenschaft, wo er seinen Peinigern ausgeliefert war. Dies würde ihm nie mehr passieren, auch wenn Carlo und Oleg dies bezweifelten. Der Asturier neigte zu Triebhaftigkeit, aber auch zu sorgfältigen Planungen und Überlegungen, deshalb gestaltete sich sein Leben lange Zeit erfolgreich. Die Abenteuerlust packte ihn, als er die vielen Menschen sah. Ein Mann sprach ihn an, deutete auf ein in der Nähe stehendes Zelt. Er bot ihm eine Frau an. Zuerst wollte er ablehnen, aber als er in das Zelt hineinblickte, erkannte er eine junge, schöne Frau, die ihn mit verlockendem Blick ansah. Ramon überlegte nicht lange und nutzte die Gelegenheit. In den nächsten Stunden erlebte er die Wildheit der Chasarinnen am eigenen Körper. Zufrieden mit dem Erlebnis eilte er zu den Schiffen. Gefahr drohte ihm keine, obwohl einige wildblickende Männer mit Bärten ihn feindselig anblickten. „Wo bist du so lange gewesen?", fragte Carlo vorwurfsvoll, sein eindringlicher Blick erfasste den grinsenden Asturier. „Das gibt es doch nicht. Du musst nicht in jedem Hafen mit einer Frau schlafen, du erweckst zu viel Aufmerksamkeit", warnte der Etrusker bestimmt. Ramon winkte ab. „Mach dir keine Sorgen, Carlo. Es ist alles gut, hier leben lauter nette Menschen", antwortete er lächelnd. Skeptisch blickte der junge Marco auf den großen Asturier. Danach fuhren die Schiffe los. Die Ruderer mussten sich anstrengen, um Richtung Norden voranzukommen. Der Fluss verlief einige Tage nach Nordosten, um anschließend in einem nordwestlichen Bogen die Richtung zu ändern. Er wirkte wie ein riesiger Graben, dessen Ränder von Krustenblöcken aus Granit gesäumt wurden. Sie besaßen keine Pferde, nutzten aber teilweise die Gelegenheit, den Schiffen an den Ufern zu folgen. Beidseitig erkannten sie ein welliges Berg- und Hügelland, sie gelangten in die Region Saporischschja. Oleg blickte mit Skepsis auf das bevorstehende Teilstück. „Ab hier ist der Fluss nicht befahrbar, wir müssen über den Landweg weiter nach Norden." Verständnislos blickte der Asturier ihn an, er wurde darüber nicht informiert. „Was meinst du damit?" Oleg lächelte. „Es gibt Stromschnellen die nächsten vierzig Meilen, dieser Teil ist nicht schiffbar. Wir müssen an Land. Vorsicht ist geboten. Die Petschenegen und Kumanen nutzen diese Lage gerne, um Überfälle zu tätigen und Tributzahlungen zu kassieren." Der Asturier schüttelte den Kopf. „Was ist mit dem Fürsten in Kyiv, diesem Jaroslaw? Er sollte Soldaten in diesem Gebiet stationieren." Oleg blickte ihn an. „Es gibt Soldaten, aber diese Völker aus dem Osten sind wild und ungezähmt. Du solltest aufpassen, mein Freund." Er erkannte die Ernsthaftigkeit von Olegs Worten. „Der berühmte Fürst Swjatoslaw wurde hier von Petschenegen überfallen und getötet", sagte er sorgenvoll. „Unsere beiden Schiffe bleiben hier liegen, ab jetzt geht es über den Landweg, Kameraden. Sie sind zu groß, wir werden sie bewachen lassen. Der Transport der Waren erfolgt bei unserer Rückfahrt mit kleinen Schiffen, für den Landweg gibt es Wagenzüge." Sie fuhren in den Hafen und kontaktierten die örtlichen Kaufleute, die den großen Waräger teilweise kannten. Marco stellte sich als Sohn Naels vor. Es gab die Möglichkeit, Pferde zu mieten. „Wir müssen auf diese verdammten Petschenegen aufpassen, dazu gibt es Horden von wilden Kumanen aus dem Osten." Oleg beließ drei seiner Männer vor Ort. Gemeinsam mit den Ruderern würden sie auf die Schiffe aufpassen. Sie wollten zu Pferd nach Kyiv und Ljubetsch, ab der Stadt Strukun war der Fluss wieder schiffbar. Der Trupp Richtung Norden bestand aus Oleg, zwei Warägern, Ramon, Marco und Carlo, nächstes Ziel stellte die Stadt Strukun dar. Die Kaufleute warnten eindringlich vor den Petschenegen, trotzdem herrschte auf dieser Uferseite ein reger Handelsverkehr. Die sechs Männer ritten in ruhigem Trab, sorgsam beobachteten sie die umliegenden Bergländer. „Ihr seid ausgestattet mit allerlei Äxten, liebe Freunde", sagte der Asturier zu den Warägern. Er kannte die Ausrüstung der Wikinger. Sie führten eine Langaxt mit, die zweihändig in einer Schlacht eingesetzt wurde. Dazu kam eine Handaxt, die durch eine einschneidige Sax ergänzt wurde. Messer befanden sich am Gürtel, den schwersten Teil der Ausrüstung stellte der Rundschild dar. „Wir beabsichtigen, länger zu leben", antwortete Oleg. Marco wirkte ruhig, obwohl ihm innerlich etwas mulmig zumute war. Nach dem Ende der Stromschnellen machten sie erstmalig Bekanntschaft mit den Petschenegen. Während einer nächtlichen Rast schlug ein Pfeil oberhalb des Kopfes des Wachpostens ein. Er löschte das kleine Feuer, aber der Posten hatte Glück, dass der Bogenschütze nicht gut traf. Die Männer reagierten sofort und griffen zu den Waffen. Weitere Pfeile folgten, dann ertönten Schreie, aber vorerst passierte nichts. Angespannt beobachteten die Kameraden die nähere Umgebung. Sie konnten Schemen in der Dunkelheit wahrnehmen. Die Horde fühlte sich groß genug für einen Angriff, obwohl diese kleinen Trupps oft nur beobachteten und einzelne Transporte überfielen. Während die kampferfahrenen Männer ruhig blieben, erwachte in Marco die Unsicherheit, sein Atem ging schwerer. Die Ungewissheit über die Stärke des unheimlichen Gegners ließen ihn zittern. Er vernahm eine Stimme. „Ruhig bleiben, Marco. Sie wollen uns leiden lassen. Wenn du den Platz wechselst, leise und schnell", sagte Carlo. Der junge Mann fühlte sich plötzlich sicherer, er begann ruhiger zu atmen, bald legte sich die Aufregung. Es passierte vorerst nichts. Die Zeit verstrich unendlich langsam, die Geräusche der Nacht waren zu hören. Die Anspannung wuchs unter den Männern. Schreie ertönten. Die Blicke richteten sich auf die Geräuschquelle, aber der Angriff erfolgte von einer anderen Seite. Carlo erkannte dies und handelte sofort. Männer mit Säbeln stürmten aus der Dunkelheit. Ein unbarmherziger Kampf entbrannte, die Männer mussten alles aufbieten. Einer der Waräger fiel, nachdem er zwei Angreifer tötete. Marco stand unter großem Druck eines aggressiven Kriegers, aber plötzlich fiel der Mann vorne über. „Das sind wilde Gesellen", sagte Ramon laut und zog rechtzeitig den Kopf ein, denn ein Pfeil surrte heran. Geduckt lief er dem Bogenschützen entgegen und machte ihn nieder. Marco verfiel in einem Kampfrausch, der ihn zum nächsten Gegner führte. Die Pferde befanden sich gut versorgt und angebunden in einem geschützten Dickicht. Der Lärm hielt an. Carlo verspürte kein Gefühl, als er die Angreifer tötete. Bald erkannten die Petschenegen, dass sie auf erbitterte Gegner gestoßen waren. Der Rest von ihnen zog sich zurück, ein Pfeil traf Oleg in die Schulter, danach vernahmen sie sich entfernenden Hufschlag. Schweratmend blieben die Männer zurück. Sie erkundeten die Umgebung, aber der Rest der Angreifer zog sich zurück. Sieben tote Petschenegen lagen auf dem kleinen Schlachtfeld, ein Schwerverletzter wurde von Carlo getötet. „Warum tötest du ihn? Vielleicht hätten wir etwas erfahren von dem Mann", sagte der Asturier. Er hielt noch immer Schwert und Messer in seinen Händen. Der Etrusker schüttelte den Kopf. „Was willst du von ihm wissen? Wir müssen so schnell als möglich verschwinden." Leider erlitten sie ebenfalls schwere Verluste. Die beiden Begleiter von Oleg starrten mit gebrochenen Augen in den Nachthimmel. Der Waräger zog einen Pfeil aus seiner Schulter, er schien aber keine schwere Verwundung zu haben. Erschüttert kniete er bei seinen Kameraden und erinnerte sich an die vielen gemeinsamen Jahre. „Sie hinterlassen keine Familien und sind gestorben als Helden der Garde", sprach er laut. Stolz klang aus seinen Worten, die Kriegermentalität der Wikinger kam zutage. Ramon reinigte seine Waffen und steckte sie weg. Er wandte sich an Marco. „Du hast dich gut gehalten. Ornella wird sich freuen, wenn sie einen Mann wie dich bekommt", sagte der Asturier anerkennend. Anschließend wandte er sich an Carlo. „Du bist schnell wie ein Wiesel, mein Freund. Diese wilden Völker kennen keinen Menschen wie dich. Es ist fast unglaublich, dass dein Volk den Römern unterlegen ist." Dieser blickte auf die Toten. Er verspürte kein Mitleid, aber auch keine Freude. „Wir müssen weiterreiten. Sie werden wahrscheinlich mit Verstärkung zurückkommen, um ihre Toten zu holen", sagte Oleg bestimmt. Sie luden die toten Waräger auf ihre Pferde und ritten im Schutz der Dunkelheit weiter. Ihre Blicke wanderten stetig umher, leise durchquerten sie das Gebiet am Ufer des Flusses. Aber die Angreifer würden sich vorerst zurückziehen, möglicherweise kam es zu einer Verfolgung am nächsten Tag. Sie ritten die ganze Nacht hindurch, am Morgen rasteten sie erschöpft. „Wir werden meine Kameraden am Fluss begraben. In diesem Land leben ihre Vorfahren, sie liegen in der Heimaterde!" Oleg wirkte angesichts des Verlustes seiner treuesten Kameraden angeschlagen, die Freunde erkannten seinen innerlichen Schmerz. Elitekrieger kannten aber das Risiko ihrer Tätigkeit. Sie mussten jederzeit damit rechnen, den Tod zu erleiden, in einer Schlacht oder bei einem Auftrag. Der Etrusker versorgte Olegs Wunde. Diese schien keine Probleme zu machen, trotzdem stützte der Verband die Schulter. „In Perejaslawl sind wir sicher", sagte der Waräger, während er auf die grabenden Ramon und Marco blickte. Sie hoben am Rande eines Hügels die Gräber für die Toten aus und legten ihnen ihre Waffen hinein, anschließend bedeckten sie alles mit Erde und Steinen. Sie schienen gut gesichert zu sein. „Gott wird sich freuen, sie zu sehen. Sie sind tapfer gestorben", sagte Oleg laut. Trotz der Müdigkeit blieben die Männer nicht vor Ort, die Pferde der Toten nahmen sie mit. Am nächsten Tag mussten sie eine Rast einlegen. Marco fiel fast vom Pferd. Sie zogen sich in den Schutz eines bewaldeten Hügels zurück und beobachteten die Umgebung. Ramon blickte auf den schlafenden Marco. „Ein tapferer Bursche mit vielen Fähigkeiten. Die stolze Ornella hat ein gutes Auge für Männer", sagte er anerkennend. Er machte die erste Wache, nach einigen Stunden übernahm Carlo. Oleg benötigte Ruhe, um mit seiner erlittenen Verwundung den weiten Ritt durchzustehen. Marco übernahm nach Carlo. Nach einigen Stunden weckte er die Männer. „Es kommen Reiter in der Ferne", sagte er leise. Schnell sprangen sie auf, es herrschte noch keine Dunkelheit. Der Lagerplatz war gut gewählt, sie konnten in alle Richtungen blicken. „Es muss nicht uns gelten, aber es ist besser, wir gehen davon aus", sagte der Etrusker ruhig. Sie saßen auf, die Pferde der Toten nahmen sie mit. Im Laufe der nächsten Stunden wurde allen klar, dass sie das Ziel der Verfolgung darstellten. Die Horde schien zahlenmäßig weit überlegen zu sein. „Einen Kampf werden wir nicht gewinnen, aber einen Ritt schon, wenn die Pferde passen!", rief der Asturier laut. Sie verfügten über sehr gute Pferde, wie sich während der Jagd herausstellte. Die Verfolger kamen nicht näher, die reiterlosen Pferde blieben irgendwann zurück. Marco spürte seinen Körper nicht mehr, auch Carlo war das anhaltende Reiten nicht gewohnt. Oleg spürte zunehmend seine Verletzung, nur Ramon schien es zu gefallen. „Das ist ein Ritt um und für dein Leben. Ornella wird sich freuen, du kannst mit ihr deine Erfahrungen austauschen!", rief er vergnügt und hielt das Tempo hoch. „Lass meine Ornella aus dem Spiel!", schrie der junge Mann wütend, er erntete ein Lachen des Asturiers. Der Ritt führte bis kurz vor die Stadt Perejaslawl, erst dann gaben die Verfolger auf. Ramon stellte sich auf sein Pferd. „Was ist mit euch, ihr Bastarde? Reiten muss gelernt sein!", schrie er laut. Carlo schüttelte den Kopf und lächelte. Der verrückte Asturier bewies seine Zähigkeit und Reitkünste, ohne ihn wäre es schwerer geworden, denn er trieb die anderen an. Sie näherten sich der Stadt, Soldaten ritten heran. Die Festung wurde in Auftrag des Kyiver Fürsten Wladimir I. gegen die Raubüberfälle der Petschenegen ausgebaut. Oleg sprach mit den Soldaten, die misstrauisch auf die abziehende Horde blickten. Langsam ritten die Männer in die gut befestigte Stadt, die über ein reges Leben verfügte. Sie stellten die erschöpften

Pferde in einem Stall ab und begaben sich in eine Taverne. Misstrauisch wurden die Neuankömmlinge beäugt. Stille kehrte ein. Oleg grüßte auf Slawisch, dies entspannte die Situation merkbar. Sie fanden einen Platz in der gefüllten Taverne, eine schlanke Kellnerin kam an ihren Tisch. Sie verfügte über dunkle Augen und eine gute Figur. Lange, schwarze Haare rundeten das Bild einer attraktiven Frau ab. Carlo blickte auf den Asturier, der trotz seiner Müdigkeit sofort erwachte. Die Frau sprach in der Sprache der Slawen mit Oleg. Danach verließ sie den Tisch. Ramons Blick folgte ihr. Sie hob den Kopf, der dunkelhaarige, große Mann erweckte ihr Interesse. Er besaß dünklere Haut als die meisten anderen Männer. „Was hast du mit der Schönheit gesprochen, Oleg?", fragte er interessiert. „Er hat Essen und Trinken bestellt, was sonst?" Carlo blickte seinen Freund an. „Möglicherweise spricht sie Griechisch. Sie zeigt Interesse, diese glutäugige Schönheit", sagte der Asturier laut. Die anwesenden Gäste ringsum blickten auf die Neuankömmlinge, die Verwendung der griechischen Sprache stellte kein Problem in diesen Breiten dar. Sie diente als Kommunikation zwischen den verschiedenen Völkern. Die Frau kehrte mit einem Krug Wasser und einem mit Bier zurück. Ramon nutzte die Gelegenheit. „Ich grüße dich, meine Schönheit. Du wirkst wie eine Blume in dieser Umgebung, wie ein strahlender Sonnenschein in dieser finsteren Spelunke. Ich hoffe, du sprichst Griechisch, damit du verstehst, was ich sage", sagte er laut, die Gäste in der Umgebung schienen ihn nicht zu stören. Oleg und Marco verzichteten auf Wortmeldungen. Sie erlebten andere Fähigkeiten des Asturiers während des Kampfes und der Verfolgung. Die schwarzhaarige Frau blickte den großen, dunkelhaarigen Mann an, aber sie zeigte nicht, ob sie ihn verstanden hatte. „Auch wenn du mich nicht verstehst, will ich dir noch einmal sagen, dass nur Gott solche wunderschönen Geschöpfe wie dich schaffen kann", fuhr der Asturier fort. Carlo beobachtete unauffällig die umgebenden Männer, die meisten verstanden Griechisch. Die Kellnerin schüttelte lächelnd den Kopf und verschwand. Sie brachte Essen, einen Eintopf aus Linsen und Fleisch, dazu gab es Brot. Gierig aßen die Männer, während Ramons Augen der Frau folgten, die sich hüftewiegend bewegte. Es gab andere Kellnerinnen, aber sie stach eindeutig heraus. Langsam wirkte der lange Ritt auf die Männer, selbst Ramon spürte die Müdigkeit. Nach dem Essen erhoben sie sich und verließen das Lokal, die Frau schien verschwunden zu sein. Sie blieben zwei Tage in der Stadt, um sich zu erholen und die Pferde zu schonen. Die Festungsstadt diente als Schutz gegen Überfälle der nomadisierenden Reitervölker, die aus dem Süden und Osten kommend eine ständige Gefahr darstellten. Sie schützte die Hauptstadt des Reiches der Rus. Am letzten Abend betraten sie erneut die Taverne und bestellten Essen und Trinken, die Kellnerin schien nicht anwesend zu sein. Ein großer, breitschultriger Mann mit einer Mütze und einer groben Tunika aus Wolle trat zum Tisch. Oleg blickte ihn an. „Was willst du?", fragte er auf Slawisch. „Ich bin Anatoli und habe gehört, dass dein Freund Mila beleidigt hat." Er zeigte auf Ramon, der interessiert aufblickte. Der Waräger schüttelte den Kopf. „Das ist falsch, Anatoli. Es ist nicht notwendig, die Sache weiterzuverfolgen. Wir verlassen morgen die Stadt." Er wirkte ruhig und gelassen, obwohl der grobschlächtige Mann einen ernstzunehmenden Gegner darstellte. „Vertrauenswürdige Menschen haben anderes erzählt. Mila gehört meinem Bruder Radomir. Er ist ein mächtiger Mann und mag es nicht, wenn Fremde seine Frau belästigen." Ramon verstand nur, dass es um ihn ging. „Du kannst mit mir sprechen, mein Freund, sofern du Griechisch sprichst", sagte er mit einem Lächeln im Gesicht. Der Breitschultrige blickte ihn an, dann brach es aus ihm heraus. „In diesem Ort spricht jeder Mensch Griechisch, du Bastard, oder glaubst du, dass nur Männer aus Konstantinopel diese Sprache beherrschen!", rief er wild, er schien bereits etwas getrunken zu haben. Der Asturier hob entschuldigend die Hände. Carlos Augen wanderten über die Menge. Er bemerkte drei Männer, die die Szene interessiert beobachteten, diese gehörten offensichtlich zum Breitschultrigen. „Es tut mir leid, mein Freund. Ich will keinen beleidigen. Wenn diese Frau deinem Bruder gehört, ist das in Ordnung. Ich werde sie nicht mehr ansprechen und hoffe, das passt für dich." Plötzlich stand die schwarzhaarige Kellnerin an der Seite des Breitschultrigen. „Ich gehöre niemand. Radomir ist der Anführer einer miesen Bande, die bevorzugt von Überfällen und Sklavenhandel lebt", sagte sie in bestem Griechisch. Drohend wandte sich Anatoli an die Frau. „Halt den Mund, Mila! Mein Bruder geht viel zu gut mit dir um. Du weißt, dass du für ihn da sein musst, wenn er in der Stadt ist!", rief er laut. Es kehrte Stille in der Taverne ein. „Dein Bruder hat kein Anrecht auf mich. Ich habe ihm das schon gesagt, aber er will es nicht verstehen", antwortete die Frau, trotzig hob sie ihr Kinn. Carlo erkannte die Vorzeichen einer nahenden Gefahr, die Angelegenheit schien sich ungünstig zu entwickeln. „Ich denke, wir verzichten auf das Essen", sagte er zu

Oleg und Marco, die zustimmend nickten, auch Ramon schien damit einverstanden zu sein. Aber die Frau nutzte die Gunst der Stunde und wandte sich an den Asturier. „Du sagtest, dass du mich für eine Blume hältst, Fremder. Aber offensichtlich bist du nur ein Mann der Worte, nicht der Taten. Töte diesen Bastard, dann gehöre ich dir!", rief sie laut. Die Situation nahm eine überraschende Wendung, die Augen der Frau versprühten Hass. Plötzlich eskalierte die Situation, der Breitschultrige versetzte der Frau einen Schlag ins Gesicht, dass sie nach hinten fiel. Dann wollte er auf Ramon losgehen, der aber nicht mehr auf seinem Platz saß und den Angreifer brutal gegen das Knie trat. Dieser schrie auf und wankte zurück. Der Asturier setzte nach und brach mit einem wuchtigen Schlag dessen Nase, der Breitschultrige fiel nach hinten, Blut rann über sein Gesicht. Er schrie fürchterlich. Carlo und Oleg sprangen auf, als die drei anderen Männer der Bande eingreifen wollten. Marco stellte sich neben dem Asturier, der die Hände hob. „Es ist genug. Wir werden gehen!", rief er laut. Neugierig und grinsend verfolgten die Gäste den Kampf. Es war ein hartes Land, hier starben Menschen schnell. Anatoli erhob sich mit seinem blutverschmierten Gesicht. „Ich bringe dich um, Grieche!", schrie er wild und wollte losstürmen, ein Messer lag in seiner rechten Hand. Plötzlich öffnete sich die Tür und einige Soldaten traten in die Taverne, der Kommandant gebot sofort Ruhe. „Was ist hier los?", fragte er laut, sein stechender Blick erfasste die Gäste, die Soldaten verteilten sich. Die Messer verschwanden in den Gürteln. Anatoli zeigte auf Ramon. „Der Grieche macht Ärger und belästigt die Gäste. Er hat mich angegriffen", sagte er auf Slawisch. Da der Asturier die

Unterhaltung nicht verstand, griff Oleg ein. „Das stimmt nicht. Wir wollten gehen, aber der Mann hat angegriffen und die Frau geschlagen", antwortete er ruhig. Die stechenden Augen des Kommandanten erfassten alle, die meisten duckten sich leicht, er schien als streng bekannt zu sein. Der Breitschultrige wollte etwas sagen. „Halt den Mund, Anatoli. Du machst ständig Ärger", sagte der Kommandant hart, seine Augen fixierten den Mann. „Der Fremde hat sich gewehrt. Es stimmt, was der Waräger sagt", sagte die Kellnerin laut. Der Kommandant wandte sich ihr zu, er betrachtete die junge Frau mit Abscheu. „Solche Frauen wie du verbreiten die Sünde in dieser Stadt, Mila. Zudem gibt es ständig Ärger wegen Radomir. Das ist meine Stadt, hier herrscht Gesetz und Ordnung!" Laut hallte seine Stimme durch das Lokal. Die Frau hob trotzig den Kopf, sie schien nicht beeindruckt zu sein. Carlo gefiel die stolze Haltung der jungen Frau. „Du meinst, was du darunter verstehst, Jurij. Ich denke, du lebst bisweilen auch sehr sündig und gesetzlos", sagte sie süffisant. Einige Gäste zogen den Kopf ein. Sie kannten den Mann, er vertrug keine Kritik. Dies konnte in Folterungen und Bestrafungen ausarten. Die Augen des Kommandanten verengten sich, er trat auf die Kellnerin zu. „Es reicht mir, dein Verhalten ist nicht mehr zu tolerieren. Ich verweise dich der Stadt, du Dirne. Es hat bereits drei tote Fremde gegeben, die die Lage nicht gekannt haben. Jedes Mal hast du sie aufgehetzt", sagte er leise. „Wo soll ich hingehen, Jurij? Ich lebe seit meiner Kindheit in dieser Stadt, niemand wartet auf mich. Außerhalb treiben sich die Petschenegen herum. Ich werde mich bessern", sprach sie mit flehender Stimme. Sie wirkte betroffen. Der Kommandant kannte sie sehr lange und nutzte dieses Wissen. Der Verweis traf sie offensichtlich sehr hart, sie kannte nur diese Stadt. Ramon verstand nicht viel. Die Frau gefiel ihm, sie erinnerte ihn an die stolzen Frauen seines Heimatdorfes. „Dein Verhalten missfällt vielen, zudem zieht es diesen Halunken Radomir immer in die Stadt. Es reicht jetzt, verlasse die Stadt. Du hast Zeit bis morgen", antwortete der Kommandant hart. Die Frau veränderte sich plötzlich, ihre Augen zeigten Angst. „Ich bin hilflos außerhalb der Stadt. Bitte, überdenke deine Entscheidung, Jurij." Doch der Mann zeigte sich unerbittlich. Anatoli lächelte. „Du kannst mit mir gehen. Radomir wird sich freuen", sagte er leise. Die Frau wusste, was das bedeutete. Wenn sie den Schutz der Stadt verließ, würde sie in einem Zelt der Bande von Radomir enden. „Du weißt, dass zwei der Männer mich heiraten wollten. Anatoli und seine Männer haben sie getötet, im Auftrag von Radomir. Wenn ich die Stadt verlassen muss, verliere ich den Schutz. Anatoli wird mich mitnehmen, ich ende als Hure eines Sklaventreibers. Zudem muss mein Herr zustimmen!", rief sie verzweifelt. Damit meinte sie offensichtlich den Gastwirt. Der Blick des Kommandanten erfasste den hageren Mann. „Sie kann gehen, macht sowieso ständig Ärger. Ich bin froh, dass ich dieses Problem loswerde. Verschwinde einfach, Mila!", rief er laut. Der Kommandant wandte sich der Frau zu, die verständnislos auf den Gastwirt blickte. Sie war frei und konnte gehen, aber die Freiheit bedeutete Schlimmes. „Du endest als das, was du bist, eine Hure!", sagte Jurij laut. Die Augen der Frau veränderten sich, plötzlich stand Zorn darin. „Vielleicht sollte ich dem Priester sagen, was du mit mir gemacht hast, du Unschuldsengel?", fragte sie laut. Ihre Stimme klang höhnisch.

Der Kommandant drehte sich um, seine Augen glühten förmlich, aber der Mann schien sich unter Kontrolle zu halten. „Du bekommst noch eine Gelegenheit, die Stadt zu verlassen, ansonsten wirst du eine spezielle Behandlung im Gefängnis erhalten. Ich werde dich der Kirche übergeben, damit sie dich von deinen Sünden reinigt. Aber du musst sofort gehen!", antwortete der Kommandant hart, sein Blick ließ keine weitere Möglichkeit erkennen. Die Frau schluckte. Der Gastwirt wollte etwas sagen, aber angesichts der Drohkulisse der anwesenden Soldaten verzichtete er darauf. Plötzlich ertönte eine Stimme. „Ich spreche kein Slawisch, aber ich gehe davon aus, dass ein gebildeter Mann wie sie Griechisch spricht, werter Kommandant." Der Angesprochene drehte sich überrascht um und wandte sich Carlo zu. Ramon blickte auf seinen Gefährten. Jurij gefiel die Art der Sprache und nickte gefällig. „Natürlich spreche ich Griechisch, auch Latein. Ich gehöre nicht zu diesem ungebildeten Pack, das in dieser Taverne herumhängt", antwortete er arrogant. Der Etrusker neigte kurz den Kopf. „Ich will einen Vorschlag zur Güte machen. Der Gastwirt ist offensichtlich der Besitzer dieser Frau. Sie gefällt mir und ich würde ihre Schulden bezahlen. Danach verlässt sie innerhalb der nächsten zwei Stunden gemeinsam mit uns die Stadt. Ich würde auch eine Steuer entrichten, sollte sie anfallen." Der Etrusker sprach ruhig und langsam, das Angebot wirkte seriös. Die junge Frau blickte den Fremden überrascht an, plötzlich schüttelte sie verärgert den Kopf. „Es ist ein gutes Angebot, Jurij. Ich bekomme mein Geld und der Ärger verschwindet mit Mila aus der Stadt. Zudem will der Fremde eine Steuer bezahlen, das finde ich ehrenwert", sprach der Gastwirt, der die

Gelegenheit nutzte, um Geld zu verdienen. Die Frau wollte das Wort ergreifen, aber der Kommandant unterbrach sie mit einer forschen Handbewegung. Er blickte sich um, dann nickte er und nannte den Preis. Carlo gab seine Zustimmung und holte einen Beutel mit Münzen hervor, den er dem Kommandanten übergab. Dieser blickte hinein und wirkte zufrieden. Er übergab einige Goldmünzen an den Gastwirt, dessen Augen gierig leuchteten, den Rest behielt er sich. Beide Männer schienen mit der Entwicklung zufrieden zu sein. Anatoli wollte sich einmischen, aber der Kommandant gab seinen Soldaten ein Zeichen. Plötzlich wurden der Breitschultrige und seine drei Begleiter von mehreren Wachleuten eingekreist, harte Blicke erfassten sie. Wütend schüttelte Anatoli den Kopf. „Sperrt sie bis morgen früh ein, wegen Erregung öffentlichen Ärgernisses. Wenn sie nicht folgen, behandelt sie dementsprechend!", rief der Kommandant laut, anschließend wurden die Männer weggebracht. Er wandte sich an den Etrusker. „Sie gehört dir, Fremder", sagte er ruhig. Dessen Blick fiel auf Mila. Die junge Frau betrachtete den schwarzhaarigen, athletischen Mann mit den leicht angegrauten Schläfen. „Es ist deine Entscheidung", sagte Carlo. Sie blickte ihn an, dann nickte sie plötzlich. „Ich werde mit diesem Mann gehen, aber deswegen wird die Unschuld nicht in diese Stadt einkehren, Jurij", sagte sie laut. Der Kommandant zuckte mit den Schultern. Er wirkte gelassen, der unerwartete Geldsegen freute ihn, auch ein ständiges Ärgernis verschwand aus seiner Sicht in der Person der jungen Kellnerin. Carlo und seine Freunde traten vom Tisch weg. Mila blickte den Etrusker an. „Ich hole meine Sachen, wartet draußen", sagte sie und eilte fort. Die Gruppe verließ die Taverne, der Kommandant folgte ihnen. „Männer mit Kultur und Stil gefallen mir, nicht so wie dieses versoffene, dreckige und ungebildete Gesindel. Mila ist böse. Sie bringt die Männer dazu, für sie zu töten. Du musst aufpassen, sie ist ein Teufel", sagte der Kommandant zu Carlo. Der Etrusker nickte, sein Gesicht blieb ausdruckslos, er wirkte freundlich. „Vielleicht wissen sie, ob es in der Stadt ein brauchbares Pferd für meine neue Frau gibt. Ich hoffe, sie kann reiten." Der Kommandant lachte, er dachte offensichtlich an etwas anderes. „Das Pferd kostet noch etwas, mein Freund. Zudem sorge ich dafür, dass euch die Bande erst morgen verfolgt." Carlo nickte und übergab dem Kommandanten einige Goldmünzen, dessen Blicke strahlten voller Gier. „Vielleicht könnten sie mir den Kauf schriftlich bestätigen, ehrenwerter Kommandant." Jurij nickte, führte den Etrusker zu einem nahen Stall und übergab ihm ein Pferd. In der Zwischenzeit holten die drei anderen Männer ihre Pferde und das Gepäck. Ein Schreiber brachte die gewünschte Bestätigung und übergab sie Carlo. Mittlerweile brach die Dunkelheit an. Im neunten Monat kam sie in diesen Breiten früher als im Süden. Die ehemalige Kellnerin stand mit ihrem Sack vor den Männern. „Hast du Hosen zum Reiten, Mila?", fragte Carlo. Zuerst wollte sie angriffslustig antworten, aber die Augen des Mannes wirkten ernst, er strahlte Ruhe aus. Dies gefiel ihr bereits beim ersten Anblick. Sie schüttelte den Kopf. Er besorgte kürzere Hosen und ließ sie Mila anlegen, dann verschnürte er den Sack am Sattel des neuen Pferdes. Der Kommandant verfolgte alles interessiert und schüttelte den Kopf. Die Gruppe bestieg die Pferde und ritt Richtung Stadttor. Carlo verneigte sich vor dem Kommandanten, der den Gruß erwiderte. „Ich wünsche dir viel Glück mit diesem sündigen Wesen. Sie ist der Teufel, aber sie gehört dir!", rief er laut hinterher und lachte, er hielt es für einen guten Tag. Die Frau wollte sich umdrehen und etwas zurückrufen, aber Carlo hielt sie davon ab. „Lass das! Wir müssen verschwinden, bevor er es sich anders überlegt, Mila", sagte er ruhig. Sie blickte ihn an und nickte. „Du solltest auf ihn hören. Er ist zwar seltsam, aber in diesem Fall hat er recht", sagte Ramon leise, er traute dem Frieden nicht. Nach dem Verlassen der Stadt wandten sie sich Richtung Norden, keiner sprach vorerst. „Was hast du mit mir vor, Fremder? Ich kenne nicht einmal deinen Namen", sagte die Frau plötzlich. Sie ritt hinter Carlo. Oleg führte die Gruppe an. „Was kann er schon mit dir vorhaben, schöne Frau? Was für eine Frage, aber du kannst auch mich haben", sagte Ramon laut in die einbrechende Dunkelheit hinein. Sie drehte sich um und schüttelte den Kopf. „Ich kenne solche Typen wie dich zur Genüge. Du bist vielleicht nicht bösartig wie viele Männer, aber du hinterlässt Frauen mit Kindern. In dieser Zeit ist dies schlecht, keine Frau kann sich auf dich verlassen." Ramon schien dies nicht zu beeindrucken. „Ich werde mich bessern, nur für dich, Goldstück", antwortete er grinsend. Sie sah sein Grinsen nicht, schüttelte aber den Kopf. „Ich mag ältere Männer. Sie sind beständiger und geben mehr Sicherheit. Das ist wichtig für eine Frau." Marco lachte laut. „Mila besitzt einen hervorragenden Geschmack, Ramon. Du bist nicht ihr Typ", sagte er genüsslich. Oleg lachte, auch Carlo schmunzelte in sich hinein. Ramon hielt an. „Das gibt es doch nicht. Dieser junge Mensch will mir erklären, wie das Leben funktioniert. Vielleicht kann dir Mila eine andere

Erfahrung verschaffen als die gute Ornella", antwortete er süffisant. „Halt endlich den Mund, Ramon!" Carlos unduldsame Stimme beendete die Unterhaltung. „Alles gut, mein Freund. Sie gehört dir. Du benötigst dringend weibliche Gesellschaft. Im Gegensatz zu mir musst du sie kaufen, aber es gibt eben Unterschiede." Oleg ergriff das Wort. Er wandte sich an die junge Frau. „Du musst dich daran gewöhnen, dass dieser Schwätzer nie den Mund halten kann." Mila lachte plötzlich, sie verfügte über ein herzhaftes Lachen. Sie spürte, dass diese Männer nicht schlecht waren. Ihr neuer Besitzer ritt schweigend vor ihr. Die Gruppe ritt einige Stunden und schlug ein Lager in den Hügeln auf. Mila schlief bald ein, sie fühlte sich geborgen. Ramon blickte auf Carlo. „Was hast du vor, mein Freund? Sie gehört dir, aber du lehnst Besitz über andere Menschen ab." Oleg und Marco blickten den Etrusker neugierig an. „Ich weiß es nicht, die Idee ist mir spontan gekommen. Wir werden sehen, aber du hast recht. Ich bringe sie in Sicherheit, anschließend trennen sich unsere Wege." Der Asturier schüttelte den Kopf. „Du hast keine Ahnung von Frauen. Sie hat ihr Leben zurückgelassen, die einzige Sicherheit bist du. Es ist unglaublich, dass ein solcher Trauerkloß eine dermaßen schöne, junge Frau bekommt", antwortete der Asturier. Der Angesprochene zuckte mit den Schultern, er kannte die Zukunft nicht. „Wir müssen aufpassen auf diese Bande. Dieser Anatoli ist gefährlich, aber sein Bruder Radomir, den wir nicht kennen, wahrscheinlich noch um Einiges gefährlicher", sagte Oleg. Alle nickten, dann wurden die Wachen eingeteilt. Am nächsten Vormittag ritten sie weiter, die Stadt Kyiv lag zwei Tage entfernt. Abends legten sie eine Rast ein, die Bande tauchte nicht auf. „Er muss seinen Bruder benachrichtigen, vielleicht hält ihn Jurij länger fest. Ich traue ihm das zu, dieser Kommandant mag dich irgendwie", sagte Marco zu Carlo. Mila blickte den Etrusker an. „Das mag sein, ich ihn aber nicht. Ich kann solche scheinheiligen Typen nicht ausstehen, die andere Menschen der Sünde bezichtigen und selbst der größte Teufel sind", antwortete er ruhig. Die junge Frau lächelte und nickte. „Du bist ein guter Mann, Carlo", sagte sie bestimmt. „Der Mann hat viele getötet. Er fällt nicht unter dem Begriff eines guten Menschen", sagte Ramon. Mila blickte den Asturier an. „Welcher Mensch hat in diesen schlimmen Zeiten nicht getötet? Vermutlich stehst du ihm um nichts nach, Schwätzer." Sie verwendete den Begriff von Oleg, der laut lachte, auch Marco stimmte ein. Carlo zeigte ein Lächeln. „Was ist los mit euch? Jurij hat es gesagt, diese Frau ist der Teufel. Sie hat euch bereits in ihren Fängen, ihr werdet in der Hölle schmoren", sagte Ramon laut und ahmte mit seinen Händen Hörner am Kopf nach. Alle lachten, auch Mila fiel ein, die sich schnell wohl fühlte in der Gruppe. Sie blickte auf den Etrusker. „Ich denke, du hast ein Recht darauf, zu wissen, wer ich bin." Er schüttelte den Kopf, aber sie beharrte darauf. Anschließend erzählte sie die Geschichte ihrer Kindheit in einem kleinen Dorf in der Nähe von Perejaslawl. Sie wuchs mit zehn Geschwistern auf, zwei weitere starben bei der Geburt. Mila erzählte von der Armut und den andauernden Schwangerschaften ihrer Mutter. „Irgendwann bin ich einfach weggegangen, denn ich wollte nicht in dieser Armut leben. Die schwere Arbeit, gepaart mit den ständigen Unterdrückungen der Adeligen und Priester. Wir haben ständig mit einem Auge Richtung Osten und Süden geblickt. Die

Petschenegen haben oft kleine Dörfer und Häuser überfallen, Frauen vergewaltigt, geraubt und alle niedergemacht. Ich habe das nicht mehr ausgehalten und bin geflüchtet." Stille trat ein. Sie erzählte die Geschichte einer Frau, die es in diesen Zeiten sehr oft gab. „Ich habe den Schutz der Stadt gesucht und mich verkauft, um leben zu können. Aber ich habe bis heute keine Kinder geboren und weiß nicht weshalb, vermutlich kann ich keine bekommen. Mit der Zeit habe ich mit mächtigeren Männern verkehrt, auch mit Jurij und meinem Herrn, beide sind verheiratet." Sie blickte auf die Männer. „Vielleicht bin ich wirklich teuflisch, wie viele Priester es von den Frauen behaupten", sagte sie nachdenklich. Carlo schüttelte den Kopf. „Die Frauen werden dazu gezwungen, so zu leben, vor allem von Männern der Kirche. Du bist nicht schlecht, besitzt Stolz und einen starken Überlebenswillen. Damit verfügst du über starke Fähigkeiten." Mila blickte ihn an. Plötzlich erschien ein Lächeln in ihrem Gesicht. Ramon schlug die Hände zusammen. „Das kann es doch nicht geben. Diese wunderschöne Frau gibt sich mit diesem Langweiler zufrieden", sagte er kopfschüttelnd. Mila wollte antworten, aber Marco ergriff das Wort. „Oleg hat es bereits gesagt, er redet Unsinn. Du musst dich daran gewöhnen, Mila, als neuer Teil der Gruppe." Der Asturier blickte den jungen Mann empört an. „Hört euch das an, von diesem Jüngling. In Konstantinopel wartet die leidenschaftliche Ornella. Vielleicht kühlt sie diese bereits mit einem anderen Mann", sagte er grinsend. Mila blickte auf Marco und fragte nach Ornella. Dieser erzählte in Kurzform seine Geschichte. „Nach meiner Rückkehr werde ich sie heiraten. Ich liebe diese Frau seit meiner Kindheit. Sie betrügt mich nicht", sagte er mit Bestimmtheit in der Stimme. Mila lächelte, der junge Mann schien seine große Liebe gefunden zu haben. Ramon schüttelte den Kopf. „Mir kommen die Tränen vor lauter Freude, so viel Liebe in diesen schlimmen Zeiten. Gott hat euch erhört", sagte er pathetisch. Carlos Augen verengten sich. Der Asturier wandte sich an Marco. „Frauen dürfen dich nicht betrügen, das ist Gesetz. Aber du könntest tun, was du willst. Ich werde deiner Ornella nichts sagen, wenn wir in Kyiv anständig feiern, mein junger Freund und Anführer", sagte er süffisant. Dieser schüttelte den Kopf, verzichtete auf eine Antwort. „Halt endlich deinen Mund, Asturier!", sagte Carlo. Ramon erkannte an seinem Ton, dass er besser nichts mehr sagte. Er erhob sich und wandte sich an seinen Freund. „Ich folge deiner Aufforderung, großer Etrusker, und Besitzer einer jungen, schönen Slawin", sagte er genüsslich. Anschließend verließ er das kleine Lager und begab sich auf einem höhergelegenen Beobachtungsposten. Die junge Frau blickte ihm hinterher. „Er ist wie viele Männer. Sie machen, was sie wollen", sagte sie abwertend. „Das stimmt nicht, Mila. Wir können uns alle auf ihn verlassen, zudem kann er jeden von uns töten. Ich habe selten einen dermaßen schnellen Mann gesehen", sagte Carlo ruhig. Oleg und Marco nickten zu seinen Worten. Sie blickte den Etrusker an. „Aber warum muss er ständig Witze machen? Das ist nicht normal, manchmal sicher nervig." Der Waräger ergriff das Wort. „Es liegt in seinem Wesen. Ich komme gut damit zurecht, weil er das Leben positiv sieht. Er lebt nach seinen Vorstellungen und tut einer Frau nichts Böses an. Zudem kommt er aus einem Dorf, in dem Frauen als gleichwertig betrachtet werden. Möglicherweise ist es seiner Mischung geschuldet. Sein Vater ist Asturier, seine Mutter Araberin. Er betrachtet das Leben nicht so ernst wie viele andere. Das finde ich gut, aber wie du sagst, manchmal nervig." Die junge Frau blickte den hünenhaften, braunhaarigen Waräger an, dann schüttelte sie den Kopf. „Ihr seid eine seltsame Gruppe und unterscheidet euch von vielen, aber es tut gut, bei euch zu sein. Es fühlt sich gut an", sagte sie abschließend, während ihr Blick auf Carlo fiel. Danach kehrte Stille ein.

Am nächsten Tag erreichten sie die Stadt Kyiv. Diese lag auf kleinen Hügeln und am westlichen Ufer des Flusses, ringsum gab es Wald. Derzeit wurde die Stadt und das Land der Rus von Großfürst Jaroslaw I. regiert. Mittlerweile war dieser über sechzig Jahre alt und wurde von der Bevölkerung sehr verehrt, sie nannten ihn den Weisen. Die umliegenden Fürstentümer unterstanden dem Kyiver Herrscher. Das Reich erlebte eine Blütezeit, angeblich dehnte es sich mit ihren anhängigen Fürstentümern bis weit nach Nordosten aus und verfügte über gute Kontakte zu den europäischen Herrscherhäusern. In der Stadt gab es viele Klöster und Kirchen, die von Jaroslaw gegründet wurden. Kyiv erwies sich als prächtige Stadt. Jeder Besucher erkannte, dass an diesem Ort ein mächtiges Fürstengeschlecht herrschte. Sie wurde nach den Erzählungen Olegs vor langer Zeit von den drei Brüdern Kyj, Schtschek, Choryw und deren Schwester Lybid aus dem Stamm der Poljanen gegründet, dieser siedelte am Fluss Dnepr. Sie errichteten eine Festung, die sie nach dem Ältesten Kyj benannten – Stadt des Kyj, Kyiv. Lange Zeit bildete diese einen Teil des Chasarenreiches. Das Eintreffen der Waräger und die Vermischung der Eroberer mit den ansässigen Slawen führte zu einer nachhaltigen Veränderung der

190

Herrschaftsverhältnisse. Das Adelsgeschlecht der Rurikiden gründete das Fürstentum und besiegte die Chasaren. Sie belagerten bisweilen Konstantinopel, erst vor zwei Jahren das letzte Mal. Beeindruckt von der Szenerie der Stadt ritt die Gruppe langsam hinein. Sie wichen von ihrem ursprünglichen Plan ab, sofort in den Norden nach Ljubetsch zu reiten. In der Heimatstadt von Oleg wollten sie dessen Familie aufsuchen und neue Geschäftskontakte knüpfen. Aber die letzten Ereignisse ließen eine Planänderung zu. „Wir werden in der Stadt einige Tage rasten und danach nach Norden weiterreiten. Dort werden wir ein Schiff Richtung Süden nehmen bis zu den Stromschnellen, die Pferde nehmen wir mit." Alle waren einverstanden mit Olegs Plan und bezogen eine Unterkunft am Rande der Festungsmauer in der Vorstadt und in der Nähe des Hafens. „Wo wird Mila schlafen?", fragte Ramon grinsend. Die junge Frau blickte Carlo an. „Ich werde bei meinem Herrn schlafen, außer er will es nicht", antwortete sie ernst. Der Asturier grinste. „Ich denke, dass er sich nachgiebig zeigt. Aber sei vorsichtig mit ihm, er ist etwas älter", sagte er grinsend und wich zurück, als der Etrusker zu einer Attacke ansetzte. Ramon, Oleg und Marco bezogen einen Raum, während die junge Frau bei Carlo blieb. „Was hast du mit mir vor, Herr?", fragte die junge Frau. Sie legte sich auf das Bett und entkleidete sich. Der Etrusker dachte daran, dass er in den letzten Monaten wenige Vergnügungen mit Frauen durchlebte. Er blickte die junge Slawin an, sie verfügte über einen makellosen Körper. Carlo dachte an seine tote Ehefrau Pia. Keine konnte sie ersetzen, aber die junge Frau erweckte Sehnsüchte, wie es einer anderen zuvor nie gelang. Sie zog ihn auf das Bett und über sich, beide genossen die nächsten Stunden mit einer ruhigen und hohen Intensität. Zufrieden schlief die junge Slawin ein. Dieser Mann vermittelte Sicherheit und entfachte eine große Leidenschaft in ihr. „Ich werde bei dir bleiben, Herr", sagte sie leise, bevor sie einschlief. Er lag lange wach und dachte an Pia. Früher betrank er sich und suchte das kurzweilige Vergnügen mit käuflichen Frauen, aber diesmal schien es anders zu sein. Die stolze Haltung der jungen Frau trotz ihres Standes und ihrer Abhängigkeit gefiel ihm. Vielleicht griff er deshalb ein, als sie aus der Stadt verwiesen wurde. Er wusste es nicht und musste sich an die neue Situation gewöhnen. In den nächsten Tagen suchten sie Kaufleute der Waräger auf. In Kyiv existierte eine Bibliothek. „Ich kann nicht Lesen und Schreiben", sagte Mila leise. „Ich werde es dich lehren", antwortete Carlo ruhig, ein Lächeln erschien in ihrem Gesicht. „Was ist los mit dieser Welt in letzter Zeit? Zuerst findet der Jüngling das Liebesglück, jetzt der alte Mann. Ich werde ungerecht behandelt, aber dagegen kann man etwas machen", sagte Ramon laut. Da Mila und Carlo kein Interesse zeigten und die beiden anderen begleiteten, zog der Asturier allein los und suchte einige Tavernen auf. Seit langem fühlte er sich frei, die ständige Anwesenheit der anderen engte ihn bisweilen ein. Er zog früher stets die Rolle des Einzelgängers vor bei seinen Abenteuern, aber seit längerem bewegte er sich mit anderen Menschen als Gruppe, wie in den Zeiten im Dorf Esperanza. Es gab reichlich Alkohol in den Tavernen Kyivs, auch junge Frauen zeigten sich willig, um seinen Wünschen Folge zu leisten. Er ließ sich treiben in der Stadt. Marco machte sich Sorgen, weil er nicht auftauchte. „Du brauchst dir keine Sorgen zu machen. Er kann auf sich aufpassen", sagte Carlo. Während Ramon das Leben genoss, tätigte der junge Mann gute Geschäftsabschlüsse. Sie wollten Felle mitnehmen, die in Konstantinopel sehr begehrt waren. Dazu bedurfte es einiger Schiffe, aber sie besaßen Geld, um alles zu bezahlen. Der zehnte Monat des Jahres brachte bereits Kältewellen in diesen Breiten. Oleg suchte mit Marco den Hafen auf. Dort trafen sie auf Carlo und Mila, die alles gemeinsam unternahmen. Der jungen Slawin gefiel die neue Rolle, sie mochte diese Gruppe. Sie besprachen die weiteren Pläne. Der Weg nach Norden würde schwerer werden, wenn der Winter zu früh kam. „Vielleicht sollten wir hierbleiben", schlug Carlo vor. Er kannte die Absicht Olegs, seine Familie aufzusuchen. „Ich werde allein weiterreisen, ihr könnt nach Süden aufbrechen. Die Geschäfte sind abgeschlossen, ich komme im Frühjahr nach", antwortete der Waräger. „Wo ist dieser verdammte Asturier?", fragte Marco ungehalten, das Ausbleiben Ramons störte ihn. „Sprich nicht so über ihn", antwortete Carlo. Marco hob entschuldigend seine Hände. Plötzlich ertönte ein Schrei. „Oleg!" Der Waräger drehte sich um. Eine blondhaarige Frau sprang von einem Pferd und stürmte auf ihn zu. Er erkannte seine jüngere Schwester Tofa, die in der Stadt auftauchte. Sie fiel ihn um den Hals und umarmte ihn lange. „Was machst du hier, Tofa?", fragte er laut. Die junge Frau mit den blonden gelockten Haaren, die zu einem Zopf gebunden waren, strahlte ihn an. Ihre Kleidung war die einer Kriegerin, sie trug Hosen und Waffen. Carlo erkannte sofort, dass diese junge Frau keine gewöhnliche darstellte. Ihre blauen Augen strahlten intensiv und erfassten die Umstehenden. „Wir sind alle hier. Unsere Eltern leben in einem Dorf in der Nähe. Die Möglichkeiten in Kyiv sind einfach viel größer als in Ljubetsch. Vor zwei Jahren sind wir hergezogen", erzählte sie begeistert. Sie winkte einem Mann, der neben einem Pferd stand, und die Szene beobachtete. Der Hüne kam näher, er war blond und besaß ebenfalls blaue Augen. „Das ist Leif, ein Mann aus dem hohen Norden. Er kommt aus dem Gebiet unserer Vorfahren. Ich habe endlich den Mann gefunden, den ich gesucht habe", erzählte die blonde Frau. Sie strahlte förmlich. Der große Schwede reichte Oleg die Hand und nickte. „Sie ist bisweilen schwierig, aber das Leben ist eine große Herausforderung", antwortete der blonde Hüne lächelnd. Oleg drehte sich um und stellte den Rest der Gruppe vor. Tofa gab allen die Hand, wirkte aber distanziert. Mila fühlte sich unbehaglich. Leif erschien offener in seinem Wesen, aber ihn umgab eine arrogante Aura. „Wir reiten morgen zu unseren Eltern. Sie werden sich freuen, dich zu sehen. Du kannst deine Freunde mitnehmen", sagte Tofa. Ein abwertender Ton lag in ihrer Stimme. „Wir müssen nicht mitkommen", sagte Mila laut. Tofa blickte auf die schwarzhaarige Slawin, ihre Augen verengten sich. „Ich denke, du wirst das nicht entscheiden", antwortete die blonde Warägerin. Im Volk der Rus bekleideten die Nachfahren der zugewanderten Schweden wichtige Positionen. Es herrschte bereits eine starke Mischung, aber ein Teil der nordischen Nachkommen hielten sich für besser als ihre slawischen Mitbewohner. Dies zeigten sie offen. Tofa anerkannte die junge Slawin nicht als gleichwertig. Mila kannte die Arroganz dieser Oberschicht, aber sie hielt dem Blick der blonden Frau stand. „Es ist gut, Tofa. Das sind meine Freunde. Sie kommen mit, wenn sie das wünschen", sagte der hünenhafte Oleg kopfschüttelnd.

Seine jüngere Schwester hatte sich nicht verändert. Sie wurde ruhiger und fand ihren Mann, aber sie verhielt sich noch immer arrogant und distanziert. Er kannte die Sicht seiner Familie über die slawische Bevölkerung der Rus. Tofa zuckte mit den Schultern und ignorierte die junge Slawin. Leif griff ein. „Wir laden euch ein, in der nächsten Taverne gibt es gutes Essen", sagte er ruhig. Carlo wollte sich mit Mila zurückziehen, aber Oleg bestand darauf, dass sie sich beteiligten. „Ich hoffe, Mila zieht keine betrunkenen Männer an. Sie wirkt möglicherweise anziehend auf umherstreifende Lüstlinge", sagte Tofa arrogant. Diesmal ließ sich Mila nichts gefallen. „Das kann dir nicht passieren, die Männer werden dir ausweichen. Sie mögen nämlich Frauen, keine arroganten und kalten Kriegerinnen", antwortete sie schlagfertig. Plötzlich lag eine Spannung in der Luft. Tofas Augen veränderten sich. „Du wagst es, mich zu beleidigen, Dirne", sagte die blonde Kriegerin laut, ihre Hand ballte sich und lag am Messer. Diesmal griff der blonde Hüne nicht ein. Sein Blick fiel auf Carlo, aber er schätzte ihn nicht als gefährlich ein. „Wenn du nur daran denkst, das Messer zu ziehen, wird Oleg deine Leiche zu euren Eltern bringen", sagte der Etrusker mit ausdrucksloser Stimme. Der blonde Schwede betrachtete den älteren Mann genauer, die Warägerin stutzte plötzlich. Marco griff ein. „Du solltest mit deiner Schwester allein gehen, Oleg. Sie bevorzugt offensichtlich ihresgleichen nach ihrer Weltanschauung." Verächtlich blickte die blonde Warägerin den jungen Mann an, auch Leif veränderte seinen Blick. Er schien um einige Jahre älter zu sein als seine Gefährtin, er nahm Marco nicht ernst. Olegs Zorn erwachte. Er wandte sich an seine Schwester. „Es hat sich nichts geändert, Tofa.

Du zeigst noch immer ein schlimmes Benehmen. Aber ich werde mit dir gemeinsam zu den Eltern gehen, Familie ist Familie." Plötzlich veränderte sich die blonde Frau. „Es tut mir leid, aber ich habe wenig Kontakt zu den Slawen, außer ich töte sie. Wir gehen in die Taverne, sie sollen mitkommen", sagte die blonde Frau arrogant. Ihr Begleiter und sie drehten sich um und ließen die anderen stehen. Olegs Zorn loderte weiter, aber Carlo beruhigte ihn. „Wir werden kurz mitkommen, aber morgen reitest du allein zu deinen Eltern. Es gibt verschiedene Weltanschauungen, du musst nichts erzwingen. Deine Familie ist wichtig." Der Waräger nickte, dann folgten sie dem blonden Paar, das einige Aufmerksamkeit erregte. In der großen Taverne bestellte der blonde Hüne Wein und Essen, er schien über Geld zu verfügen, offensichtlich war er adeliger Abstammung. Oleg erinnerte sich an die Wünsche seiner Schwester, einen Mann aus dem Norden zu ehelichen. Sie besaß eine klare Vorstellung über ihren Ehemann und Leif schien alles zu erfüllen. Tofa tötete mögliche Eheanwärter, vermutlich lag darin ein Grund, dass sie Ljubetsch verließen. Er freute sich auf seine Eltern und vergaß seinen Ärger. Die Geschwister erzählten einander sehr viel, auch Leif sprach über sein Land im Norden. „Wir haben uns in Nowgorod getroffen. Sie ist wild und eine Kriegerin, wir werden heiraten. Ich hoffe, du kommst zur Hochzeit, Schwager", sagte der blonde Hüne. Er gefiel sich in der Rolle des Erzählers. Tofa lächelte dabei. Die anderen Anwesenden beteiligten sich nicht viel an der Unterhaltung, wollten ihren Freund nicht bloßstellen und unhöflich sein. Tofa und Leif schienen an einer näheren Bekanntschaft nicht interessiert zu sein. Ein Mann kam mit zwei Frauen herein. Er wirkte betrunken und stellte sich an die Schank. „Gib uns etwas zum Trinken, Wirt! Diese beiden hübschen Frauen benötigen Wein, ich bezahle alles!", rief er laut, dann begann er zu singen. Leif beobachtete die Szene und schüttelte angewidert den Kopf. „Ich habe gedacht, in dieser Taverne ist es etwas besser, aber dieses Gesindel rennt überall herum." Carlo und Marco beobachteten den Mann an der Theke, denn es handelte sich um ihren asturischen Freund Ramon, der offensichtlich zwei Frauen mitschleppte und aushielt. Sie lachten viel, der Lärm steigerte sich. Mila lächelte plötzlich, aber Carlo schüttelte den Kopf. „Es ist besser, er sieht uns nicht", flüsterte er leise. Aber das Schicksal nahm seinen Lauf, denn Ramon machte einen Rundblick über die anwesenden Gäste. Oleg zog zu spät den Kopf ein, als dessen Blick über den Tisch hinwegflog. Zuerst drehte er sich wieder zur Schank, dann schüttelte er den Kopf und drehte sich zur Gruppe. „Bleibt hier stehen, meine Schönen. Ich muss kurz meine Freunde besuchen", sagte er laut. Tofa und Leif erzählten gerade von ihrer diesjährigen Fahrt in den Norden, als der betrunkene Ramon an den Tisch trat. „Ich grüße euch, meine Freunde!", rief er laut, die Umsitzenden beobachteten ihn interessiert. Das blonde Paar unterbrach die Erzählung. Tofas Blick fiel auf den Betrunkenen, dann auf Oleg. „Dieser Mann gehört auch zu deinen Freunden?", fragte sie entsetzt. Ramon verneigte sich. „Jawohl, Gnädigste! Oleg und ich kennen uns aus Syrakus. Ich hoffe natürlich, sie verfügen über Wissen von dieser Welt." Ihre Augen verengten sich, auch Leif nahm eine bedrohliche Haltung ein. Oleg versuchte, die Situation zu retten, indem er den Asturier vorstellte. Er zeigte auf das blonde Paar. „Das ist meine jüngere Schwester Tofa, von der ich erzählt habe. Daneben sitzt ihr zukünftiger Ehemann Leif", sagte der Waräger laut. Ramon riss die Augen auf. Er stolperte leicht nach hinten, der tagelange Alkoholkonsum machte sich bemerkbar. „Das ist die schöne Tofa, unglaublich. Diese strahlenden Augen, unglaublich. Aber ihr Mann sieht aus wie ihr Bruder, die beiden sind nicht auseinanderzuhalten!", rief er laut. Mila lächelte, die Situation gefiel ihr. „Ich habe von dir geträumt, aber nicht gewusst, dass du so schön bist, liebste Tofa. Dein Mann passt nicht zu dir, du solltest mich wählen. Du brauchst einen Mann mit dunklerer Hautfarbe und ich bin noch zu haben!", rief der Asturier laut und hob seinen Zeigefinger. Er grinste über das ganze Gesicht. Als er nach vorne stolperte, versetzte ihm Tofa einen wuchtigen Schlag in die Magengrube. Sie sprang auf und riss ihn hoch, anschließend erhielt er einen Tritt gegen die Brust. Ramon fiel nach hinten und über einen Tisch. „Du solltest dir andere Freunde suchen, Bruder. Der Mann ist schlimmes Gesindel. Wie tief bist du gesunken in dieser großen Stadt Konstantinopel", sagte sie vorwurfsvoll und nahm wieder Platz. Carlo wollte zuvor eingreifen, aber er unterließ es, auch die anderen beobachteten die Szene. Die beiden Frauen eilten zum gestürzten Ramon und halfen diesem beim Aufstehen. Er schüttelte sich und wankte erneut zum Tisch. „Ich schlage mich nicht mit schönen Frauen, sondern bevorzuge andere Kampfarten. Wenn ihr wisst, was ich meine?", rief er laut und machte eindeutige Bewegungen. Er erhielt breite Zustimmung der anderen Gäste. Diesmal erhob sich Leif, aber der Asturier hob beide Hände. „Du bist mir zu groß und stark, Blonder. Lassen wir das! Das Leben ist zu kurz, um

sich dauernd zu streiten." Leif blickte ihn verächtlich an.
„Du säufst und hurst herum. Dazu bist du ein Feigling, Bastard. Verschwinde!" Seine Stimme klang wie ein Befehl. Carlo fühlte sich an die Normannen und ihre herrische Art erinnert. Ramon riss die Augen auf, trat zurück und verneigte sich vor dem blonden Hünen. „Ich entschuldige mich höflich, eure hohe Geistlichkeit. Sie sehen aus wie ein nordischer Gott, aber den gibt es nicht mehr, fällt mir gerade ein", sagte er laut. Er wandte sich an Oleg. „Du hast nicht übertrieben. Deine Schwester ist schön und gefährlich, aber nicht mein Typ. Ihr fehlt etwas Gefühl für andere Menschen. Wenn du weißt, was ich meine?", fragte der Asturier. Mila lächelte. Als die Warägerin sie anblickte, hob sie die Augenbrauen. „Betrunkene sagen oft die Wahrheit, liebe Tofa", sagte sie süffisant. Oleg wurde es zu viel. Er sprang auf und versetzte dem überraschten Ramon einen Schlag gegen das Kinn, dass er wieder über den Tisch fiel. „Es ist wohl besser, wir verlassen diese Taverne. Der betrunkene Idiot ist nicht auszuhalten." Tofas Blick lastete noch immer auf Mila. „Ich kann dich jederzeit töten, Dirne", sagte sie zornig. Oleg ergriff die Initiative. „Es wird keiner getötet, Tofa. Wir treffen uns morgen bei den Eltern", sagte er bestimmt. Leif zuckte mit den Schultern, anschließend verließ das Paar die Taverne. Oleg ging zum benebelten Ramon und half diesem hoch. „Wir bleiben in Kyiv, Schwätzer. Halte dich von meiner Schwester fern. Sie tötet dich, oder es tut ihr Mann. Hast du mich verstanden?" Der Asturier nickte und wandte sich den beiden Frauen zu, die ihn begeistert empfingen. Danach verließen die Freunde die überfüllte Taverne und ließen den betrunkenen Ramon zurück. Dieser erwachte am nächsten Tag gegen

Mittag in einem Bett, zwei nackte Frauen lagen neben ihm. Er erinnerte sich an die letzte Nacht nur auszugsweise, aber als er die beiden Frauen sah, grinste er plötzlich. Sein Kopf schmerzte. Das Kinn war geschwollen, er musste einen Schlag bekommen haben, zudem schmerzte seine Brust. Er legte sich wieder zurück, eine der Frauen drängte sich an ihn. Sie kicherte, als er sie berührte. Er kehrte erst am Abend zurück in die Unterkunft, die beiden Frauen waren verschwunden, auch sein ganzes Geld schien sich aufgelöst zu haben. Im Quartier traf er auf Marco, der ihn angrinste und vom Vorabend erzählte. Langsam kehrten die Erinnerungen zurück. „Ich erinnere mich, diese Tofa ist wild. Leider kann ich mein Versprechen nicht einlösen, da sie verheiratet ist." Marco schüttelte den Kopf. „Sie ist verlobt. Der große Hüne und sie werden nächstes Jahr heiraten. Sie gehen in den Norden." Ramon blickte ihn an. „Welcher Mensch geht freiwillig in den Norden? Dort ist es kalt", sagte er kopfschüttelnd. Mila und Carlo traf er am nächsten Tag. Der Etrusker grinste über das ganze Gesicht, wirkte nicht verärgert. „Wie geht es dir, mein Freund?", fragte er vergnügt. Carlo wirkte entspannt, die neue Beziehung zur jungen Slawin machte ihn zugänglicher. Ramon rieb sich das Kinn. „Oleg hat hart zugeschlagen, dieser Halunke." Mila und Carlo nickten. Die junge Slawin trat zum Asturier und umarmte ihn. „Seit vorgestern bist du in meiner Achtung sehr gestiegen. Wie du diese arroganten, blonden Menschen behandelt hast, das ist gut gewesen. Tofa ist offensichtlich verrückt. Sie will jeden töten, der ihr widerspricht. Du solltest dich von ihr fern halten. Ich denke, die beiden Frauen passen besser zu dir." Mila lebte sich gut ein in die Gruppe, plötzlich machte ihr Leben einen Sinn. Die Männer machten zwar Witze, aber sie behandelten sie respektvoll, dies kannte sie in dieser Form nicht. In der letzten Nacht sagte sie zum Etrusker:" Es ist gut, dass du mich gekauft hast, Carlo. Ich hoffe, du wirst meiner nicht überdrüssig." Doch dieser gefiel sich in der Rolle des Beschützers und Lehrmeisters. Er lehrte ihr Latein, gemeinsam besuchten sie die Bibliothek in Kyiv, um sich Schriften in griechischer Sprache anzusehen. Die Slawen verwendeten neben Griechisch eine eigene Schriftsprache, die auf die Missionare Kyrill und Method zurückführte. Sie wurde an das Griechisch des Reiches der Römer angepasst, beide Geistliche stammten aus Thessaloniki. Die beiden Sprachen wurden parallel gebraucht, dazu gab es Latein, aber dies wurde selten benötigt. Marco drängte auf den Aufbruch, aber der Waräger blieb in diesen Tagen verschwunden. „Wir können ohne ihn nicht fahren, Marco", sagte Carlo. Ramon traf sich trotz Geldmangels mit einer der beiden Frauen, zumindest zeitweilig, aber ohne Geld wies sie ihn ab. „Was ist los mit dir, Asturier? Du verlierst deine Ausstrahlung auf Frauen", sagte Carlo süffisant. Dieser blickte ihn an. „Die Geschichte mit Mila steigt dir in den Kopf, mein Freund. Diese Stadt ist zwar prächtig, aber auch seltsam. Hier werden mehr Menschen verkauft, als im großen Konstantinopel." Der Etrusker nickte nachdenklich. Große Sklavenmärkte befanden sich in Kyiv. Menschen vieler Völker wurden verkauft, hier lag ein riesiger Umschlagplatz für den Mensch als Ware. Sie blickten auf die Menschen mit den stumpfen Blicken, die vermutlich frei geboren wurden und nun als Sklave ihr Dasein fristeten. Marco blickte mitleidig auf die angebotenen Menschen. „Ich finde es gut, dass meine Eltern dies ablehnen. Vielleicht gibt es irgendwann eine Zeit, in der Sklavenhandel ausstirbt. Ich denke, bei einem funktionierenden System müssen Menschen nicht versklavt werden." Mila lächelte. „Leider sind das nur Träume. Es ist leicht, ein wehrloses Dorf als schwer bewaffnete Gruppe anzugreifen. Menschen verhalten sich gegenüber anderen Menschen wie Bestien, dabei wollen sie selbst nicht so behandelt werden." Der Asturier nickte. „Tue nie anderen an, was du selbst nicht willst, dass dir angetan wird." Verblüfft blickte die junge Slawin auf den Asturier. „Das sind nicht meine Worte. Unser Religionsgründer Jesus soll sie gesagt haben, ein wunderbarer Mensch." Sie fragte, ob er die Bibel gelesen habe und Ramon nickte. Milas Blick fiel auf Carlo. „Wir werden eine kaufen, es gibt sie in Latein, vielleicht in Griechisch." Die Slawin lächelte, ihr gefiel die neue Rolle als Begleiterin des Etruskers. Der Mann verstrahlte Ruhe und gab ihr Sicherheit, langsam entwickelten sich Gefühle. „Mila und Carlo, Ornella und Marco, was ist mit mir?", fragte Ramon unschuldig. „Du wechselt gerne, das kann zum Problem werden und zur Einsamkeit führen", sagte Marco. „Du bist jünger als ich. Daher weiß ich mehr vom Leben, Jüngling", antwortete der Asturier kopfschüttelnd. „Marco geht anders an die Sache heran. Er wirkt ruhiger und seriöser", sagte Mila. Ramon hob die Hände. „Ich bin ein vernünftiger Mensch, liebe Mila, zumindest die meiste Zeit." Er wandte sich an Marco. „Ich benötige Geld, Jüngling, um voranzukommen im Leben." Dieser wog den Kopf hin und her. Das meiste Geld war aufgebraucht, aber die Lager waren voll und die Schiffe standen bereit zur Abfahrt. „Wir müssen bald Richtung Süden fahren, zu den Stromschnellen. Ich benötige das Geld für den

Landtransport, Ramon." Auf nochmaliges Bitten ließ sich der junge Mann erweichen und überreichte dem Asturier ein paar Münzen. „Du solltest dir eine Frau suchen, die auf dein Geld aufpasst, mein Freund", sagte Carlo. Dieser winkte ab. Er betrachtete den regen Sklavenmarkt und wollte sich angewidert abwenden. Leider konnte er den Menschen nicht helfen. Der Asturier verstand nicht, warum Menschen diesbezüglich keine Änderung vollzogen. Jeder Mensch wollte frei sein, keiner lebte gerne als Gefangener oder Sklave, aber andere sollten das tun. Selbst die Kirche, auch in Hispanien, hielt viele Sklaven und behandelte sie meistens sehr schlecht, obwohl in der Bibel anderes verlautete. Es ging immer um Macht und Profit. Der Menschenhandel erwies sich als schnellste Möglichkeit, Geld zu beschaffen. Bei guter Organisation wurden hohe Gewinne erzielt. Er dachte daran, dass Männer kastriert wurden, um den Arabern als Eunuchen zu dienen. Sein Körper krampfte sich zusammen beim Gedanken an den Vorgang. Er wollte den Sklavenmarkt verlassen, als lautes Geschrei ertönte. Die Augen der Menschen richteten sich auf die Ursache. Ein Sklavenhändler stritt mit einem blonden, großen Mann. Carlo erkannte Leif. Dieser wurde von zwei Männern begleitet, auch Tofa stand an der Seite ihres Mannes. Ihre Stimme hallte über den Platz. „Für diese verwahrlosten Menschen verlangst du solche horrenden Preise, Bastard?" Ein bulliger Mann stand vor den Wikingern. „Beschimpfe mich nicht, Weib. Ich bin Radomir und stamme aus der stolzen Stadt Kursk. Wenn du nicht kaufen willst, verschwinde!", rief er laut und drohend. Carlo erkannte, dass der Mann gut gesichert schien. Mila zupfte ihn am Ärmel. „Das ist Radomir, der Bandenführer. Jener Mann, der mich beansprucht hat. Die arrogante Tofa sollte vorsichtiger sein. Er befehligt eine große Bande aus Männern vieler Völker und er führt sie wie ein Feldherr." Die Slawin blickte sich vorsichtig um. Carlo erkannte die Furcht in den Augen seiner jungen Gefährtin. Sie wollten sich zurückziehen, aber es erwies sich als zu spät. Eine Stimme ertönte. „Ich grüße dich, liebe Mila. So sehen wir uns wieder. Radomir wird sich freuen." Beide drehten sich um, auch Marco blickte auf den Sprecher. Es handelte sich um Anatoli, den Mann aus Perejaslawl. Er grinste über das ganze Gesicht. Seine beiden Begleiter grinsten ebenfalls. Carlo stellte sich vor Mila, Marco daneben. „Es wird euch nichts helfen. Am besten, du kommst mit uns und entschuldigst dich bei Radomir. Vielleicht verzeiht er dir, vermutlich wird er dich verprügeln, aber es ist besser, als zu sterben." Plötzlich stand Ramon im Rücken der drei Männer. Anatoli spürte ein Messer in seiner Nierengegend. „Deine Bastarde sollen verschwinden, dann wirst du vermutlich überleben. Hast du mich verstanden?", fragte der Asturier. Seine Stimme klang entschlossen und ließ keinen Zweifel daran, dass er zustechen würde. In solchen Momenten handelte der Asturier eiskalt. Anatoli wollte sich umdrehen, aber Ramon drückte die Spitze des Messers in den Körper hinein. Der Slawe spürte den leichten Schmerz, plötzlich erfasste ihn Angst, der Mann in seinem Rücken schien keinen Spaß zu machen. Ramon deutete Carlo, dass sie verschwinden sollten. Der Etrusker nickte und zog Mila mit sich. Plötzlich eskalierte die Szene zwischen den Nordmännern und den Slawen. Ein Begleiter des Sklavenhändlers und ein Schwede gerieten in Streit, die Männer zogen ihre Waffen. Plötzlich steckte ein Messer im Hals des Mannes von Radomir, der Mann fiel röchelnd nach hinten. Alle Anwesenden reagierten verblüfft auf die nicht erwartete Wendung, die wütende Tofa warf das Messer. Radomir, der bullige Dreißigjährige, wirkte zuerst überrascht, dann flog eine Wurfaxt und traf den nächsten Begleiter des Bulligen. Die Nordmänner handelten schnell und brutal, aber einer von ihnen wurde ebenfalls getroffen. Ramon ließ überrascht das Messer sinken. Carlo, Mila und Marco blieben stehen. Anatoli schrie auf und stürmte vorwärts, seine beiden Männer ebenfalls. Der Asturier blickte auf sein Messer, dann erkannte er Oleg unter den Nordmännern. „Verdammt!", rief er laut und folgte Anatoli. Plötzlich herrschte ein großes Gedränge, offensichtlich platzierte der Bullige seine Männer zuvor an verschiedenen Positionen am Markt. Es handelte sich um gefährliche Männer. Carlo erkannte kleinere mit Bärten und Kopfbedeckungen, ähnlich den Kufiya der Berber und Araber. Der Ansturm von Anatoli und seinen beiden Begleitern verschlimmerte die Situation für die Nordmänner. Ramon folgte ihnen, weil er Oleg unterstützten wollte und geriet zwischen die Fronten. Die Menschen verließen fluchtartig den Platz am Sklavenmarkt, der Asturier suchte in der allgemeinen Unordnung nach Oleg. Leider fiel Tofas Blick auf ihn, die beiden erfassten sich. Er erkannte den Zorn der Frau. Sie handelte unglaublich schnell und warf ihre Wurfaxt. Mit einer blitzschnellen Bewegung konnte er den Kopf einziehen, die Axt streifte über seine Haare und blieb im Holz des Pfahls stecken, an dem die Ketten für die Sklaven angebracht waren. „Dieses verdammte Weib will mich töten!", schrie er nach einem kurzen Schreckmoment und übertönte die anderen Beteiligten am Kampf, der sich ausweitete, ein zweier Waräger ging zu Boden. Plötzlich erschallte ein Horn. Eine Truppe gut gerüsteter Soldaten erschien unter dem Kommando eines hellhaarigen Hünen, der sich mit einigen Männern in die Mitte zwischen den Streitparteien stellte. Furchtlos zog er sein Schwert und hielt es in die Höhe. Ein lauter Schrei ertönte. „In dieser Stadt wird nicht gekämpft!", rief der Hüne im Befehlston. Er besaß Ähnlichkeit mit Leif, nur besaß er etwas dünklere Haare und trug einen Vollbart. Die Männer der Streitparteien senkten ihre Waffen. „Was ist hier los?", fragte der Hüne laut. Er blickte sich um und sah vier tote Männer am Platz liegen, darunter zwei Waräger. Oleg, Leif und Tofa schienen unverletzt zu sein, auch der Rest von Radomirs Gruppe zeigte keine äußerlichen Verletzungen. Der Kursker ergriff das Wort und zeigte auf Tofa. „Dieses Weib wagt es, mich zu beleidigen. Was ist das für eine Stadt, in der eine Frau einem Mann etwas zu sagen hat? Sie hat einen meiner treuen Männer getötet. Man sollte sie verbrennen, sie ist des Teufels!", schrie er laut. Der Mann konnte Ansprachen halten, vermutlich machte er dies als Bandenanführer ständig. Er erhielt zustimmendes Gemurmel, offensichtlich schien die blonde Tofa bekannt zu sein. Da die Unterhaltung in Griechisch geführt wurde, verstand Ramon alles. Der Hüne blickte auf den Bulligen, ihre Blicke trafen sich. Es handelte sich um harte Männer, die es gewohnt waren, andere zu befehligen. „Du sorgst immer für Unruhe. Ich habe dich bereits gewarnt, Radomir. Großfürst Jaroslaw will Ruhe in der Stadt haben, hier herrscht Ordnung, die Bewohner verlangen Sicherheit. Deine ständigen Konflikte sind nicht mehr länger zu erdulden. Du erhältst Stadtverbot. Nimm deine Männer und Sklaven und verlasse

Kyiv!" Der Bullige blickte sich um, seine Männer warteten auf seine Befehle, aber mittlerweile trafen Bogenschützen ein, die die Umgebung sicherten, zudem noch mehr Soldaten. Die Truppen schienen gedrillt und gut geführt zu sein. Der Bullige nickte langsam. „Deine nordischen Freunde dürfen sich alles erlauben, Sigfrod, aber ich brauche diese Stadt nicht." Er wollte sich abwenden und nickte seinem Bruder Anatoli zu. „Mila ist in der Stadt, gemeinsam mit den Bastarden, die sie mitgenommen haben", sagte dieser. Radomir riss überrascht die Augen auf. Anatoli zeigte auf Ramon, der sich beim Holzpfahl befand. „Dieser Fremde wollte mich töten. Gemeinsam mit seinen Freunden hat er in Perejaslawl eine Sklavin gestohlen, die meinem Bruder gehört!", rief er laut. Die Situation nahm eine neue Wendung, alle Blicke richteten sich auf den Asturier, der sich nicht beeindrucken ließ. „Der Mann lügt, wenn er den Mund aufmacht. Er ist sicher bekannt als Geschichtenerzähler", antwortete er laut. Anschließend zeigte er auf die blonde Tofa. „Aber ich gebe dem anderen Mann recht. Dieses Weib wollte mich ebenfalls töten!" Er zeigte auf die Wurfaxt, die im Pfahl steckte. Sigfrod wandte sich an Tofa. „Du sorgst ständig für Unruhe. Es ist gut, dass du mit meinem Vetter nach Norden gehst. Wolltest du diesen Mann töten?" Sie zuckte mit den Schultern. „Er hat mich angegriffen und ist nicht viel wert, wie viele Männer", antwortete sie laut. In der Menge befanden sich zum größten Teil Männer, die erbost reagierten, Schimpfwörter folgten. Radomir hob unschuldig seine Hände. „Ich habe es gesagt, dass dieses Weib des Teufels ist. Der Fremde gibt mir recht, das ist gut. Obwohl ich meine Sklavin zurückfordere, die er mir gestohlen hat!", rief er mit lauter Stimme.

Plötzlich griff Carlo ein. „Sie gehört mir!" Die Menge drehte sich zu ihm. Der Hüne schüttelte den Kopf. „Was ist denn heute los in dieser Stadt? Wer bist du?" Der Etrusker erzählte vom Geschäft mit dem Gastwirt in Perejaslawl. Er wies auf Mila, die neben ihm stand, auch Marco gesellte sich dazu. Alle bestätigten die Angaben, Ramon und Oleg ebenfalls. „Die Fremden lügen. Mila ist mein Besitz!", rief der bullige Radomir. Sigfrod überlegte. „Nun, du bist nicht bekannt als ehrlicher Mann in dieser Region, aber Geschäft ist Geschäft. Kannst du es beweisen?", fragte er den Bulligen, dessen Männer bestätigten die Angaben. „Wir werden zuerst dieses Problem lösen. Es steht Aussage gegen Aussage, das ist schwierig." Sigfrod überlegte. Radomir galt als brutaler Bandenführer und Sklavenhändler, aber er war einer von vielen. Zwei Kaufleute erhoben das Wort, die Marco und Oleg kannten. Schlussendlich gab ein Schriftstück den Ausschlag, denn Carlo ließ sich das Geschäft vom Kommandanten Jurij in Perejaslawl auf einem Pergament bestätigen. Sigfrod nickte, er kannte Jurij. Sein Blick fiel auf Radomir. „Dieses Schriftstück beweist, dass die Frau diesem Mann gehört. Du bist als Lügner entlarvt worden, Radomir. Das verschlechtert deine Position in der anderen Causa." Sigfrods Blick fiel auf den Bulligen. „Diese blonde Frau entstammt der Oberschicht unseres Volkes. Sie mag wild sein, aber sie heiratet meinen Vetter. Ich denke, dass sie sich gewehrt hat. Wie siehst du das, Leif?" Dieser ergriff das Wort. „Diese Männer haben Tofa ständig beleidigt, sie verhalten sich wie Tiere. Ihre Sklaven stellen minderwertiges Gesindel dar", antwortete er arrogant. Radomirs Augen verengten sich, aber es blieb ihm in der Situation nichts anderes übrig, als ruhig zu bleiben. Die Brüder blickten sich an, sie verstanden einander ohne Worte. Der Slawe nickte, noch einmal ergriff er das Wort. „Ihr verdammten Nordmänner haltet euch für Götter, aber die Slawen übertreffen euch in allen Belangen, auch die anderen Völker dieses wunderbaren Landes. Irgendwann wird es euch nicht mehr geben, ein Tag zum Feiern für alle Menschen in dieser Region." Sigfrods Augen verengten sich. „Wage es nicht, deine Herrn zu beleidigen, Radomir!" Seine Stimme hallte über den Platz. Er blickte sich um, seine Männer befanden sich in einer guten Position. Der Bullige verfügte aber noch immer über zehn Männer, die den Ruf besaßen, gute Kämpfer zu sein. Er wollte es nicht übertreiben. „Ein Angebot zur Güte. Nimm die beiden Toten und verschwinde mit deiner Bande aus der Stadt. Kehre nach Kursk zurück und komm nie wieder!" Radomir und Sigfrod blickten einander in die Augen, der Hüne sah den Hass in den Augen des Slawen. Aber dieser schien ein Mann zu sein, der überlegt handelte, deshalb war er vermutlich ein erfolgreicher Bandenführer. Radomir nickte seinen Männern zu, die die bemitleidenswerten Sklaven mitnahmen. Soldaten begleiteten den Tross zum Stadttor. Mila hob stolz den Kopf, als der Blick des Bulligen sie erfasste. „Wir sehen uns wieder, Mila. Das ist dir hoffentlich klar." Ramon trat zu Carlo. „Wir sollten ihnen folgen und die beiden Brüder töten. Dann wäre es erledigt, Carlo. Wahrscheinlich rechnen sie nicht damit." Der Etrusker nickte und überlegte, aber dann schüttelte der den Kopf. „Radomirs Gebiet liegt im Osten und erstreckt sich bis zum Fluss. Er kommt nicht nach Süden, nicht wegen einer Frau. Wir werden bald abfahren, am Fluss passiert nichts. Bis zu diesem Zeitpunkt müssen wir aufpassen. Mila wird uns begleiten." Der Asturier hob den Kopf und schlug dem Etrusker auf die Schultern. Er schien wieder guter Laune zu sein. „Auf seine alten Tage besorgt er sich eine junge, schöne Frau. Das ist ein guter Gedanke, auch für mich", sagte er laut. Plötzlich wurden sie von Soldaten umringt, die grimmig auf die Gruppe blickten. Der Hüne Sigfrod trat zu ihnen. „Wir brauchen keine Unruhestifter in dieser Stadt. Ich habe gehört, eure Abfahrt steht bevor. Leif wird euch helfen, eure Boote zu beladen, die Pferde kommen auf ein größeres Schiff. Es ist alles bezahlt nach meinen Informationen. Geht zurück nach Konstantinopel!" Sigfrods Stimme besaß einen Befehlston, der sowohl Ramon als auch Carlo verärgerte. „Es ist alles rechtmäßig erfolgt, angesehene Kaufleute haben für uns gesprochen. Mein Freund wollte Oleg helfen, mehr haben wir nicht gemacht." Sigfrod blickte arrogant auf den kleineren Mann, sein Vetter Leif nahm eine ähnliche Haltung ein. Ramons Gesicht verzog sich zu einem Lächeln. „Dieser Bulle hat recht, ihr seid ein arrogantes Pack. Dieses Weib ist die Schlimmste." Er brach ab und wandte sich an Oleg. „Was ist mit deinen Leuten los? Du bist gänzlich anders", sagte er laut und schüttelte den Kopf. Die Blicke von Sigfrod und Leif verfinsterten sich, ihre Hände lagen auf den Schwertknäufen. „Lasst euch von diesem Gesindel nicht provozieren", ertönte die Stimme der blonden Tofa. Der Asturier blickte die Frau an, plötzlich erschien ein Grinsen in seinem Gesicht. „Das Teufelsweib hat gesprochen, werte Untergebene!", rief er in pathetischem Ton. Ihr Gesicht wurde rot vor Zorn, sie bekam sich nicht unter Kontrolle. Mila schmunzelte im Hintergrund. Leif zog sein Schwert. Ramon erschien unbeeindruckt. Er trat einen

Schritt zurück, um Raum zwischen seinem möglichen Gegner und ihm zu schaffen. „Größe und Breite ist nicht mit Stärke gleichzusetzen, Nordmänner. Ihr benehmt euch wie die Normannen in Sizilien, aber das liegt vermutlich an den gemeinsamen Wurzeln. In Walhalla, wo die Helden ein ewiges Leben führen!", rief er pathetisch und laut, die Umstehenden lachten. Sigfrod blickte sich um. „Halt den Mund, Fremder, und spotte nicht über unsere Götter." Der Asturier grinste. „Ich habe gedacht, ihr betet den Gott der Christen an, aber vermutlich habe ich mich getäuscht. Wie auch immer, wir können es hier austragen, ihr Götter", sagte er hart. Diesmal wirkte sein Gesicht entschlossen, die Sache durchzuziehen. Oleg schüttelte den Kopf. „Halt den Mund, Schwätzer! Du beleidigst uns ständig. Geht nach Hause!" Überrascht blickte ihn Ramon an. „Ich habe gedacht, du gehst mit. Wir haben auf dich gewartet." Der Waräger schüttelte den Kopf, er wirkte verändert. Die Nähe zu seiner Familie und den anderen Nordmännern in seiner Heimat beeinflussten seine bisherige, tolerante Haltung zu anderen Menschen. „Ich bleibe hier! Nächsten Frühjahr werde ich nach Konstantinopel reisen. Lasst meine Frau grüßen!" Der Asturier blickte auf Carlo, dann zuckte er mit den Schultern. Er wandte sich an Oleg. „Wir werden gehen, aber bitte nimm keinen deiner Leute mit in diese schöne Stadt, vor allem nicht deine verrückte Schwester. Ganz ehrlich, ihr seid nicht normal", sagte er laut. Langsam wurde es brenzlich, denn Sigfrods Blick ließ nichts Gutes erahnen. Auch der Etrusker wirkte entschlossen, aber Mila rettete die Situation. „Lass uns gehen, Carlo. Es ist ihre Stadt, ich freue mich auf Konstantinopel", sagte sie leise. Er blickte sich um, Marco nickte zu

Milas Worten. Die Freunde entspannten sich und verließen gemeinsam den Platz ohne ein weiteres Wort. Leif blickte ihnen kopfschüttelnd nach. Vorwurfsvoll fiel sein Blick auf Oleg. „Die große Stadt im Reich der Römer tut dir nicht gut, Schwager. Du gibst dich mit minderwertigen Menschen ab", sagte er arrogant. „Ich habe mit ihm darüber gesprochen, er sieht es nicht ein", sagte Tofa anklagend. Sigfrod hielt sich heraus und schüttelte verständnislos den Kopf. „Sie haben geglaubt, uns schlagen zu können. Es ist unglaublich, wie vermessen manche Menschen sind. Ich halte es aber nicht für notwendig, Blut zu vergießen, auch wenn es sich um solche Tölpel handelt." Oleg hörte sich alles an. Es tat ihm leid, dass er sich gegen seine Freunde stellte, aber die Bande der Familie erwiesen sich als stärker. „Es wäre euer Blut geflossen. Diese beiden Männer sind die schnellsten Kämpfer, die ich kenne. Tofa hätte einen anderen Mann heiraten müssen", sagte er laut. Sigfrod blickte ihn ungläubig an. „Dieser Mann ist ein Säufer und Hurenbock, der andere wirkt unscheinbar, Bruder. Ich weiß nicht, gegen wen sie gekämpft haben, aber du irrst dich bestimmt", entgegnete seine Schwester. Oleg dachte an Syrakus. „Sie sind aus einem Gefängnis der Berber entkommen, haben arabische und normannische Elitekrieger eliminiert. Der Asturier hat seinem König als Spion und ausgewählter Kundschafter gedient, der andere ist der bekannteste Auftragsmörder Italiens. Lassen wir die Diskussion, sie werden gehen", sagte Oleg abschließend, dann wandte er sich ab und schlug die Richtung zu seinem Pferd ein. Die anderen drei blickten ihm nach. „Es sind beides Auftragsmörder, diese Leute können gefährlich werden. Wir werden sie beobachten lassen, um sicherzugehen", sagte

Sigfrod abschließend. Danach ließ der Hüne seine Soldaten abmarschieren, ein Trupp blieb vor Ort, um die Lage am Sklavenmarkt zu sichern.

4.
November 1045 bis Jänner 1046

Am Beginn des elften Monats nach dem Julianischen Kalender standen die Boote bereit, um nach Süden aufzubrechen. Sie blieben vorsichtig und verließen die Stadt nur gemeinsam. In der letzten Nacht wurde Carlo durch ein Geräusch geweckt. Mila schlief friedlich neben ihm. Die Boote im Hafen wurden bewacht, aber die Unterkunft mussten sie selbst sichern. Die Bande von Radomir konnte ebenso feindselige Aktionen veranlassen wie der arrogante Sigfrod, die Freunde trauten ihm nicht. Ramon wartete bereits, der Etrusker lächelte. Wenn es darauf ankam, konnte sich jeder Freund auf den Asturier verlassen. Er weckte Marco. „Geh zu Mila und beschütze sie, wenn es notwendig ist", sagte Carlo leise. Der junge Mann nickte und betrat das Zimmer von Mila. Diese schien bereits wach zu sein. Sie kleidete sich an, er erkannte die Umrisse des nackten Körpers der jungen Frau. „Es wird Zeit, dass du zu deiner Ornella zurückkehrst, Marco." Er entschuldigte sich, sie winkte ab. „Das ist in Ordnung, aber dieser Körper wird nur mehr einen Mann zur Verfügung stehen", sagte sie lächelnd. „Wenn sie mich wieder gefangen nehmen, werde ich mich töten. Ich kann nicht mehr das gleiche Leben wie früher führen. Carlo hat mir eine neue, gute Perspektive gegeben. Es ist ein schönes Gefühl, mit einem Mann zu schlafen, den man liebt", sagte die junge Frau leise. Sie verstummten und horchten auf die Geräusche in der Umgebung. Mila hielt ein Messer in der Hand. Sie konnte damit umgehen, wuchs in einer harten Welt auf. Zwischenzeitlich schlichen die Freunde durch das Haus, dessen Zimmer für Gäste im Obergeschoss lagen. Sie kontrollierten zuvor den Gangbereich, aber dort gab es keine Fenster. Mögliche Angreifer konnten nur über das Erdgeschoss kommen. Beide dachten an den bulligen Radomir, seit dem Zwischenfall vergingen einige Tage. Sie schätzten ihn als gefährlichen Mann ein, der offensichtlich eine große Bande aus Kriegern verschiedener Völker befehligte. Es handelte sich um Einzelgänger, Söldner, Herumtreiber und Ausgestoßene, die sich um den Slawen sammelten. Nach Erzählungen verdienten sie ihr Geld mit Sklaven und Raubzügen. Es gab große Transportkarawannen, die ein lohnendes Ziel darstellten. Für die einen stellten sie Räuber und Mörder dar, für die Menschen in ihrer Heimat erfolgreiche Männer, die Geld und Waren nach Hause brachten. Es kam immer auf die Sichtweisen an. Der Slawe präsentierte sich als stolzer Mann während des Streits, zudem zeigte er sich besitzergreifend, alles Eigenschaften, die ihn erfolgreich, aber auch gefährlich machten. Mila befand sich in Gefahr, weil sie sich ihm verweigerte. Radomir besaß sicher viele Frauen, aber beanspruchte jede Einzelne als seinen Besitz. Er handelte wie viele mächtige Männer. Es ging nur darum, Mila zu bestrafen, um seinen Ruf als unumschränkter Herrscher über seinen Besitz wiederherzustellen. So sah nach Einschätzung von Carlo die Weltsicht dieses bulligen Slawen aus. Andererseits wurde er von den Nordmännern gedemütigt und musste vor den Augen vieler Menschen nachgeben. Seine Hauptregion lag im Osten in der Umgebung von Kursk. Es diente als Grenzfestung der Rurikiden und stellte ein Fürstentum dar, das dem Kiewer Großfürsten unterstellt war. Radomir wurde am Dnepr gedemütigt, er würde sich vermutlich nach Osten zurückziehen. Aber es gab keinen Grund, vor dem Abzug nicht einen gewagten Überfall durchzuführen. Immer mehr gelangte Carlo zur Erkenntnis, dass der bullige Slawe einen gewinnbringenden Raubzug in der Gegend durchführen würde. Er sprach in den letzten Tagen mit Ramon darüber, auch dieser neigte zu dieser Ansicht. Der Asturier verhielt sich in diesen Tagen sehr diszipliniert, er kannte die Risiken. „Ich freue mich auf Konstantinopel. Kyiv ist eine prächtige Stadt, aber manche Bewohner sind nicht auszuhalten." Auch sein etruskischer Freund wollte die Gegend so schnell als möglich verlassen. „Die reiche Familie von Oleg besitzt außerhalb von Kyiv in einem Dorf ein großes Anwesen. Wenn ich mich rächen und gleichzeitig Beute machen will, erscheint mir ein Überfall auf diese Familie naheliegend", sagte der Etrusker nachdenklich. Ramon zuckte mit den Schultern. „Das geht uns nichts an, Carlo. Sie halten sich für die größten Kämpfer aller Zeiten und würden unseren Einschätzungen nicht glauben. Die Überheblichkeit ist ihre große Schwäche. Aber ich denke, sie sind vorbereitet auf einen Überfall. Es muss sich um eine große, bestens organisierte Bande handeln, die ein solches Anwesen angreift." In dieser Nacht positionierten sie sich im Haus, um eventuelle Angreifer abfangen zu können. Der Unterkunftgeber schlief im Haupthaus, die Männer warteten geduldig. Die Geräusche von vorhin konnten einfache Gründe haben, aber ihre Instinkte schlugen an und sie täuschten sich nicht. Vor dem Eingang knarrte Holz, ruhig blieben die beiden sitzen. Ramon befand sich in der Nähe der Eingangstür. Carlo sicherte die Treppe. Der Asturier hielt seine Axt und sein langes Messer bereit. Die Tür wurde leise geöffnet. Es handelte sich um erfahrene Männer, die den Raum betraten. Ramon und Carlo atmeten ruhig und verhielten sich unauffällig. Insgesamt betraten vier Männer in schnellem Tempo den Raum, dann schlug der Asturier zu und spaltete mit der Axt den Kopf des letzten Mannes. Schreie setzten ein, die Angreifer reagierten blitzschnell. Es handelte sich um kleinere Männer, die Sprache kannte der Asturier nicht. Sie erwiesen sich als sehr flink, obwohl Carlo einen zweiten Mann ausschalten konnte. Doch die beiden anderen Angreifer wehrten sich verbissen. Ramons Ärmel wurde aufgeschlitzt, eine Axt traf fast sein Ohr. Er stolperte gegen die Wand und griff sofort wieder an. Zwischenzeitlich tötete Carlo den dritten Angreifer, der röchelnd niedersank. Der letzte Überlebende schrie auf, seine Augen glühten. Keiner verstand die Sprache. Wild attackierte er Ramon, der sich erfolgreich zur Wehr setzte. Carlo griff ein. Der Mann schrie lautstark, trieb den Asturier zurück und stieß die Tür auf. Er eilte nach draußen. Ramon folgte ihm unverzüglich. Plötzlich schlugen seine Instinkte an, er ließ sich fallen. Ein Pfeil surrte knapp vorbei und schlug in die Tür ein. Er lag am Boden und bot kein gutes Ziel mehr. Zwei Stimmen sprachen in einer fremden Sprache, dann verstummten sie. Carlos Stimme ertönte. „Wie geht es dir, mein Freund?" Ramon zog sich am Boden liegend in den Raum zurück und verschloss die Tür. Der Etrusker untersuchte die Toten, ging danach in das Obergeschoss, wo ihn Mila freudig empfing. „Gott sei Dank! Ich will dich nicht verlieren, Carlo. Es würde schmerzen, wenn du nicht mehr bist." Die junge Frau umarmte den Etrusker und küsste ihn innig. Marco ging zwischenzeitlich nach unten. „Wo ist Carlo?", fragte der Asturier. Er behandelte eine oberflächliche Wunde am Arm mit einem Tuch. „Mila lässt ihn nicht los. Ich denke, sie liebt ihn sehr", antwortete der junge Mann. Trotz der Situation musste Ramon grinsen. „Dieser alte Haudegen erhält seinen verdienten Lohn, aber es ist ihm zu vergönnen", sagte er leise. Carlo kam mit Mia in das Erdgeschoss. Sie durchsuchten die Toten und nahmen die Waffen und das vorhandene Geld an sich. Sie warteten länger, aber es rührte sich außerhalb nichts mehr. Als sie das Gefühl besaßen, dass keine Gefahr mehr drohte, brachten sie die Toten hinaus. Sie legten sie in einen Graben und verschwanden schnell, um diese Nachtzeit herrschte Ruhe in Kyiv. Marco atmete schwer nach dem Transport. „Du musst mehr trainieren, Jüngling. Ansonsten schaffst du Ornella nicht", sagte Ramon süffisant. „Warum hast du immer dieselbe Sache im Kopf?", fragte der junge Mann ärgerlich. „Es handelt sich um die schönste Sache der Welt, es fühlt sich viel besser an als zu kämpfen. Denke an die gute Ornella und eure Liebesnacht. Das ist doch großartig, oder nicht?" Marco grinste plötzlich und schlug Ramon auf die Schulter. „Auf alle Fälle ist es das und ich freue mich darauf", antwortete er laut. Mila schüttelte den Kopf. Danach ebbte die Unterhaltung ab. Sie kleideten sich vollständig an und verbrachten die restliche Nacht im Dämmerschlaf. Die Freunde wollten sehr früh zu den Booten, um den Transport zu sichern. Möglicherweise plante Radomir einen weiteren Angriff, der Mann bewies Schnelligkeit und seine Männer erwiesen sich als sehr fähig. Nur das Überraschungsmoment rettete der Gruppe das Leben. „Ich habe die Sprache nicht verstanden", sagte Ramon. „Es sind vermutlich Kumanen, sie werden auch Kiptschaken genannt. Sie kommen aus dem weiten Osten, dort gibt es viele ähnliche Steppenvölker. Sie gehören zu den

Oghusen. Einzelne Horden streifen bereits um Kursk. Aber es sollen viel mehr kommen, sie sind aggressiver und wilder als die Petschenegen", erzählte Mila. Überrascht blickten die Männer die junge Frau an. „Was ist los? Ich habe mit einigen Männern geschlafen, sie erzählen viel dabei. Radomir hat von den Kumanen geschwärmt, sein Stellvertreter kommt aus diesem Volk. Der flüchtige Mann ist vermutlich Otrok gewesen, einer der Toten ist dessen Bruder. Ich kenne sie aus einem Lager in der Nähe von Perejaslawl. Dort habe ich einige Zeit gelebt. Radomir ist sich aber selbst nicht sicher gewesen, ob sich seine Männer während seiner Abwesenheit nicht an seinem Besitz vergreifen. Deshalb hat er mich an den Gastwirt verkauft und mich besucht." Carlo blickte die junge Frau lächelnd an, sie veränderte sein Leben in den letzten Wochen nachhaltig. Sie erwies sich als loyal und hingebungsvoll und erinnerte ihn an Pia, seine verstorbene Frau. Zum ersten Mal seit dem Tod seiner Familie sah er wieder eine Zukunft vor sich, obwohl ihn seine Vergangenheit jederzeit einholen konnte. Aber in Konstantinopel gab es Sicherheit für Mila. Der Morgen brach an und sie packten alles zusammen, der Unterkunftgeber wurde bereits bezahlt. Im Hafen von Kyiv herrschte noch kein großer Betrieb, ihre gemieteten Boote lagen vor Anker, befüllt mit vielen Waren, vor allem wertvollen Fellen. Die Ruderer warteten auf den Befehl zur Abfahrt. Jetzt mussten sie die Güter nur mehr nach Konstantinopel bringen, um Gewinn damit zu machen. Die Pferde wurden in ein größeres Schiff gebracht. Gegen Mittag wollten sie losfahren, sorgfältig wurde die Umgebung beobachtet. Die Temperaturen erwiesen sich bereits als sehr kalt in diesem Monat. Wenn sie Glück hatten, gab es nicht viel Niederschlag, da dieser die Landwege neben den Strom-schnellen erschweren würde, aber es sah gut aus. Kurz vor der Abfahrt ritt ein Mann im Galopp in den Hafen, es handelte sich um Oleg. Überrascht blickten die Männer auf den Ankömmling. „Sei gegrüßt, alter Freund, oder kommst du als Feind?", fragte der Asturier süffisant. Dieser sprang vom Pferd und ging auf die Worte nicht ein. Er wirkte gehetzt und wies ein paar Wunden auf, sein Ohr zeigte Blutspuren, als ob ein Pfeil daran vorbeigesurrt wäre. „Ich habe nicht viel Zeit, aber hört mich an. Es geht um meine Familie." In Carlo keimte ein Verdacht auf. Oleg erzählte vom Überfall einer starken Bande auf das Anwesen seiner Familie vor einigen Tagen. „Radomirs Bande ist über uns gekommen wie ein Unheil. Petschenegen, Kumanen, Slawen, sie sind nicht aufzuhalten gewesen. Wir haben uns gewehrt, die Frauen eingesperrt, aber wir konnten nicht verhindern, dass sie unser Geld gestohlen haben." Er unterbrach seine Erzählung, plötzlich standen Tränen in den Augen des großen Mannes. Er ballte ohnmächtig die Fäuste. „Sie sind alle tot, Mutter, Vater, fast alle Krieger. Die Bande hat gewütet wie ein Wirbelwind, die meisten Krieger sind Kumanen gewesen. Wilde Bastarde mit unglaublichen Fertigkeiten." Oleg erzählte, dass die Bande abgezogen wäre, nachdem auch diese einige Verluste beklagte. Carlo blickte auf Ramon, ihre Einschätzungen wurden bestätigt. Der Slawe Radomir handelte sehr schnell und organisiert, der Überfall auf das Haus ihres Unterkunftgebers stellte den letzten Schritt in seinem Plan dar. Dieser misslang, aber der Beutezug gestaltete sich erfolgreich. „Tofa ist entführt worden, wir haben sie nicht gefunden", sagte Oleg und blickte auf die Freunde. Diese schienen von der

Nachricht unbeeindruckt zu sein. „Ich hoffe, ihr Mann hat die Verfolgung aufgenommen", sagte der Asturier. Oleg legte den Kopf in seine Hände. Er schien Mühe zu haben, die zurückliegenden Ereignisse zu verkraften. „Wir haben schnell gehandelt und die Bande verfolgt. Sigfrod, Leif und ich sind gemeinsam mit einem großen Trupp hinterhergeritten." Der Waräger brach ab, er schüttelte den Kopf. „Wir haben nicht damit gerechnet, dass sie sofort wieder zuschlagen werden", sagte er resignierend. Ramon lachte plötzlich. „Die großen Nordmänner reiten blindlings in eine Falle." Carlo blickte ihn an. „Halt den Mund! Deine Bemerkungen sind fehl am Platz, Ramon!", sagte er ärgerlich. Der Asturier hob entschuldigend seine Hände. „Was ist passiert, Oleg?" Der Waräger blickte erstarrt auf den Fluss, als er an die Ereignisse dachte. „Sie haben uns mit einem Pfeilhagel eingedeckt, es sind ausgezeichnete Bogenschützen. Leif ist in den Hals getroffen worden, mehrere Pfeile erwischten ihn. Sigfrod und die Überlebenden konnten sich in Sicherheit bringen, er selbst ist schwer verletzt. Mehrere Pfeile haben ihn getroffen, aber er lebt." Oleg brach erneut ab, offensichtlich ging er aus der Attacke als Einziger ohne größeren Wunden heraus. Er erzählte davon, wie Radomir die Überlebenden verhöhnte. „Was ist mit den großartigen Nordmännern? Sie sind wie Tölpel in die Falle geritten. Ich lasse euch am Leben, da ich ein zuvorkommender Mensch bin. Wenn ihr mich verfolgt, werde ich euch alle töten. Die blonde Frau verkaufe ich im Osten, die Kiptschakenfürsten zahlen hohe Preise dafür!" Danach verschwand der Slawe mit seiner Horde, der Beute und Tofa. „Sigfrod hat die Verfolgung abgebrochen. Es gibt auch keine Überlegungen, Radomir nach Osten zu folgen. In der Gegend von Kursk ist er bekannt und wird als großer Anführer verehrt. Aber ich kann Tofa nicht den Kumanen überlassen, sie steht es nicht durch." Ramon blickte erschüttert auf seinen Freund, der an einem Tag seine Familie verlor. „Was wirst du machen, Oleg?" Der Waräger blickte die Männer an. „Ich werde Tofa zurückholen, sie ist die letzte Überlebende meiner Familie. Aber ich brauche Unterstützung, allein schaffe ich es nicht. Sigfrod gibt mir keine Männer mit, unsere sind alle tot oder verletzt." Sie wussten, was das hieß und kannten jetzt den Grund seines Aufsuchens. „Wir werden dir natürlich helfen und mitkommen", sagte der Etrusker spontan. Mila riss erschrocken die Augen auf. „Warum willst du in den Osten gehen, Carlo? Wir haben darüber gesprochen, nach Konstantinopel zu gehen. Du willst mich heiraten", sagte sie laut. Plötzlich zitterte die junge Slawin, ihre Vorstellung einer schönen Zukunft brach zusammen. Der Angesprochene schüttelte den Kopf. „Ich kann ihn nicht allein nach Osten gehen lassen, Mila. Er braucht Hilfe gegen diese Bande. Tofa ist seine Schwester." Mila trat mit dem Fuß auf. „Diese Frau hat uns als Gesindel bezeichnet. Sie ist nicht viel wert, auch wenn Oleg dein Freund ist. Du bist nicht mehr allein in dieser Welt. Wir haben schöne Jahre vor uns in der großen Stadt, ich freue mich darauf. Zählt das nicht mehr als die Ehre eines Kriegers?" Sie blickte ihn an, aber seine Augen blieben ausdruckslos. Plötzlich standen Tränen in den Augen der jungen Slawin. „Sie ist arrogant und wird erfahren, was es heißt, ein schlechtes Leben zu führen. Ich musste es von Kindheit an erdulden. Zum ersten Mal verspüre ich ein gutes Gefühl und freue mich auf ein lebenswertes Leben und jetzt willst du einer

Frau helfen, die uns als Gesindel bezeichnet hat. Wenn sie stark genug ist, wird sie überleben!", schrie die junge Frau, die Umstehenden blickten auf. „Es ist genug, Mila!", rief der Etrusker, ihm ging die Sache sehr nahe. Auch sein Ziel lag in Konstantinopel. Er freute sich darauf, aber ein Freund bat um Hilfe und es lag in seinem Selbstverständnis, diesem zu helfen, auch bei Todesgefahr. Ramon beobachtete die Szene. Er wandte sich an Oleg. „Tofa ist die Schwester. Deine Frau Ethia wartet mit euren Kindern in der Stadt. Diese Familie erscheint mir wichtiger als deine Schwester. Ich kann diese Frau nicht leiden, aber du bist Familienvater. Diese Familie zählt mehr als deine Geschwister." Oleg blickte den Asturier lange an, sein Kopf senkte sich. „Ich kann nicht anders handeln. Ethia wird es verstehen. Durch meine Einsätze bin ich oft lange weggeblieben, sie wird einen anderen Mann finden. Ein guter Bekannter kümmert sich in meiner Abwesenheit oft um sie. Ich denke, dass dieser Mann ihr nahesteht. Er kennt meine Kinder besser als ich. Das ist die bittere Wahrheit eines bezahlten Kriegers." Bedauernd blickten die Männer auf den vom Schicksal gebeutelten Waräger. Er blickte auf Carlo. „Mila hat recht. Es wäre zu vermessen von mir, dich mitzunehmen in eine ungewisse Zukunft. Ich muss dies machen und spüre gleichzeitig, dass es mein letzter Kampf wird. Vermutlich verstehst du mich, Carlo?" Der Etrusker nickte. „Ich habe dies öfter gedacht, aber ich lebe noch immer. Du kannst zurückkommen, mit einem guten Plan können wir es schaffen." Verbittert blickte Mila auf ihren Gefährten, ihre Zukunft zerbrach gerade an den Ufern des Dnepr. Marco hielt sich heraus, er musste nach Konstantinopel zurückkehren. Es machte sich bei ihm aber Unbehagen breit, als er an die Gefahren des Transports dachte. Bis jetzt umgaben ihn erfahrene Männer. Aber es sah danach aus, als ob Oleg, Carlo und Ramon nach Osten gehen würden. Der Asturier blickte in den Himmel, sein Entschluss stand fest. Er erhob sich langsam und blickte auf den Etrusker. „Du hast Mila versprochen, sie zu heiraten. Nach dem Tod von Pia, Serena und Lucius gibt es für dich die Möglichkeit, ein gutes Leben zu führen, wie damals in der Toskana. Die Zeit des Kämpfens ist für dich vorbei. Deine Aufgabe liegt darin, deine junge Frau zu beschützen. Sie wird dir vermutlich Kinder schenken, diese Gelegenheit musst du nutzen." Ramon unterbrach seine Ansprache. Mila blickte ihn überrascht an, auch Marco hörte aufmerksam zu. Carlo wollte etwas sagen. „Halt den Mund, Etrusker, und höre zu!", sagte der Asturier laut. „Es besteht aufgrund deiner Vergangenheit natürlich ein Risiko für Mila und dich, aber eine bessere Gelegenheit wird es nie mehr geben für den heimatlosen Etrusker. Gott bietet dir die Möglichkeit, ein neues Leben zu beginnen und ich denke, Pia und deine Kinder werden sich das wünschen für dich." Wieder unterbrach der Asturier und blickte lächelnd in den Himmel. „Es gibt Stimmen, die sagen, dass Seelen von Toten zurückkehren und sich einen neuen Körper suchen. Es kann sein, dass deine Familie in deinen Kindern mit Mila wieder zum Leben erwacht, mein Freund. Deine Aufgabe liegt in Zukunft darin, auf diese Menschen zu achten. Zudem musst du Marco beim Transport der Waren unterstützen, er benötigt noch Hilfe. Emilia und Nael würden es dir nie verzeihen, dass du dein Wort gebrochen hast, auf ihn aufzupassen." Carlo blickte seinen Freund lange an. Sein Blick fiel auf Mila, in deren Augen wieder ein

Hoffnungsschimmer lag. „Wirst du unseren Freund Oleg begleiten, Ramon?", fragte der Etrusker. Der Asturier nickte und grinste. „Natürlich! Die Kumanen werden froh sein, wenn ich komme. Sie zahlen vermutlich noch etwas, wenn wir dieses verrückte Weib wieder mitnehmen. Das wird eine einfache Sache, zudem braucht der gebrochene Mann neben mir eine Stütze. Er redet jetzt schon vom Tod, obwohl er noch lebt. Der Mann erinnert mich an dich", sagte er grinsend. Stille kehrte ein, dann schüttelte Carlo den Kopf und begann zu lachen. „Du bist verrückt, Asturier!", sagte er laut. Oleg blickte auf die Männer, er konnte derzeit nicht lachen, aber er wirkte zufrieden mit Ramons Entscheidung. „Es ist alles besprochen. Ihr fahrt nach Konstantinopel und lässt alle grüßen. Sie sollen ausreichend Wein einlagern und die jungen Frauen informieren, dass ich Gesellschaft benötige nach dieser Reise zu den Steppenvölkern!", rief Ramon. Er schlug Oleg auf die Schulter, dankbar blickte der Waräger den Asturier an. Marco holte dessen Pferd vom Schiff. Der Waräger umarmte alle, dann ging er zu seinem Pferd und wartete auf Ramon. Mila umarmte diesen lange. „Ich werde dir ewig danken, mein Freund. Komm wieder", sagte sie leise und küsste ihn auf beide Wangen. Marco verabschiedete sich herzlich. „Lass die schöne Ornella von mir grüßen. Wenn ich wiederkomme, seid ihr vermutlich bereits verheiratet. Am besten, du heiratest gemeinsam mit diesem alten Mann. Damit schneidest du noch besser ab unter den Menschen", sagte Ramon und umarmte den jungen Mann. Am Ende standen sich die beiden Freunde gegenüber. Seit dem gemeinsamen Gefängnisausbruch in Tunis konnten sie sich aufeinander verlassen, nun stand die Trennung bevor. „Pass auf dich auf, mein Freund. Ich danke dir für die Hilfe bei der Entscheidung, du hast alles besser überlegt", sagte der Etrusker. Er wirkte erstmalig gerührt und reichte Ramon die Hand. „Mila hat es gesagt. Wir erwarten dich in Konstantinopel", sagte Carlo ernst, dann drehte er sich um und folgte Marco und seiner Gefährtin auf das Schiff mit den Pferden. Danach legten das Schiff und die kleineren Boote mit den Waren ab und fuhren in die Mitte des Flusses, der sie aufnahm und nach Süden bringen würde. Nach dem Landtransport auf der Höhe der Stromschnellen warteten die großen Schiffe, die sie nach Konstantinopel bringen würden. Die Reise stellte einen langen, gefährlichen Weg dar, aber der Asturier war überzeugt, dass es unter der Führung von Carlo gelingen würde. Auf dem Schiff drängte sich Mila an ihren Gefährten. „Ich weiß, wie schwer es dir fällt, nicht mit ihnen zu reiten. Aber ich werde dir ewig dankbar sein für diese Entscheidung und dich niemals enttäuschen", sagte die junge Frau leise. Er küsste sie, dann lächelte er. „Es ist nicht schwer, weil es die richtige Entscheidung darstellt. Dieser verrückte Asturier spricht bisweilen vernünftig, es ist kaum zu glauben", sagte er lächelnd, Mila lachte herzhaft. Der Hafen verschwand und sie richteten ihre Blicke nach Süden. Vor ihnen lag ein langer Weg in die Stadt, sie mussten vorsichtig bleiben. Im Hafen bestieg mittlerweile Ramon sein Pferd, seine Waffen und der Proviant waren verpackt. Marco überließ ihm warme Kleidung, es würde kalt werden im Osten, die Temperaturen fielen immer mehr. Die beiden Kampfgefährten versorgten sich mit dem Notwendigsten, anschließend setzten sie über den Fluss und traten ihre Reise an. „Lass uns reiten, im Osten geht die Sonne auf. Ich hoffe, auch für deine Schwester!", rief Ramon.

In den folgenden Wochen folgten sie der Horde. Sie ritten Richtung Kursk, die hügeligen Ebenen präsentierten sich unendlich. Der Horizont schien nicht aufzuhören. Kursk lag über dreihundert römische Meilen weiter im Osten. Oleg kannte dieses Gebiet nicht, er lebte am Dnepr und am Meer. Der Wind blies unentwegt, die Niederschläge nahmen zu, dazu kamen die fallenden Temperaturen. „Die Schönheit der Landschaft wird auf alle Fälle übertroffen von der Kälte und diesem zunehmenden Schlamm auf den Wegen", bemerkte Ramon. Das Klima behagte ihm nicht. Er nahm sich vor, nach dieser Reise nie mehr in den Norden zu gehen. Mit Wehmut dachte er an das mittelländische Meer und seine angrenzenden Regionen. Es stellte kein Wunder dar, dass sich die Normannen im Süden breitmachten. Sie sahen viele Transporte, die im Schlamm stecken blieben, aber die Menschen halfen sich gegenseitig. Das Gebiet gehörte zum Fürstentum der Kyiver Rus, aber hier trafen die Kulturen aufeinander. Horden von Steppenkriegern verheerten immer wieder diese Region, die als „Wildes Feld" bezeichnet wurde. Der Winter zeigte seine kalten Vorzeichen. Derzeit herrschten aber nicht die notwendigen, tiefen Temperaturen, dass der Schlamm einfror, dies würde die Reise erleichtern. Oleg wirkte in sich gekehrt, obwohl der Asturier versuchte, ihn aufzuheitern. „Lass mich in Ruhe mit deinen Geschichten. Wir müssen weiter, meine Schwester braucht Hilfe", sagte er bisweilen verärgert. Oleg schien nicht mehr der Mann zu sein, der er vor seiner Reise nach Norden war. Der Verlust der Familie zerbrach ihn offensichtlich, nur der Hass und das

Ziel, seine Schwester zu retten, hielt ihn aufrecht. Sie sprachen über ihr Vorgehen. Radomirs Hauptlager lag in einem Dorf nahe von Kursk, aber der Slawe entstammte der Stadt, vermutlich hielt er sich dort oft auf. Die genaue Lage des Dorfes kannte keiner, es gab Gerüchte, aber diese mussten nicht stimmen. Ramon glaubte daran, dass der schlaue Slawe seine Männer nach einem Beutezug aufteilte. Sie lebten nach seiner Einschätzung im Grenzbereich der Kulturen, wo die Macht der Rurikiden aus Kiew und ihrer Vasallen sich als schwach und unzureichend erwies. Es gab keine deklarierten Grenzen. Kursk stellte eine Festungsstadt der Kiewer Fürsten dar, die aufgrund der Überfälle der Turkvölker errichtet wurde. Die Stadt stellte ein Handelszentrum dar, in dem ein Warenaustausch des Ostens mit dem Westen erfolgte. Nach dem Wissensstand von Oleg gab es weiter östlich keine größeren Städte mehr, dort lebten unbekannte Nomadenvölker, von denen es nur Berichte fahrender Händler gab. Alle diese Völker wiesen die gleiche Struktur auf, sie zogen mit ihren riesigen Herden immer weiter. Die Krieger erwiesen sich als perfekte Reiter und Bogenschützen, aber auch im Umgang mit anderen Waffen zeigten sie große Begabung. Sie wirkten wild und ungezähmt und huldigten ihrem höchsten Gott Tengri. Ramon wollte so schnell als möglich Kursk erreichen, oder zumindest ein Dorf in der Nähe. Sie übernachteten oft in Höhlen, um sich besser zu schützen. Die warme Kleidung erwies angesichts der fallenen Temperaturen als lebenswichtig. Der kalte Wind setzte ihnen zu. „Ich werde nie mehr so aussehen wie früher!", rief er Oleg zu, aber der Waräger wirkte immer verschlossener. „Du musst dich wieder aufrichten, mein Freund. Das Leben geht weiter. Wir holen deine Schwester und dann geht es zu Ethia, in wärmere Gegenden", sagte der Asturier während einer Rast. Sein Kamerad blickte ihn an, dessen Blick wirkte stumpf. „Ich gehe meinen letzten Weg. Ethia kommt ohne mich aus. Wenn ich sterbe, musst du Tofa in Sicherheit bringen", sagte er in ernstem Ton. Er trat zu Ramon und packte ihn an den Schultern. „Diese Frau kann auf sich selbst aufpassen. Ich denke, sie wird nicht auf mich hören, mein Freund. Du kannst sie selbst in Sicherheit bringen und ich helfe dir. Warum willst du immer sterben?", antwortete der Asturier. Olegs Kopf senkte sich kurz. Als er aufblickte, wirkten seine Augen starr. „Es ist meine letzte Reise, ich spüre das. Versprich mir, dass du auf Tofa aufpasst und sie in Sicherheit bringst. Sie ist nicht schlecht, aber hat nie Armut gespürt!", rief der Waräger. Er wirkte verwirrt in diesem Moment. Der Asturier hatte eine passende Antwort im Kopf, wenn er an die arrogante Tofa dachte. Aber der geistige Zustand Olegs wirkte nicht stabil. Ramon nickte. „Ich bringe sie in Sicherheit, wo immer das ist, mein Freund. Das ist ein Versprechen", antwortete er langsam. Er wusste nicht, ob er es einhalten konnte oder wollte, aber es schien die Situation zu beruhigen. In einem Dorf vor der Stadt Kursk gelangten sie an eine warme Mahlzeit, mittlerweile erwiesen sich die Temperaturen als sehr frostig. Oleg beherrschte die slawische Sprache, er fragte die einfachen Menschen nach Radomir. „Er ist ein guter Mann und hilft Menschen. Aber diese wilden Krieger, die ihn unterstützen, sind gefährlich", antworteten sie. Die Bewohner kannten den Bulligen, auch dessen Bruder Anatoli schien bekannt zu sein. Ramon hielt es für gefährlich, zu viele Fragen zu stellen. Die Bande schien bekannt zu sein und verfügte sicher über viele Kontakte in der einheimischen Bevölkerung. Er glaubte mehr an den Erfolg der Beobachtung. In Kursk würden sie mehr erfahren. Die Stadt wimmelte sicher vor Menschen, die Jahreszeit trieb die Menschen hinein. Dort vertrieben sich alle die frostige Jahreszeit mit allen möglichen Spielen und Trinkgelagen. Die beiden Männer verfügten über genügend Geld, Olegs gesamte Barschaft. Er teilte es auf, somit kam Ramon wieder in den Genuss von Goldmünzen, die eine unglaubliche Wirkung auf Menschen besaßen. Sie besprachen das weitere Vorgehen. Mittlerweile trug Ramon einen Vollbart, dieser wirkte als Kälteschutz. Der Asturier empfand die drängenden Fragen von Oleg an die Bewohner als nicht notwendig. Sie befanden sich im Gebiet der Kiewer Rus und ritten in eine Festungsstadt der Rurikiden. Es stellte keine ungewöhnliche Reise in diesem Gebiet dar, selbst zu dieser Jahreszeit. Sie wurden nicht erwartet, niemand der Horde rechnete mit einer Verfolgung wegen einer Frau. Selbst seine dünklere Hautfarbe schien nicht unüblich zu sein unter den angrenzenden Völkern. In Kursk trafen sich Menschen aus dem Osten und Westen. Am nächsten Tag verließen sie das Dorf und ritten weiter, mittlerweile lag Schnee auf den Wegen. Die frostigen Temperaturen ließen die Böden gefrieren, dies erleichterte den Ritt für die Pferde. Obwohl es im Dorf zuvor ruhig blieb, ließ Ramon der Verdacht nicht los, dass sie verfolgt wurden. Angespannt beobachtete er die bewaldete Umgebung. „Wir müssen aufpassen", flüsterte er Oleg zu, der vor ihm ritt. Dieser nickte, auch er schien die Gefahr zu spüren. Es gab einen alten Trick, den Reiter einsetzten. Sie ließen den Gegner mit einem spontanen Anritt erkennen, dass sie ihn entdeckt hatten, obwohl sie nicht wussten, wo sich dieser befand. Meistens funktionierte es, da der Gegner vermutete, entdeckt worden zu sein. Aber nicht in ihrem Fall, trotz Schreien und kurzem Galopp änderte sich nichts in der Umgebung. Trotzdem wussten sie, dass sich irgendjemand in der Nähe befand. Es musste kein Mitglied von Radomirs Bande sein, sondern andere Räuber, die es auf die zwei Reiter abgesehen hatten. Langsam ritten sie durch den verschneiten Wald, die Männer beobachteten misstrauisch die Umgebung. Ramon konzentrierte sich. Plötzlich glaubte er, ein feines Surren zu hören, als ob ein Pfeil durch die Luft flog. Er ließ sich vom Pferd fallen. Die Reaktion rettete ihm das Leben, denn ein Pfeil schlug im Baum neben dem Weg ein. Das Pferd wieherte auf und wollte davongaloppieren, aber er hielt es fest, um sich zu schützen. In seinem Rücken befand sich dichter Wald. Dort existierte kein brauchbares Schussfeld, aber in der anderen Richtung präsentierte sich der Wald lichter und stellte für einen guten Schützen eine geeignete Umgebung dar. Diese Steppenkrieger erwiesen sich als wahre Meister im Bogenschießen. Er zog sein Pferd auf die andere Seite und band es an. Oleg schien verschwunden zu sein. Dieser bemerkte den Angriff auf den Asturier und ritt voraus. Vermutlich befand er sich in Deckung. Aufmerksam beobachtete Ramon die Umgebung, seine Augen richteten sich auf die Seite gegenüber. Plötzlich hörte er in seinem Rücken das Geräusch eines knackenden Astes. Blitzschnell sprang er zur Seite und versteckte sich hinter einem Baum. Der Angreifer ärgerte sich offenbar und verzichtete auf ein weiteres, geräuschloses Anschleichen. Er setzte zum Angriff an. Anhand der verwendeten Sprache musste es sich um einen Petschenegen oder Kumanen handeln. Der Asturier kämpfte mit der Langaxt der Waräger. Mit dieser blockte er die Attacke des Angreifers, der Unterstützung von der anderen Seite erhielt. Der Bogenschütze griff ein, aber er schien noch zu weit weg zu sein. Ramon schlug mit der Axt den Säbel aus den Händen des Mannes, dieser schrie wild. Ein Schlag auf den Kopf beendete das Leben des Angreifers. Rechtzeitig wandte er sich dem nächsten Gegner zu. Der Asturier wusste, dass er schnell handeln musste. Er kannte die Anzahl der Angreifer nicht. Seine Wurfaxt traf den Bogenschützen in den Kopf, dieser fiel nach vorne. Ramon atmete aus. Vorsichtig blickte er sich um, aber es schien kein weiterer Gegner in der Nähe zu sein. Ein Stück weiter ertönte Kampflärm, ein wilder Schrei ertönte. Er folgte dem Lärm und traf auf das tote Pferd von Oleg. Blut wies ihm die Spur, auch der Waräger schien gekämpft zu haben. Er erblickte einen Mann, der über zwei leblosen Körpern stand. „Oleg! Zum Glück lebst du", sagte Ramon hoffnungsvoll. Insgesamt handelte es sich offensichtlich um vier Angreifer. Aber der Mann wies eine kleinere Statur als der Waräger auf, dessen wilder Blick erfasste den Asturier. Stolz hob der Krieger den Kopf. „Ich habe auf euch gewartet. Radomir hat nicht geglaubt, dass es Verfolger geben wird, aber ich habe mich noch nie in Männer getäuscht", sprach er in bestem Griechisch. Langsam näherte er sich und hielt einen Säbel in seiner rechten Hand. Die beiden Männer betrachteten sich lange, anscheinend gab es in diesem Teil der Welt ansonsten keinen Menschen. „Ich bin Otrok und entstamme dem Volk der Kiptschaken, ihr nennt uns Kumanen oder Polowzer. Wie ist dein Name?" Ramon stellte sich vor. „Ist mein

Freund Oleg tot?", fragte er anschließend. Der Kumane nickte. „Er hat gut gekämpft, wie dein anderer Freund und du im Haus in Kyiv. Mein Bruder musste sterben, weil Radomir eine Frau bestrafen wollte. Er ist manchmal größenwahnsinnig, aber er zahlt gut. Ich werde meinen Bruder rächen und dich töten. Danach kehre ich zu meiner Familie zurück. Derzeit leben sie am Fluss Don, die Griechen nennen ihn Tanais. Aber wir werden nach Westen vorstoßen. Kyiv wird brennen, wenn unsere Krieger angreifen. Unser Volk hat eine große Zukunft vor sich", sagte er stolz. Ramon nickte, der Kampf war unausweichlich. Er entledigte sich des dicken Mantels und zog sein Schwert, dann nickte er dem stolzen Krieger zu. Der Kampf entbrannte mit voller Wucht, hart klirrten die Schwerter aufeinander. Otrok begleitete seine Angreife mit wilden Schreien, offensichtlich eine Taktik, um den Gegner zu beeindrucken. Es wurde Ramons härtester Kampf, der Kumane erwies sich als unerbittlicher und ausdauernder Gegner. Zweimal rutschte der Asturier auf dem Schneeboden aus, aber blitzschnelle Reaktionen ermöglichten sein Weiterleben. Beide benötigten eine Pause. Die Anstrengungen des Kampfes in dieser kalten Jahreszeit erwiesen sich als hart. „Du bist ein würdiger Gegner, Ramon", sagte der Krieger anerkennend. „Vielleicht sollten wir den Kampf beenden und als Männer auseinandergehen, die Respekt füreinander empfinden. Du könntest zu deiner Familie gehen. Sag mir, wo sich die blonde Frau befindet, Otrok. Wir können uns lebend trennen." Der Kumane ließ seinen Säbel sinken. Er überlegte lange, dann lächelte er plötzlich. „Dein Angebot ehrt mich, aber ich kann meiner Familie nicht in die Augen sehen, wenn ich meinen Bruder nicht räche. Ich hoffe, du verstehst das. Aber ich werde dir sagen, wo sich die blonde Frau befindet, obwohl es unnötig ist, denn du wirst sterben." Otrok erklärte die Lage des Dorfes östlich von Kursk, es lag einen Tagesritt entfernt. „Sie ist ein Teufel, aber Radomir will sie behalten. Er mag widerspenstige Frauen, will sie zerbrechen. Vielleicht verkauft er sie an einen Fürsten im Osten, diese mögen blondhaarige Frauen." Nach diesen Worten griff der Kumane an. Ramon ließ sich nicht täuschen von dessen Reden. Sein Gegner zeigte weiterhin hohe Kampfeslust, aber er stolperte kurz und der Asturier traf seinen Schwertarm. Blut floss die Hand hinunter. Der Säbel schien zu schwer zu sein, aber Otrok griff an. Mit einer schnellen Wendung ließ Ramon seinen angeschlagenen Gegner vorbeilaufen und traf ihn am Hals. Blut spritzte aus der Wunde, der Kumane stolperte weiter und fiel schließlich hin. Sein Säbel fiel aus seiner Hand, schwerfällig drehte er sich um. Ramon ließ sein Schwert sinken und stand über seinem geschlagenen Gegner, dessen Augen sich zum Himmel richteten. „Ich gehe zu Tengri, unserem Gott. Er wird mich aufnehmen", sprach er schwerfällig. Die Augen des Sterbenden richteten sich auf den Asturier. „In der Nähe gibt es eine Höhle. Begrabe meine Männer dort, damit sie nicht den Tieren zum Fraß fallen. Sie sind tapfer gewesen." Otrok musste abbrechen, ein Schwall Blut strömte aus seinem Mund. Die Augen schlossen sich, aber einmal öffnete er sie noch. „Lege die Waffen und Sättel zu meinen Männern und nimm die Pferde mit. In der Ebene kannst du sie laufen lassen, sie finden ihren Weg nach Hause. Sie stammen vom Don", sagte der Kumane. Er zeigte mit dem Finger in die Richtung, in der die Höhle lag, dann schlossen sich seine Augen für immer. Ramon kniete nieder und rieb sich das Gesicht mit Schnee ein, dann erhob er sich wieder. Er spürte den Schweiß innerhalb seiner Kleidung und holte sich den Mantel. „Ich habe ihm zwar nichts versprochen, aber dort lege ich auch Oleg hinein", sprach er laut zu sich selbst, als er vor der Leiche seines toten Freundes stand. Dieser wurde beim Angriff von einem Pfeil getroffen, aber er konnte noch einen Kumanen töten. Ramon fand die Höhle. Zuerst holte er die Pferde der Männer und führte sie hinein. Diese erwies sich als groß genug für die Tiere, die nervös wirkten. Wolfsgeheul war zu hören, aber diese schienen weit genug entfernt zu sein, um die Männer zu holen. Er schwitzte und kämpfte mit dem nassen Boden, immer wieder rutschte er aus, aber er schleppte alle fünf Toten in die Höhle. Mittlerweile dunkelte es, das Wolfsgeheul schien näherzukommen, offensichtlich nahmen die Tiere die Witterung des Blutes auf. Er versperrte den Eingang mit Ästen und entzündete in der Höhle ein Feuer, dazu benutzte er einen Feuerstein. Ein lautes Geknurre verriet ihm, dass die Wölfe sein Versteck gefunden hatten. In der Dunkelheit leuchteten gelbe Augen, es musste sich um ein großes Rudel handeln. Ramon beruhigte die Pferde und positionierte alle Waffen am Eingang der Höhle. Im Fackelschein tummelten sich einige Wölfe. Die Strapazen der letzten Wochen, die Nachwirkungen des Kampfes und der anschließenden Arbeiten setzten dem Asturier zu, aber er durfte nicht einschlafen. Wenn das Feuer ausging, würden die Wölfe kommen. Er blickte auf den hinteren Teil der Höhle, dort lag ein Bogen mit Pfeilen. Diese Waffe benutzte er selten, aber er lernte sie zu gebrauchen. Der Bogen fühlte sich gut an, er legte einen Pfeil auf und visierte den Platz an, wo sich die meisten gelben Augen tummelten. Ein schmerzvolles Kläffen verriet ihm, dass er traf. Die anderen Wölfe fielen über den Artgenossen her. Er nutzte dies, um die Anzahl seiner Gegner zu reduzieren. Nach einigen Treffern zogen sich die Wölfe zurück, kamen aber wieder, um an den Kadavern ihrer toten Artgenossen zu fressen. Ramon ließ sie gewähren, sie führten ein hartes Leben in diesen Breiten. Er mochte Wölfe, aber sein Überlebensinstinkt ließ ihn nicht anders handeln. An der Wand lehnend beobachtete er das Treiben vor der Höhle, das Dickicht aus Ästen schützte ihn vor Angriffen, das Feuer hielt sie weg. Immer wieder fielen ihm die Augen zu, die Müdigkeit erwies sich als enorm. Aber er hielt das Feuer aufrecht, um die Pferde und sich selbst zu schützen. Irgendwann öffnete er die Augen nicht mehr. Das Wiehern eines Pferdes ließ ihn aufschrecken. Helles Tageslicht flutete in die Höhle. Erschrocken blickte er auf das Feuer, aber dieses brannte nicht mehr. Sein geschundener Körper schmerzte von der Haltung und dem Kampf. Er atmete schwer und blickte nach draußen. Die Umgebung wirkte ruhig, die Wölfe schienen verschwunden zu sein. Tofa fiel ihm ein, die in einem Dorf gefangen gehalten wurde, das einen Tagesritt von hier östlich von Kursk lag. Er zuckte mit den Schultern. „Sie müssen sie anketten, wenn sie sie missbrauchen wollen, ansonsten wird es wehtun", sagte er zu sich selbst und lachte plötzlich. „Radomir wird den Tag verfluchen, an dem er sie gefangen genommen hat." Ein befreiendes Lachen erfüllte die Höhle. Die arrogante Warägerin behandelte Menschen nicht gut, sah in vielen minderwertige Lebewesen. „Ich mache das nur für dich, Freund Oleg. Im Normalfall müsste diese Frau mit ihrem Schicksal leben. Sie hat es nicht verdient, befreit zu werden." Otroks Worte über Radomir fielen ihm ein, dieser neigte zu Größenwahn. Es konnte tatsächlich sein, dass Tofa und der Slawe Gefallen aneinander fanden, aber die Warägerin fühlte sich dem slawischen Teil ihres Volkes überlegen. Diesmal herrschte zu ihrem Pech eine andere Situation. Er fühlte sich an sein Versprechen gebunden, aber er musste zu Kräften kommen. Deshalb blieb er die nächsten zwei Tage in der Höhle und versorgte sich mit dem Proviant der Männer. Die Wölfe schienen ein anderes Objekt ihrer Jagd gefunden zu haben, denn sie tauchten nicht mehr auf. In der Umgebung fand er die Überreste der toten Artgenossen, es blieb nicht viel übrig. Ramon führte die Pferde nach draußen und band sie zusammen. Dann richtete er alles für seinen Weiterritt. Olegs Pferd wollte er mit Sattel mitnehmen, für eine eventuelle Flucht mit Tofa. Die Waffen der toten Krieger legte er an ihre Seiten, einen der Bögen nahm er mit. Das Gepäck und die Waffen seines toten Kameraden befanden sich am Sattel dessen Pferdes. Bei einer Flucht in dieser Jahreszeit musste Tofa versorgt sein. Langsam ritt er mit fünf Pferden im Schlepptau von den Hügeln in die Ebene, dort ließ er die sattellosen Tiere los und trieb sie nach Osten. Danach folgte er einem Weg und hielt sich in den Hügeln, um vor Beobachtungen sicher zu sein. Er ging davon aus, dass sich um diese Jahreszeit keine Menschen in dieser Gegend herumtrieben. „Ich bin tatsächlich einer der dümmsten Menschen. Nur Idioten treiben sich um diese Jahreszeit in diesen Breiten herum, von Wölfen und Bären umgeben!", rief er laut. Aber es gab keine Antwort, er schien allein auf der Welt zu sein. Auf seinem Ritt Richtung Osten hörte er bisweilen Wölfe. Er sichtete ein paar Gehöfte, aber er vermied einen Kontakt. Der letzte Aufenthalt in einem Dorf erwies sich als schlechte Entscheidung, obwohl nur Olegs Fragen verdächtig erschienen. „Jeder macht Fehler, mein Freund. Das passiert dir nicht mehr", sprach er mit sich selbst und lachte dabei. Er dachte daran, dass Menschen, die ständig in dieser Einsamkeit allein hausten, irgendwann krank werden mussten im Kopf. Dauernde Selbstgespräche oder mit Tieren führten zu seltsamen und misstrauischen Verhalten gegenüber anderen Menschen. „Das ist mein letzter Ritt durch die raue und ursprüngliche Natur. Die restliche Zeit meines Lebens verbringe ich in Tavernen mit Wein, Weib und Gesang, das ist sicher." Er dachte an Mila und Carlo und freute sich für die beiden, auch für Ornella und Marco. „Die beiden werden ein schönes und erfolgreiches Paar in der Stadt. Er muss nur Theodora, der lüsternen, alten Kaiserin ausweichen." Kein Mensch hörte seine Worte. Er wusste nicht, was schlimmer sein konnte auf Dauer, Lustknabe bei Theodora oder Eremit in diesen Wäldern. Ramon versuchte wieder, sich auf seine Aufgabe zu konzentrieren. Er verdrängte die Gedanken. Am nächsten Tag näherte er sich der Lage des Dorfes, er erkannte dies an den von Otrok geschilderten Geländemerkmalen. Vorsichtig durchstreifte er die Gegend, in einem Waldstück fand er eine geeignete Unterkunft für die Pferde. Es handelte sich um einen Verschlag aus Holz, der offensichtlich als Unterschlupf bei Unwetter diente. In dieser Jahreszeit befand sich niemand hier draußen. Er gab den Pferden vom vorhandenen Hafer. Oleg und er bereiteten sich gut auf die Reise vor, auch die toten Kumanen führten Getreideklumpen mit, die als Wegzehrung ihrer Tiere dienten. Sorgfältig beobachtete er die Umgebung, bevor er die Hütte aufsuchte. Nach einer Nacht mit viel Schlaf fühlte er sich am nächsten Tag gerüstet, sich dem Dorf zu nähern. Schneefall setzte ein, aber es hinderte ihn nicht. Derzeit lag der Schnee nicht so hoch, um Schneeschuhe zu benötigen. Der Kelte Madoc erzählte ihm davon. Bald erreichte er das Dorf. Er hörte das Gebell von Hunden, aber diese befanden sich in dieser Jahreszeit in den Häusern. Geduldig beobachtete er aus seinem gesicherten Versteck die Bewohner, die sich außerhalb ihrer Hütten zeigten. Er bewegte sich nicht viel, die kalten Temperaturen ließen seinen Körper erstarren, aber es erschien notwendig, um nicht aufzufallen. Am Ende des Tages stapfte er zu seinem Versteck zurück. Vorsichtig näherte er sich, er wollte keinen Fehler machen, aber es befand sich niemand in der Nähe. Am nächsten Tag bezog er erneut seinen Beobachtungsposten. Gegen Mittag hörte er laute Schreie. Mehrere Männer schleppten eine blonde Frau mit, die sich wild wehrte, aber immer wieder auf den Boden geworfen wurde. Sie zogen diese teilweise an den Haaren durch den Schnee, aber sie hörte nicht auf zu kämpfen. Die Männer lachten. Ramon nickte anerkennend. Tofa hielt sich für etwas Besseres, aber sie stellte eine Kämpferin dar, andere Frauen wären an ihrem Schicksal bereits zerbrochen. Sie konnte mit keiner Hilfe rechnen in diesem weiten Land, trotzdem wehrte sie sich mit ungebändigter Energie. „Das ist der Teufel in ihrem Leib", sagte er zu sich selbst und lächelte. Er konnte ihr derzeit nicht helfen, beobachtete die Szene. Ein bulliger Mann trat aus einer Hütte, es handelte sich um Radomir. Er schlug die Frau zweimal ins Gesicht, sie fiel nach hinten. „Du wirst dich anständig benehmen, sonst treibe ich dich nackt in den

Schnee hinaus!", schrie er laut, aber die blonde Frau zeigte sich nicht beeindruckt. Der Slawe verwendete Griechisch als Sprache, dies verwunderte Ramon, aber vielleicht verweigerte die blonde Tofa eine Unterhaltung in slawischer Sprache. Dies würde zu ihr passen. Der Asturier schüttelte den Kopf. „Ein anderes Verhalten in deiner ausweglosen Situation wäre vermutlich intelligenter, liebe Tofa, aber du bist stolz. Das ist beeindruckend, aber dumm", flüsterte er leise. „Ich erfriere lieber, als mit dir freiwillig das Lager zu teilen, du slawischer Hund. Du kannst mich schänden, aber ich werde nie freiwillig mit dir schlafen, du bist meiner nicht würdig!", rief sie laut. Ramon riss überrascht die Augen auf, die Arroganz behielt sie sich auch in der Gefangenschaft. Sie schien tatsächlich verrückt zu sein, keine normale Frau reagierte mit einer arroganten Art, wenn sie eine Sklavin darstellte. Offensichtlich wollte sie Radomir dazu bringen, sie zu töten. Der Tod schien ihr die bessere Möglichkeit als Sklaverei zu sein. Ramons Respekt vor der verrückten Frau stieg, dies machte sie fast einzigartig in dieser Welt. Viele Menschen zerbrachen in der Sklaverei. Anfangs wehrten sich Einige, aber nach harten Strafen stellten die meisten den Widerstand ein. Er dachte an seine Gefangenschaft. Die Wärter schlugen ihn, aber er versuchte nicht ständig, diese zu provozieren. Zudem gab es in Tunis die Möglichkeit zur Flucht. Aber in diesem weiten Land erschien eine solche sinnlos. In welche Richtung sollte sich ein Flüchtiger wenden, ohne Waffen und Proviant. Es wäre besser für die Gefangene, sich zu arrangieren. Radomir schien sein Status als Anführer zu gefallen, diese zeigten sich bisweilen entgegenkommend, wenn man sich nach deren Ansprüchen richtete. Aber die blonde Tofa schien auch nach einer wochenlangen Gefangenschaft nicht bereit zu sein, ihr Verhalten anzupassen. Bis jetzt kam sie damit durch und wirkte noch immer angriffslustig. Radomir versetzte ihr zwei Schläge ins Gesicht, sie fiel nach hinten. Ramon erkannte Anatoli, der seinen Bruder zurückhielt. „Verkaufe dieses Teufelsweib endlich, sie bringt Unglück!", rief er auf Griechisch, dann wechselte er in die slawische Sprache. Leider verstand der Asturier diese nicht, außer ein paar Wörter. Tofa wurde in eine Hütte gebracht. Zehn Männer richteten ihre Pferde und saßen auf. Es handelte sich um kein großes Dorf, offensichtlich lebte in diesem Ort der slawische Teil der großen Bande. Ramon erkannte keine Krieger der Kumanen oder Petschenegen, vermutlich lebten diese weiter im Osten. Derzeit schien kein Raubzug geplant zu sein, sie lebten von ihren Erfolgen und verbrachten den Winter in ihren Dörfern. Diese Bande trennte sich immer wieder und teilte sich in kleinere Einheiten auf, die untereinander Kontakt hielten, dazu gab es Informanten aus der Bevölkerung. Sie blieben in dieser Jahreszeit in ihren Siedlungen, die sie ab und zu verließen, um eine Stadt aufzusuchen. Radomir und Anatoli führten die Truppe an, die aus dem Dorf ritt. Er verstand nur das Wort „Kursk", die Männer schrien begeistert. Vermutlich meinten sie „Auf nach Kursk". Dies stellte einen Glücksfall dar, wenn zehn Männer das Dorf verließen, offensichtlich griff Gott auf seiner Seite ein. „Das hast du gut gemacht, Freund Oleg. Du willst, dass ich mein Versprechen halte", flüsterte er leise, während er die vier zurückbleibenden Männer im Dorf beobachtete. Diese schienen darüber nicht erfreut zu sein und trieben die Frauen und Kinder in die Hütten. Zwei Männer blieben außerhalb, sie umrundeten den mannshohen Zaun. Das Dorf lag auf der Ebene und schmiegte sich mit einigen Häusern einen flachen Hügel hinauf, dieser wies ein Waldstück auf. Ramon musste heute handeln. Kursk lag einige Stunden entfernt. Die Männer mussten schnell reiten, um vor Anbruch der Dunkelheit dort zu sein. Danach würden sie die Nacht in der Stadt verbringen, möglicherweise auch nachfolgende Tage, aber darauf konnte er sich nicht verlassen. Er musste sofort handeln und umrundete das Dorf, dann näherte er sich vom Waldstück dem Holzzaun, der aus Ästen bestand. Ramon entfernte einige und betrat das Dorf, anschließend wartete er auf den ersten Wächter, der sich langsam näherte. Dieser sang ein Lied seines Volkes. Der Asturier wartete hinter einer Hüttenecke und näherte sich dem Mann. Seine Hand griff nach dem Hals, während er mit dem langen Messer zustach. Langsam ließ er den Toten zu Boden gleiten, anschließend schlich er am Zaun entlang und näherte sich dem zweiten Posten, der sich im vorderen Teil befand. Geschickt nutzte er die Hütten, einmal kam eine Frau heraus. Er hörte einen Hund knurren, aber die Frau schimpfte, sodass dieser sich beruhigte. Der Posten stand in der Nähe eines Tores, dass als Einlass in das kleine Dorf diente. Diesmal vollendete die Wurfaxt seinen Angriff, diese drang tief in den Kopf des Mannes und ließ ihn stürzen. Er zog ihn vom Tor weg und legte ihn in einen Latrinengraben. Dann näherte er sich der Hütte, in der sie Tofa gefangen hielten, von der Rückseite. In einer anderen Hütte hörte er die Geräusche einer Frau und eines Mannes, die sich der Liebe hingaben und laute Geräusche verursachten. Der vierte Mann musste sich nach seinen Beobachtungen schräg gegenüber befinden, aber er täuschte sich. Die Tür zur Hütte von Tofa stand offen. Ein Mann stand innerhalb und sprach mit der blonden Frau. „Wenn du lieb zu mir bist, kannst du es gut haben bei mir, meine Schöne", sagte er leise. Die blonde Frau lächelte plötzlich. Als der Mann näherkam, trat sie ihm in den Unterleib, er ging in die Knie. Sie trat gegen seinen Kopf und streifte sein Ohr. Der Mann fluchte lauthals, befand sich aber wieder außer Reichweite der Beine. „Du verdammtes Miststück, keine Frau schlägt und tritt mich!", rief er aufgebracht, anschließend fesselte er die Beine von Tofa und versetzte ihr einen harten Schlag gegen das Kinn. Sie hing an starken Fesseln und lag bewusstlos auf dem Stroh. Ramon blickte sich um und betrat die kleine Hütte. Als der fluchende Mann sich umdrehte, stach er mehrmals zu. „Überraschung, mein lieber Freund", sagte der Asturier lächelnd. Die Augen des Mannes wurden groß. „Du behandelst Frauen schlecht. Meine Mutter hat mich gelehrt, diese zu achten", sagte Ramon leise und stach noch einmal zu. Dann fing er den Mann auf und legte ihn in eine Ecke. Er verschloss die Tür notdürftig und hoffte, dass der letzte Krieger sich noch eine Weile mit seiner Frau beschäftigte. Tofa schien bewusstlos zu sein. Er blickte in ihr Gesicht, das starke Schwellungen von den Schlägen aufwies. Trotzdem strahlte es eine klare Schönheit aus, aber er kannte das Wesen der arroganten Frau. Als er die Fesseln durchschneiden wollte, wachte sie auf. Ihre blauen Augen blickten ihn an, sie wollte sich wehren. Ramon kniete und hielt ihr den Mund zu. „Halt den Mund! Ich werde die Fesseln aufschneiden, anschließend verlassen wir dieses Dorf. Hast du mich verstanden, Tofa?", flüsterte er leise. Sie riss überrascht die Augen auf, das Blau strahlte hochintensiv, er musste sich konzentrieren. Tofa nickte und wurde ruhig. Plötzlich riss sie erschrocken die Augen auf, als sie an ihm vorbei sah. Er reagierte blitzschnell und rollte sich nach hinten. Der vierte Wächter bemerkte offensichtlich den Einbruch, öffnete unbemerkt die Tür der Hütte und wollte ihn mit der Axt töten. Als er diese hob, rollte sich Ramon nach hinten und stach mit dem Messer in den Unterleib des Mannes. Ein Schrei ertönte. Der Asturier sprang auf, als der Mann die Axt fallen ließ. Er hielt die Hand über dessen Mund und stach mehrmals zu, anschließend legte er ihn zu seinem toten Kameraden. Dann wandte er sich Tofa zu, die ihn interessiert beobachtete. Als er die Fesseln durchschnitt, wollte sie aufspringen, aber er legte den Finger auf den Mund und massierte ihre Beine. „Gefällt dir das? Du bist der Säufer, der Freund meines Bruders. Wo ist Oleg?" Ramon gab keine Antwort. „Du sollst mir antworten", sagte sie laut. Plötzlich lag ein Messer an ihrer Kehle. „Du machst ab sofort alles, was ich sage, stolze Frau. Ansonsten binde ich dich wieder zusammen und verlasse dieses Dorf, wie ich gekommen bin, nämlich allein." Seine Augen blickten die blonde Frau hart an. Sie musste mehrmals schlucken, um nicht zu antworten, dann nickte sie. „Gutes Mädchen", sagte er lächelnd. „Ich benötige Kleidung für die Flucht. Es sind wenige Männer im Dorf, du solltest sie töten. Ich werde dir helfen, wenn du es nicht schaffst", sagte sie herablassend. Er blickte sie an, ihre Augen wirkten kalt. „Sie sind tot, Gnädigste", antwortete er leise. Überrascht hob sie die Augen. „Gut! Dann werde ich mich bei den Frauen einkleiden, mit einigen muss ich mich noch näher beschäftigen. Radomir kommt erst morgen zurück. Danach brennen wir dieses Dorf ab", sagte sie wütend.

Sie entkleidete den toten Wächter und zog sich dessen Hosen an. „Du starrst mich an? Wie heißt du überhaupt?", fragte Tofa. Sie schien keine Nachwirkungen ihrer wochenlangen Gefangenschaft zu haben, den Gürtel mit den Waffen des Wächters schlang sie sich um ihre Hüften. „Ich erinnere mich wieder, dein Name ist Ramon. Du kommst aus Asturien, wo immer das liegt." Er atmete aus, denn er musste ruhig bleiben. „Wo sind Leif und Oleg?", fragte sie im Befehlston. Ramon zögerte mit der Antwort, aber aufgrund ihres Verhaltens nahm er keine Rücksicht. „Sie sind tot, Tofa", antwortete er ernst. Der Überraschungsmoment dauerte kurz, dann erkannte er den Zorn in ihren Augen. „Ich werde sie alle töten, diese Bastarde!", rief sie zornig, an ihren Augen erkannte er, dass sie es ernst meinte. „Es befinden sich nur mehr Frauen und Kinder in diesem Dorf. Du lässt sie in Ruhe. Hast du mich verstanden?" Sie winkte verächtlich ab. „Du hast mir nichts zu sagen, Säufer. Diese Frauen und Kinder sind Teil einer Bande von Mördern und Dieben. Ich werde meine Familie rächen. Radomir wird nach seiner Rückkehr nur mehr ihre Leichen und die qualmenden Häuser vorfinden!" Der Hass erfüllte diese Frau, ihre Arroganz verstärkte den Antrieb, Rache zu nehmen. Sie warf einen verächtlichen Blick auf Ramon und wollte die Hütte verlassen. Blitzschnell packte er zu, fing ihre Hand ab und drückte sie gegen die Hüttenwand. „Diese Frauen und Kinder sind unschuldige Menschen, im Gegensatz zu dir hochnäsigen, arroganten Kreatur. Wenn du nur einmal ausrastest, dann stirbst du als Walküre, Nordfrau. Das ist die letzte Warnung. Ich habe deinem Bruder versprochen, dich in Sicherheit zu bringen, aber ich muss dieses Versprechen nicht unbedingt halten, sofern es dem Wohl der Menschheit dient." Sie wollte sich wehren, aber er hielt sie mit eisernem Griff an die Hüttenwand gedrückt. Schließlich gab sie auf. „Es ist alles gut, Ramon. Du drehst durch. Lass mich los", sagte sie ruhig. Der Asturier schüttelte den Kopf angesichts der Aussage. „Wir lassen die Menschen in Ruhe und verschwinden, dann gibt es keinen Grund, uns zu folgen." Tofa blickte ihn an. „Ich habe dich in Kyiv gesehen. Du bist ein Söldner und benötigst ständig Geld für dein Vergnügen. Radomir hat Geld in seiner Hütte versteckt. Ich weiß das, denn er hat mich bereits missbraucht. Zumindest das sollten wir als Entschädigung mitnehmen, Säufer." Ramon negierte ihre letzte Bemerkung. „Du sprichst über Missbrauch wie über einen normalen Vorgang. Wie geht das?", fragte er interessiert. Er nahm ihr das Verhalten nicht ab, vor allem eine stolze Frau musste die Demütigung durch die Gewaltanwendung stark schmerzen. „Radomir ist kein Mann für mich. Er ist wie Dreck, den ich abwaschen kann", antwortete sie verächtlich. Ramon blickte sie lange an, ihre Augen zuckten leicht. „Was siehst du mich an, Säufer?", fuhr sie den Asturier an. „Ich bin beeindruckt, nicht viele Frauen reagieren auf diese Weise. Dein ganzes Verhalten zeugt von Stolz und Widerstandskraft, das können nicht viele. Leider sind es deine einzigen positiven Eigenschaften, Weib", antwortete er laut. Dann ging er an ihr vorbei, er kannte die Lage von Radomirs Hütte. Tofa blieb kurz stehen, dann folgte sie ihm. „Woher kennst du Walküren?", fragte sie interessiert. „Ich kenne viele Dinge, Weib", antwortete er knapp. Sie erreichten die Hütte von Radomir. Tofa wollte hineinstürmen, aber Ramon schüttelte den Kopf und drohte mit der Faust. Er öffnete die Tür und ging ruhig hinein. Die anwesende Frau sprang auf und die Kinder schrien, als sie den bewaffneten Mann erblickten. Ein Junge von acht Jahren wollte ein Messer greifen, aber Ramon schüttelte den Kopf. Er blickte auf die Frau. „Sprichst du Griechisch?" Sie nickte. Bevor er weiterreden konnte, eilte Tofa an ihm vorbei und hielt das Schwert an die Kehle des Achtjährigen. Dieser ließ das Messer fallen, während die Kinder und die Frau aufschrien. Die Warägerin sprach laut mit dem Jungen, die Spitze verursachte eine leichte Blutung an seinem Hals. „Nimm das Schwert weg, Weib!", rief Ramon. Sie blickte ihn an, zuckte mit den Schultern und zog das Schwert zurück. Er fragte die Anwesenden nach dem Geldversteck, erhielt aber keine Antwort. Tofa stieß die schwarzhaarige Frau weg. Diese zog sich zurück, während die Warägerin eine Decke in der Ecke der Hütte entfernte. Es folgte ein Holzdeckel. Darunter befanden sich einige Beutel mit Gold. Die blonde Frau wollte alle nehmen, aber er ließ es nicht zu. „Es wird zu schwer. Wir haben einen weiten Weg vor uns. Zieh dir brauchbare Kleidung an, dann verschwinden wir", sagte er laut. Er fesselte die Familie, um sie daran zu hindern, frühzeitig Alarm zu schlagen. „Es ist einfacher, sie zu töten, Säufer", sagte die blonde Frau laut. Ihre Augen blickten verächtlich auf die Familie. „Wir töten keine Frauen und Kinder. Das solltest du dir merken für dein weiteres Leben, Weib." Sie zuckte mit den Achseln. „Ich töte keine Frauen und Kinder, habe nur gemeint, es wäre einfacher als fesseln. Für was hältst du mich? Du trinkst zu viel." Er schüttelte verständnislos den Kopf, gemeinsam verließen sie die Hütte. Sie wollte über das Tor die Siedlung verlassen, aber Ramon ging zur Stelle, wo er das Dorf betrat. „Warum benutzt du das Tor nicht? Es ist keiner mehr anwesend, der uns gefährlich werden kann." Kopfschüttelnd folgte die blonde Frau dem Asturier, als er durch die Lücke im Zaun kroch und diesen danach wieder herstellte. „Gewohnheit! Man soll ohne Aufsehen eindringen und spurlos wieder verschwinden. Die Frauen und Kinder verlassen sich auf die Männer und bleiben in den Hütten. Sie können Radomir nichts mitteilen. Es muss sich rätselhaft anfühlen, aber du verstehst das nicht. Das musst du auch nicht. Halt einfach deinen Mund und folge mir unauffällig, Weib", sagte er grimmig. Tofa folgte dem Asturier. Sie wirkte trotz der letzten Wochen nicht angeschlagen, das Gesicht wies aber Schwellungen auf. Er drehte sich mehrmals um, aber sie schien keine Mühe haben, ihm zu folgen. „Mach dir keine Sorgen, Säufer. Ich kann schneller gehen, aber ich muss deinem langsamen Marschtempo folgen", antwortete sie verächtlich. „Hauptsache, du folgst mir, Weib. Halt einfach den Mund! Ich will nicht mit dir sprechen." Sie schüttelte den Kopf. „Du kannst nicht still sein. Ich kenne solche Männer wie dich. Du musst im Mittelpunkt stehen, den Frauen Geschichten erzählen und sie beeindrucken. Für dich zählt nur das Vergnügen, Säufer", sagte sie herablassend. „Wenn du es ein Vergnügen nennst, eine verrückte Frau aus dem einsamsten Gebiet dieser Welt mitten aus einer Bande von Sklaventreibern zu befreien, nur weil ich dämlicher Typ es ihrem Bruder versprochen habe, dann ist es richtig, Weib." Sie reagierte schlagfertig. „Du hast recht, du bist ein dämlicher Typ." Er blieb stehen und drehte sich um. Tofa hob unschuldig ihre Hände. „Du hast es selbst gesagt, ich kann nichts dafür. Es sind deine Worte gewesen", antwortete sie mit großen Augen. Diese strahlten in einem intensiven Blau. Sein Blick verfing sich darin, aber kurz darauf schüttelte er den Kopf und setzte seinen Marsch fort. Schneefall setzte ein, das würde die Spuren verwischen, aber die Flucht behindern. „Gefalle ich dir?", fragte sie interessiert. Ramon antwortete nicht, sie wiederholte ihre Frage. Er blieb erneut stehen. „Du wirst jedem Mann gefallen, der Frauen bevorzugt, aber äußere Schönheit ist nicht alles. Eine gute Frau verfügt auch über innere Schönheit", antwortete er. Er ging weiter, blieb wieder stehen und wandte sich um. „Du stellst eine schöne Fassade dar, aber nicht mehr, Weib", sagte er bestimmt und schritt weiter. Tofas Blick folgte dem Mann, ihre Hand ging zum Messer. „Ich würde es bemerken, wenn du mich angreifst", sagte er, ohne nach hinten zu sehen. „Wir haben hier offensichtlich einen Mann mit vielen Augen. Das liegt vermutlich am Alkohol, der seinen Kopf verändert", antwortete sie schlagfertig. Sie marschierte still hinter ihm her, Wölfe heulten in weiter Ferne. Der Schneefall wurde stärker, aber sie erreichten den Schutz der einsamen Hütte rechtzeitig. Ramon fluchte über den Schnee. Er beabsichtigte, in der Nacht nach Westen aufbrechen, doch schien dies derzeit nicht machbar zu sein. Tofa setzte sich und blickte auf die beiden Pferde. Alles schien bereit zu sein für eine erfolgreiche Flucht. Sie erkannte das Pferd ihres Bruders. „Wie ist Oleg gestorben? Du sagtest auch, mein Verlobter ist tot." Ramon entzündete ein kleines Feuer in der Hütte, um etwas Wärme zu verbreiten. Er antwortete nicht auf die Frage. „Warum erzählst du nichts?", fragte sie verärgert. Sein Verhalten störte sie sichtlich. „Seid ihr Menschen in Asturien immer so arrogant?" Ramon warf einen überraschten Blick auf die junge Frau, aber sie meinte es ernst. Offensichtlich nahm sie ihr eigenes Verhalten nicht als arrogant wahr. Er schüttelte den Kopf und lachte plötzlich. „Du bist verrückt, Weib. Das ist offensichtlich", sagte er kopfschüttelnd. „Ich befinde mich mit einer Verrückten mitten im einsamsten Gebiet der Welt. Das passt zu mir", sagte er zu sich selbst. Tofa beobachtete ihn, reagierte diesmal nicht auf seine Worte. „Du wirkst seltsam und sprichst mit dir selbst, das liegt vermutlich am Alkohol. Warum sagst du ständig „Weib" zu mir? Du kennst meinen Namen." Ihre Stimme klang ernst, sie zeigte ein verändertes Verhalten. Ramons Blick erfasste die blonde Frau. Sie zeigte keine Arroganz mehr, aber nahm das Leben einseitig wahr und konnte sich nicht in andere Menschen hineinversetzen. „Ich nenne dich so, weil du mich ständig „Säufer" nennst. Verstehst du das?" Sie lächelte und schüttelte den Kopf. „Ich habe gesagt, du benimmst dich seltsam. Du trinkst ständig, aber ich betrachte den Begriff „Weib" als Herabwürdigung." Verständnislos betrachtete er die blonde Frau. Sie spielte nicht mit ihm, sondern meinte es ernst. „Du kannst nicht wissen, ob ich ein Säufer bin. Der eine Besuch in der Taverne lässt nicht auf das gesamte Verhalten schließen, Tofa. Aber du benimmst dich ständig arrogant und beleidigst andere Menschen." Sie schüttelte den Kopf. „Das stimmt nicht. Ich weise Menschen zurecht, die sich ihrer gesellschaftlichen Rolle nicht bewusst sind. Jeder Mensch muss seinen Platz kennen. Es existiert eine Rangordnung, Ramon aus Asturien." Er lächelte plötzlich. Die junge Frau lebte in einer Welt voller Standesdünkel und glaubte an eine vorgegebene Welt, der sich alle beugen mussten. Müdigkeit machte sich langsam breit. „Ich entstamme einer adeligen Familie. Mein Vater ist ein Landadeliger in Asturien und meine Mutter ist eine arabische Prinzessin", antwortete er lächelnd. Sie blickte den Asturier an. „Du benimmst dich nicht wie ein Adeliger, verkehrst in den schlimmsten Tavernen und vergnügst dich mit Dirnen. Zudem gelten arabische Adelige nichts in der christlichen Welt", entgegnete sie herablassend. Ramon erkannte, dass er mit der blonden Warägerin keine gemeinsame Basis fand. „Diese Frauen führen ein hartes Leben, sie entstammen sehr armen Familien. Sie bieten sich an für Geld, um zu überleben. Du bist verwöhnt, arrogant und bekommst das beste Essen. Aber nur deshalb, weil es solche Menschen gibt, die von Euresgleichen ständig ausgenutzt werden. Du hast einen vollkommen falschen Blick auf die Wahrheiten dieser Welt, die bittere Armut vieler Schichten der Gesellschaft, die gebraucht werden, um dem Adel ein Leben in Wohlstand und Überfluss zu ermöglichen." Ramon wirkte aufgebracht, sie beobachtete ihn. „Warum regst du dich auf? Du entstammst dem Adel. Jeder Mensch wird in seine Schicht hineingeboren und muss seinen Teil dazu beitragen. Eine andere Welt existiert nicht", sagte sie verständnislos. Das Erstaunen über die Ansichten der jungen Frau wuchs, mittlerweile verstand er ihre Reaktionen in Kyiv besser. Sie kannte nur das Leben der Oberschicht und machte sich über notwendige Änderungen innerhalb der Gesellschaft keine Gedanken. „Ich entstamme einem Dorf in Asturien, wo Frauen und Männer die gleichen Rechte besitzen. Es gibt eine Hierarchie, aber zu gewissen Themen werden alle aufgerufen, ihre Meinung kundzutun. Alle erhalten die gleiche Schulbildung. Frauen werden in Sprachen und Waffen geschult, damit sie sich verteidigen können. Meine Eltern sind beliebt, sie helfen den Menschen und nutzen sie nicht aus." Tofas Blick wirkte ungläubig. „Das hast du dir ausgedacht, so eine Welt gibt es nicht. Wenn es sie gegeben hat, dann sehr kurz, denn unseren Priestern und den herrschenden Männern wird es nicht gefallen, dass Frauen die gleichen Rechte besitzen." Sie wirkte aufgeregt, ihre Augen drückten den Zorn aus, der sie erfüllte. „Ich kämpfe als Tochter eines adeligen Mannes seit meiner Kindheit darum, dass ich mir den Mann aussuchen darf, den ich heirate. Ständig musste ich mich gegenüber Männern höflich benehmen, die mich angesehen haben wie ein Stück Fleisch. Frauen haben nichts mitzureden, auch nicht beim Adel. Sie werden verheiratet aus zweckmäßigen Gründen, manchmal mit uralten Männern. Wenn eine Frau ihren Ehemann hintergeht, kann sie jederzeit getötet werden. Umgekehrt dürfen sich die Ehemänner alles erlauben. Sie prahlen mit ihren Frauengeschichten und die geplagte Ehefrau muss dies ertragen." Tofas Zorn wuchs. Ramon sah ihr an, dass sie innerlich kochte. Er hörte sich um, aber es befand sich niemand in der Nähe, nicht in dieser Gegend. Die kurze Stille endete, denn sie fuhr fort, der Zorn regierte die blonde Frau. „Mein Verlobter, der gute Leif, hat mich betrogen. Sigfrod und er sind zu den Dirnen gegangen. Ich habe an der Verlobung festgehalten, weil mein Vater mir gedroht hat, mich dem nächsten alten Fürsten als Geschenk anzubieten. Leider konnte ich mein früheres, freies Leben nicht aufrechterhalten, ohne aus der Familie ausgestoßen zu werden. Ich wollte als freie Kriegerin leben, habe es auch getan in Ljubetsch. Meine Mutter ist entsetzt gewesen, denn ich habe absichtlich mit einem Mann geschlafen, um meine Unversehrtheit zu zerstören."

Tofas Augen blickten auf ihre Füße. „Ich bin geflohen Richtung Westen, aber sie haben mich verfolgt und zurückgebracht. Danach gab es die Möglichkeiten, in ein Kloster zu gehen oder den nächsten Mann zu heiraten. Leif ist erschienen und er hat gut ausgesehen, zudem konnte er Männer führen. Oleg hat mir stets versprochen, mich nach Konstantinopel mitzunehmen, aber er hat immer nachgegeben gegenüber Vater." Sie hielt inne in ihrem Redeschwall, dann blickte sie auf. „Wie sind Leif und Oleg gestorben?", fragte sie ernst. Ramon erzählte von der Verfolgung, Leifs Tod und der anschließenden Suche mit Oleg. „Er starb ehrenhaft und hat seine eigene Familie aufgegeben, um dich zu retten", sagte er abschließend. Die blonde, junge Frau nickte. Sie wickelte sich im Umhang ein, den sie aus dem Dorf mitnahm. Lange Zeit blieb es still, dann ergriff Tofa wieder das Wort. „Und diese Geschichte von diesem Dorf ist nicht erfunden? Sie klingt märchenhaft. Du entstammst Asturien, wo dieses Dorf liegt?" Er überlegte, ob er der blonden Frau etwas über seine Heimat erzählen sollte. Während er nachdachte, meldete sich erneut die neugierige Warägerin. „Wie heißt dieses Dorf?" Ramon lächelte, als er an die schöne Landschaft Asturiens dachte. In diesem Moment erkannte er, dass er nach Hause zurückkehren wollte, trotz der Möglichkeiten von Konstantinopel. Es gab nichts Vergleichbares, er wollte für die Idee dieses Dorfes kämpfen. „Der Name lautet Esperanza", antwortete er ruhig. „Was heißt das?", fragte Tofa leise, sie wirkte müde. „Es bedeutet „Hoffnung"." Sie rollte sich zum Feuer, um mehr Wärme zu erhalten. „Das klingt gut, Ramon. Du bist seltsam. Ich habe nie mit einem Mann ein derartiges Gespräch geführt. Mit meinem Bruder Oleg konnte ich sprechen, er zeigte als einziger Mensch Respekt, aber die anderen Geschwister betrachteten mich immer als Verrückte", sagte sie leise, dann blieb es still. Er blieb am Feuer sitzen und blickte auf die schlafende Frau. Tofa zeigte ein seltsames Verhalten, stellte aber eine stolze Kämpferin dar, die sich keiner Regel beugte. Sie erinnerte ihn an Isabella. Diese verfügte aber über Möglichkeiten, ihre Freiheit auszuleben. Tofa wurde ihr vorgegebenes Leben aufgezwungen, nicht einmal eine Flucht half. Trotzdem behielt sie ihre Widerstandskraft und den Stolz. Ihre gezeigte Furchtlosigkeit als gefangene Sklavin stellte ein beeindruckendes Zeugnis ihrer widersprüchlichen Persönlichkeit dar, die nur den Tod als Erlösung empfand. Möglicherweise wollte sie die Heirat mit Leif nutzen, um ihre Heimat verlassen zu können. Seine Augen fielen zu, aber seine Sinne blieben wach. Immer wieder ergänzte er das kleine Feuer, um ein bisschen Wärme zu verbreiten in dieser kalten Gegend.

Am nächsten Tag erwachte Ramon durch die Kälte in der notdürftigen Hütte. Er blickte nach draußen, die Pferde schnaubten. Tofa lag eingerollt in ihrem Umhang. Der Asturier überlegte die nächsten Schritte, aber der frische Schnee erschwerte ihre Flucht. Es gab keine Spuren mehr, aber Radomir kannte den Grund der Befreiung. Die Geldbeutel lagen neben den Pferden, aber in der Wildnis waren sie nicht von Bedeutung. Der Jahreswechsel stand bald bevor im Julianischen Kalender, die Temperaturen fielen weiter. Sie mussten schnell nach Westen aufbrechen, den Weg kannte er von den eingeprägten Landschaftsmerkmalen. Aber mit der weißen Pracht veränderte sich die Szenerie, zudem mussten sie mit Verfolgern rechnen. Die Mitnahme des Geldes würde der Slawe Radomir sehr persönlich nehmen, aber seine Bande stellte sich derzeit zersplittert dar, sie hausten verstreut in ihren kleinen Dörfern. Die Vereinigung der Bande würde dauern, deshalb drohte keine Gefahr von einer größeren Anzahl, nicht in dieser Jahreszeit. Der Winter präsentierte sich derzeit als Fluch und Segen zugleich für die Flüchtigen. Ramon dachte an die zehn Männer, die derzeit in Kursk feierten, möglicherweise verschoben sie ihre Rückkehr in das Heimatdorf. Derzeit drohte keine Gefahr, aber nach der Rückkehr gab es zehn Verfolger, die diese Gegend viel besser kannten. Er musste damit rechnen, dass diese Hütte unter den Leuten bekannt war. Radomir dachte als Stratege, dies bewies er mit dem Überfall auf das Anwesen der Familie von Tofa. Er handelte schnell und verfügte über fähige Leute. Die Ausrüstung von Ramon mit zwei Pferden, Waffen und etwas Proviant stellte sich nicht als schlecht dar, aber die Männer um Radomir konnten sich besser ausrüsten für eine Verfolgung. Sie kannten die möglichen Behausungen, die Richtung Westen lagen. Trotzdem wollte er so schnell als möglich aufbrechen, um es ihren Verfolgern zu erschweren, sie zu finden. Plötzlich ertönte Tofas Stimme. „Denkst du gerade, Ramon?", fragte sie neugierig. Der Asturier blickte überrascht auf, die blonde Frau dürfte ihn beobachtet haben. Sie saß bereits aufrecht und blickte ihn interessiert an. „Was sollte ich sonst tun? Jeder Mensch denkt ständig an etwas", antwortete er forsch. „Sei nicht so unfreundlich", tadelte sie ihn. „Ich habe gemeint, ob du Pläne für unsere Flucht schmiedest. Der viele Schneefall ist Fluch und Segen zugleich, aber wir sollten bald aufbrechen, Radomir wird nicht ewig in Kursk bleiben. Diese Männer sind gefährlich und erfahren, sie kennen das Land. Aber er hat die große Bande nicht zur Verfügung." Ramon schüttelte den Kopf angesichts ihrer Ausführungen. „Kannst du meine Gedanken lesen?" Sie schüttelte den Kopf. „Es gibt nicht viele Möglichkeiten, zudem bist du leicht zu durchschauen", antwortete sie ernst. „Lass mich denken, Weib", antwortete er grimmig. „Du wirkst entspannt, dabei hast du erfahren, dass dein Verlobter und Bruder tot sind. Bist du vollkommen gefühllos?" Sie setzte eine arrogante Miene auf. Ramons Augen verengten sich. „Du beleidigst mich wieder mit deinem Ausdruck, aber dies entspricht dem typischen männlichen Verhalten. Sie glauben immer, intelligenter zu sein als Frauen. Aber das ist der große Irrtum, dem sie ständig erliegen", antwortete sie verärgert, ihre blauen Augen blitzen. Er wollte etwas sagen, aber sie unterbrach ihn mit einer heftigen Handbewegung. „Ich trauere um beide Männer, obwohl es Leif nicht verdient hat, du kennst den Grund. Oleg hat Verständnis für mich gezeigt und dich beauftragt, mich zu suchen. Aber du wirst kein heulendes, verweichlichtes Geschöpf vor dir sehen. Dieses Bild von Frauen ist von Männern entworfen worden. Sie stellen am liebsten dar, dass sie hart sind und Frauen weinen. Hast du mich verstanden, Tölpel?" Ramon ballte die Fäuste, diese Frau machte ihn rasend. „Hör auf mich zu beleidigen, Weib!", schrie er laut. Tofa blickte ihn verächtlich an. „Du hast mich zuerst beleidigt, obwohl wir gestern davon gesprochen haben, uns beim Namen zu nennen." Der Asturier schüttelte den Kopf. „Nein, haben wir nicht, aber du verdrehst Gesagtes gerne, Tofa." Die blonde Frau lächelte plötzlich. „Es geht doch, Ramon. Ich habe einen schönen Namen, also benutze ihn auch", sagte sie bestimmt. Der Asturier hob resignierend die Hände. Diese Frau beherrschte die Diskussion, sie ging nur auf die Stellen ein, die ihr halfen. Sie blickten sich an wie zwei Kontrahenten, aber sie mussten mit der derzeitigen Situation leben. „Woran denkst du jetzt wieder?", fragte Tofa. „Ich werde dir nicht ständig meine Gedanken schildern, aber du sagtest, ich bin einfach zu durchschauen. Also wirst du sie bereits wissen." Die blonde Frau nickte. „Vermutlich hast du daran gedacht, dass es ein Fehler gewesen ist, Oleg zu helfen. Du kannst mich nicht leiden und bereust es, aber du musst damit leben", sagte sie ruhig. Der Asturier blickte auf die blonde Wikingerin. Er dachte davor tatsächlich an das Versprechen an seinen Freund. Die Frau verfügte über außergewöhnliche Fähigkeiten, ein Grinsen erschien in seinem Gesicht. „Bist du eine Hexe? Ich habe tatsächlich an Oleg gedacht, aber ich bereue es nicht, denn es ist mein Weg. Das Schicksal leitet mich aufgrund meiner Entscheidungen." Tofa nickte. „Das ist interessant. Ich bin keine Hexe, aber ich kann dich verstehen. Du machst mir den Vorwurf, gefühllos zu sein, aber ich bin dahingehend erzogen worden. Ich bin das Ergebnis dieser Gesellschaft, aber jetzt habe ich die Möglichkeit, dies zu ändern." Ramons Augen verengten sich, der letzte Satz verhieß nichts Gutes. „Was meinst du damit, Tofa?", fragte er langsam, er ahnte Schlimmes. „Seit meiner Kindheit werde ich in vorgegebene Regeln gepresst, muss mich nach männlichen Gesetzen, scheinheiligen Sitten und Bräuchen richten. Meine Familie hat mich stets gezwungen, nachzugeben und mich mit Gewalt in eine geplante Ehe geführt. Aber diese Entführung hat mein Leben nachhaltig verändert. Meine Familie ist tot. Ich trauere stark, da ich sie innig geliebt habe, aber ihr Verlust bietet mir die Gelegenheit, mich selbst zu verwirklichen in diesem einen Leben, das ich habe." Tofa hielt inne, sie wirkte aufgeregt, offensichtlich machte sie sich in der Nacht viele Gedanken über ihr Leben. „Du hättest bei Radomir bleiben können, mit deiner Ausbildung könntest du als seine Hauptfrau ein gutes Leben führen", antwortete der Asturier. Sie schüttelte verständnislos den Kopf. „Der Mann ist ein Barbar. Er besitzt zwar Fähigkeiten als Mann und Anführer, aber er ist ein grober, ungebildeter Halunke. Radomir gehört zu einer schlimmen Sorte niedriger Menschen. Ich benötige einen anderen Mann, der mir zur Freiheit verhilft, die ich anstrebe." Ramon spürte ihren Blick, sie lächelte plötzlich. „Du siehst mich an, aber ich bin nicht dieser Mann", antwortete er. „Ich werde dich nach Kyiv bringen, dann trennen sich unsere Wege. Mein Versprechen ist damit erfüllt. Für mich geht es Richtung Süden nach diesem Abenteuer, dieses Land ist zu kalt und abweisend." Tofa lächelte und schüttelte den Kopf. „Ich werde aber nicht nach Kyiv gehen, denn ich mag dieses Land ebenfalls nicht. Meine Zukunft liegt in der Stadt Konstantinopel oder am mittelländischen Meer. Ich werde als Kriegerin kämpfen und sterben, dies wollte ich immer tun", antwortete sie aufgeregt. „Wir können uns auch sofort trennen, Gnädigste. Du hast ein Pferd und Ausrüstung und kannst jederzeit nach Süden reiten", sagte er lächelnd. Sie lachte herzhaft, es stand ihr gut. Die Trauer um ihren Verlobten hielt nicht lange an, aber er verstand ihre Beweggründe, sie liebte den Mann nie. „Nach deiner Erzählung entstammst du der Ortschaft Esperanza, in der Frauen und Männer gleichberechtigt sind. Das klingt sehr märchenhaft, aber gehen wir davon aus, du lügst mich nicht an." Sie unterbrach ihre Rede, der Asturier blickte misstrauisch auf die blonde Frau. „Wenn es stimmt, bist du erzogen worden, Frauen gleichberechtigt zu behandeln. Abgesehen von deinem triebhaften Verhalten, das viele unschuldige Frauen erdulden müssen, um dir als Mann zu gefallen." Er unterbrach sie heftig. „Diese Frauen sind nicht unschuldig gewesen, sie haben es freiwillig gemacht!" Tofa schüttelte den Kopf. „Ähnlich jener beiden in Kyiv, die du bezahlt hast für das Vergnügen. Du hast selbst gesagt, dass diesen Frauen das Leben aufgezwungen wird von Männern, also auch von dir, und meinem toten Verlobten." Sein Blick zeigte Fassungslosigkeit über die Leichtigkeit, mit der diese Frau seine Aussagen interpretierte, aber er musste innerlich zugeben, dass sie richtig lag. Er wollte etwas sagen, aber sie unterbrach ihn erneut. „Vergessen wir das triebhafte Verhalten von Männern, es ist teilweise ekelhaft. Bleiben wir bei deiner Erziehung, dass du Frauen als gleichwertig respektierst, das glaube ich auch. Du wirst Frauen nicht schlecht behandeln, dies auch nicht zulassen und sicher keine Frau in der Wildnis im Stich lassen. Zudem hast du meinem Bruder versprochen, mich in Sicherheit zu bringen." Ramon ahnte Schlimmes. Er erkannte, dass sie richtig lag in der Einschätzung seiner Persönlichkeit, diese Frau war tatsächlich der leibhaftige Teufel. Tofa genoss das Schauspiel, sie fühlte sich überlegen. „Ich gehe nicht nach Kyiv, dort bin ich nicht sicher. Meine Verwandtschaft in Ljubetsch hat sicher schon Pläne gemacht, was sie mit mir vorhaben. Meine persönliche Sicherheit liegt in Konstantinopel, in dieser riesigen Stadt fühle ich mich sicher und kann frei leben. Du wirst dein Versprechen erfüllen und mich dorthin bringen", sagte sie im

Befehlston. Der Asturier konnte es nicht fassen, bei diesen Aussagen fiel ihm nichts ein. Aber vermutlich lag sie richtig mit der Einschätzung ihrer Verwandtschaft, aber ein ständiges Zusammensein mit dieser arroganten und nervigen Frau würde er nicht aushalten. Er sehnte sich nach den Frauen in den Tavernen, sie verhielten sich unkompliziert. Selbst Theodora erschien gegen Tofa einfach, diese suchte nur das Vergnügen. Doch er zeigte Verständnis für die Situation der jungen Frau. Sie wollte die Gelegenheit nutzen, um sich aus dem bisherigen Leben zu befreien. Auch er musste aus Esperanza ausbrechen, um die Welt zu sehen und die Freiheit der eigenen Entscheidungen zu spüren. Er verstand die Beweggründe dieser Frau, das ärgerte ihn dermaßen, dass er mit der Faust auf den Boden schlug. „Daran ist meine Mutter schuld!", rief er verärgert. Tofa blickte ihn interessiert an, dieser Mann stellte einen ungewöhnlichen Typ dar. Er lebte als Söldner und Abenteurer, frei und ungebunden, aber besaß einen tiefen Bezug zu seiner Heimat und diesem mysteriösen Dorf Esperanza. „Deine Mutter muss eine ungewöhnliche Frau sein, ähnlich wie dieses Dorf. Vielleicht besuche ich es einmal, es interessiert mich, ob deine Angaben stimmen. Du bist als Geschichtenerzähler bekannt, um Frauen zum Beischlaf zu bewegen." Ramon kratzte sich am Kopf, derzeit fühlte er sich eingesperrt. Die Situation entglitt ihm, diese Frau besaß die Kontrolle. „Ich werde dich zu Radomir zurückbringen, es ist einfach für mich. Das Geld bekommt er auch zurück. Du kannst mir nichts befehlen, Gnädigste", sagte er grinsend. Tofa lachte herzhaft. „Du bist witzig, Ramon. Der Slawe würde alles zurücknehmen und mir verzeihen, wenn ich mich artig verhalte. Aber dich würde er nicht gehen lassen, sondern foltern und töten, vielleicht auch kastrieren." Ramon verzog das Gesicht, wenn er an den Vorgang dachte. Tofa gefiel die Unterhaltung, das sah man der blonden Frau an. Sie spürte ihre Überlegenheit. „Ich kann in seine Bande eintreten und bei einem Raubüberfall im Westen einfach verschwinden, Tofa." Diese nickte. „Du bist der Mann, versuchen wir es. Aber beschwere dich danach nicht, wenn es nicht funktioniert. Radomir ist intelligent und gefährlich, auch wenn er ein ungebildeter Tölpel ist", sagte sie genüsslich. Sie hob die Hand. „Beenden wir diese leidige Unterhaltung. Du hast eingesehen, dass du mir verpflichtet bist, und kannst nicht anders handeln. Dies ist deiner Erziehung und deinen eigenen Werten geschuldet. Wir müssen zusammenarbeiten, um von hier wegzukommen. Was ist dein Plan?" Ramon fiel vorerst nichts ein, die Diskussionen mit der arroganten Frau strengten an. „Wir werden so schnell als möglich Richtung Westen aufbrechen und versuchen, eigene Wege abseits der Hauptrouten zu finden. Am Dnepr sehen wir weiter, es kommt auf die herrschenden Temperaturen an." Tofa blickte ihn an und schüttelte den Kopf. „Das ist dein Plan, Ramon, ernsthaft?" Die blonde Frau wirkte fassungslos. „Ich habe gute Pläne, bin auch hierhergekommen und habe dich befreit, nachdem ich insgesamt acht Männer ausschalten musste. Was bekomme ich dafür? Ein durchgedrehtes Weib, die mit seltsamen Wortspielen meinen Kopf durcheinanderbringt. Man muss bei Plänen schnelle Änderungen einrechnen, da der Gegner nicht immer macht, was man glaubt!" Er regte sich auf und kannte den Grund nicht, denn er machte Vieles richtig und kämpfte sich durch diese frostige Gegend, um diese Frau zu befreien. Konstantinopel fiel ihm ein, aber er schüttelte sich. „Ich muss mich konzentrieren", sagte er zu sich selbst. „Du sprichst wieder mit dir selbst. Ich bin deine Partnerin, mit mir musst du sprechen", forderte sie energisch. Ramon schüttelte den Kopf. „Du bist nicht meine Partnerin und wirst es nie sein. Ich will aus dieser Gegend verschwinden, aber in dieser Jahreszeit bei diesem Wetter ist es schwer. Unsere Verfolger kennen alle Wege und Möglichkeiten. Die einzige Richtung kann nur Westen sein, dort sind die Wege, die ich kenne. Bei allen anderen Möglichkeiten werden wir in diesem weiten Land verschwinden und bei den zu erwartenden Temperaturen vermutlich sterben!" Ramon erhob sich, die Unterhaltung führte zu nichts. Er wollte sich die Umgebung ansehen und die Tiefe des Schnees messen. Tofa sprang plötzlich auf und trat an ihn heran. „Wo willst du hingehen? Es ist nichts in dieser Gegend, was interessant ist. Du bist nicht lernfähig, aber wir müssen nicht miteinander reden. Aber eine Frage habe ich noch an dich, bevor du allein entscheidest, was wir tun!" Ihre blauen Augen strahlten intensiv und erfassten seine Sinne. Er trat zurück, um aus der Aura dieser Augen zu kommen, diese Frau hatte etwas Dämonisches an sich. Sie ließ sich Zeit mit der Frage und ihre Ausstrahlung wirken, derer sie sich bewusst zu sein schien. „Respektierst du mich, Ramon? Bevor du antwortest, denke an Esperanza und deine Eltern, die nach deinen Erzählungen gleichberechtigt sind, wie alle Frauen und Männer in diesem Dorf!" Er drehte sich um, um den Augen zu entkommen, dann fuhr er sich mit den Händen durch die Haare. Am liebsten hätte er geschrien, aber in dieser einsamen Gegend würde dies auffallen. Er überlegte lange. Tofa beobachtete ihn. Ramon drehte sich wieder zur blonden Frau. „Ich respektiere dich. Was ist dein Plan, liebe Tofa? Ich will ihn hören, da wir gleichberechtigte Gefährten sind", sagte er süffisant. Die Augen der Frau verengten sich. „Du bist süffisant, das klingt nicht ehrlich, Ramon", sagte sie enttäuscht und wollte sich wegdrehen. Plötzlich fühlte er sich schuldig. „Es tut mir leid, Tofa. Sprechen wir über alles. Wir müssen zusammenhalten, um mit dem Leben davonzukommen." Sie drehte sich wieder zu ihm. Ihre Augen wirkten verändert, sie freute sich offenbar, aber er war sich nicht sicher. „Setzen wir uns, um alles zu besprechen", schlug sie vor. Danach trug sie ihren Plan vor. „Radomir ist sehr intelligent und vorausdenkend. Er kennt die Wege in den Westen und Süden, daher bleiben uns Norden und Osten. Im Nordwesten liegt die Stadt Nowgorod, aber ich will weg aus diesem Gebiet. Zudem erstreckt sich der Radius von Radomirs Bande bis in diese Stadt." Sie hielt inne und blickte ihn an, aber er hörte zu, wirkte diesmal ehrlich. Plötzlich verspürte sie eine innere Freude. Dieser ungewöhnliche Mann erweiterte ihren Horizont und erwies ihr Respekt, nie zuvor verspürte sie Ähnliches. Oleg ließ sie zwar reden, nahm sie aber nicht ernst. Dieser Asturier schien tatsächlich eine Seite in seinem Wesen zu haben, dass er mit Frauen ernsthaft über gemeinsame Pläne sprechen konnte. Seit ihrem ersten Kennenlernen zeigte er Fähigkeiten, die sie diesem triebhaften Mann nie zugetraut hätte. „Wie geht es weiter, Tofa? Woran denkst du?", fragte er fordernd. „Im Osten liegt der Fluss Tanais, der nach Süden in ein Meer mit Namen Maeotis fließt, danach folgt das Euxinische Meer. Die Menschen nennen es nach der Farbe auch Schwarzes Meer. Wir gehen nach Osten und folgen diesem Fluss nach Süden. Möglicherweise finden wir ein Boot, am Meer sind wir sicher. Radomir wird uns nie dorthin folgen", sagte sie abschließend. Er blickte sie lange an, diesmal schien sie irritiert zu sein. „Nun gut, gehen wir deinen Plan durch. Grundsätzlich ist er gut, da der Slawe nicht damit rechnen wird, dass wir nach Osten gehen. Wir kennen das Gebiet und dessen wilde Bewohner nicht. Es wäre überraschend, das spricht dafür." Tofa nickte. „Wir sind in der falschen Jahreszeit. Aufgrund der Unkenntnis der Entfernung zum Fluss und der zuneige gehenden Vorräte erscheint mir der Plan riskant. Wir kennen keine möglichen Unterkünfte, sei es in Dörfern oder Hütten. Die Bewohner sind vermutlich Slawen oder Kumanen, misstrauische Menschen. Aber wir haben Geld, dies beruhigt misstrauische Menschen." Ramon schien tatsächlich über die Möglichkeit nachzudenken, aber das Risiko erschien sehr groß. „Der größte Unsicherheitsfaktor ist das Wetter und die frostigen Temperaturen. Wenn wir keine Unterkunft finden auf unserem Weg, werden wir erfrieren, Tofa. Aber wenn wir es schaffen bis zum Fluss, dann ist dieser wahrscheinlich nicht befahrbar in dieser Jahreszeit. Dein Plan wäre im Frühjahr absolut durchführbar, aber im Winter in dieser Landschaft fast unmöglich. Uns fehlen Kenntnisse über die Landschaft und das Wetter, wir bräuchten einen landeskundigen Führer, den haben wir nicht." Der Asturier schloss seine Erklärungen ab und blickte interessiert auf Tofa. Sie wusste, dass er richtig lag. „Wir überwintern in diesem Land und fahren im Frühjahr den Tanais mit einem Boot hinunter. Keiner erwartet uns, wir fehlen niemand", sagte sie mit fester Stimme. Ramon schüttelte den Kopf. „Möglicherweise wartet auf dich keiner. Der beste Weg nach Konstantinopel ist zum

Dnepr nach Westen. Ich überwintere nicht in diesem Land."
Tofa blickte ihn an. „Warum nicht? Kein Mensch wartet auf
dich, es geht dir wie mir. Das Schicksal hat uns zusammengeführt", sagte sie erbost. Plötzlich merkte sie, was sie damit
sagte und errötete leicht. Dies führte dazu, dass ihre Wut sofort anstieg. „Was ist falsch an dem Plan? Du überwinterst
mit einer schönen Frau. Ich musste mit Radomir schlafen,
du kannst mich auch haben. Das Einzige, was ich will, ist
meine Freiheit, und diese liegt im Süden. Ich hasse dieses
kalte Land!", schrie sie laut und sprang auf. Tränen standen
in ihren Augen. Sie stürmte an Ramon vorbei und brach
durch die angelehnte Tür hinaus. Tofa war nicht aufzuhalten,
wütend trat sie gegen die Tür und schob sie beiseite. „Ver-
dammter Schnee! Du bist wie die Männer, immer sind sie
mir im Weg!" Die blonde Frau stapfte durch die weiße
Pracht und versank bald bis zu den Knien, aber der Zorn
trieb sie weiter, bis sie in eine Spalte trat und vorne über in
den Schnee fiel. Die Kühle tat gut, aber sie spürte die Nässe
an ihren Hosen. Sie wollte aufstehen, aber versank erneut im
Schnee. Tofa fluchte und kämpfte. Plötzlich wurde sie an
den Schultern gepackt und hochgezogen. Ramon half ihr auf
die Beine. „Du hast es tatsächlich geschafft, in die tiefste
Stelle des Schnees zu gelangen, ringsum hättest du einen besseren Weg. Aber du hast wütend und planlos gehandelt.
Wenn du meine Partnerin bist, musst du dich als solche benehmen, Tofa." Sie riss sich los und wollte auf ihn einschla-
gen, aber sie rutschte im Schnee aus und fiel noch einmal
hin. „Es ist unglaublich, wie du dich verhältst. Beruhige dich,
Tofa! Wir werden nach Osten gehen", sagte Ramon ernst.
Plötzlich wurde sie ruhig und erhob sich langsam, der Schnee

kühlte ihr Gesicht. „Du meinst es ernst, oder?" Der Asturier nickte. „Gehen wir in unsere Hütte und sprechen darüber." Er drehte sich um, Tofa folgte ihm langsam. Ramon zog die Tür wieder zu, um zumindest etwas Schutz zu haben, die Pferde schnaubten. Langsam wurde es eng in der Hütte, aber diese Enge erzeugte Wärme, die allen half. „Wir werden heute aufbrechen. Ich traue Radomir nicht. Normalerweise bleiben die Männer einige Tage in der Stadt Kursk. Bis dahin haben wir einen großen Vorsprung, wenn nichts passiert auf unserem Weg. Es wird schwierig. Wir müssen darauf hoffen, dass der Schneefall aufhört oder zumindest nachlässt. Wölfe sind auf der Jagd, aber wir haben einen Bogen. Kannst du damit umgehen, denn ich gebrauche ihn nicht oft?" Tofa nickte. „Dann ist alles besprochen. Wir packen und führen die Pferde an den Zügeln bis zum nächsten brauchbaren Weg, der nach Osten führt. Wir bleiben in den Hügeln, um nicht entdeckt zu werden. Du hast deinen Willen. Jetzt musst du beweisen, dass du ihn umsetzen kannst", sagte er ernst. Die blonde Frau nickte. Plötzlich wurde sie von einer nie ge-kannten Aufregung erfasst. Sie begab sich auf eine Reise ins Ungewisse, mit einem ungewöhnlichen Mann. Die junge Frau spürte, dass sie die Reise ihres Lebens antrat. „Warum hast du dich umentschieden, Ramon?" Der Asturier zuckte mit den Schultern. „Ich verstehe deinen Wunsch nach Frei-heit, es ist ein gutes Gefühl. Wir werden es schaffen, wenn wir zusammenhalten und uns unterstützen. Du bringst au-ßergewöhnliche Fähigkeiten mit und bist zäh. Wir müssen aber in den nächsten Tagen eine geeignete Unterkunft fin-den, dazwischen hoffe ich auf Möglichkeiten zum Wärmen." Er drehte sich um und führte sein Pferd nach draußen, die

Sonne erstrahlte über der weißen Pracht. Tofa folgte ihm. Ein gutes Gefühl ergriff sie trotz der Gefahren, die auf sie zukamen. Die Pferde schienen froh zu sein, aus der engen Hütte zu entkommen. Er dachte noch einmal alles durch. Sie konnten den Hauptweg Richtung Kursk nehmen und hoffen, dass sie der Truppe von Radomir nicht begegneten. Aber er verwarf den Gedanken. Der Weg an den Dnepr erschien weit angesichts der Jahreszeit und der Anzahl der Verfolger. Er kannte die Kontakte des Slawen nicht. Der Radius der Bande schien weit gespannt zu sein, deshalb existierten viele Menschen, die mit ihm und für den Slawen arbeiteten. In jeder anderen Jahreszeit wäre es egal, denn sie konnten menschliche Ansiedlungen meiden, aber in diesen frostigen Zeiten benötigten sie Unterschlupfe und warme Behausungen, um das Überleben zu sichern. Er dachte an den Besuch mit Oleg in einem Dorf, danach wurden sie von den vier Kumanen überfallen. Das Nachrichtennetz der Bande funktionierte, deshalb erschien der Plan von Tofa gut, denn damit rechnete Radomir nicht. Wenn er sie Richtung Westen nicht fand, würde er sich Richtung Süden wenden. Boten würden ausreiten, um Menschen zu informieren, die er nicht kannte. Die Einsamkeit erschien am sichersten. Trotzdem verspürte er ein mulmiges Gefühl, als er in die nähere Umgebung blickte. Sie führten die Pferde den Hügel hinauf und auf der anderen Seite hinunter. Die Gegend erwies sich als Plateau mit Tälern und Schluchten. Dies begünstigte ihren Weg, denn es schützte vor dem kalten Wind. Aufgrund der dichten Kleidung und den Decken, die sie aus dem Dorf mitnahmen, spürten sie die Kälte kaum. Die Geldbeutel wurden im Gepäck verstaut. Langsam ritten sie nach Osten und folgten uralten Pfaden durch diese weite Landschaft mit ihren versteckten kleinen Tälern. Sie sprachen nicht viel, konzentriert hielten sie Ausschau nach Menschen und Häusern. Der Sonnenschein hielt an in den nächsten Tagen, der Schnee gefror und erleichterte das Reiten. Die Gegend zeigte sich in ihrer ganzen Pracht, die Urwüchsigkeit der Landschaft mit ihren gigantischen Weiten beeindruckte das Paar. Sie fanden Höhlen in den Taleinschnitten, wo sie ein Feuer entzünden konnten. „Wir könnten uns wärmen, Ramon", sagte sie, aber der Asturier schüttelte den Kopf. „Warum verzichtest du darauf? Mit den Dirnen hat es dir gefallen. Ich bin eine bessere Frau, normalerweise würdest du nicht in den Genuss kommen!", rief sie aufgebracht. Sie setzte eine arrogante Miene auf. „Ich muss es mit dir den ganzen Winter auf engem Raum aushalten. Es reicht deine Arroganz, sie ist schwer zu ertragen. Du verlangst Respekt, dann benimm dich nicht wie eine Dirne, wie du sie nennst. Wir sind Partner, Kampfgefährten, alles andere findet nicht statt", antwortete er hart. Sie verzichtete auf eine Antwort und hing ihren Gedanken nach, die sich mit dem Asturier beschäftigten. Noch nie führte sie solche langen und intensiven Gespräche mit einem Mann. Sie dachte nicht mehr an Leif und seine Vorgänger. Mit diesem Asturier verband sie eine Gemeinschaft, die aus der Not heraus geboren wurde. Er lag richtig, es musste nicht mehr sein. Körperliche Nähe würde Probleme schaffen, die das Ganze verkomplizierten. Im ersten Monat des neuen Jahres fanden sie in einem Waldstück eine kleine Siedlung vor. Diese bestand aus mehreren Hütten und wurde von einem Zaun umgeben, der vor den Raubtieren Schutz bot. Ramon spürte seine Beine nicht mehr. Sie führten die Pferde oft an den Zügeln, aber diese schienen erschöpft zu sein. Die Suche nach einer Hütte blieb erfolglos. Er trat zu Tofa, deren Körper erstarrt zu sein schien. „Wir müssen es riskieren, ansonsten erfrieren wir, Tofa. Halte deine Axt und das Messer griffbereit." Die junge Frau nickte, aber sie wirkte steif. Er rieb sie an den Armen und Beinen. Sie bewegten sich, um die Steife zu lösen. Als sie sich dem Tor des Zauns näherten, wurden sie angerufen. Der Mann sprach slawisch. Ramon nickte Tofa zu. Sie erklärte dem Mann, dass sie Hilfe benötigen würden. „Wir können bezahlen!", rief sie laut. Der Asturier richtete einen kleinen Beutel. Er blickte zum sich verdunkelndem Himmel, Schneefall setzte wieder ein. Wenn sie in diesem Dorf keine Zuflucht fanden, war die Reise vorbei, dies war beiden klar. Gemurmel ertönte, das Tor öffnete sich. Vier Männer standen mit Speeren bewaffnet vor dem Paar. Der Älteste wandte sich an Ramon und sprach ihn an. „Mein Mann spricht kein Slawisch. Du musst mit mir sprechen. Wir erfrieren, wenn du uns abweist!", rief sie laut und herrisch. Der Mann schien über den Ton nicht erfreut zu sein. „Sprichst du Griechisch?", fragte Ramon laut. Er zeigte den Geldbeutel und warf ihm den Mann zu, dieser fing ihn auf und blickte hinein. Zufrieden wandte er sich an den Asturier. „Natürlich spreche ich Griechisch, jeder versteht diese Sprache in diesem Land. Kommt herein", sagte er laut. Ramon führte das Pferd hinein. Tofa folgte ihm. Zwei junge Männer brachten die Pferde in einem großen Stall, wo sie Futter erhielten. Sie wurden in ein großes, langes Holzhaus geführt, in dem in einem großen Raum ein langer Tisch stand. Feuer knisterte in einem Kamin. Tofa wollte sich setzen, aber der Älteste hielt sie auf. Eine Frau eilte heran, vorwurfsvoll blickte sie auf den Mann. „Was machst du denn, Lew? Du bist nicht gastfreundlich. Die beiden sind vollkommen erfroren. Sie müssen sich aufwärmen." Die gastliche Frau zog Tofa zum Tisch und half ihr beim Ausziehen der steifgefrorenen Kleidung. Als die Anwesenden das blonde Haar sahen, blickten sie überrascht auf die junge Frau. Sie ärgerte sich über die Blicke und wollte etwas erwidern, aber Ramon fuhr sie an. „Halt den Mund, Tofa! Du solltest dankbar sein, sie haben uns gerade das Leben gerettet." Der Älteste, ein Mann Mitte Vierzig, klatschte in die Hände. Er antwortete auf Griechisch. „Genauso muss man mit einer Frau sprechen. Diese Weiber sind nicht dankbar!", rief er laut. Die Frau, etwas jünger als der Mann, blickte kopfschüttelnd auf Tofa. „Ich bin Ala. Du darfst nicht alles ernst nehmen, was Lew sagt. Er trinkt zu viel in dieser Jahreszeit, aber er ist ein guter Mann", sagte sie lächelnd. Sie verwendete ebenfalls Griechisch. Lew hörte die Worte und schlug der Frau auf den Hintern. Sie schrie kurz auf, schüttelte aber lächelnd den Kopf. „Ich bin der Beste. Acht Kinder habe ich gezeugt und erfreue meine Frau noch immer fast jeden Tag!" Ala blickte auf die blonde Frau. „Männer glauben immer, sie sind die Besten. Aber ich liebe ihn und er erfreut mich tatsächlich noch des Öfteren", sagte die gutmütige Frau lächelnd. Sie wies üppige Formen auf, auch Lew trug einen leichten Bauchansatz. Der Hausherr setzte sich zu Ramon, der es schaffte, trotz der gefrorenen Finger seine Kleidung auszuziehen. Die jungen Männer trugen das Gepäck ins Haus. Unauffällig blickte der Asturier darauf, aber sie schienen es nicht durchsucht zu haben. In der nächsten Stunde erhielten sie einen würzigen, kräftigen Eintopf und ein warmes Getränk. Langsam kehrte die Wärme in die Körper zurück, sie spürten die Schmerzen in den Fingern. Lew brachte einen Krug, in dem sich ein selbst gebrauter Alkohol befand. „Trink, mein Freund! Dieser Saft erweckt Tote zum Leben." Ramon trank zu hastig und verschluckte sich, das selbstgebrannte Zeug brannte wie Feuer. „Was ist das?", fragte er hustend. Tofa lachte angesichts der Schwierigkeiten des Asturiers. Ihr Gesicht erstrahlte nach der Rückkehr der Wärme in ihren Körper in rötlicher Farbe. Lew wandte sich an Ramon. „Ich bin einmal in Konstantinopel gewesen. Dort hat mir ein Mann erzählt, dass man aus Obst nicht nur Wein, sondern auch stärkeren Saft herstellen kann. Seitdem probiere ich es und habe immer für den Winter genügend eingelagert, obwohl Obst selten ist bei uns. Man kann dieses Getränk aber aus allen Früchten des Waldes herstellen. Du kommst in den Genuss eines Göttergetränks." Ala winkte ab. „Dieses Gebräu trinkst nur du, Lew. Bitte verschone unseren Gast damit", sagte sie kopfschüttelnd. Aber der Mann bestand darauf, dass der Asturier noch einmal trank. Er bot ihn auch Tofa an, aber seine Frau ließ das nicht zu. „Willst du diese schöne Frau umbringen, Halunke!", rief sie laut. Die drei Söhne Mito, Nicolai und Vadik saßen mittlerweile am Tisch und starrten die junge Frau an. Sie fühlte sich unwohl und reagierte zornig. „Was starrt ihr mich so an?" Stille kehrte ein. Ramon schüttelte den Kopf. Lews Augen verengten sich. Ala ergriff das Wort. „Meine drei jüngsten Söhne werden erwachsen. Du bist schön, sie haben selten Umgang mit Frauen. In diesem Land sind sie weit verstreut. Du benimmst dich wie eine Adelige, diese glauben etwas Besseres zu sein. Aber Gott hat alle gleich geschaffen, nur hat ein kleiner Teil mehr Macht und Geld. In diesem Haus sind alle Menschen gleich!", rief die gutmütige Frau zornig. Sie zeigte auf ein Kreuz an der Wand und wollte sich erheben. Ramon wollte etwas sagen, aber Tofa zeigte Einsicht. „Es tut mir sehr leid, Ala. Wir sind lange unterwegs gewesen. Ich hoffe, du entschuldigst mein Verhalten." Plötzlich erschien ein Lächeln im Gesicht der gutmütigen Frau. Sie legte die Hand auf den Arm der Warägerin. „Es ist in Ordnung. Du hast recht, aber Männer bleiben eben Männer." Ala wandte sich an ihre Söhne. „Es ist unhöflich, Gäste in dieser Form anzustarren. Ihr sollt bessere Männer als euer Vater werden, dieser alte Trunkenbold und Lüstling." Damit schien die Angelegenheit erledigt zu sein. Die Tür ging auf und ein weiterer Mann trat ein. „Boniak, mein alter Freund. Setz dich zu uns!", rief Lew laut. Der Angesprochene zog seinen Fellmantel aus und setzte sich an den Tisch. Er erwies sich als Kiptschake, der seinen Becher mit einem Zug austrank. Lew lachte und schenkte nach. Im Laufe der nächsten Stunden erfuhren Tofa und Ramon die Familiengeschichte. Lew und Ala lebten zusammen mit ihren drei jüngsten Söhnen in diesem Haus, es gab noch zwei kleinere Hütten und einen Stall. Die anderen Kinder lebten in der näheren Umgebung, wie sie es nannten, aber mittlerweile kannte das Paar die Entfernungen in diesem Land. „Es ist eine schöne Gegend, unsere Heimat, aber es ist ein hartes Leben. Deshalb genießen wir den Winter, wenn wir unsere Kleidung ausbessern und von den Vorräten leben. Wir sind eine gute Gemeinschaft. Zwei meiner Söhne haben eine Frau der Kiptschaken geheiratet. Auch mein alter Freund Boniak kommt aus diesem Volk. Wir kennen uns ewig, als junge Männer sind wir weit nach Osten gezogen, das sind Zeiten gewesen. Nach unserer Trennung haben wir Familien gegründet. Irgendwann ist er aufgetaucht und hat erzählt, dass seine Familie an einer Krankheit verstorben ist. Seitdem lebt er hier und hilft uns, der alte Gauner. Nicht wahr, Boniak!", rief er laut und hob seinen Becher. Ramon stieß ebenfalls an, mittlerweile schien er das Gebräu gewöhnt zu sein. „Du trinkst zu viel, Ramon, das bist du nicht gewöhnt", sagte Tofa tadelnd. „Lass ihn trinken! Männer brauchen das. Wenn sie betrunken sind, haben wir wenigstens Ruhe!", rief Ala laut. „Woher kommst du, Ramon?", fragte Boniak, er sprach ebenfalls Griechisch. Der Asturier zögerte mit der Antwort, aber Tofa griff ein. „Mein Gefährte kommt aus dem fernen Land Asturien, er kennt die Bräuche nicht so gut. Er spricht auch kein Slawisch. Wir werden euch erzählen, wer wir sind." Neugierige Blicke trafen die blonde Frau. Sie erzählte die Wahrheit, gespannt hörten die Menschen zu. Geschichten aus einer fernen Welt belebten den Alltag in dieser Einsamkeit. Tofa schien sich alles von der Seele zu reden. „Sie redet gerne", sagte der Asturier zu Lew, der zustimmend nickte. Am Ende der Geschichte blickte er die blonde Frau resignierend an. Der Hausherr schlug Ramon auf die Schulter, der kräftige Schlag riss den Asturier nach vorne. „Du bist den ganzen Weg von Kyiv geritten, um sie zu befreien. Das ist wahre Liebe, mein Freund", sagte er anerkennend. Boniak nickte zustimmend. „Ich habe sie aufgrund eines gegebenen Versprechens befreit. Das hat mit Liebe nichts zu tun", sagte Ramon, er lallte bereits stark. Das kräftige Getränk, gepaart mit den Nachwirkungen der letzten Tage, zeigte eine starke Wirkung. Die Anwesenden blickten ihn verständnislos an. „Er will mir seine Liebe nicht gestehen, manchmal ist er schwierig. Das liegt vermutlich an diesem Land, aus dem er stammt. Sie haben andere Gebräuche und Regeln am westlichen Ozean", sagte Tofa in verschwörerischem Ton. Ala nickte, auch Lew zeigte Verständnis. „Du bekommst das hin. Wenn er dich aus Radomirs Bande geholt hat, dann ist er ein mutiger Mann und zu allem entschlossen." Boniak ballte die Fäuste. „Diese lausige Bande ist gut vernetzt, der Bulle hat gute Verbindungen, auch zu den Kiptschaken. Radomirs Feinde sind unsere Freunde!", rief der Kiptschake laut. „Sie sind Mörder und Diebe, überfallen fleißige Menschen und Transporte. Ausgestoßene, die in eigenen Dörfern hausen, aber es gibt auch welche, die als Kontakte und Hehler dienen", sagte Lew laut und schüttelte empört den Kopf. Ramon blickte auf Tofa. Das Schicksal führte sie zu diesen Leuten, das Glück blieb ihnen hold. Die Äußerungen wirkten ehrlich. „Wir wollen nicht lange bleiben, werden uns auf den Weg machen. Der Fluss Tanais muss in der Nähe sein, dann geht es in den Süden", sagte Tofa. Lew und Boniak blickten sich an, dann schüttelten sie die Köpfe und lachten laut. „Der Fluss, wir nennen ihn Don, ist in dieser Jahreszeit nicht befahrbar. Aufgrund der Temperaturen gibt es Eisschübe, ihr müsst auf den Frühjahr warten, Kindchen", erläuterte Ala. „Wisst ihr vielleicht, wo eine Hütte zu finden ist? Wir müssen irgendwo überwintern", sagte Ramon, das Sprechen fiel ihm schwer. „Was kannst du zahlen?", fragte der Hausherr neugierig. Ala schüttelte den Kopf. „Halt den Mund, Lew! Die beiden bleiben bei uns. Der Fluss liegt in der Nähe. Wenn das Eis das Wasser freigibt, könnt ihr fahren, Wir werden euch helfen!", sagte sie bestimmt. „Natürlich werden wir dafür bezahlen, ihr müsst eure Vorräte mit uns teilen", sagte der Asturier. Ala blickte ihn kopfschüttelnd an. „Männer machen aus allem ein Geschäft. Wir haben genug Vorräte. Wenn du hierbleibst, trinken wenigstens diese beiden alten Halunken nicht so viel von diesem Gebräu", sagte Ala abschließend. „Sie kann manchmal streitsüchtig sein, aber du kennst das sicherlich von deiner blonden Frau. Wir reden ein anderes Mal über das Geld", flüsterte Lew. Tofa blickte in die Augen der gutmütigen Ala, deren Lächeln ihr die Tränen in die Augen trieb. „Ich danke euch, das ist ein großes Glück für uns. Aber Radomir wird uns folgen, das bringt euch in Gefahr." Boniak winkte ab. „Wir werden wissen, wann er kommt. Er hat bereits mehrmals versucht, in diesem Gebiet Beute zu machen. Es wird ihm nicht gelingen." Plötzlich zitterte Tofa. Die gelungene Flucht aus dem eisigen Land mit der Aussicht auf die Umsetzung ihres Wunsches nach einem freien Leben und die Gastfreundlichkeit dieser Menschen überwältigten sie. Tränen rannen über ihr Gesicht. Ala trat zu ihr und umarmte sie. „Es ist gut, Kindchen. Das wird schon wieder", sagte sie in mütterlichem Ton. Lew blickte den Asturier an. „Hat sie das öfter?" Dieser nickte. „Diese Adeligen sind seltsam, aber ich vermute, sie trinkt einfach zu viel Wasser", antwortete er grinsend. Lew und Boniak lachten. Der Slawe schenkte Ramons Becher voll, die drei Männer stießen an. Die drei Jungen tranken Pferdemilch, sie nannten das Getränk Kumys. Tofa blickte auf Ala, deren Lächeln eine beruhigende Wirkung auf die junge Frau zeigte. Irgendwann schaffte es Ramon nicht mehr, den Becher zu heben. Boniak und Lew brachten ihn in die kleine Hütte neben dem Haupthaus. „Hier haben zuletzt meine älteste Tochter und ihr

Mann geschlafen. Mittlerweile haben sie ein eigenes Haus. Es ist gut, dass es wieder besetzt ist. Lew kümmert sich um den Kamin, aber das Bett wird euch wärmen", sagte Ala. Ramon schlief binnen kurzem ein. Das Bett war breit genug für zwei Menschen und wies dicke Decken über der Strohmatratze auf. Tofa blickte zur Decke der kleinen Hütte, die einen Anbau an das Haupthaus darstellte. Der Tag erschien märchenhaft. Sie kannte solche anständigen Menschen und deren Hilfsbereitschaft nicht. Früher mussten diese ihrer Familie einen Teil ihres Ertrages liefern. Sie nahm diese nicht wahr, sondern nur als Teil der Gesellschaft, die ihrer Schicht diente und für sie arbeitete. Dafür erhielten sie Schutz, wenn es möglich erschien. Aber das Leben als Tochter eines Kleinadeligen war vorbei. Dieses neue Leben schien viel interessanter zu sein, zwar gefährlicher, aber es bot mehr Abwechslung und Spannung. Sie spürte eine große Freude über die Veränderung. Ihre Distanz zu den Menschen brach, sie ging auf sie zu und wusste, dass sie sich auf dem richtigen Weg befand. Seltsamerweise passierten diese Dinge, als dieser mysteriöse und triebhafte Asturier in ihr Leben trat. Die Schicksalswege kreuzten sich mehrmals, aber die Zukunft lag im Nebel. Er zeigte kein Interesse und bei ihr überwog das Gefühl der Freiheit alle anderen Empfindungen. Sie wollte in Zukunft frei leben, ohne Mann und Verpflichtungen, als Kriegerin, wie es die Amazonen vor Urzeiten taten. Aber die Gespräche mit Ramon erwiesen sich als unterhaltsam und anregend, sie genoss die verbalen Schlagabtäusche. Auch der gezeigte Respekt und die Anerkennung für ihre Haltung und den Mut freute sie, noch nie ließ sie das ein Mann spüren. Die Zukunft würde weisen, wohin der Weg führte, aber derzeit fühlte sie sich wohl. Vor allem in Gegenwart dieses Asturiers, der nach dem Konsum des seltsamen Gebräus wie tot im Bett lag. Tofa setzte sich auf und betrachtete den großen Mann, er schien noch zu leben. Ein Lächeln erschien in ihrem Gesicht. Sie legte sich hin und drängte sich an den Asturier, bald schlief sie ein.

5.
Februar 1046 bis Juli 1046

Während Tofa und Ramon aufgrund der Aufnahme durch gastfreundliche Menschen den Winter überlebten, grübelte der Slawe Radomir in seinem Dorf über die zurückliegenden Ereignisse. Nach der Rückkehr aus der Stadt fand er ein Dorf ohne Männer vor. Vier tote Krieger zeugten von einem Überfall, von dem er vollkommen überrascht wurde. Seine Frau und sein Sohn berichteten, dass ein großer Krieger die blonde Frau befreite, gemeinsam verließen sie das Dorf. Davor tötete der Angreifer vier seiner Leute. Sein Zorn erfasste das Dorf, alle wichen ihm aus. Die Toten und die Flucht der blonden Frau stellten ein kleineres Übel dar als die Plünderung seines Geldverstecks. Dies schmerzte nachhaltig. Seltsamerweise beließen die Räuber einige Beutel vor Ort, laut Erzählungen seiner Frau wegen des Gewichts. Der erste Antrieb war, den Flüchtigen zu folgen, aber der starke Schneefall verwischte alle Spuren. Radomir musste sich zurücknehmen, um alle Möglichkeiten durchzudenken, bevor er sich in ein riskantes Abenteuer stürzte. Sein Bruder Anatoli wollte sofort losreiten, aber er hielt ihn zurück. „Wo willst du hin? Wir wissen nicht, wohin sie gegangen sind." Dieser schüttelte verständnislos den Kopf. „Der Mann ist aus Kyiv gekommen. Ansonsten gibt es keinen Grund, die Frau mitzunehmen. Sie sind Richtung Westen unterwegs. Wenn wir die meisten Männer zusammenrufen, können wir die Wege nach Westen oder Süden überprüfen. Die beiden müssen irgendwo Unterkunft nehmen, in dieser Jahreszeit ist jeder Tag außerhalb ein Risiko. Wir können sie finden, die Frau stellt eine Last dar!", entgegnete Anatoli. Radomir schüttelte den Kopf. „Diese Frau ist stolz und hart, sehr außergewöhnlich. Sie ist keine Last, das ist sicher." Er dachte an die blonde Tofa, die er einmal missbrauchte, aber danach keinen Gefallen mehr daran fand, weil sie überhaupt kein Entgegenkommen zeigte. Sie lag wie ein Stück Eis, auch Schläge brachten sie nicht zur Besinnung. Insgeheim bewunderte er ihre Hartnäckigkeit und den unbeugsamen Stolz, sie zog offensichtlich den Tod ein Leben mit ihm vor. Dies sagte sie ihm mehrmals, deshalb schlug er sie. Trotzdem wollte er sie behalten, im Frühjahr nach Osten zu den Kiptschaken ziehen und sie gut verkaufen. Unter der Oberschicht dieses Volkes waren blonde Sklavinnen heiß begehrt. Er erinnerte sie ständig daran, aber sie zeigte keine Reaktion. Sie stellte aber trotz allem keinen großen Verlust dar. Nach den Erzählungen seiner Frau kannte sie das Geldversteck. „Das liegt daran, dass du dich mit dieser blonden Dirne vergnügt hast!", rief sie eifersüchtig, was ihr eine körperliche Maßregelung einbrachte. Frauen unterstanden Männern und mussten ihnen gehorchen, er lag mit seiner Einstellung im Zeitgeist. Der Fluchthelfer wurde als groß, mit dunklerer Hautfarbe als in diesen Breiten gewohnt, beschrieben. Offensichtlich erhielt er von den Nordmännern in Kyiv den Auftrag, die entführte Frau zu befreien. Im Zuge dessen nutzte er die Möglichkeit, um sich zu bereichern. Es musste sich um einen gefährlichen Mann handeln, wenn er vier seiner Leute ausschaltete. Dieser musste das Dorf längere Zeit beobachtet haben und schlug während der Abwesenheit von zehn Männern zu. Der Angreifer agierte mit Geduld, aber er musste sein Pferd irgendwo untergebracht haben. Sein Bruder Anatoli drängte auf den Aufbruch. „Halt den Mund! Die Temperaturen fallen, die Männer befinden sich in ihren Dörfern, die beiden können sich überall verstecken. Vermutlich liegst du richtig, dann werden wir sie nicht mehr einholen. Sie haben uns vielleicht beim Heimritt beobachtet. Dieser Mann hat einen Plan und ist uns mehrere Schritte voraus. Wir müssen Geduld zeigen, auch wenn es länger dauert!" Nach der Besserung des Wetters fanden sie Spuren. Sie erkannten die Zugangsstelle des Mannes, auch Blutspuren gab es. Nach einer tagelangen Suche gelangten sie zur schiefen, alten Hütte in den Hügeln oberhalb des Dorfes. Innen zeugten die Hinterlassenschaften von Pferden vom Aufenthalt. Dieser Ort stellte den Unterschlupf dar, kalt und windanfällig. Radomir erkannte Reste eines Feuers, vermutlich für die Frau gemacht. Offensichtlich blieben sie nach der Flucht nicht lange in der Hütte, danach wurde es sehr kalt in diesem Land. Es stellte sich die Frage, wohin sie gingen. Die einfachste Lösung lag im Westen, aber der Weg nach Kyiv erschien weit in dieser Jahreszeit. Süden stellte sich als Möglichkeit dar, um den Hauptwegen nach Westen auszuweichen. Aber in dieser Jahreszeit stellte das Wetter ein großes Problem dar, für die Flüchtigen und den Slawen. Außerhalb des Winters wäre er bereits auf der Verfolgung. Die Bande verfügte aufgrund ihrer Größe über ausreichende Möglichkeiten, die Flüchtigen zu stellen. Seine Kiptschaken präsentierten sich als unerbittliche Verfolger, wenn sie die Spur aufnahmen. Sein Stellvertreter Otrok fiel ihm ein, dieser erschien nicht zum vereinbarten Zeitpunkt. Der Kiptschake oder Kumane, wie das Volk im Westen genannt wurde, erwies sich bisweilen als schwierig, aber er verhielt sich loyal und stellte seinen gefährlichsten Kämpfer dar. Dieser sprach davon, in seine Heimat am Don zurückzukehren, aber dies würde er seinem Anführer persönlich mitteilen. Das Nichtauftauchen des Kiptschaken und seiner drei Gefolgsleute stellte ein weiteres Rätsel dar und hing möglicherweise mit der Befreiung der blonden Tofa zusammen. Die Waräger galten als gefürchtete Kämpfer. Er traute ihnen zu, einen Trupp loszuschicken, um eine adelige Tochter zu befreien. Aber nach dem Überfall auf das Anwesen bei Kyiv und der nachfolgenden Attacke auf die Waräger blieben wenige Krieger übrig. Er glaubte nicht an eine weitere Verfolgung durch Sigfrods Soldaten. Möglicherweise beauftragten Verwandte eine Söldnertruppe, die blonde Frau zu befreien. In dieser Jahreszeit rechnete keiner mit einer Verfolgung, deshalb erschien dies in der Nachbetrachtung als überraschende Möglichkeit gegeben. Er selbst würde im Frühjahr Kontakt aufnehmen, um Lösegeldverhandlungen einzuleiten. Da niemand dies einkalkulierte, erschien der Befreiungsversuch im Winter schlüssig. Otrok und seine Kiptschaken suchten in regelmäßigen Abständen die Kontaktleute und Informanten im Westen auf, auch während der Wintermonate. Ein Zwischenfall mit dem Söldnertrupp erschien wahrscheinlich. Die Befreiung der blonden Frau wurde von einem einzelnen Krieger ausgeführt. Möglicherwiese bildete er den Rest des Söldnertrupps, oder er handelte allein und nutzte die Situation. Das beschriebene Aussehen wies nicht auf einen Waräger hin. Radomir erinnerte sich an die Söldner, denen sich die Kellnerin Mila anschloss. Anatoli erzählte über den Vorfall in Perejaslawl. Sie wirkten unauffällig, erwiesen sich aber als sehr gefährlich. Er lernte sie in Kyiv kennen. Aber es gab keinen Bezug zu den Männern, sie stritten selbst mit den Warägern. Tofa wollte einen davon töten. Radomir schloss seine Überlegungen hinsichtlich der Ursachen ab. Nach seinen Erkenntnissen gab es derzeit zwei Flüchtige, ansonsten existierten keine weiteren Beteiligten. Der Fluchthelfer handelte nach einem konkreten Plan und versuchte, seinen Gegner auszuloten. Er nutzte vorhandene Möglichkeiten, um seine Pläne umzusetzen. Radomir grübelte, er musste bei diesem Mann mit Überraschungen rechnen. Eine Flucht nach Norden schloss er aus, der Weg nach Süden erwies sich als schwierig in dieser Jahreszeit. Es gab viele Höhenzüge, die den Weg erschwerten. Aber es erschien möglich. Der direkte Weg zu einem Fluss bildete die wahrscheinlichste Variante, nach Westen an den Dnepr oder nach Osten an den Don. Dort lagen Städte, wo sie Zuflucht fanden. Der Weg nach Westen war weiter, aber den Flüchtigen bekannt. Wenn sie diesen Weg nahmen, dann würden sie sie nicht mehr einholen. Der Weg zum Don erwies sich als viel kürzer, diesen kannten die Flüchtigen vermutlich aber nicht. Im Osten und am Fluss lebten die Kiptschaken. Er verwarf diese Möglichkeit. Das Risiko erschien ihm zu hoch in dieser Jahreszeit. Radomir erteilte Anatoli den Auftrag, in den Städten und Dörfern Richtung Westen zu prüfen, ob eine blonde Frau auftauchte. Dies erwies sich im Winter als beschwerlich. Sein Bruder freute sich trotzdem darüber, zwei Männer schlossen sich an. Radomir kannte die Vorliebe von Anatoli für das Leben in den Städten, der Winter in dieser Landschaft verhieß Einsamkeit und Eintönigkeit. Die Männer betranken sich oft, das wirkte sich auf das Familienleben aus. Radomir blieb mit seinen restlichen Männern zurück und verharrte in seinem Dorf. Er war entschlossen, sich sein Geld zurückzuholen oder zumindest die beiden Räuber zu bestrafen. Eine gelungene Aktion würde sich herumsprechen, er kannte seinen geschwätzigen Bruder. Derzeit konnte er nichts tun, er musste auf ein Lebenszeichen der Flüchtigen warten. In der Zwischenzeit wandte er sich wieder seiner Frau zu, die nach den Ereignissen und der Flucht der blonden Frau eine große Hingabe zeigte, die er freudig registrierte. Anatoli und seine Männer blieben lange weg, erst im vierten Monat des neuen Jahres kehrten sie zurück. „Wir haben nichts gefunden, keiner hat etwas gesehen. In einem Dorf haben sie uns mitgeteilt, dass zwei verdächtige Männer nach dir gefragt haben, beide dunkelhaarig mit Vollbart. Einer davon hat slawisch gesprochen, der andere hielt sich zurück. Der Kontaktmann hat damals Otrok verständigt. Seit damals ist der Kumane verschwunden, auch seine Männer sind nicht mehr aufgetaucht. Ich denke aber nicht, dass diese zwei Männer die vier Kumanen erledigt haben, das kann ich mir nicht vorstellen." Radomir überlegte und schüttelte den Kopf. Er ließ sich die Männer beschreiben, einen davon konnte er identifizieren. „Der eine Mann ist der Bruder der Blonden gewesen, dieser ist damals in Kyiv mit dabei gewesen. Beim anderen kann es sich um einen der Söldner handeln, die Mila begleitet haben." Er verfügte über ein hervorragendes Personengedächtnis. Sein Bruder nickte. Langsam ergaben die Ereignisse ein Gesamtbild. „Otrok ist der schnellste Kämpfer gewesen, den ich kenne. Er allein ist fast nicht zu schlagen", sagte Anatoli. Radomir lächelte. „Der Mann hat im Zuge der Befreiung der blonden Frau vier gute Männer getötet. Es gibt immer einen Besseren, zumindest wissen wir Bescheid, was sich zugetragen hat. Ohne sein Grab zu kennen, werden wir Otrok wohl nicht mehr sehen", sagte der Slawe lächelnd. „Ich konnte ihn nie leiden, diesen arroganten Kumanen!", rief sein Bruder. Radomir kam zum Schluss, dass die Flüchtigen sich nach Osten wandten, Richtung Don. „Wir werden sie nicht mehr einholen, Bruder. Es ist zu lange her, wahrscheinlich sind sie bei ihrer Flucht erfroren." Er schüttelte resignierend den Kopf. „Der Fluss kann im Winter aufgrund des Eises schlecht befahren werden. Wenn sie nicht erfroren sind, überwintern sie im Osten. Sie verfügen über das nötige Geld, um jemand zu überzeugen, sie aufzunehmen." Zorn kam hoch im bulligen Slawen, der Raub seiner Geldreserven ärgerte ihn maßlos. Dieses Geld war sein Eigentum, die Wut schwoll an. Plötzlich keimte Hoffnung auf, vielleicht lebten diese Menschen noch in seinem Einflussbereich. Wahrscheinlich waren sie erfroren in den unendlichen Weiten des Landes, dann lag das Geld vielleicht bei den Toten. Rachsucht und Besitzdenken fanden sich in seinem Kopf zu einem Entschluss. „Möglicherweise finden wir ihre Leichen, aber ich will es wissen. Keiner bestiehlt Radomir!", schrie der Slawe laut und schlug mit der Faust auf den Tisch. Er ließ sechs Männer zurück und brach mit vier Männern und seinem Bruder Mitte des vierten Monats Richtung Osten auf. Unterwegs wollte er in zwei Dörfer reiten, um sich Männer seiner Bande zu holen. Ein Dorf der Kiptschaken lag in der Nähe des Flusses. Dort lebten zwei Männer seiner Bande, sie stellten die besten Kundschafter dar. Um den Fluss Don präsentierte sich die Bevölkerung gemischt. Slawische Männer ehelichten manchmal Frauen der Kiptschaken. Ein Teil der Menschen im Grenzgebiet der Kulturen versuchte, miteinander Handel zu treiben und gute Kontakte zu pflegen. Andere bekämpften sich ständig, es gab Überfälle der Kiptschaken auf kleine Dörfer und alleinstehende Anwesen. Mit einem guten Gefühl ritt Radomir nach Osten, möglicherweise kehrte sein Glück zurück.

Tofa und Ramon wurden innerhalb der Familie von Ala und Lew gut aufgenommen, die Bezahlung erleichterte die Gastfreundlichkeit. Der Asturier ritt oft mit Boniak durch die Gegend, sofern es das Wetter erlaubte. Er beteiligte sich an der Bewachung der kleinen Siedlung. Andere Kinder des Ehepaars trafen zwischenzeitlich ein und gesellten sich dazu. Der Asturier lernte viel von Lew, der über einiges Wissen über die Vergärung von Alkohol verfügte, er verkostete auch die vergorene Stutenmilch. Die Zeit im Winter wurde mit Feiern und langen Gesprächen überbrückt. Lew, Boniak und Ramon verstanden einander gut. Die jungen Söhne folgten mehr der blonden Warägerin. Tofa gefiel ihnen. Ala gebot dem Treiben Einhalt. Die blonde Warägerin sorgte bisweilen für Ärger. Sie präsentierte sich gelegentlich als sehr arrogant. Selbst der ruhige Boniak verstand ihre Reaktionen nicht. Der Asturier warf ihr wiederholt vor, zu wenig Dankbarkeit zu zeigen. Um sich Diskussionen zu ersparen, zog sich die junge Frau vermehrt in die Hütte zurück. Manchmal ritt sie gemeinsam mit Boniak aus, was sich aber immer sehr schweigsam gestaltete. Das Land präsentierte sich winterlich und in einer urtümlichen Pracht, was der blonden Warägerin sehr gefiel. Sie zeigte sich beeindruckt von der Weite und gefühlten Unendlichkeit. Auf den fruchtbaren Böden bauten die Menschen in den anderen Jahreszeiten Getreide an. Die anfängliche Freude über ihre Flucht wich bei Tofa bisweilen Langeweile und Einsamkeit. Sie dachte an Kyiv und die gewohnte Umgebung. Manchmal schmerzte das Heimweh. Sie wusste in diesen Momenten nicht, ob ihre Entscheidung, die Freiheit zu wählen, die richtige darstellte. Nach dem Eintreffen in der Siedlung fühlte sie sich gut. Tofa lebte sich ein, sie suchte die Nähe zu Ramon, aber er hielt sich an seine Ansage und blieb auf Distanz. Die beiden schliefen im gleichen Bett, aber es gab eine Kluft zwischen ihnen. Er mied ihre Nähe, sofern es möglich erschien. Sie sprach ihn darauf an. „Was ist los mit dir? Du säufst wieder und ignorierst mich, als ob ich nicht existiere. Das verstehe ich nicht, du hast bisher triebhaft gelebt. Wir schlafen im gleichen Bett und du lehnst mich ab." Sie fühlte sich oft sehr einsam und wünschte sich die Nähe eines Mannes, der ihr Sicherheit gab und ihre Lust befriedigte. Aber sie unterließ es nach anfänglichen Versuchen. Der Asturier zeigte sich von seiner kalten Seite. „Wir haben darüber gesprochen, Tofa. Das Schicksal hat uns zusammengeführt. Wir gehen ein Stück gemeinsamen Weges, danach trennen wir uns wieder. Beide haben wir eine gänzlich andere Vorstellung von Leben. Es bringt nichts, uns näher zu kommen", antwortete er ruhig. Ramon verstand sich manchmal selbst nicht, wenn er diese Antworten gab. „Was ist falsch an mir? Ich bin eine schöne Frau, viele Männer würden gerne mit dir tauschen. Wir planen keine gemeinsame Zukunft. Es geht nur um etwas Vergnügen, du Tölpel." Als sie in sein Gesicht blickte, erkannte sie, dass sie zu weit ging. Aber sie geriet noch mehr in Zorn. „Du begleitest mich nicht einmal auf meinen Ausritten. Boniak spricht nicht mit mir. Daran bist vermutlich du schuld. Männer und ihre Eitelkeiten gehören zum Schlimmsten, was dieser Welt passieren konnte!", schrie sie laut. „Du änderst dein

Verhalten nicht, Weib! Dein arrogantes Benehmen ist störend. Es ist vielleicht besser, du gehst wieder dorthin zurück, wo du hergekommen bist. Deine gewohnte Umgebung als Adelige wird dir guttun, Gnädigste!" Sie führten die Unterhaltung lautstark, die anderen Hausbewohner gewöhnten sich mittlerweile daran. Der Asturier erhob sich. „Ja, das ist klar. Der gute Mann geht. Verschwinde einfach! Das ist das größte Talent von Männern, Frauen mit ihren Problemen im Stich zu lassen!", rief sie empört. Ramon fuhr sich durch die Haare. Er atmete langsam aus und versuchte sich zu beruhigen. „Du machst mich wahnsinnig. Wir sind nicht Mann und Frau im herkömmlichen Sinn, sondern Weggefährten. Im Frühjahr fahren wir nach Konstantinopel, so Gott will, dann trennen sich unsere Wege. Es ist gut, dass Ala und Lew uns aufgenommen haben, in einer einsamen Hütte hätte ich dich vielleicht schon getötet!" Er ballte die Fäuste. Tofa erhob sich. Plötzlich hielt sie ein Messer in der Hand. „Das können wir sofort erledigen, dann ist das Problem gelöst. Es stellt sich die Frage, ob du es schaffst, Säufer", sagte sie mit verengten Augen. Seine Wut wuchs ins Unermessliche. Sie kannte seine grundsätzliche Einstellung. „Ich werde keine Frau töten. Du neigst dazu, mich töten zu wollen. Denke an Kyiv!", antwortete er laut. „Es ist schade, dass mir das nicht gelungen ist. Ich hätte mir viel erspart!", entgegnete sie wütend. „Vor allem deine Befreiung von Radomir, du Miststück!", schrie er laut. Sie hielt ihm das Messer entgegen. „Verschwinde, du mieser Bastard!", rief sie aufgeregt. Er drehte sich um und verschwand nach draußen. Dort sattelte er ein Pferd und ritt weg. Tofa setzte sich auf das Bett. Plötzlich fühlte sie sich schlecht, sie ließ das Messer fallen. Tränen rannen über ihr Gesicht, der Zorn wich dumpfen, innerlichen Schmerz, der sie fast erdrückte. Sie wusste den Grund nicht, aber es fühlte sich alles nicht gut an. Die Tür ging auf und Ala trat ein. Sie wollte sie wegschicken, aber diese ließ sich nicht abweisen. Die Hausherrin setzte sich zur blonden Warägerin auf das Bett und strich ihr über das lockige, blonde Haar. „Lass es hinaus, Weinen schadet nicht. Es löst den innerlichen Schmerz, Kindchen", sagte sie mit beruhigender Stimme. Tofa sagte vorerst kein Wort, aber dann brach es aus ihr heraus. „Er behandelt mich schlimmer als seine Dirnen. Sie sind die Lieblingsfrauen der Männer, machen alles, was diese wollen. Aber sie nutzen das Los dieser Frauen aus und fühlen sich gut dabei. Ich fühle mich manchmal einsam, aber er weist mich schroff ab." Sie brach ab und ließ ihren Tränen freien Lauf. Ala strich ihr über den Kopf, langsam beruhigte sich die blonde Frau. Die Slawin schien bisweilen mit dem Benehmen von Tofa auch nicht zufrieden zu sein, aber sie wusste, woher sie stammte und diese Situation neu für die junge Frau war. Dazu kam ihre Gefangenschaft mit dem Missbrauch, trotzdem zeigte sie Durchhaltevermögen und Stolz. „Du solltest den Menschen mehr zuhören. Ich weiß, es ist schwer für dich, aber die anderen haben unter deinem Verhalten zu leiden. Ramon schützt sich", führte Ala mütterlich aus. Tofa drehte sich zu ihr. „Das verstehe ich nicht. Wovor schützt er sich?", fragte sie verständnislos. „Derzeit seid ihr Weggefährten, aber eure Wege trennen sich wieder nach eurem Plan. Deshalb will er Abstand halten, Tofa." Diese schüttelte verständnislos den Kopf. „Er lebt wie ein Söldner, frei und ungebunden, ohne Verantwortung für eine Familie. Seine Triebhaftigkeit befriedigt er mit schnellem und oberflächlichem Vergnügen. Das ist für ihn leicht einzuschätzen, er neigt zum freien Leben. Viele Männer leben ähnlich, ein Teil davon lässt Frauen mit Kinder zurück. Dein Auftauchen bringt ihn durcheinander, seine bisherige Welt ist in Gefahr. Jene Welt, die er im Griff hat, und die leicht zu leben ist. Deswegen ist er vermutlich von zu Hause weggegangen, um keine Verantwortung gegenüber anderen Menschen zu haben", sagte Ala ruhig. Sie dachte an Lew, der ähnlich war in jungen Jahren, bis er sie traf. Still lächelte die Frau in sich hinein, als sie an ihre ersten gemeinsamen Erlebnisse dachte. Der stolze Slawenkrieger, der aus dem fernen Osten heimkehrte, und sich nahm, was er wollte.

„Warum bringe ich ihn durcheinander? Er meidet und versteht mich nicht." Ala blickte auf Tofa. Die junge Frau schien tatsächlich Mühe zu haben, sich in andere Menschen hineinzuversetzen. „Hast du viel mit deiner Mutter gesprochen?", fragte Ala interessiert. Tofa zuckte mit den Schultern. „Meine Eltern haben nicht sehr viel mit uns geredet, nur wenn es ihnen notwendig erschienen ist. Mutter hat die Regeln im Haus vorgegeben, danach mussten wir uns richten, aber sie hat mich nicht verstanden. Ich habe sie trotzdem geliebt", antwortete sie leise. Ala nickte gütig. Die junge Frau wuchs zwar in reichen Verhältnissen auf, erfuhr aber nie Verständnis und Zuneigung, deshalb erschienen ihre gefühllose Art und Arroganz verständlich. Aber sie erwies sich durch ihr Verhalten für ihre gesellschaftlich niedriger gestellten Mitmenschen in ihrer Umgebung als schwer verträglich. „Warum schützt sich Ramon vor mir?", fragte die junge Frau erneut. Ala schüttelte den Kopf und lächelte. „Der Mann ist viele Meilen nach Osten geritten. Nach Lews Erzählungen hat er einige gute Krieger getötet, um dich zu befreien. Er will sein Versprechen an deinen Bruder halten, zumindest hat er dies beim Trinken erzählt. Aber es geht nicht um den Bruder, sondern um dich. Du beeindruckst ihn mit deiner Art, deinem Widerstandsgeist und er will dich nicht ausnutzen wie eine Dirne. Er geht auf Distanz, um sich zu schützen. Eure Wege sollen sich trennen und er will vermeiden, dir gefühlsmäßig nahe zu kommen", sagte Ala abschließend. Tofas Augen wurden groß. „Was willst du damit sagen?" Ala lächelte und nahm ihr Gesicht in beide Hände. „Der Mann liebt dich. Deshalb behandelt er dich nicht wie die anderen Frauen, du bist ihm zu wertvoll dafür." Tofas Überraschung schien riesengroß zu sein, mit dieser Erkenntnis hatte sie nicht gerechnet. Ala lachte und erhob sich. „Ihr solltet ehrlich zueinander sein und euch aussprechen. Die Freiheit ist das eine, aber die Zweisamkeit das Richtige, wenn man sich liebt", sagte die mütterliche Frau abschließend, bevor sie verschwand. Tofa legte sich zurück und dachte über das Gehörte nach. Sie konnte ihre Gefühle selbst nicht einschätzen, aber es drängte sie jedes Mal, ihn zu berühren. Die Gespräche und Streitigkeiten gefielen ihr meistens, sie führte solche vor seinem Auftauchen mit Männern nicht. Ramon respektierte sie, das glaubte sie ihm, aber schien es tatsächlich Liebe zu sein, wie Ala sagte. Deren Worte klangen logisch, aber sie mussten nicht zutreffen. Tofa wurde klar, dass sie selbst herausfinden musste, was sie wollte. Der Mann gab ihr Sicherheit, sie konnte sich auf ihn verlassen, aber dies bot auch Leif. Ramon machte kein Hehl daraus, dass er Dirnen bevorzugte und gerne feierte, es stellte sein Leben dar. Leif übernahm Verantwortung, aber er führte ein ähnliches Leben wie der Asturier. Der Nordmann hätte nie ähnlich lange Gespräche mit ihr geführt, er ordnete der Frau eine gewisse Stellung und Rolle zu. Ramon schien sie als gleichwertig zu respektieren, dies war seiner Erziehung geschuldet. Tofa lächelte plötzlich, die Worte von Ala ergaben tatsächlich Sinn, aber wie stand sie selbst zu dem Asturier. Beide wollten frei leben, aber sie konnten ein längeres Stück Weg zusammengehen, es sprach nichts dagegen. Sie wollte mit ihm darüber sprechen, aber Ramon blieb in den nächsten Tagen der Siedlung fern. Mittlerweile brach der vierte Monat im Jahr an. „Wo ist er? Vielleicht ist etwas passiert", sagte sie zu Ala und Lew. Der Slawe schüttelte den Kopf. „Dem Mann kann nicht viel passieren, er verfügt über gute Instinkte." Der Slawe blickte auf die junge Frau. „Du solltest dich für ihn entscheiden. Ala hat mir über euer Gespräch berichtet, ich bin der gleichen Meinung. Dein Benehmen entspricht nicht immer dem, was viele andere für weiblich halten. Aber ich denke, ihr passt gut zusammen. Er hat mir viel erzählt, ein unglaublicher Bursche, erinnert mich an meine Jugend, als ich mich mit Boniak im fernen Osten aufgehalten habe." Lew schüttelte den Kopf. „Wilde Völker leben dort, die Kiptschaken sind nur die Vorhut. Aber wir werden uns wehren, es wird ein langer Kampf", sagte er laut vor sich hin. Lew schwenkte mit seinen Gedanken ab, er dachte an seine Familie. Vielleicht mussten sie nach Westen flüchten, aber mit den Kiptschaken verbanden ihn familiäre Beziehungen über seine Kinder und seinem alten Freund Boniak. Deshalb schien die Lage in den nächsten Jahren stabil zu sein, aber er bereitete seine Familie vor. Sie erwiesen sich als wehrhaft im Verbund mit ansässigen Kiptschakenfamilien. Lew spürte den Blick der jungen Frau.

„Ich mag dich, Tofa, obwohl du manchmal schwer zu ertragen bist. Aber ich denke, dass Ramon und du ein gutes Paar abgeben werdet", sagte der Slawe bestimmt. Tofa wollte weitersprechen, aber in diesem Moment ging die Tür auf und Ramon trat ein. Er grüßte und legte seine warme Jacke ab. „Trinkst du einen Schluck mit mir, Söhnchen?", fragte Lew. Der Asturier schüttelte den Kopf und deutete auf Tofa. „Dann bezeichnet sie mich wieder als Säufer." Diese verengte die Augen und wollte etwas erwidern, aber sie blickte auf Ala, die leicht den Kopf schüttelte und lächelte. Sie atmete aus, dann wandte sie sich an Ramon. „Wo bist du gewesen? Ich habe mir Sorgen gemacht?" Überrascht blickte der Asturier auf. „Du wolltest mich beim letzten Gespräch töten, wie in Kyiv. Jetzt machst du dir Sorgen, das begreife ich nicht", antwortete er verständnislos. Er winkte ab, als sie etwas sagen wollte. Tofa blickte auf Ala. Mitleid erfasste die mütterliche Frau, sie kannte die Gefühlswelt der jungen Warägerin. Offensichtlich fanden diese beiden Menschen keinen Zugang zueinander, aber sie mussten es lösen, ansonsten eskalierte die Situation. „Ich bin bis zum Fluss geritten und denke, dass wir bald fahren können. Angeblich weist der Don keine Stromschnellen auf, wir können bis zum Euxinischen Meer fahren, wenn wir Glück haben. Boniak richtet alles her." Er wandte sich an Tofa. „Wir werden bald den letzten Teil unserer gemeinsamen Reise antreten. Bis dahin sollten wir uns vertragen. Derzeit ist es schlimm. Ich hoffe, du kommst wieder zu dir, denn du bist nicht auszuhalten!", sagte er grimmig. Seine Augen blickten hart. Tofas Wut erwachte, aber angesichts der Härte in seinen Augen verwandelte sich diese in Schmerz. Plötzlich erkannte sie, wie dieser

Mann sie ablehnte. Sie erschrak darüber, es schmerzte innerlich. Kein Wort kam über ihre Lippen, Tränen traten in ihre Augen. Plötzlich sprang sie auf und lief hinaus. Ramon schüttelte den Kopf. „Diese Frau ist verrückt. Behandelt Menschen von oben herab und will sie töten, dann weint sie wieder. Das halte ich nicht mehr lange aus, wir werden bald fahren." Ala blickte auf Lew, ihre Augen verengten sich, dieser kannte die Vorzeichen. Ramon wollte etwas sagen, aber sie unterbrach ihn mit einer herrischen Handbewegung. „Wir haben euch aufgenommen, weil wir Menschen sind, die anderen zuhören und helfen. Aber ihr schätzt das nicht richtig, benehmt euch wie Kinder. Die Bezahlung ist nicht allein ausschlaggebend für Entgegenkommen." Ala unterbrach ihre Rede und blickte auf den überraschten Asturier. „Sie hat mir geholfen im Haus und beim Kochen. Du bist einige Tage weggeblieben. Tofa hat sich echte Sorgen gemacht. Geh zu ihr und entschuldige dich!", rief sie laut. Ramon kannte sich nicht mehr aus. „Drehen hier alle Weiber durch?", fragte er leise. Lew griff ein. „Du hast Ala gehört, dem ist nichts hinzuzufügen. Ihr müsst ehrlich miteinander umgehen und euch aussprechen, nicht nur streiten. Wenn diese Streitereien nicht aufhören, müsst ihr bald gehen." Ramon erkannte an den Blicken des Ehepaares, dass diese es ernst meinten. Er nickte und verschwand aus dem Haupthaus. Draußen schüttelte er den Kopf angesichts der Frauen. Im Haupthaus blickte Ala auf Lew. „Denkst du, sie werden zueinander finden?" Der Slawe nickte plötzlich. „Wir haben es auch geschafft, trotz deines schwierigen Verhaltens", antwortete er grinsend. Ala hob die Augenbrauen. Lew zog sie an sich und flüsterte etwas in ihr Ohr. Sie lachte plötzlich. „Wir kommen später darauf zurück, mein Herr", sagte sie vergnügt und entzog sich ihm. Er lachte und schenkte sich seinen Becher voll. In der Zwischenzeit betrat Ramon die Hütte am Rande des Haupthauses. Tofa lag im Bett mit dem Rücken zu ihm. Keiner sprach etwas, die Stille wirkte einengend. Der Asturier fühlte sich nicht gut, obwohl er sich keiner Schuld bewusst war. Sie wollte ihn töten, musste deswegen Kritik einstecken können. Plötzlich ertönte die Stimme von Tofa. „Ich wollte dich nicht töten, Ramon. In Kyiv ist es eine sehr schnelle Reaktion gewesen auf einen vermuteten Angriff und bei unserem letzten Gespräch habe ich mich geärgert, weil du mich ignorierst. Aber es passt schon, wir halten uns an unsere Vereinbarung. Es ist vermutlich besser für uns beide. Wir streiten ständig, das ist auch für mich nicht mehr zu ertragen." Ramon blickte auf die junge Frau, die ihm den Rücken zuwandte. Er dachte in den letzten Tagen viel über sie nach und erkannte die Gefühle für Tofa. Seine Mutter sprach davon, aber er hätte nie geglaubt, dass er eine Frau lieben könnte, die ihn töten wollte. Aber er sah keine gemeinsame Zukunft, es gab keinen Platz dafür. Sie liebten beide die Freiheit. Er fragte sich, ob Menschen Freiheit gemeinsam genießen konnten. Ramon kannte Paare aus Esperanza, seine Eltern und Madoc und Leia, die eine gute, lange Ehe führten, sich noch immer liebten, trotz der langen Zeit. Aber sie lebten nach Regeln, die ihm persönlich nicht immer gefielen. Tofa war eine außergewöhnliche Frau mit vielen Fähigkeiten und Talenten, aber andererseits sehr schwierig und bisweilen sehr arrogant. Aber sie besserte sich in den letzten Wochen ihres Aufenthalts, die Nähe zu diesen gastfreundlichen und verständnisvollen Menschen half der adeligen Warägerin, zu sich selbst zu finden, vor allem die mütterliche Ala unterstützte sie in ihrer Entwicklung. Ramon mochte die Unterhaltungen mit ihr, weil sie hohe Intelligenz bewies und ihn ständig reizte. Er dachte an Leia, seine Mutter Safia, seine Schwägerin Alaia und andere selbstbewusste Frauen wie Isabella und Emilia. Tofa schien ähnlich zu sein, eine Mischung aus vielen. Sie konnte sehr zornig sein, aber sie besaß Fähigkeiten, die seine Bewunderung hervorriefen. Er konnte sich nicht erinnern, einer ähnlichen Frau begegnet zu sein. Seine Mutter fiel ihm ein, die im Beisein seines Vaters erzählte, wie sie sich im Grenzland zwischen Mauren und Christen kennenlernten. Die Worte seines Vaters kamen in sein Gedächtnis. „Sie hat mich einen Dummkopf genannt, diese Araberin. Aber ich liebe sie trotzdem, obwohl sie schwierig und eine Prinzessin ist." Seine Mutter lächelte in diesem Gespräch zu dessen Worten. „Du musst besser werden als dein umtriebiger Vater, aber leider bist du ihm sehr ähnlich. Für dich ist eine starke Frau wichtig", antwortete sie lächelnd. „Prinzessinnen sind schwierig, aber einzigartig und wunderbar, wenn sie dich lieben. Nicht wahr, Liebste?", fragte sein Vater damals grinsend. Seine Mutter hob lächelnd ihre Arme. Es herrschte noch immer ein tiefes Gefühl zwischen den beiden. Sie forderten sich oft, aber sie konnten sich aufeinander verlassen, es wurde nie langweilig. Ramon fuhr sich über das Gesicht und blickte auf Tofas Rücken. Plötzlich grinste er, daraus wurde ein Lachen. Sie drehte sich um. „Warum lachst du? Es gibt derzeit nicht viel zum Lachen. Wenn du mich auslachst, weil ich geweint habe, sage ich dir, dass dies nie mehr passieren wird." Er blickte sie an, sein Grinsen wurde stärker. „Du hast angeboten, meine willige Dirne zu sein,

Prinzessin", sagte er leise und kroch auf das Bett. Tofas Augen verengten sich. „Was hast du vor?" Ramon zog sie an sich, sie wehrte sich nicht. „Ich werde dich ausnutzen, wie Männer es mit Dirnen machen, Tofa", sagte er leise. Dann küsste er sie langsam und drückte sie an sich. Die junge Frau schien über die Wendung überrascht zu sein. Zuvor haderte sie noch mit ihrer Einsamkeit, jetzt lag sie in den Armen ihres Gefährten. Hitze stieg hoch in beiden, die lange Enthaltsamkeit beschleunigte die Ereignisse, wild küssten sie sich, ihre Arme umschlangen ihn. „Nutze mich aus, mein Gebieter", sagte sie hocherregt, dann zog sie ihn über sich. Als sie sich vereinten, ging die ganze Anspannung der letzten Monate in eine intensive Leidenschaft über, die sie beide in ihrem Bann zog und der sie sich in den nächsten Stunden nicht entziehen konnten. Eng aneinandergeschmiegt lagen sie danach unter den dicken Decken. Beide schienen überwältigt zu sein von der Intensität ihrer Gefühle, die sie offensichtlich lange verdrängten. Tofa lächelte. Die Ungewissheit in ihrem Leben war vorbei. Nach dem Erlebnis der letzten Stunden gab es für sie nur mehr den gemeinsamen Weg mit dem Asturier. Sie schob sich über ihn und lächelte ihn an. „Wie bin ich als Dirne gewesen, Herr?", fragte sie unschuldig. Er lächelte und packte sie. „Du wirst viel Geld verdienen, meine Liebe", antwortete er grinsend. Sie lachte herzhaft, fühlte sich befreit vom Druck der letzten Wochen. „Wann werden wir aufbrechen, Ramon? Was passiert in Konstantinopel?", fragte sie leise. Der Asturier grinste. „Viele Fragen auf einmal, Gnädigste, dabei auch noch schwer zu beantworten." Sie schlug gegen seine Brust. „Du weißt, was ich meine. Gilt die ursprüngliche Vereinbarung, dass wir uns in Konstantinopel trennen, oder gehen wir gemeinsam weiter, Ramon?" Er erkannte in ihren Augen, dass sie die Wahrheit wissen wollte. Wieder fielen ihm seine Eltern ein und er schüttelte den Kopf angesichts der Ähnlichkeiten. Sie blickte ihn unschlüssig an ob seiner Reaktion, dann zuckte sie mit den Schultern. Bevor sie etwas sagen konnte, zog er sich an sich. „Natürlich bleiben wir zusammen, Tofa. Ich liebe dich. Es ist nur die Frage, was wir gemeinsam machen wollen. Wir lieben die Freiheit, aber ich denke, wir gehören zusammen", antwortete er. Sie lächelte und setzte sich auf ihn, dann betrachtete sie ihn lange. „Denkst du das? Das bedeutet aber einen langen, gemeinsamen Weg. Dein Vorschlag gefällt mir. Ich denke, wir sollten gemeinsam nach Esperanza gehen, denn dieses Dorf interessiert mich. Es ist ein gutes Gefühl, denn ich liebe dich auch, großer Mann." Sie lächelte. Ramon blickte sie an. Tofa beugte sich über ihn, ihre blonden Haare umhüllten sein Gesicht, ihre Augen blickten verlockend. „Ich will nach Hause zurückkehren, obwohl Konstantinopel viele Möglichkeiten bietet", antwortete er leise, die Erregung stieg bei beiden. Sie küsste ihn, dann streckte sie sich durch und zeigte ihren makellosen Oberkörper. „Dann sollten wir das tun, Gebieter. Aber alles zu seiner Zeit. Jetzt will ich mir nehmen, was ich lange vermisst habe, Liebster", sagte sie erregt und vereinte sich mit ihm. Sie genossen die neu gewonnene Erkenntnis ihrer Liebe, das Gefühl der Zusammengehörigkeit erfüllte beide. Die letzten Wochen ihres Lebens erschienen plötzlich in einem anderen Licht. Irgendwann schliefen sie zusammen ein. Am nächsten Tag erkannten die restlichen Bewohner, dass die beiden anders miteinander umgingen. „Es muss nicht jede Nacht in dieser Lautstärke abgehen, ansonsten muss ich meinen Söhnen Wachs in die Ohren geben", sagte Lew grinsend. Ramon dachte an ihre Gastgeber, die ebenfalls ohne Rücksicht auf andere ihre Liebe praktizierten. „Sie freut sich eben", antwortete der Asturier vergnügt. Lew lachte. Ala freute sich für das Paar. In den nächsten Tagen saßen sie beisammen, um ihre Abfahrt zu planen, aber sie verschoben sie immer wieder. Tofa verwandelte sich, die Liebe zu Ramon veränderte die junge Frau. Sie strahlte vor Glück und erwies sich als sehr freundlich und umgänglich, in den Diskussionen zeigte sie sich weiterhin standhaft. „Du musst mit mir sprechen, Ramon, wenn du mich respektierst. Oder tust du es nicht mehr, seit wir miteinander schlafen? Du planst alles mit Boniak und informierst mich nur. Wir sind Gefährten im Kampf, im Leben und im Bett, also sprich mit mir, großer Mann!", fauchte sie ihn an, als er sie davon verständigte, dass am Fluss ein Boot bereit lag. Die Fahrt erwies sich zu dieser Jahreszeit als nicht ungefährlich, da der Fluss viel Schmelzwasser führte. „Ich habe mit Boniak über die Gefahren des Flusses gesprochen, Tofa. Wir besprechen alles sofort und werden dies zukünftig auch tun. Aber manchmal muss einer für beide entscheiden und ich mache das gerne für dich", sagte er lächelnd. Tofa blickte ihn an, sie schien mit seiner Antwort nicht zufrieden zu sein. „Ich verzeihe dir, Unwürdiger, aber sag mir endlich, wie wir nach Konstantinopel kommen", antwortete sie laut. Sie mussten noch viel lernen im Umgang miteinander. Bis jetzt gab es zwar Menschen in ihrem Leben, aber die Basis ihrer Zukunft stellten gemeinschaftliche Überlegungen dar. Jedem schien dies bewusst zu sein. „Es wird ein lehrreicher Weg für beide, Tofa, aber ich freue mich darauf. Obwohl es hart wird, denn du bist schwierig. Vater sagt das heute noch über Mutter." Tofa packte ihn am Hals. „Eine interessante Frau, deine Mutter. Ich freue mich, sie kennenzulernen, aber du musst mit mir sprechen. Du streitest lieber gerne." Ramon schüttelte den Kopf. „Das glaube ich nicht, was du sagst. Du verdrehst meine Wörter und verspürst bisweilen den Wunsch, mich zu töten", antwortete er grimmig. Die Diskussionen hielten an. „Vergiss das nie, Gebieter, und an eines solltest du unbedingt denken. Die Zeit mit Dirnen ist für dich vorbei, ich stelle die einzige Frau in deinem Leben dar. Aber ich denke, diese Aufforderung hat deine Mutter oft zu deinem Vater gesagt, denn ich vermute, du bist sein Abbild, ohne dass ich ihn kenne", sagte sie bestimmt. Ihre Augen blickten verwirrend. „Ich warne dich. Du bist mein Sklave, denn du kannst nicht ohne mich leben. Das solltest du nie vergessen, mein Lieber", führte sie weiter aus. Ramon blickte auf Boniak, der in der Nähe stand und zuhörte. Der Kiptschake zuckte mit den Schultern. „Du hast eine stolze Frau gewählt, die aus dem Adel stammt. Nun lebe mit ihr", antwortete der Fünfzigjährige. „Du bist auch keine Hilfe", sagte der Asturier kopfschüttelnd. „Natürlich nicht, bei einer falschen Antwort tötet sie mich vielleicht", antwortete der Kiptschake grinsend. „Haltet den Mund! Ich kann das nicht hören", sagte Tofa arrogant. Boniak blickte auf den Asturier, sein Grinsen hielt an. Die Abfahrt wurde immer wieder verschoben. Die letzten Monate unter diesen Menschen erwiesen sich als zukunftsweisend für das Paar, sie mochten ihre Gastgeber. Ala und Lew drängten nicht auf eine rasche Abfahrt, die beiden jungen Menschen waren ihnen ans Herz gewachsen. Kurz vor Anfang des fünften Monats erschien ein

Reiter in der kleinen Siedlung. Es handelte sich um einen Kiptschaken, der in den Diensten von Lew stand. Boniak hörte sich alles an, dann rief er alle zusammen. „Eine Bande von zehn Männern wurde gesichtet, davor haben sie in den Siedlungen nach einer blonden Frau gesucht. Vermutlich handelt es sich um Radomir", erzählte der grauhaarige Kiptschake. Sein Kinnbart bewegte sich, als er sprach. Tofa riss überrascht die Augen auf, an ihren Peiniger dachte sie nicht mehr, seit sie ihr Glück mit Ramon genoss. „Wir müssen abfahren, so schnell als möglich", sagte die blonde Frau. Der Asturier blickte auf Lew und Boniak. „Radomir ist ein schlauer Kopf. Möglicherweise lässt er uns bereits seit einigen Tagen beobachten. Er hat unseren Weg gefunden und will seine Beute zurückhaben." Der Asturier überlegte lange, sein Blick fiel auf Tofa, Bedauern lag darin. Ihre Augen verengten sich. „Sprich, Ramon!", forderte sie ihn auf. „Es ist ein weiter Weg an das Euxinische Meer, der Fluss selbst ist gefährlich. Radomir kennt die Gegend besser, auch den Süden dieses unendlichen Landes." Er blickte auf Tofa. „Was willst du mir sagen?" Rede endlich!", fuhr sie ihn an. „Wir hätten keine Ruhe und auch am Meer wären wir nicht sicher. Dieser Sklavenhändler verfügt über einen großen Radius. Ich muss die Sache hier beenden. Es lauern unbekannte Gefahren auf unserem Weg, eine Verfolgung durch bezahlte Mörder halten wir nicht aus. Radomir muss sterben, auch sein Bruder, damit ist die Bande führungslos. Angriff ist die beste Verteidigung. Ich will nicht davonlaufen und mich ständig umsehen, ob ein bezahlter Mörder lauert", sagte er bestimmt. Tofa blickte ihn an und schüttelte den Kopf. „Du sagtest, dass du das machen wirst. Offensichtlich denkst du daran, es allein zu erledigen. So funktioniert es nicht, wir werden gemeinsam kämpfen, Ramon." Der Asturier schüttelte den Kopf. „Du wolltest in die Stadt, um deine Freiheit zu leben. Deinem Bruder habe ich versprochen, dich in Sicherheit zu bringen. Es ist mein Auftrag, es zu beenden. Du solltest abfahren, denn es kann länger dauern. Boniak wird dir einen ortskundigen Begleiter mitgeben. Ich komme nach." Der Kiptschake sagte kein Wort. Tofa blickte Ramon ungläubig an. „Ich komme nach", ahmte sie ihn nach. Dann stampfte sie zornig mit dem Fuß auf. „Diese dümmlichen männlichen Ehrbegriffe, diese Sucht nach Heldentum macht mich krank. Dein Vorschlag ist dumm und entspricht nicht unserer Vereinbarung, dass wir alles gemeinsam durchführen. Es geht um mich, deshalb komme ich mit. Wenn wir zusammen sterben, ist das in Ordnung!", rief sie erregt, ihr Zorn war offensichtlich. Ramons Augen verengten sich. „Ich will dir helfen, du störrische Frau. Allein bin ich unauffälliger und kann die Bande besser beobachten, als sie mich. Mit Pfeil und Bogen kann ich die Sache beenden", sagte der Asturier eindringlich, aber er erkannte die Uneinsichtigkeit seiner Gefährtin. Tofa trat an ihn heran. „Respektierst du mich, Asturier?", fragte sie laut, ihre blauen Augen strahlten intensiv. Sie kannte mittlerweile ihre Wirkung auf ihn. Er nickte. „Ich begleite dich. Pfeil und Bogen beherrsche ich besser als du. Du kannst sagen, was du willst!", sagte sie bestimmt und verschränkte die Hände vor ihrer Brust, ihre Augen blitzten. Ala lächelte. „Tofa hat recht. Sie kann kämpfen. Frau und Mann sollten dies gemeinsam tun. Boniak und Lew werden euch begleiten", sagte sie laut. Ramon blickte die Hausherrin überrascht an. „Es ist nicht euer Kampf." Auch

Tofa mischte sich ein. „Ihr habt uns das Leben gerettet und an eurem Beispiel haben wir erkannt, wie gut es ist, eine Gemeinschaft zu gründen. Ohne euch würde es uns beide in dieser Form nicht geben. Ramon hat recht, es ist nicht euer Kampf. Wenn wir es nicht schaffen, dann wird sich Radomir an euch wenden. Wir wollen nicht, dass er dieses Gute zerstört, dass ihr geschaffen habt." Ala lächelte. Sie trat zur blonden Warägerin und umarmte sie. „Du hast dich gut entwickelt, Tofa. Diese Anteilnahme steht dir gut, aber es geht nicht nur um euch." Sie wandte sich Lew zu und nickte. Dieser erzählte erstmalig die Geschichte eines Überfalls, den Radomir mit seiner Bande vor einigen Jahren verübte und bei dem eine kleine Siedlung zerstört wurde, dabei wurden fast alle Bewohner getötet. „Meine Tochter wurde geschändet und getötet. Ihr Mann konnte sich schwerverwundet zu uns schleppen, dann starb auch er. Aber er nannte die Namen der Mörder. Radomir ist eine Schande für die Slawen. Ich habe damals daran gedacht, ihn zu jagen und töten. Ala hat mich überzeugt, dass der Rest unserer Familie wichtiger ist als unsere tote Tochter. Das Leben gehört den Lebenden. Das Schicksal hat euch zu uns geführt, der Zeitpunkt unserer Rache ist gekommen. Dieser Mörder und Vergewaltiger wird keiner Frau mehr wehtun." Lew wandte sich an seine Frau, in deren Augen sich Tränen zeigten. „Ich danke dir dafür, dass ich mein Versprechen erfüllen darf, unsere Tochter zu rächen. Gott hat diese beiden Menschen hierhergeführt, damit sich alles erfüllt." Er küsste seine Frau, beiden standen Tränen in den Augen. Tofa schluckte. Das Paar erzählte stets von ihren anderen Kindern, die Geschichte traf die junge Frau hart. Ramon blickte auf seine blonde Gefährtin, ein

Lächeln erschien in seinem Gesicht. Lew trat zu Boniak. „Mein alter Freund, du hast mir oft das Leben gerettet, diesmal musst du aber auf meine Familie aufpassen. Möglicherweise beobachtet Radomir uns bereits. Ich werde die beiden allein begleiten", sagte er bestimmt. Der Kiptschake schüttelte den Kopf. „Rede keinen Unsinn. Radomir befindet sich nördlich von hier. Es ist nicht sicher, ob er weiß, wo sich Tofa befindet. Eltut hat mir alles gesagt, er wird Ala und die drei Söhne beschützen. Ich komme mit", sagte Boniak entschlossen. Er erteilte dem jungen Kiptschaken weitere Befehle, dieser nickte. Sie sattelten ihre Pferde und bewaffneten sich, jeder trug Pfeil und Bogen. Ala nickte, die Gruppe verabschiedete sich.

Schweigend ritten sie nach Norden, alle trugen Mützen wie die Steppenkrieger. Tofa versteckte ihr blondes Haar, um keinem Beobachter aufzufallen. Sie kannten die Anzahl ihrer Feinde nicht. Aber der Kiptschake schien recht zu haben mit seiner Einschätzung. Die Bande von Radomir bewegte sich vermutlich in ihre Richtung, sie wusste aber nichts von Tofas Aufenthaltsort. Der Bandenführer ging strategisch vor. Seine Männer erkundeten in kleinen Trupps die Lage vor Ort und sammelten Informationen. Zum Glück begannen sie ihre Suche weiter nördlich. Die Familie von Lew verfügte über gute Verbindungen zu anderen Sippen und Siedlungen in diesem Gebiet, dies erschien notwendig in diesen Zeiten. Ein funktionierendes System aus Beobachtungsposten sicherte rechtzeitige Warnungen, die in diesem Gebiet des wilden Feldes lebensnotwendig erschienen. Deshalb wurde die Bande entdeckt, als sie sich wieder zusammenschloss. Boniak erwies sich als kundiger Führer, der seine Begleiter durch das weite

Land leitete. Langsam bewegten sie sich durch eine Landschaft, die sich von den Fesseln des Winters befreite und sich aufgrund des Wasserreichtums als sumpfig und morastig erwies. Der Kiptschake erklärte seine Vermutung, auf welchem Weg die Bande sich bewegte. Am nächsten Tag blieben sie an einem Standort, von dem sie aus gute Sicht besaßen, ohne selbst gesehen zu werden. Sie entdeckten rechtzeitig die Bande, die sich im langsamen Galopp Richtung Süden bewegte. Plötzlich hielt diese an und ein Mann blickte in ihre Richtung. Boniak lächelte. „Sie haben gute Kundschafter, Kiptschaken", sagte er leise. Gespannt blickten Tofa und Ramon auf die Männer, die sich noch in weiter Entfernung befanden. Sie kannten den Weg der Bande und zogen sich zurück. Im Schutz des Hügels saßen sie auf und folgten Boniak und Lew, die sich ohne Worte verstanden. Die Bande verschwand aus ihrem Sichtfeld, einige Stunden später bezogen sie auf einem kleinen Hügel Stellung. „Tofa beherrscht den Bogen besser als du. Ich bin beeindruckt gewesen von ihren Künsten", sagte Boniak. Die blonde Frau erinnerte sich an ihre Ausritte, in denen sie auch übten und trainierten. „Wir werden von beiden Seiten unsere Pfeile loslassen. Es befinden sich zwei Kiptschaken in der Bande, auf meine Brüder wird nicht geschossen. Die beiden Kundschafter lassen wir vorbeireiten. Habt ihr mich verstanden?", fragte Boniak grimmig. Alle nickten. Tofa und Ramon bezogen ihren Platz auf der anderen Seite des Weges, auf dem die Bande kommen sollte. Geduldig warteten sie, nichts deutete auf ihre Anwesenheit hin, die Pferde befanden sich in sicherer Entfernung. Ramon gefiel die ganze Angelegenheit nicht, denn er musste den beiden alten Kämpfern vertrauen. Radomir erwies sich stets als harter und gefährlicher Gegner. Die Kiptschaken dürften sich untereinander bekämpfen, zumindest sah es so aus. Die Sonne strahlte, aber der Boden erwies sich als feucht nach dem Winter. Trotzdem verharrten sie und warteten auf ihre Gegner. Radomir zeigte sich zwischenzeitlich zufrieden. Ein Trupp der Männer brachte in Erfahrung, dass sich eine blonde Frau im Land befand. Sie sollte sich weiter im Süden befinden bei einem Mann namens Lew. Ein Kiptschake sah sie und teilte es den beiden Kundschaftern mit. Die Landschaft zeigte sich in ihrer Pracht, der Frühling kehrte endgültig ein. Die lange Suche nach den Flüchtigen gefiel den Männern nicht, vor allem in einem Land, in dem sich die türkischen Kiptschaken mit ihren Sippen immer mehr breit machten. Innerhalb der Bande gab es eine Zweiteilung. Slawen und Kiptschaken arbeiteten gut zusammen, konnten sich aber nicht leiden. Immer wieder gab es in den letzten Jahren Konflikte, vor allem, wenn die Männer sich betranken. Otrok schaffte es bis zum Stellvertreter von Radomir. Dies missfiel den Männern aus dessen Dorf, aber mit diesem Schachzug und einem größeren Anteil der Beute band er die Kiptschaken an sich. Seit dem Verschwinden seines Stellvertreters und dessen engsten Begleitern wirkten die Kiptschaken innerhalb der Bande wieder fremd. Die beiden letzten verbliebenen Krieger machten widerwillig mit, als sie von Otroks Abwesenheit erfuhren. „Ich traue diesen zwielichtigen Bastarden nicht", sagte Anatoli leise. Die beiden Kundschafter ritten voraus und erkundeten das Gelände. Die Bande benötigte deren detaillierte Ortskenntnisse, um das Anwesen dieses Lew zu erreichen. Radomir konnte sich dunkel an einen Mann mit diesem Namen erinnern. Sie suchten dieses Gebiet vor einigen Jahren auf, als sie weiter im Osten Sklaven aus dem Westen an die Kiptschaken verkauften. Es wurde ein gutes Geschäft, aber sie verließen das Gebiet auf schnellstem Wege, da sie dem wilden Volk nicht vertrauten. Damals schloss sich der junge Otrok mit einigen Männern seiner Bande an, da Radomir reiche Beute versprach, dies wirkte auf junge, wilde Krieger. Auf dem Rückweg nach Kursk überfielen sie eine Siedlung mit drei Häusern und töteten alle Bewohner, zumindest glaubten sie dies. Sie fanden Geld, aber der Überfall war der Langeweile und dem Trieb zu töten geschuldet. Zudem befanden sich drei junge Frauen in den Häusern. Diese mussten Schreckliches erdulden, bevor sie getötet wurden. Radomir ließ alle töten, um keine Zeugen zu hinterlassen. Solche Geschichten sprachen sich herum und erzeugten Gegenwind und Hass. Er hinterließ nur Tote, außer sie eigneten sich als Sklaven, dies kam auf die Nachfrage an. Alle Alten ließ er töten. Kinder und Frauen nahm er meistens mit, die Männer eigneten sich als Ware für Kyiv und Perejaslawl. In diesem Fall wären die Frauen eine Last gewesen, da er das Gebiet schnell verlassen wollte. Deshalb mussten sie nach den Vergewaltigungen sterben. Die Kiptschaken unter Otrok beteiligten sich nicht daran. In den nächsten Jahren erweiterte er sein Gebiet, in dem er Überfälle verübte. Er wandte sich von Kursk westlich Richtung Tschernigow, Südwesten Richtung Kyiv und Perejaslawl und Nordwesten Richtung Nowgorod. In diesem Bereich lag das Zentrum der Kyiver Rus. Das Land bot aufgrund seiner Größe viele Möglichkeiten zu verschwinden. Mit der Zeit kannten die Menschen den Bandenführer Radomir, der durch Sklavenhandel reich wurde. Zeitweise trieb es ihn nach Süden Richtung Meer, aber dort lagen die Gebiete der Chasaren. Er betrieb ein übliches Geschäftsmodell, aber musste vorsichtig sein, die Gebiete seiner Überfälle wurden gewechselt. Große Transportzüge Richtung Süden brachten reiche Beute, aber diese Möglichkeiten erkannten auch die wilden Petschenegen. Deshalb mischte er seine Bande, um überall Kontakte zu pflegen und an Informationen zu gelangen. Keiner kannte die genaue Lage seines Heimatdorfes nördlich von Kursk. Nach den damaligen Vorfällen mied er das Gebiet zum Fluss Don hin. Er fühlte sich nicht sicher, es lag zu weit im Osten. Die Steppenvölker drängten nach Westen und sie verhielten sich unberechenbar. Selbst Otrok erschien bisweilen unnahbar und stolz, aber er blieb loyal. Radomir überlegte erst wieder, in dieses Gebiet zu reisen, als er die blonde Tofa entführte. Die Khane und Fürsten der Kiptschaken, Petschenegen und Chasaren bevorzugten blondhaarige Frauen als Sklavinnen. Er verfügte diesbezüglich über gute Kontakte zu befreundeten Händlern, die sich in Richtung Osten bewegten. Im letzten Jahr tauchten diese aber nicht in Kursk auf, vermutlich fielen sie den Kiptschaken zum Opfer. Im Osten braute sich eine neue Gefahr zusammen. Die wilden Völker trieben sich gegenseitig immer weiter nach Westen und nach Kleinasien. Dort gab es reiche Beute zu holen, im christlichen Teil der Welt. Radomirs Idee, den Flüchtigen zu folgen, konnte Erfolg bringen, wenn sich der Hinweis als richtig herausstellte. Er kannte aber das Nachrichtensystem des Landes nicht gut und die Bewohner waren ihm unbekannt. Den Namen Lew erwähnte Otrok einmal, es sollte sich um einen unter den Steppenvölkern bekannten ehemaligen slawischen Krieger handeln. Die Stimme von Anatoli ertönte. „Wir sollten umkehren, Bruder. Ich traue diesen lausigen Kumanen nicht. Ohne Otrok ist es in diesem Gebiet zu gefährlich für uns. Unsere Kundschafter wirken nicht vertrauenswürdig, sie haben erst nach einer hohen Belohnung mitgemacht. Aber du hast ihnen das Geld noch nicht gegeben, was ich verstehe." Radomir wandte sich an seinen Bruder. „Das Geld holen wir uns bei diesem Lew, egal ob sich die blonde Tofa vor Ort befindet. Ich denke, wenn wir sie dort nicht finden, ist sie weg. Es bringt dann nichts mehr, in diesem Gebiet zu bleiben. Ich gebe dir recht, aber wir sollten uns die Möglichkeit eines lohnenden Überfalls nicht entgehen lassen, bevor wir nach Hause zurückkehren. Vielleicht ist uns das Glück hold und es handelt sich tatsächlich um diese blonde Frau, die Kundschafter sprachen von strahlenden blauen Augen. Wenn es zu gefährlich wird, verschwinden wir aus diesem Land." Anatoli nickte. „Die Idee ist gut, aber ich traue den Kiptschaken nicht, vielleicht machen diese ihr eigenes Spiel. Sie sind zwielichtig und undurchschaubar." Der Bandenführer hob den Kopf. „Wir werden uns nicht fürchten vor diesem Pack, slawische Männer stehen ihren Mann. Das ist der letzte Versuch, mein Geld und meine Beute zurückzuholen. Anschließend lassen wir dieses Land endgültig hinter uns, Bruder." Anatoli nickte zustimmend. Seine wachsamen Augen suchten die Umgebung ab, aber es schien keine Gefahr zu drohen. Die beiden Kundschafter ritten voraus, auch sie wirkten nicht nervös. Langsam beschlich auch Radomir ein ungutes Gefühl, das Land wirkte friedlich, fast zu friedlich. Es war später Nachmittag. Die Landschaft veränderte sich nicht wesentlich, sie zogen ständig durch Täler, die von

Hügelketten eingeschlossen waren. Sie folgten einem Weg, der offensichtlich ständig benutzt wurde. Seine große Bande fiel auf in diesem Land, aber er stellte einen Mann mit Zuversicht und Selbstbewusstsein dar. Das Glück ließ ihn in gefährlichen Situationen nicht im Stich. Die Kundschafter verschwanden aus ihrem Sichtfeld. „Wo sind diese verdammten Bastarde?", fragte Anatoli leise. Sie ritten weiter und beobachteten sorgfältig die Umgebung. Der Weg machte an dieser Stelle einen Bogen und wurde schmäler. Radomirs Instinkte warnten ihn schlagartig. „Eine Falle!", schrie er laut und wollte nach hinten ausweichen, als die ersten Pfeile trafen. Zwei Männer schrien auf, die anderen duckten sich über die Pferdehälse. Sie wurden auch von schräg hinter ihnen beschossen. Die verwundeten Männer schrien, blieben aber auf den Pferden. Aber die Angreifer schossen in unglaublich kurzen Abständen. Als sie an einen Durchbruch glaubten, griffen ihre ehemaligen zwei Kundschafter an. Die wilden Schreie der Kiptschaken fuhren den Männer in die Glieder, drei Schwerverletzte fielen dem Angriff zum Opfer. Danach zogen sich die Kundschafter wieder zurück, gleichzeitig ging der Pfeilbeschuss weiter. Ein Mann fiel. Die Brüder schienen nicht getroffen zu sein, gemeinsam mit dem letzten ihrer Männer ritten sie Richtung Süden. Hinter sich hörten sie Hufschlag, vier Männer folgten ihnen. Anatoli blickte nach hinten, er erkannte einen Reiter mit blondem Haar. „Diese verdammte Metze hat uns in eine Falle gelockt. Alles wegen dieser Frau, Radomir!", schrie er laut. Die Verfolger holten schnell auf, der Verwundete blieb zurück. „Ihr müsst mir helfen!", rief er laut, ein Pfeil steckte in seinem Rücken. „Halt deinen Mund und stirb wie ein

Mann!", schrie Anatoli. Die Pferde der Verfolger erwiesen sich als zu gut, sie kamen zügig heran. „Wir zeigen es den Bastarden!", rief Anatoli. Radomir verlangsamte sein Tempo und wollte seinen Bruder umstimmen. Dieser wendete sein Pferd und ritt den Verfolgern entgegen. Einer der Männer stellte sich in den Steigbügeln auf und schoss mit dem Bogen. Es handelte sich um einen unglaublichen Schuss in vollem Galopp, denn er traf Anatoli tödlich. Dieser kippte nach vorne. Seine anklagenden Augen richteten sich auf den Bruder, dann fiel er aus dem Sattel. Radomir sah ein, dass eine Flucht sinnlos erschien. Er hielt an, während die Verfolger heranritten, darunter die blonde Frau. Der Bandenführer stieg von seinem Pferd und trat zu seinem sterbenden Bruder. Dieser blickte ihn an, Blut kam aus dem Mund. „Ich hätte auf dich hören und umkehren sollen. Es tut mir leid, Anatoli", sagte er leise. Der sterbende Bruder nickte. „Das hättest du machen sollen, aber wir haben gut gelebt. Es ist in Ordnung. Diese verdammten Kiptschaken", sagte er röchelnd, dann fiel sein Kopf und seine Augen brachen. Radomir blickte auf seinen toten Bruder und legte ihn vorsichtig auf den Boden. Wut packte den Bulligen. Er erhob sich, vier Reiter standen vor ihm, darunter die blonde Frau. Bei einem der Männer handelte es sich um den Söldner aus Kyiv, die zwei anderen, älteren Verfolger kannte er nicht. Einer von diesen ergriff das Wort. „Irgendwann kommt für jeden Menschen das Ende seines Weges, aber du hast es verdient, zu sterben. Erinnerst du dich an den Überfall vor einigen Jahren in diesem Gebiet. Du hast acht Menschen getötet, darunter zwei Kinder. Eine der Frauen ist meine Tochter gewesen, du Bastard", sagte der ergraute, große Mann mit den breiten

Schultern. Der letzte der Männer schien ein Kiptschake zu sein, die Bogenfertigkeiten und die Kleidung wiesen daraufhin. Dieser betrachtete ihn wie einen Sterbenden, obwohl er noch lebte. „Mich interessiert deine Tochter nicht, aber sie hat sich darüber gefreut, alter Mann. Ich bin neugierig, ob du den Mut besitzt, gegen mich anzutreten!", rief Radomir provokant, er hielt Schwert und Messer in der Hand. Lew wollte absitzen, aber Tofa mischte sich ein. „Er gehört mir, denn er hat mich missbraucht. Ich werde auch für deine Tochter kämpfen und für alle geschundenen Frauen dieser Welt, die von solchen Kreaturen heimgesucht werden!" Ramon blickte sie an, als sie absaß. Er erkannte an ihrem Blick, dass sie davon nicht abzubringen war. Als sie mit Schwert und Messer dem Bulligen gegenübertrat, zog er heimlich sein Messer. Radomir trat mit breitem Lächeln an Tofa heran. „Das ist gut. Zuerst erledige ich diese Hexe, die Unheil über mich gebracht hat. Dann kommt einer nach dem anderen. Es muss sich keiner vordrängen, jeder von euch stirbt heute." Der Asturier verzog das Gesicht angesichts der realitätsfernen Aussage des Bulligen. Er schien tatsächlich der Meinung zu sein, aus dieser Sache lebend herauszukommen. Tofa startete den ersten Angriff mit einem wilden Schrei. Radomir schien nicht gefasst zu sein und wurde vollkommen überrascht. Er stolperte nach hinten und konnte sich nur mühsam des wilden Angriffs erwehren. Aber er konterte rechtzeitig und trieb die Frau wieder zurück, die beiden Gegner standen sich gegenüber. „Du bist ein wildes Weib und hast mir sofort gefallen. Diese Arroganz und die Schönheit dazu, wir wären ein gutes Paar gewesen. Es ist schade um dich, Warägerin", sagte der Slawe lächelnd. Dann griff er

311

erneut an. Seine enorme Kraft brachte Tofa in Bedrängnis, aber der Kampfplatz war unglaublich groß, immer wieder entzog sie sich seiner Reichweite mit schnellen Standortwechseln. Radomir lachte. „Du bist schnell, Weib, aber irgendwann ist dein Glück zu Ende!" Er griff an und schlug ihr das Schwert aus der Hand. Tofa fiel zu Boden, rollte sich aber blitzschnell weg, als er zustach. Sein Schwert steckte im feuchten Boden fest. Sie rollte sich zu ihm und schnitt ihrem Gegner mit dem Messer die große Sehne am Fuß auf. Ein wilder Schmerzensschrei ertönte. Radomir knickte ein und zog mit einer unglaublichen anmutenden Kraftanstrengung sein Schwert aus dem Boden. Er drehte sich zu Tofa, aber diese stand bereits wieder. Sie holte sich ihr Schwert und umkreiste ihren Gegner. Dieser versuchte, sie zu erreichen, aber er knickte immer wieder unter starken Schmerzen ein. „Du verdammte Hexe, wir sind noch nicht fertig!", rief er mit schmerzverzerrtem Gesicht. Sie machte einen Schritt zur Seite. Er konnte ihr nicht folgen und sie schlug ihm die Hand mit dem Messer ab. Blut strömte aus dem abgeschnittenen Arm. Radomir schrie laut, aber Tofa zeigte kein Mitleid. Als er versuchte, das Schwert gegen sie richten, schnitt sie ihm die Schwerthand auf. Er schrie laut, stolperte nach hinten, fiel aber nicht um. Schweratmend blickte der Slawe auf die blonde Frau, deren Augen ihn fixierten, ein eigenartiger Glanz schimmerte darin. Er wollte etwas sagen, aber sie ließ ihn nicht zu Wort kommen und stach in sein Herz. „Für alle geschändeten Frauen dieser Welt! Du wirst keiner mehr wehtun!", schrie sie laut und drehte das Schwert in der Brust, dann zog sie es heraus. Radomir fiel nach hinten und starb sofort. Keuchend stand die blonde Warägerin über dem

Toten. Der Asturier blickte die Frau an, dann fiel sein Blick auf seine beiden Begleiter. „Es wäre nicht gut für die Männer, wenn es Amazonen wie sie in großen Mengen geben würde", sagte Boniak beeindruckt. Die Männer stiegen vom Pferd. Ramon trat zu Tofa. „Beeindruckender Kampf, meine Liebe. Ich habe nie an dir gezweifelt", sagte er lächelnd. Tofa blickte ihn an. „Du lügst, denn du hast ein Messer bereitgehalten. Aber es gefällt mir trotzdem, dass du auf mich aufpasst, Großer", sagte sie lächelnd, dann ließ sie Schwert und Messer fallen und umarmte ihn. Er spürte, wie sie zitterte, die Nachwirkungen dieses erschöpfenden Kampfes zeigten sich. Langsam beruhigte sie sich, dann löste sie sich von ihm. Sie reinigte ihre Waffen und verstaute diese. Die beiden Kiptschaken, die Radomir in die Falle führten, kamen herangeritten. Boniak ergriff das Wort in ihrer Sprache. „Willkommen, Brüder! Danke für eure Hilfe. Wir hätten es nicht geschafft ohne die stolzen und mutigen Krieger der Kiptschaken." Er zog seinen Säbel und stieß ihn Richtung Himmel, anschließend führte er einen wilden Schrei aus, in dem die anderen beiden Männer einfielen. Dann sprach er mit den Kiptschaken. Boniak wandte sich an Lew, Tofa und Ramon. „Sie werden uns helfen, die Männer einzusammeln und zu begraben. Danach nehmen sie die Ausrüstung und Pferde der Leute von Radomir und kehren in ihr Dorf zurück. Ist das in Ordnung?" Tofa und Ramon nickten. Lew und Boniak behielten sich die Pferde der beiden Brüder. In den nächsten Stunden begruben sie die Toten in einer Furche im Boden und deckten sie mit Erde und Steinen zu. Sie bezogen ein Nachquartier und ruhten sich aus. Am nächsten Morgen trennten sie sich von den beiden Kiptschaken, die mit sechs

Pferden und den Waffen Richtung Nordwesten zogen. „Sie werden feiern, wenn sie zu Hause ankommen. Das ist eine große Beute, das bringt Ruhm und Ehre und Vorteile bei den Frauen", sagte Boniak. „Du meinst, sie beeindrucken die Frauen mit Pferden?", fragte Tofa, obwohl dies üblich war. „Nicht jede Frau erhebt solche großen Ansprüche wie du, liebe Tofa", sagte der Asturier grinsend. Sie blickte ihn lächelnd an. „Wenn ich dich ansehe, können meine Ansprüche an die Welt nicht sehr groß sein, Liebster", antwortete sie schlagfertig. Boniak und Lew lachten, selbst Ramon musste grinsen. „Nimm diese Frau mit in deine Heimat! In diesem schönen Land würde sie andere anstiften, gegen die herrschende Ordnung zu rebellieren und das ist nicht für alle Frauen gut", sagte Boniak. Tofa wollte etwas sagen, aber sie winkte ab. „Es wird sich wohl kein anderer Mann finden für diese Hexe", sagte Ramon laut, die anderen Männer lachten. „Halt den Mund!", rief die blonde Warägerin, aber sie fühlte sich gut. Sie ritten nach Süden, blieben aber vorsichtig, in diesem Land durfte man sich keine Fehler leisten. Aber sie gelangten unbehelligt zu Ala und ihren Söhnen, der Kiptschake Eltut trat hervor. Boniak sprach mit ihm, der junge Mann zeigte sich erfreut. Er verabschiedete sich, bestieg sein Pferd und ritt mit einem wilden Galopp davon, sein wilder Schrei hallte über die Ebenen. „Was hast du ihm gesagt?", fragte Ramon. „Ich habe ihm von seinen beiden Freunden erzählt, die sechs Pferde mitführen. Er will sie einholen vor ihrem Dorf, denn er kommt ebenfalls von dort", sagte der Kiptschake lächelnd. „Radomir ist in eine Falle gegangen", sagte Tofa. Boniak blickte auf alle. „Es ist das Land der Kiptschaken, bald nähern sie sich dem Dnepr. Radomir hat einen

Fehler gemacht." Der Asturier blickte auf Lew und seine Familie. „Was ist mit ihnen, wenn die Sippen deines Volkes Richtung Westen ziehen." Der Angesprochene schüttelte den Kopf. „Was soll passieren, sie gehören zur Familie!", antwortete er lachend. Gemeinsam betraten sie das Haupthaus, in dem danach eine große Feier stattfand. Tofa probierte das Spezialgetränk von Lew. Sie spuckte es sofort wieder aus und löschte das brennende Gefühl in ihrem Mund mit kaltem Wasser. Danach blickte sie die Männer verständnislos an. „Wie könnt ihr so etwas trinken? Das verbrennt den Körper", sagte sie fassungslos. Ala lachten. Die Männer hoben ihre Becher und stießen an. „Vielleicht werden Frauen irgendwann alles gleich oder besser beherrschen als die Männer, aber sie werden sich nie richtig betrinken können. Dazu muss man ein Mann sein!", rief Ramon laut, die anderen fielen in seinem Schrei ein. Danach wurde gefeiert, bis keiner mehr trinken konnte. Tofa half dem torkelnden Asturier in das Bett, wo er kurz darauf einschlief, auch sie spürte die vergorene Stutenmilch. Sie legte sich neben ihren Gefährten und dachte daran, dass dies zukünftig wohl öfter passieren würde, aber sie gewöhnte sich daran. Der gestrige Tag bot einen Grund zum Feiern. Ala und Lew machten das Angebot, bei ihnen zu bleiben, aber sie lehnten es höflich ab. Das Land der wilden Steppenvölker erwies sich als ständiger Unruheherd, in diesen Weiten musste man selbst beweglich bleiben, um einigermaßen in Sicherheit leben zu können. Die nächsten Tage verbrachten sie mit der Vorbereitung auf ihre Bootsreise an das Euxinische Meer. Die Pferde ließen sie bei der Familie von Lew zurück, diese nahm das Geschenk dankend an. Der Asturier umarmte sein treues Tier, dass ihn weit trug. „Du bist an diesem Platz besser aufgehoben. Kein anderes Land bietet Pferden mehr als diese weiten Ebenen mit ihren flachen Hügeln. Du bist im Pferdeparadies und bei guten Menschen", sagte er leise, dann löste er sich. Das Tier schnaubte, als ob es ihn verstehen würde. Ein gemeinsamer Ritt zum Ufer des Don stand noch bevor. Er wandte sich ab. Tofa stand vor ihm. Überrascht blickte er auf seine Gefährtin, die ihn misstrauisch ansah. „Hast du gerade geweint, Ramon?", fragte sie süffisant. Er antwortete nicht. Sie trat näher und legte ihre Hände auf seine Brust. „Ich mag Männer, die weinen. Du kannst gerne deinen Kopf an meine Schulter legen, Goldstück", führte sie weiter genüsslich aus. Er blickte sie an. „Asturien und Pferde gehören zusammen, du wirst es irgendwann verstehen", antwortete er lächelnd. Sie nickte langsam. „Natürlich, Goldstück! Ich bin immer für dich da, wenn du weinen willst, obwohl ich kein Pferd bin", sagte sie süffisant. Er hob die Hände, drehte sich kurz weg, dann riss er sie mit einem Ruck heran und warf sie sich über die Schulter. Tofa schrie auf. „Ich kann dich jederzeit im Fluss ertränken, meine Liebe. Niemand kann mich davon abhalten", sagte er grinsend und stellte sie wieder auf die Füße. Sie stieß ihn gegen die Brust, er zog sie heran. „Willst du tatsächlich auf den Genuss verzichten, mich zur Mutter zu machen", sagte sie leise und küsste ihn lange. Im Stall wurde es lebendig, sie freuten sich ihres Daseins. Lew sagte anschließend zu ihnen:" Es ist Zeit, dass ihr geht. Ihr verstört meine Söhne und die Tiere." Ein Grinsen stand in seinem Gesicht. Im fünften Monat des Jahres brachen sie auf und begaben sich auf den nächsten Teil ihrer Reise. Boniak verabschiedete sich beim Haus, innig umarmte Tofa den lebenserfahrenen

Kiptschaken. „Alles Gute, mein Freund! Pass auf diese außergewöhnliche Frau auf, sie neigt zu Verrücktheiten", sagte der Grauhaarige lächelnd zu Ramon und reichte ihm die Hand. Gemeinsam ritten sie mit der Familie zum Fluss. Das Boot beinhaltete ihr Gepäck und die großen Waffen, jeder erhielt einen Bogen mit Pfeilen. Der Asturier reichte Lew und den Söhnen die Hand. Ala umarmte ihn lange. Tofa verabschiedete sich tränenreich, diese Menschen waren ihr ans Herz gewachsen. Nie fühlte sie sich Menschen tiefer verbunden als dieser Familie. Sie gaben Liebe und setzten sich in einem wilden Land durch, weil sie eine starke Gemeinschaft bildeten und sich tolerant gegenüber anderen Menschen verhielten. Tofa wollte sich diese Familie als Vorbild nehmen für ihre eigene, die sie mit diesem Mann gründen wollte, der bereits im Boot saß. „Ich danke dir, Ala. Du hast mir die Augen geöffnet für ein erfülltes Leben. Bis zu meinem Tod werde ich an dich und deine Familie denken, die mir den Weg gewiesen hat." Ergriffen umarmte die mütterliche Ala die blonde Warägerin, dann lösten sich die beiden Frauen. Tofa stieg in das Boot und die Söhne schoben es in den Fluss, der es bald aufnahm und nach Süden trug. „Seid vorsichtig und bleibt in der Mitte des Flusses. Geht nur in der Dunkelheit an Land!", rief der breitschultrige Lew. Alle winkten zum Abschied, bald verschwanden die beiden mit ihrem Boot hinter einer Biegung. Ala blickte hinterher. „Es ist schade, dass sie nicht geblieben sind. Die beiden können Großes vollbringen, wie ein Fürstenpaar", sagte sie mit Bedauern in der Stimme. „Sie gehen ihren Weg, wie wir den unseren, aber unser Mito ist der Nächste. Er hat schon Augen für die jungen, hübschen Mädchen der Kiptschaken."

Sein Sohn wollte etwas sagen, dessen Brüder lachten. „Das ist gut, mein Sohn. Wir müssen gute Beziehungen zu den neuen Herren des Landes pflegen. Um dauerhaft überleben zu können, ist ein guter Kontakt zu diesem Volk wichtig. Also, nicht aufgeben und nimm dir die schönste Kiptschakin, die du finden kannst, Mito!", rief er laut und schlug seinem Sohn auf die Schulter. Dann bestiegen sie die Pferde und führten die beiden reiterlosen Tiere am Zügel. Jeder Abschied schmerzte, aber sie waren Teil dieses Landes und verwurzelt darin. „Ich werde sie vermissen, die beiden Streitenden. Vermutlich werde ich mich heute betrinken und dich danach glücklich machen, Ala", sagte er zu seiner Frau. „Das Erste schaffst du leicht, aber bei der zweiten Sache bin ich mir nicht sicher, großer Krieger", antwortete sie schelmisch und lachte.

Die Flussfahrt erwies sich trotz des großen Bootes schwieriger als angenommen. Das Schmelzwasser erhöhte den Wasserspiegel, dazu kamen allerlei Äste und Bäume, die sich im Fluss befanden. Das Paar kämpfte mit den Naturgewalten. „Ich habe mir das leichter vorgestellt. Der Fluss erinnert mich an dich!", rief der Asturier laut. Tofa saß im vorderen Bereich und drehte sich um. „Halt den Mund!", schrie sie wütend. Teilweise kam Wasser in das Boot, aber es blieb stabil, die Kleidung wurde aber nass. Wenigstens gab es keine Stromschnellen wie im Dnepr. Zu ihrem Glück blieb die Wetterlage stabil, obwohl ein ständiger Wind über die Landschaft zog. Sie trafen auf andere Boote und Flösse, die den Fluss querten. In der Dunkelheit suchten sie das westliche Ufer auf, es erschien ihnen sicherer. Sie sichteten Reiterrudel an den Ufern. „Verstecke deine blonden Haare,

Tofa. Sie erwecken Aufmerksamkeit", sagte er tadelnd. „Du musst mir nicht immer sagen, was ich tun soll. Ich weiß, dass diese Wilden blonde Frauen mögen. Das wundert mich nicht, wir sind die besten", antwortete sie ärgerlich. Die durch das Schmelzwasser bedingte höhere Fließgeschwindigkeit des Flusses machte es ihnen möglich, schnell voranzukommen, die Reiter blieben zurück. „Wenn sie uns folgen, bleiben wir im Fluss, bis wir untergehen. Ich will diesen Wilden nicht in die Hände fallen", sagte sie laut. „Das sind keine Wilden, du arrogantes Töchterchen eines stolzen Nordmannes. Denke an Boniak und die jungen Kiptschaken! Sie haben eine andere Kultur und erweitern ihren Einfluss ständig. Teilweise sind sie muslimisch, die Petschenegen jüdisch, aber viele leben noch den Schamanenglauben. Sie stellen eine große Gefahr für das Reich der Römer dar, aber auch für die Araber", antwortete er lächelnd. Die blonde Warägerin blickte zurück, ihre Augen verengten sich. „Ich bin nicht arrogant, du stellst mich so hin. In jedem Volk gibt es Wilde, sei es noch so zivilisiert und kulturell hochstehend. Aber sie geben ein Bild der Urtümlichkeit ab und passen sich ihrem Lebensraum an. Ich kann sehr wohl unterscheiden zwischen den Menschen. Aber es wird einen Unterschied geben zwischen den Petschenegen und Kiptschaken im Grenzland zu den Rus und Europa und ihren Verwandten weiter östlich. Vor allem auch hinsichtlich der Toleranz gegenüber anderen Völkern. Wir werden auf unserer Reise keine wohlgesinnten Kiptschaken wie Boniak und seine Männer mehr finden, mein Lieber. Ich bin in diesem Land aufgewachsen. Es ist riesig und voller stolzer, wilder Steppenvölker, die gegen die Waräger, Rus und Slawen drängen. Mein Volk schützt das restliche Europa vor diesen Wellen. Erzähle mir etwas von Asturien, aber nicht vom Land der Rus, mein Lieber. Du bist der einzige Arrogante in diesem Boot!" Sie wirkte nicht erzürnt, aber ihre Augen blickten angriffslustig. „Ich kann sagen, was ich will. Du weißt, was ich meine, Tofa. Aber du verdrehst alles und greifst mich an", sagte er kopfschüttelnd. Sie erinnerte ihn daran, dass er sie arrogantes Töchterchen nannte. „Manchmal kommt deine männliche Arroganz durch, du merkst es gar nicht. Dafür bin ich da, Kindchen, um dich ständig daran zu erinnern", sagte sie bestimmt. Sie unterbrachen ihre Unterhaltung, ein Trupp Reiter tauchte am östlichen Ufer auf, die das Boot interessiert betrachteten. Plötzlich hob einer seine Hand und schrie etwas in einer fremden Sprache. Er trug einen schwarzen Turban. „Ich verstehe ihn nicht. Es sind keine Kiptschaken. Kennst du sie, Tofa? Du kennst dich aus in diesem Land, sagtest du zumindest." Sie drehte sich um, fixierte ihn mit starren Augen, das Blau begann zu leuchten. „Hör auf, mich so anzustarren, Gnädigste! Du irritierst mich und schränkst meine Konzentration ein", sagte er grinsend. Sein Grinsen verging ihm rasch, denn die Reiter zogen ihre Bögen. „Wir müssen mehr in die Mitte des Flusses!", rief der Asturier. Die Pfeile flogen heran, die Reiter lachten. „Leg dich unter das Gepäck!", rief er laut, aber Tofas Kopf und Oberkörper lagen bereits geschützt dahinter. „Was machen diese Bastarde? Das bringt doch nichts, wenn sie die Bootinsassen töten, ohne das Boot in den Griff zu bekommen!", rief sie mit Wut in der Stimme. „Vielleicht üben sie das Bogenschießen oder sie machen sich einen Spaß mit uns. Ich weiß es nicht!", entgegnete er, während ein Pfeil neben seinem Bein einschlug. Ramon riss die

Augen auf, der Pfeil steckte knapp neben seinem Oberschenkel. Tofas Wut wuchs, sie griff nach dem Bogen. Er erkannte ihre Absicht. „Lass das! Du stachelst ihre Wut an. Bis jetzt machen sie aus ihrer Sicht Unfug, aber solltest du zurückschießen, wird ein Angriff daraus", sagte er ernst. Sie sah ein, dass er richtig lag. Die Reiter folgten dem Boot eine Zeitlang, blieben dann aber zurück. Ramon und Tofa setzten sich auf. „Wir werden heute in der Dunkelheit weiterfahren. Ich traue diesen Wilden nicht", sagte der Asturier. Tofa blickte sich um. „Jetzt sind es doch Wilde? Du darfst sie so benennen, aber ich bin arrogant. Deine Selbstgerechtigkeit möchte ich haben", sagte sie kopfschüttelnd. Der Asturier musste grinsen angesichts der Schlagfertigkeit seiner Gefährtin, wieder fielen ihm Leia und seine Mutter ein. Tofa passte in das Bild dieser selbstbewussten Frauen. Er blickte auf ihren Rücken, während sie ruderten und das Boot angesichts des unruhigen Flusses im Gleichgewicht zu halten versuchten. Das Schicksal führte sie zusammen, weil sie zusammengehörten, mit dieser Frau als Partnerin fühlte er sich gut. Ein gutes Gefühl erfasste ihn, er dachte erstmalig an Familie und Kinder. Seine Mutter sprach immer von der richtigen Frau, die seine Philosophie ändern würde. „Auch dein Vater ist ein dämlicher Herumtreiber gewesen. Solche Männer brauchen Unterstützung und eine gute Führung", sagte sie einmal. Sein Vater winkte damals ab, obwohl seine Eltern ständig diskutierten, wobei sie es aber als Paar schafften, sich abzustimmen. Manchmal dauerte dies länger, aber irgendwie fanden sie zueinander. Die Gespräche mit der blonden Warägerin verliefen ähnlich. Sie erwies sich als schlagfertiger als er selbst, ihm gefiel es mittlerweile. Tofa verfügte über viel

Wissen. Offensichtlich schien er der erste Mann zu sein, der dies registrierte und akzeptierte. Gemeinsam wollten sie nach Asturien gehen, sie interessierte sich für Esperanza und dessen Ideen, das gefiel ihm. Er liebte seine Heimat und spürte den Zeitpunkt der Heimkehr nach den Jahren in der Fremde. Der Wunsch steigerte sich eklatant, seit er Tofa kannte und liebte. Sie verfügten über Geld. Radomirs Beutezüge erwiesen sich für sie als vorteilhaft. In Asturien kannte er sich aus. Es gab Möglichkeiten, vor allem in den Hafenstädten. Die Pilger strömten Richtung Santiago de Compostela, dazu gab es gute Verbindungen in das Baskenland. Er blickte auf das weite Land ringsum und hatte eine plötzliche Eingebung. „Wenn wir in Konstantinopel sind, würde ich dich gerne heiraten, Tofa." Die blonde Warägerin gab keine Antwort, ruderte weiter, offensichtlich hörte sie ihn nicht. Ramon zuckte mit den Schultern und steuerte das Boot weiter links, er bemerkte einen großen Baumstamm seitlich hinter ihm. „Du fragst mich ernsthaft mitten in diesem unruhigen Fluss, ob ich dich heiraten will, mein Bester?", fragte sie und schüttelte den Kopf. „Wir befinden uns in einer natürlichen Umgebung, ohne Wasser kein Leben, und ich liebe dich!" Wieder gab die blonde Frau keine Antwort. „Wenn du nicht willst, lassen wir es. Ich will dich nicht zwingen, Gnädigste." Tofa drehte sich um, sie wirkte ruhig. „Ich habe mich erfolgreich gegen Zwangsheiraten gewehrt, bis Leif erschienen ist. Auch diese Verlobung ist über meinen Vater vereinbart worden. Ich halte eine Heirat für eine wichtige Sache, sie ist unumstößlich für unser weiteres Leben. Du hast mich gefragt und überlässt mir die Entscheidung, das finde ich großartig. Aber du musst es ernsthaft wollen, Ramon", sagte sie in ernstem Ton. Der Asturier erkannte, dass diese Entscheidung für seine Gefährtin eine sehr wichtige Angelegenheit darstellte. Im Normalfall wurden Frauen in diesen Zeiten nicht gefragt, ob und welchen Mann sie heiraten wollten. Die Ehen wurden von den Eltern vereinbart, dabei gab es Austausch von Geschenken und Heiratsgütern. Ramon lächelte und blickte ihr in die Augen. „Willst du mich heiraten, schöne Tofa? Es ist eine ernsthafte Frage." Plötzlich erschien ein strahlendes Lächeln im Gesicht der jungen Frau. „Ich weiß es noch nicht, du bedrängst mich etwas, Großer", antwortete sie vergnügt und blickte wieder nach vorne. Sie durften den Fluss nicht vergessen, langsam kehrte die Dunkelheit ins Land zurück. „Es gibt prächtige Kirchen in Konstantinopel. Ich kaufe dir einen wunderschönen Ring, dazu kenne ich eine Familie begnadeter Sänger, die eine Gastwirtschaft betreiben. Dort gibt es das beste und vielfältigste Essen der Welt, wir können eine prächtige Feier veranstalten mit einem Teil des Geldes. Dank Radomir gehören wir zu den begüterten Menschen derzeit." Tofa lächelte in sich hinein. Die Vorstellung einer schönen Hochzeit mit dem geliebten Mann gefiel ihr. Sie dachte an ihre Kindheitsvorstellungen, die sich damit deckten. Leider musste sie bald erkennen, dass Ehen funktionsfähige Gemeinschaften darstellten, die aus wirtschaftlichen Überlegungen geschlossen wurden. Aber das Leben hielt Überraschungen bereit, in der Person dieses großen Mannes, der aus einem weitentfernten Land in ihre Heimat kam und ihr neue Perspektiven bot, die sie nicht mehr für möglich hielt. „Das hört sich schon besser an, Ramon. Wir teilen das vorhandene Geld und du zahlst mit deiner Hälfte. Ist das in

Ordnung?" Der Asturier grinste und schüttelte den Kopf. „Das Geld gehört uns beiden, daher zahlen wir gemeinsam. Gleiches Recht für alle, Frauen und Männer." Tofa drehte sich um. Sie lächelte, ihre Augen wirkten verlockend. „Du hast Glück, das wir uns im Fluss befinden, ansonsten würde ich über dich herfallen. Wir werden natürlich heiraten. Ich freue mich darauf, Ramon", sagte sie ernst, dann lachte sie herzhaft. Sie mussten sich wieder auf den Fluss konzentrieren, dessen Inhalte zeigten sich bisweilen als Gefahr für das Boot. Auch nach Einbruch der Dunkelheit fuhren sie weiter und legten irgendwann am westlichen Ufer an. Sie vermieden das östliche Ufer. Keiner kannte das Gebiet, in dem sich Mordwinen, Kiptschaken, Chasaren und andere Völker aufhielten. Kleine Horden befanden sich auf Beutezügen, ein Boot mit zwei Menschen stellte eine leichte Beute dar. Sie zogen dieses an Land und versteckten es im Uferdickicht. Das angrenzende Waldstück bot mehr Schutz vor Beobachtern als die weiten Ebenen mit ihren kahlen Ufern. Sie verzichteten auf ein Feuer, obwohl sie die Wärme benötigten. Aber es erschien als zu riskant. Das getrocknete Fleisch schmeckte immer gleich. „Ich werde viel essen in Konstantinopel", sagte Tofa leise, dann küsste sie ihn. Sie lagen auf einer dicken Decke, unterhalb schichteten sie gesammelte Äste. Das Boot lag gleich daneben, das Uferdickicht bot Schutz. Obwohl sie einander begehrten, meldete sich die Vernunft, auf dieser Reise auf Liebe zu verzichten, um nicht abgelenkt zu sein in dieser gefährlichen Umgebung. Eng aneinandergedrängt lagen sie auf ihrer Unterlage und deckten sich mit einer zweiten Decke zu. Einzelne Sterne waren zu erkennen, aber der Himmel erwies sich als bewölkt, der

Mond war verdeckt. Das Wasser des Flusses floss ruhig vorbei. Die Stimmen der Nacht erklangen, in der Ferne heulten Wölfe, aber diese stellten keine Gefahr dar. Sie genossen die Stimmung und verzichteten auf Gespräche. Bald schliefen sie ein, bis jetzt verzichteten sie auf Wachdienste. Herannahende Geräusche ertönten und störten den Schlaf. Ramon schlug die Augen auf, auch Tofa war hellwach. Ein Reitertrupp näherte sich dem großen Waldstück. Fremde Stimmen erklangen. Er blickte auf Tofa, sie zuckte mit den Schultern, die Sprache war keinem geläufig. Die Reiter gelangten in den Wald und näherten sich dem Uferbereich. Das Paar blieb ruhig und wartete ab. Sie vertrauten auf ihr Versteck im Uferdickicht, aber die Reiter näherten sich bedrohlich. Gelächter ertönte, einige Stimmen erklangen, darunter eine, die Befehle erteilte. Offensichtlich schlugen die Männer ihr Lager im Waldstück auf. Bald brannte weiter hinten ein Feuer, der Lichtschein blieb aber vom Ufer weg. Dies erwies sich als großes Glück, denn die Reiter wirkten aggressiv in ihren Gesprächen. Möglicherweise stellte es eine normale Unterhaltung in der fremden Sprache dar, aber das Paar wollte nicht riskieren, entdeckt zu werden. Sie hielten den Atem an, als einige Männer in der Nähe in den Fluss urinierten. Einer stand bedrohlich nahe, seine Umrisse waren erkennbar. Beide schlossen die Augen, diese konnten sie verraten. Der Himmel wurde mittlerweile von Wolken eingetrübt. Es gab kein Mondlicht, dies erleichterte ihre Tarnung. Die Reiter rechneten nicht mit einer Anwesenheit von anderen Menschen, es gab auch keine Spuren oder Anzeichen. Tofa und Ramon lagen angespannt im Unterholz und lauschten den Geräuschen und Gesprächen der Männer. Sie gelangten nicht an ihre Waffen, diese lagen im Boot, außer ein Messer befand sich am Gürtel. Der Reitertrupp bestand aus mindestens zehn Männern, die sich lautstark unterhielten, offensichtlich fürchteten sie keine Gegner. Es wurde getrunken. Das Gelächter steigerte sich, während die Nachtstunden dahingingen. Tofa durfte dieser Horde nicht in die Hände fallen, ihre gemeinsame Zukunft schien derzeit in weiter Ferne zu liegen. Immer wieder tauchten Männer am Ufer auf, aber keiner inspizierte das naheliegende Uferdickicht. Für das wartende Paar schien die Zeit nicht zu vergehen, die Anspannung wuchs ins Nichtertragbare. Aber die Geräusche wurden weniger, nach Mitternacht kehrte Stille ein. Sie lauschten den Stimmen der Wächter, die sich offensichtlich am Feuer wärmten. Ramon stieß Tofa an, sie verstanden einander ohne Worte. Langsam rollten sie die obere Decke weg. Sie lagen auf Ästen, aber diese besaßen eine gewisse Stärke und verursachten beim Wegrollen kein verdächtiges Knacken. Geräuschlos packten sie zusammen. Die Blicke richteten sich immer wieder auf den Lichtschein, der vom Feuer kam. Das Boot lag in der Nähe, sie blieben nahe am Boden. Zuerst verstauten sie die Decken auf dem Boot. Unendlich langsam bewegten sie dieses Richtung Wasser, jedes zu laute Geräusch würde diese Männer alarmieren. Sie schafften es dennoch, aber beide mussten in den Fluss. Die Kälte des Wassers ließ sie langsam atmen, es fühlte sich an wie Eis. Ramon deutete Tofa, in das Boot zu klettern. Ohne viele Geräusche gelangte sie hinein, danach wollte er in das Boot, aber einer der Wächter näherte sich. Er summte etwas vor sich hin und stellte sich an das Ufer. Ramon zog das Boot wieder in das Dickicht, während Tofa sich flach machte. Bis jetzt musste er bis zur Hüfte ins Wasser, diesmal hielt er das Boot fest und versteckte sich gleichzeitig dahinter. Es stand ihm bis zur Brust. Der Asturier spürte die Kälte bis in die Knochen. Der Mann ließ sich Zeit, blickte offenbar auf den Fluss hinaus. Er sprach mit sich selbst, abschließend urinierte er ins Wasser. Sie hörten das Plätschern. In dieser Situation waren sie ausgeliefert, ein Fehler würde alles zerstören, was sie sich erhofften. Der Mann wandte sich ab und ging in das Lager zurück. Das Paar wartete noch etwas, dann schob Ramon das Boot in den Fluss hinein. Die bewölkte Nacht erleichterte ihre Flucht aus dem Waldstück. Der Asturier hielt sich am Boot fest und versuchte mit Stößen seiner Beine, weiter in den Fluss hineinzukommen. Dann zog er sich mit einem kräftigen Ruck in das Boot, während Tofa bereits das Ruder in der Hand hielt. Er atmete schwer, das eisige Wasser lähmte ihn etwas, aber er fing sich rasch und griff ebenfalls nach dem Ruder. Sie vermieden laute Geräusche, wenn sie in das Wasser tauchten, endlich erreichten sie die Mitte des Flusses. Langsam nahm das Boot Fahrt auf. Sie hielten ihre Körper gesenkt, obwohl diese Nacht keine guten Sichtverhältnisse bot. Aber diese Reiter stellten Kinder ihres Landes dar, waren vertraut mit ihrer Umgebung und dem Fluss. Sie schafften es tatsächlich, vom Ufer wegzukommen, ohne entdeckt zu werden. Die nasse Kleidung machte Probleme, sie legten sich eine Decke über den Körper, um sich zu wärmen. Langsam ruderten sie den Fluss entlang. Nach einer Weile näherten sie sich mehr dem westlichen Ufer, um der Mitte des Flusses zu entkommen. In der Nacht schien die Gefahr groß zu sein, einen Baum oder einen dicken Ast im Fluss zu übersehen. Ramon und Tofa spürten die Nässe, aber die

Decken halfen etwas, den Körper warm zu halten. Sie fuhren die ganze Nacht hindurch und blieben auch den nächsten Tag im Boot, wechselten sich ab beim Schlaf. Als die Anzahl der Boote stieg, fühlten sie sich sicherer. Das Paar erkannte immer mehr Menschen am Fluss. „Das fühlt sich besser an, einer von vielen zu sein. Aber diese Männer werde ich nie vergessen", sagte der Asturier. Die Kleidung trocknete schwer in dieser Jahreszeit. In der Ferne erkannten sie eine Festung am östlichen Ufer. Sie gingen schräg gegenüber an Land, viele Menschen trieben sich herum. Als sie die slawische Sprache vernahmen, atmeten sie auf. Sie erfuhren, dass sie gegenüber der Festungsstadt Sarkel lagerten. Diese stellte früher eine Festung der Chasaren dar, die lange Zeit über ein großes Reich herrschten. Die Königswürde verteilte sich auf den Khagan als religiöses Oberhaupt und den Bek als Leiter des Militärs und der Verwaltung, er nannte sich auch Khagan Bek. Die Hauptstadt lag in Atil. Das Reich beherrschte in der Blütezeit große Gebiete vom Fluss Dnepr bis weit in den Osten und Süden und grenzte an das Euxinische Meer. Es befand sich an einer Schnittstelle des Welthandels von Asien nach Europa und Arabien und verfügte über großen Reichtum, ein ausgeprägtes Münzwesen zeichnete sich durch Silbermünzen aus. Die Chasaren lebten ausschließlich vom Handel und ließen andere Völker produzieren. Es gab die vorherrschende Religion des Judentums, aber auch das Christentum und den Islam. Ein kleiner Teil blieb dem Tengrismus treu. Das oberste chasarische Gericht bestand aus zwei Juden, zwei Christen, zwei Muslimen und einen Heiden, dies konnte ein Schamane oder ein Priester einer slawischen oder germanischen Religion sein. „Die Chasaren haben vieles unter ihrer Herrschaft vereint", erzählte die Warägerin. Ramon blickte seine Gefährtin an. „Du weißt noch mehr als dein Bruder Oleg. Euer Wissen ist beeindruckend", sagte der Asturier anerkennend. Sie freute sich über das Lob. Endlich konnte sie ihr Wissen, das sie sich über viele Jahre über Bücher und Schriften aneignete, mit jemand teilen. Vielen Frauen erging es ähnlich, sie verfügten über viel Wissen, das von den Männern aber nicht akzeptiert wurde. Im Gegenteil, manche erkannten eine Gefahr darin. Die Religionen und die männliche Gesellschaft achteten streng darauf, dass den Frauen nur eine gewisse Rolle zukam. Das Paar lagerte am Ufer, mittlerweile befanden sie sich im sechsten Monat des Jahres und weiter südlich. Die Temperaturen empfanden sie als angenehm, die Kleidung schien trocken zu sein, das Feuer wärmte sie. Sie befanden sich nicht allein in diesem Gebiet, es gab viele Lagerfeuer. Dies beruhigte sie und gab ihnen ein Maß von Sicherheit, obwohl die Gefahr eines Überfalls stieg, je mehr Menschen sich trafen. Tofa erzählte weiter. Ramon hörte ihr gerne zu. Das Chasarenreich musste sich vor langen Jahrzehnten dem Großfürsten Swjatoslaw I. von Kyiv geschlagen geben. Seitdem existierten weiter südlich politische Einheiten des ehemaligen Großreiches, aber das Volk verteilte sich auf viele Gebiete. Die Festung Sarkel wurde von den Rus geführt, auch das trug zum verbesserten Sicherheitsgefühl des Paares bei. Sie mieden aber die Stadt. Nach der Rast wollten sie den Fluss weiter hinunterfahren und nach der Mündung des Don bei Azak in das Maeotianische Meer einfahren. Am Ende lag die Stadt Tmutarakan, die auf der Halbinsel Taman lag, und die Meerenge zwischen dem Euxinischen und Maeotianischen Meer schützte. Nach Tofas letzten Informationen befand sich diese Festung in der Hand der Rus, aber seit den Zeiten des legendären Großfürsten konnte sich etwas geändert haben. Sie wechselten sich bei der Wache ab und hielten ihre Waffen griffbereit, das Feuer brannte am Ende abseits. Am nächsten Tag setzten sie ihre Reise fort, die sie in das riesige Mündungsgebiet des Flusses führte. Sie passierten die Stadt Azak, deren Name auf das Tiefland zurückführte, in der sie lag. Dieses Gebiet erwies sich als offen. Die Rus besaßen Festungen und der östliche Teil des Maeotianischen Meeres stand unter ihrer Kontrolle. Azak wirkte slawisch, aber die Petschenegen, Kiptschaken und Chasaren erwiesen sich als ständige Unruhestifter. Deshalb verloren die Großfürsten immer wieder die Kontrolle über einige Gebiete. Es hing von ihrer Widerstandskraft und der Angriffslust der Steppenvölker ab. Dazu spielte das Reich der Römer eine entscheidende Rolle, dieses wechselte nach eigener Interessenslage seine Verbündeten. Dieses Spiel ergriff mittlerweile die Steppenvölker, deren Fürsten sich untereinander bekriegten. Aus erfolgreichen Familien entstanden manchmal Herrscherdynastien. Ramon fühlte sich erinnert an seine Heimat Asturien, aber dieses Spiel der politischen Kräfte gab es vermutlich in allen Teilen der Welt. Das Maeotianische Meer oder Chasarisches Meer, wie es auch genannt wurde von den Menschen, erwies sich als ruhiges Gewässer. Im sechsten Monat strahlte die Sonne und erleuchtete die Gesichter der beiden, die an einem einsamen Strand nach langer Zeit wieder zueinander fanden. „Ich bin froh, aus dem Land der Steppenvölker weg zu sein. Aber am meisten freut mich, dass ich wieder mehr von dir habe als die langweiligen Gespräche und dein Gesicht, Goldstück", sagte

Tofa leise und drängte sich an ihn. „Wenn ich dir zu langweilig bin, musst du es sagen. Ich kann dich in der nächsten Stadt an einen Chasaren verkaufen. Sie lieben blonde, willige Frauen", antwortete der Asturier und griff nach ihr. Beide lagen unter den Decken, geschützt auf trockenem Boden. Sie legte sich unter ihm und blickte ihn lächelnd an. „Würdest du mich tatsächlich verkaufen?", fragte sie und umarmte ihn. „Ich kann ohne dich nicht mehr leben, reicht das als Antwort", sagte er und küsste sie, während sie mit ihrem Spiel weitermachten. Nach der Rast setzten sie ihre Reise fort. Das Meer wies eine hohe Anzahl von Fischerbooten auf, offensichtlich handelte sich um sehr ertragreiche Gründe. Das Boot fuhr weiter und erwies sich als zuverlässig. Trotz der langen Reise schien es stabil und trocken zu bleiben. „Es ist unglaublich, dass wir diesen unruhigen Fluss mit seinen vielen schwimmenden Ästen und Bäumen mit diesem Boot geschafft haben, quer durch die verschiedensten Gebiete hindurch. Aber solange es funktioniert, werden wir es benutzen und diese Küste entlang fahren", sagte Ramon. Sie fuhren wieder in der Dunkelheit und rasteten tagsüber, da es sicherer erschien. Auf Meeren gab es Piraterie in allen Formen. Vor Beginn der Morgendämmerung suchten sie sich geeignete Plätze, um gesichert und geschützt zu rasten und sich auszuruhen. Ihre Sinne blieben hellwach. „Nach meiner Einschätzung muss eine Meerenge kommen, die das Maeotianische Meer mit dem Euxinischen Meer verbindet, in den Schriften wird sie Kimmerischer Bosporus genannt. Die Griechen haben sie nach einem uralten Volk genannt", erzählte Tofa. Ramon blickte auf seine Gefährtin. „Was ist los?", fragte sie. „Wir sind in Esperanza erzogen worden, viel zu wissen und lernen, um Vorteile daraus zu schaffen. Aber dein Wissen über das Reich der Rus und die Geografie dieser Gegend ist unglaublich. Ich bin beeindruckt und liebe dich jeden Tag mehr." Tofa erkannte die Ehrlichkeit in seinen Worten und freute sich wieder darüber. Ihr Lächeln ließ sie strahlen wie die Sonne, dazu kamen ihre blauen, intensiven Augen. „Danke, Großer! Ich werde dich dafür belohnen", antwortete sie mit verlockender Stimme. Er nickte und grinste. „Das hoffe ich sehr, obwohl wir müssen aufpassen. Ein Kind zum jetzigen Zeitpunkt würde unsere weitere Reise nach Asturien erschweren." Tofa nickte. „Meine Mutter hat immer gesagt, man spürt das als Frau, aber derzeit ist nichts zu bemerken. Vielleicht schaffst du es nicht, Goldstück", antwortete sie süffisant. Ramon grinste. „Ich werde viele Kinder mit dir zeugen, aber erst, wenn wir zu Hause ankommen. Nach meinem Wissenstand und der gelehrten Frauen von Esperanza absolviert der weibliche Körper einen monatlichen Zyklus und man kann als Frau die fruchtbaren Tage bestimmen. Es ist uraltes Wissen, aber es wissen nur wenige davon oder interessieren sich dafür. Eine Frau kann dadurch selbst bestimmen, wann sie Kinder bekommt, wenn sie es schafft, den Mann an den fruchtbaren Tagen von sich fern zu halten." Sie blickte ihn überrascht an und schüttelte den Kopf. „Woher weißt du das?" Ramon zuckte mit den Schultern. „Leia hat es allen gelehrt, auch meiner Mutter. Ihre Vorfahren haben das Dorf gegründet vor vielen hundert Jahren, von diesen stammt dieses Wissen. Aber wie gesagt, vielen Frauen ist es egal. Isabella in Konstantinopel, die Tochter von Leia, weiß es auch. Du solltest sie fragen, wie diese Tage berechnet werden können", sagte er. Tofa nickte.

„Das werde ich tun. Mein Neugier ist grenzenlos. In der Stadt heiraten wir, vielleicht fahren wir sofort weiter nach Asturien." Ramon schüttelte den Kopf. „Vielleicht kommt das mit dem Heiraten zu früh, Tofa", sagte er ernst. Ihre Augen verengten sich plötzlich, aber sie erkannte rechtzeitig den Schalk in seinen Augen. Die junge Frau lächelte plötzlich. „Du solltest vorsichtig sein mit solchen Äußerungen, ich habe vielleicht einen Rückfall in alte Gewohnheiten", antwortete sie angriffslustig. „Du meinst, wie du mich töten wolltest, Gnädigste?" Sie hob die Augenbrauen und lächelte ihn an, dann zuckte sie mit den Schultern. Die Reise gestaltete sich ruhig. Sie wichen den Booten rechtzeitig aus und hielten sich in der Nähe der Küste, um größeren Schiffen nicht zu begegnen. In der Dunkelheit erkannte man das relativ kleine Boot vom Land nicht, wenn man nicht danach suchte. Der Küstenstrich machte einen Bogen Richtung Westen. „Wir sind am richtigen Weg meines Wissens. Vielleicht sollten wir eine Rast einlegen", sagte Tofa leise. Ramon nickte. Vorsichtig spähten sie das Ufer aus, dann fanden sie eine geeignete Stelle für die Landung, dort stillten sie an einer Quelle im Hinterland ihren Durst und füllten ihren Schlauch auf. Am Ufer lagen sie zusammen und blickten auf den Himmel, der von vielen Sternen erleuchtet wurde. Bald schliefen sie ein und erwachten am Vormittag durch lautes Geschrei in der Nähe. Eine Frau schrie laut. Die blonde Warägerin blickte den Asturier an, er schüttelte den Kopf. „Es geht uns nichts an, Tofa", sagte er eindringlich. Ihre Augen wiesen plötzlich einen anderen Glanz auf, mittlerweile kannte er ihre Reaktionen. Er wusste, dass ihr Entschluss bereits feststand. „Wir beobachten und gefährden uns nicht selbst. Versprich es mir, Tofa", sagte er leise, sein Blick fixierte sie. Die Warägerin lächelte und küsste ihn. „Natürlich, Großer! Ich weiß, wann ich mich beherrschen soll", antwortete sie vergnügt. Sie erhoben sich und richteten ihre Waffen. Tofa nahm Pfeil und Bogen mit. Noch einmal sichteten sie das Gelände um ihr Boot, aber es schien sich niemand in dieser Ecke des Küstenstrichs herumzutreiben, außer jene Menschen, die den Lärm verursachten. Vorsichtig näherten sie sich der Quelle des Schreis. Mittlerweile vernahmen sie das Lachen von Männern, die Schreie der Frau wurden lauter. Sie krochen über einen Hügel und erblickten die Szene. Ein mittelgroßer Mann Mitte Dreißig stand grinsend neben einem Wagen und sah zu, wie sich ein weiterer mit einer Frau beschäftigte, die halbnackt auf den Boden lag und schrie. Tofas Augen verengten sich. Ramon legte die Hand auf ihre Schulter. Vorsichtig blickte er sich um, neben den beiden Männern befand sich ein weiterer Angreifer am Schauplatz. Sie überließ ihm die Kontrolle der Umgebung. Er fürchtete, dass die drei Räuber den Teil einer größeren Bande bildeten, die sich in der Nähe befand, aber dies schien nicht der Fall zu sein. Offensichtlich erkannten die drei verwahrlosten Gestalten die Gelegenheit, als der einfache Mann mit seiner Frau und seinen über zehnjährigen Töchtern eine Rast einlegte. In einiger Entfernung lag eine Straße, die in Ost- und Westrichtung am Küstenstreifen entlang verlief. Ramon wunderte sich, dass die Männer nicht bis zur Dunkelheit zuwarteten, aber sie wirkten heruntergekommen und zeigten keine Geduld. Vor allem handelten sie mitleidlos, denn der Familienvater lag bewusstlos am Boden. Blut färbte den Sand um seinen Kopf. Der Mann schlug die Frau und wollte sich in diesem Moment an ihr vergehen, aber Tofa hielt nichts mehr auf. Der dritte Mann riss gerade einem der Mädchen das Oberteil herunter. Sie sprang auf. Ramon folgte ihr sofort. „Lass sie los, du Bastard!", rief sie laut in Griechisch. Ein Pfeil lag auf der Sehne, sie stand wie die römische Jagdgöttin Diana. Die Männer reagierten sofort und wandten sich der Kriegerin zu. Sie gehörten nicht zu den tapfersten Kämpfern und vergriffen sich an einfachen, unschuldigen Menschen, die diesen raffgierigen, mörderischen Räuberbanden schutzlos ausgeliefert waren. Der Asturier zog sein Schwert und näherte sich abseits ihrer Schussrichtung. „Was wollt ihr? Das ist unsere Beute!", rief der Mittelgroße. Er versuchte, wieder Herr der Lage zu werden, aber die Bogenschützin visierte ihn direkt an. „Bleib stehen!", erschallte Tofas Stimme, als er sich bewegte. „Du hast sie gehört. Sie trifft alles und das in weit größerer Entfernung", sagte Ramon laut. Die drei Männer erwiesen sich als durchschnittliche Typen, die mit Messer und Axt bewaffnet waren. Der dritte Mann riss eines der Mädchen an sich und wollte sie als Geisel benutzen. Ramon reagierte blitzschnell. Er zog seine Wurfaxt und traf den überraschten Mann in den Kopf. In diesem Moment versuchte der Mittelgroße die Gelegenheit zu nutzen, um in Deckung zu kommen, aber Tofas Pfeil traf seinen Hals. Beide Männer lagen am Boden, der dritte hob seine Arme. Ramon trieb ihn von der Familie weg. Die Warägerin blickte auf die wimmernde Frau und die beiden verschreckten Mädchen. Sie zog ihr Schwert, trat zum dritten Mann und stach in dessen Herz. „Warum?", röchelte er, als er nach hinten kippte und sein Leben aushauchte. Sie stand vor dem Toten, dann fiel ihr Blick auf ihren Gefährten. „Er hat den Tod verdient, dieser

Bastard. Ich hoffe, du verstehst mich, Ramon!" Der Asturier erwiderte den Blick, dann nickte er abschließend. Sie reinigten ihre Waffen und traten zu den Mädchen. Die Frau hielt ihre Blößen bedeckt. Tofa trat zu ihr. „Hör auf zu jammern. Steh auf und kümmere dich um deine Kinder. Es ist vorbei, sie können euch nichts mehr tun!" Diese blickte sie an, dann nickte sie langsam. Sie war fast nackt und ging zum Wagen, dort fand sie neue Kleidung. Tofa half inzwischen dem Mädchen mit dem zerrissenen Oberteil, beide Kinder zitterten. Ramon trat zum Familienvater. Er hielt ihn für tot, aber plötzlich bewegte sich der Mann. Die Räuber schlugen ihn zu dessem Glück mit einem Knüppel nieder. Er holte Wasser. Der Mann kam zu sich und wollte um sich schlagen. „Es ist gut!", schrie der Asturier, dann erlangte der Mann vollends sein Bewusstsein. Schnell blickte er sich um und sah seine Familie. Er sprang auf und rief den Namen seiner Frau, aber die Nachwirkungen des Schlages ließen ihn stolpern und er fiel zu Boden. Sie eilte zu ihm und half ihm hoch, auch die beiden Töchter kamen zu ihren Eltern. Tofa blickte auf die vereinte Familie, ihr Blick fiel auf Ramon, der nickte und zufrieden wirkte. Sie empfanden kein Mitleid für die drei Toten, die zeitlebens sich anderer bedienten, um zu überleben, und dabei auch nicht vor Mord und Vergewaltigung zurückschreckten. Das Bild der Familie prägte sich ein in Tofas Gehirn. Alle wirkten glücklich und bildeten offensichtlich eine kleine, zufriedene Gemeinschaft. Leider verabsäumten diese Menschen oft, etwas für ihren Schutz zu unternehmen. Sie verließen sich auf ihre Adeligen, in deren Gebiet sie lebten und arbeiteten. Der Mann wusch sich das Gesicht und trat zu Tofa und Ramon. Er bedankte sich überschwänglich und lud die beiden in sein Dorf ein, das nach seinen Angaben nicht allzu weit entfernt lag. Beide schüttelten den Kopf. „Wir werden gemeinsam diese Toten beerdigen. Nehmt alles mit, was sie bei sich haben an guter Kleidung, Waffen und Geld. Sie sollen bezahlen für ihre Schandtaten", sagte Ramon. Der Mann nickte. Sie erweiterten eine Bodenfurche und legten die Toten hinein. Die Waffen, Stiefel und Kleidung wechselten die Besitzer, sie fanden auch etwas Geld. Der Mann spannte seinen Esel vor den Wagen. „Kommt ihr allein zurecht?", fragte der Asturier. „Gegen Mittag sind wir zu Hause, ihr könnt mitgehen. Wir sind gestern sehr müde gewesen, deshalb sind wir nicht durchgefahren, Das ist mein Fehler gewesen", antwortete der Familienvater. „Lerne mit den Waffen umzugehen und zeige es deinen Töchtern, damit sie sich wehren können gegen solche Bastarde. Hast du mich verstanden?", fragte Tofa aggressiv. Der Mann hob entschuldigend seine Hände angesichts ihres drohenden Blickes. Ein Mädchen zog sich zurück, aber das zweite nahm eines der Messer der Toten an sich und hob es hoch. Ihr Vater wollte etwas sagen, aber seine Frau unterbrach ihn. „Wir werden tun, was du sagst. Es gibt noch immer Geschichten von den alten Göttern in unserem Land. Du musst Artemis sein, die Göttin der Jagd und Hüterin der Frauen und Kinder. Beim nächsten Mal sind wir vorbereitet, Herrin", sagte die Frau laut und verneigte sich vor Tofa. Diese blickte überrascht auf. Das Mädchen mit dem Messer trat näher und umarmte sie innig. „Ich will so sein wie du und werde üben, Artemis", sagte sie bestimmt, anschließend folgte sie ihrer Familie, die noch einmal winkte und danach weiterzog. Ramon blickte hinterher, danach fiel der Blick auf seine blonde Gefährtin.

„Nun, blonde Artemis, wenden wir uns wieder unserem Schicksal zu. Bist du einverstanden oder muss ich mich auch verneigen?", fragte er lächelnd. Sie blickte ihn an, hob ihren Kopf und schritt an ihm vorbei. „Du bist wahrlich eine Göttin, allein diese Haltung, besser geht es nicht!", rief er grinsend hinterher. Sie gab keine Antwort, hob ihren Bogen auf und schritt weiter. Er blickte sich um und folgte ihr. Während sie ihr Versteck an der Küste aufsuchten und den restlichen Tag dahindösten, langte die Familie in ihrem Dorf ein. Sie erzählten vom Paar, das vom Meer kam und sie von den Räubern befreite. „Die Göttin Artemis ist selbst gekommen und hat uns geholfen, mit ihrem Gefährten!", rief das eine Mädchen laut, der Vater zeigte die erbeuteten Waffen der Räuber vor. Sie mussten alles genau erzählen. Obwohl sie in einer sehr belebten Gegend der Welt wohnten, die seit Urzeiten besiedelt wurde, erschien es ungewöhnlich, dass ein Kriegerpaar einfachen Bauern half. Das Mädchen gab das Messer nicht her und erinnerte ihre Eltern in den nächsten Jahren daran, dass gegebene Versprechen an Artemis zu halten.

Als die Dunkelheit anbrach, fuhren Tofa und Ramon in die Meerenge ein, die die Griechen als Kimmerischer Bosporus bezeichneten. Sie ruderten lange, nach Mitternacht erblickten sie eine Hafenstadt. „Das muss Tmutarakan sein, dahinter liegt das Euxinische Meer. Hier müssen wir an Land gehen!", rief Tofa. Das Paar legte an und suchte sich für den Rest der Nacht einen geeigneten Schlafplatz. Am nächsten Tag nahmen sie ihr Gepäck und blickten mit etwas Wehmut auf das Boot, das sie den weiten Weg bis an diesem Ort trug. „Ich werde ewig an dich denken, du treues Gefährt", sagte

Tofa ergriffen. Sie erblickten ein paar Jungen und fragten nach deren Eltern, kurze Zeit später traf ein Mann ein. „Wir schenken dir das Boot, es hat uns weit getragen. Behandle es gut!", sagte die Warägerin ernst. Der Mann nickte zustimmend. Ramon fragte nach dem Namen der Stadt, es handelte sich tatsächlich um Tmutarakan. Als sie mit dem Gepäck aufbrechen wollten, bot er an, sie als Gegenleistung mit einem Karren in die Stadt zu bringen. Die Jungen brachten das Boot weg und freuten sich über das Geschenk. Gute Boote waren in diesen Gebieten lebenswichtig. Der Fischer brachte sie mit dem Karren in die Stadt, er schien chasarischer Herkunft zu sein. Er fuhr sie bis vor den Hafen der Stadt, anschließend begab er sich Richtung Markt und verschwand. Das Paar suchte eine Taverne auf, um eine Mahlzeit einzunehmen. Dort fanden sie alles, was sie benötigten. Die Menschen erwiesen sich als sehr hilfreich und stellten den Kontakt zu einem Kapitän her, der mit seinem Schiff an diesem Tag Richtung Konstantinopel aufbrach. „Ich segle direkt zur Stadt, quer über das Euxinische Meer, wenn es den ehrenwerten Herrschaften passt", sagte er unterwürfig. Das Paar wirkte wie Adelige. Die Warägerin setzte ihren arrogantesten Blick auf, um Distanz zu wahren. „Wir kommen aus dem Norden. Wie gefährlich ist es mit den Piraten?", fragte Ramon ruhig. Sein Blick lastete auf dem Mann, der diesem standhalten konnte. „Ich habe das schnellste Schiff an den Gestaden des Euxinischen Meeres, mein Herr. Sie werden uns nicht erwischen, wenn sie es versuchen", antwortete er angeberisch. Der Asturier bezahlte im Voraus, der Kapitän verneigte sich angesichts des unerwarteten Geldsegens. Danach brachten seine Seeleute das Gepäck im Beisein des

Paares auf das Schiff. Nachmittags legte es ab und ließ die alte Welt der blonden, jungen Frau zurück. Sie blickte lange auf die Küste vor Tmutarakan. Ramon umarmte sie von hinten, sie lehnte sich an ihn. „Du nimmst deine Heimat mit, schöne Wikingerin. Sie lebt in dir fort. Du kannst unseren Kindern von diesem weiten Land mit den vielen stolzen Völkern erzählen. Möglicherweise wollen sie sehen, woher ihre Vorfahren stammen, aber das müssen sie entscheiden", sagte der Asturier leise in ihr Ohr. Sie hob ihren Kopf und nickte. „Es ist viel Wehmut dabei, wenn ich zurückblicke, aber meine Heimat ist dort, wo du bist, Großer", antwortete sie leise. Anschließend zogen sie sich in ihren kleinen Raum zurück. Die Fahrt dauerte vier Tage, dann erblickten sie Konstantinopel. Das Schiff fuhr wie vereinbart in den Neorionhafen ein, den der Asturier vor über einem Jahr verließ, um im Reich der Rus Tofa kennenzulernen. Seine Gefährtin stand an Deck und blickte mit großen, freudigen Blicken auf die prächtigen Bauten der imposanten Stadt.

6.
August 1046 bis Juli 1047

Sie verabschiedeten sich vom Kapitän und standen vor dem Neoriontor und der mächtigen Seemauer der Stadt am Goldenen Horn. Es gab Menschen, die mit kleinen Karren standen und ihre Dienste anboten, auf einen davon luden sie ihr Gepäck. Nach dem Tor wandten sie sich dem Genueser Viertel zu, in dem sich das Haus von Emilia und Nael befand. Ähnlich seiner Ankunft vor fast zwei Jahren stand er vor dem Haus des Paares, in dem im Erdgeschoss das Geschäft regen Betrieb zeigte. Sie sprachen während der Überfahrt über das Euxinische Meer von den Bekannten in Konstantinopel, vor allem über den Etrusker Carlo und dessen neuer Gefährtin. „Ich gehe davon aus, dass sie es geschafft haben, Tofa. Mila wird sich freuen, dich zu sehen", sagte er grinsend. „Ich habe dir alles erklärt und werde mich nicht bei dieser Frau entschuldigen", antwortete sie widerwillig. „Mila und Carlo sind ein Paar. Er ist mein Freund, deshalb stellen sie gemeinsame Freunde dar. Du hast dein Fehlverhalten von damals eingesehen, also musst du nachgeben, Gnädigste", antwortete er lächelnd. „Wir werden sehen, wie sich die ehemalige Dirne verhält", antwortete sie trotzig. Im Haus traf er auf Ferrucio, der die Augen überrascht aufriss, dann einen Schrei losließ und den Asturier umarmte. Er umarmte Tofa und hielt sie länger fest als Ramon. „Wenn du mich nicht loslässt, muss ich dich töten, junger Mann", sagte sie laut und drückte Ferrucio weg, der über das ganze Gesicht grinste. Sein Bruder Marco tauchte auf. „Das gibt es nicht, der Asturier ist wieder da", sagte er ergriffen und umarmte ihn lange. Er reichte Tofa die Hand und verneigte sich vor ihr. Deren Blick richtete sich auf Ferrucio. Sie kannte die Verwandtschaftsverhältnisse aus Erzählungen ihres Gefährten. „Dein Bruder benimmt sich besser. Mit deinem Grinsen erinnerst du mich an den Mann neben mir." Marco nickte, aber Ferrucio schien nicht beeindruckt zu sein. Er winkte ab und zeigte auf seinen Bruder. „Der Mann ist verheiratet und muss machen, was seine Frau sagt, die übrigens meine richtige Schwester ist. Er hat sie vor seiner Abfahrt geschwängert und wartet andächtig auf ihren Ruf, um ihre Füße zu küssen", erzählte er grinsend. Der Asturier blickte überrascht auf Marco. „Ornella hat ein Kind von dir geboren? Meine Hochachtung, Jüngling", sagte er grinsend und beglückwünschte ihn. „Ich danke dir, Schwätzer", antwortete dieser süffisant. Tofa ging das Verhalten der Männer auf die Nerven. „Hört auf mit diesem Gerede! Wir können das im Haus besprechen", sagte sie laut. Sie wirkte genervt, die Ankunft verunsicherte sie. Die Menschen um ihren Gefährten kannte sie nur aus Erzählungen. Marco blickte das Paar an, seine Gedanken erfassten erst jetzt die Situation. „Du bist mit Oleg aufgebrochen, um Tofa zu suchen. Jetzt kommt ihr gemeinsam in die Stadt. Seid ihr ein Paar?" Sie ergriff das Wort, bevor der Asturier antworten konnte. „Natürlich! Ansonsten nimmt diesen Mann keine Frau. Er ist schwer auszuhalten", antwortete sie gereizt, ihre Laune verschlechterte sich. Ferrucio griff sich an den Kopf. „Carlo hat von der blonden, arroganten Tofa erzählt, die Schwester von Oleg. Du hast sie zur Frau genommen?", fragte er ungläubig. „Er wird mich in dieser Stadt heiraten, Jüngling", antwortete sie schnell. Die jungen Männer wirkten überrascht, dann richteten sich ihre Blicke auf den Asturier, dessen Augen sich verengten. „Du bist für mich der letzte Held des männlichen Geschlechts gewesen. Ein Mann, der sich jede Frau genommen hat, selbst die Kaiserin. Ich bleibe allein in der Menge der Frauen, die nach Liebe gieren", sagte Ferrucio grinsend. Marco lachte laut. Tofa wollte antworten, aber Ramon erwies sich diesmal schneller als seine Gefährtin. „Es ist gut, Gnädigste! Sie haben es verstanden. Wenn du noch einmal etwas sagst, muss ich diesen grinsenden Jüngling von seinem Leiden erlösen und das will ich nicht. Er ist in Ordnung." Ferrucio grinste weiterhin. Marco zeigte ein Lächeln. Tofa wog den Kopf hin und her. „Ich bin mir nicht sicher, ob dieser grinsende Mann in Ordnung ist. Nun, es wird ihm gehen wie dir", sagte sie süffisant und packte den Asturier an der Wange. Die Brüder lachten lauthals, bis eine weibliche Stimme ertönte. „Marco, wo bist du?" Ferrucios Grinsen hielt an, er wandte sich seinem Bruder zu. „Höre ich nicht die honigsüße Stimme deiner Frau, meiner geliebten Schwester Ornella? Ich bin mir nicht sicher, wer das schlechtere Los gezogen hat. Ramon mit seiner göttlichen Warägerin oder mein Stiefbruder mit seiner temperamentvollen Sabinerin." Tofa ersparte sich die Antwort, denn Ornellas Stimme ertönte. „Halt den Mund, Bruder!" Dann stand sie im Geschäft, die Angestellten betrachteten die Szene. Überrascht blickte die schwarzhaarige Schönheit auf das Paar. Sie erkannte den Asturier und umarmte ihn herzlich, auch dessen Gefährtin erhielt eine innige Umarmung. „Ich habe die letzten Worte dieses Idioten vernommen. Wir haben von dir gehört, Tofa. Du darfst nicht hören auf die Männer, sie sind verloren ohne uns. Ich denke, du verstehst mich", sagte die junge Frau. „Natürlich verstehe ich dich, liebe Ornella. Es freut mich, dich kennenzulernen.

Ich hoffe, sie haben Gutes über mich erzählt." Diese hob ihre Hände. „Männer schätzen uns oft falsch ein. Manche unseres Geschlechts hegen einen Neid gegenüber schönen Frauen. Ich habe damit Erfahrung. Das darfst du nicht überbewerten, nicht in dieser Stadt. Ich zeige dir das Haus und stelle dich meiner Schwiegermutter Emilia vor, eine bemerkenswerte Persönlichkeit. Leider hat sie ihren Sohn Marco ein wenig verzogen. Aber ich arbeite an den Korrekturen", sagte sie lächelnd und zeigte der Warägerin den Weg. Bevor die schwarzhaarige, junge Frau die Männer stehen ließ, küsste sie Marco und flüsterte ihm etwas ins Ohr, anschließend verschwand sie mit einem Lächeln und wiegenden Hüften. „Sie macht dich fertig", sagte Ferrucio kopfschüttelnd. Marco nickte und grinste. „Und wie sie das macht, ist schon außergewöhnlich, Bruder", antwortete er lächelnd, er wirkte nicht verunsichert. Mittlerweile gewöhnte er sich an die Launen und Verhaltensweisen seiner Frau. Nach dem schwierigen Rückweg über den Dnepr mit Mila und Carlo, sie mussten an den Stromschnellen einen Angriff einer Petschenegenhorde abwehren, wurde er bei seiner Rückkehr in die Stadt mit der hochschwangeren Ornella konfrontiert. Sie heirateten sehr schnell, seitdem wohnten sie im Haus seiner Eltern, das aufgeteilt wurde. Er liebte die schwarzhaarige Schönheit abgöttisch, sie zahlte es ihm aber ebenso zurück. Ornella erwies sich als schwierig, aber intelligent und verzichtete seitdem auf das Singen bei ihren Eltern im Theater und der Gastwirtschaft. Das junge Paar glich sich den älteren Paaren an, die ständig diskutierten und sich austauschten. Marco wirkte zufrieden, sein Blick richtete sich auf den Asturier. „Um auf Ferrucios Worte zurückzukommen, denke ich, du hast das härtere Los gezogen. Die Arroganz von Tofa ist bis jetzt nicht erreicht worden. Ich hoffe, Mila hält sich zurück, wenn sie die Dame sieht", sagte er nachdenklich. Ramon wollte ihm über die Veränderungen in deren Verhalten erzählen, verzichtete aber letztendlich darauf. „Sie ist eine außergewöhnliche Frau mit vielen herausragenden Fähigkeiten, deshalb liebe ich sie. Sie hat in früheren Zeiten anders gelebt und gedacht, aber sie ist weiterhin gefährlich. Daran solltet ihr denken, wenn ihr sie reizt, meine Freunde", antwortete er grinsend. Marco nickte. Die Männer folgten den jungen Frauen. Im Haus gesellte sich Emilia zur weiblichen Gruppe. Sie trat zu Ramon und begrüßte ihn herzlich. „Ich habe gerade von meiner redseligen Schwiegertochter erfahren, dass du die Frau für das Leben gefunden hast. Das freut mich sehr. Es wird dir guttun, mein Freund", sagte sie ernst, in ihren Augen erkannte aber jeder Anwesende das Vergnügen. Der Asturier bedankte sich. Ferrucio lachte. Die Augen seiner Mutter richteten sich auf ihren Sohn. „Auch du wirst die Frau finden, die dir Grenzen setzt. Das ist notwendig. Hole deinen Vater und sage Isabella und Bart Bescheid", sagte sie im Befehlston und schickte Ferrucio weg. Dieser verneigte sich tief und verschwand mit einem Grinsen. Sie wandte sich an Tofa. „Er stellt den jungen weiblichen Bediensteten nach und sie lassen es sich gerne gefallen. Was soll ich dagegen tun? Wenn er eine davon schwängert, wird er sie heiraten. Das habe ich ihm gesagt." Tofa nickte. „Das ist eine nachvollziehbare Entscheidung. Es freut mich, dass du deinen Sohn konsequent behandelst. Die junge Frau wäre verloren ohne Mann mit einem Kind." Ornella beteiligte sich an der Unterhaltung. „Bei ihrem Sohn Marco hat sie etwas

nachlässig gehandelt", sagte diese lächelnd. Ihre Schwiegermutter zeigte mit dem Finger auf die junge Frau. „Dafür gibt
es dich, meine Gute. Du schaffst das schon, liebe Ornella.
Ein redliches Bemühen ist dir nicht abzusprechen", antwortete sie genüsslich und neigte den Kopf. Diese lächelte und
wollte etwas erwidern, aber ihr Mann unterbrach sie. „Hört
auf damit! Manchmal ist euer Verhalten nervig. Keine von
euch muss etwas korrigieren. Könnt ihr keine normale Unterhaltung führen?" Marco blickte auf Mutter und Frau.
Beide lächelten ihn an, sie wirkten wie zwei Löwinnen. Tofa
gefiel das Ganze, sie zwinkerte ihrem Gefährten zu. „Er ist
noch etwas rebellisch, mein Mann", sagte Ornella genüsslich.
Marco fixierte sie bereits. Er näherte sich ihr mit grinsendem
Gesicht. „Was hast du vor? Lass das sein!", rief die junge
Frau, ihre Augen verengten sich. „Beim letzten Mal habe ich
sie ins Wasser geworfen, vielleicht fällt mir dieses Mal etwas
Besseres ein", erwiderte der junge Mann. Ornella hob die
Hände und bewegte sich rückwärts. „Denk an deinen Sohn,
Marco, und benimm dich. Es sind Gäste im Haus." Ihr Blick
fiel auf ihre Schwiegermutter, aber diese hob entschuldigend
ihre Schultern. Eine männliche Stimme ertönte. „Sie hat
recht, mein Sohn. Wirf sie beim nächsten Mal ins Wasser.
Vielleicht setze ich deine Mutter dazu!" Nael und Ferrucio
standen grinsend im Raum. Ornella blieb stehen und blickte
Marco lächelnd an. „Du meinst das hoffentlich nicht ernst,
Nael", sagte Emilia vergnügt. Der Hüne zuckte mit den
Schultern. Er reichte Ramon die Hand. „Carlo und Marco
haben alles erzählt. Du hast großen Verantwortungssinn be-
wiesen. Der Etrusker wird sich sehr freuen, Mila ebenfalls.
Sie trägt sein Kind in sich. Der alte Haudegen versucht es

noch einmal, die junge Frau bewirkt wahre Wunder." Der Baske wandte sich an die Warägerin. „Willkommen, Tofa! Es ist schön, dich kennenzulernen. Wir haben von dir gehört. Vor der Reise von deinem Bruder und danach von Marco, Mila und Carlo." Sie grüßte und erkannte an der Reaktion des Basken, dass dieser nicht voreingenommen zu sein schien. „Ich gehe davon aus, dass die gute Mila mich nicht als freundliche Person beschrieben hat. Sie kann mich nicht leiden", antwortete die blonde Warägerin. Nael zuckte mit den Schultern. „Man muss sich nicht immer mögen, es reicht der Respekt. Ferrucio hat erzählt, dass du diesen triebhaften Asturier gezähmt hast, eine herausragende Leistung. Er hat viel Unruhe in die Stadt gebracht. Aber wo ist Oleg?" Plötzlich wurde die junge Frau still. „Er ist tot. Ich habe ihn begraben, als wir uns auf dem Weg nach Osten befunden haben. Wir haben gegen vier Kiptschaken gekämpft, er hat einen mitgenommen. Seine Frau Ethia muss unterrichtet werden", antwortete Ramon. Emilia erkannte an der Reaktion Tofas, dass die Erinnerung an ihren toten Bruder diese bewegte und bot ihr einen Sitzplatz an. „Um Ethia musst du dir keine Sorgen machen. Sie hat bereits Ersatz gefunden", antwortete Ornella. Der Asturier nickte. Er erzählte vom Gespräch mit dem Waräger, in dem dieser von einem Vertrauten seiner Gemahlin sprach. „Dies ist der Grund für seine Entscheidung gewesen, seine kleine Schwester zu suchen. Er hat keinen Groll gegen diesen Mann empfunden. Oleg ist eine große Persönlichkeit gewesen, wenige würden wie er denken." Die beiden Jüngsten der Familie erschienen. Die neunjährige Alva ähnelte stark ihrer Mutter Emilia, während Giovanni blondes Haar wie sein Vater Nael besaß.

Essen und Trinken wurde gebracht, die Unterhaltung setzte sich fort. Die Rückkehr von Ramon mit Tofa erwies sich als willkommene Abwechslung im Alltag. Bald erschienen Isabella und Bart mit ihren gemeinsamen Kindern Melina und Leto, auch hier gab es ein ähnliches Bild. Die neunjährige Melina verfügte über rotes Haar wie ihre Mutter, während der zwei Jahre jüngere Leto seinem Vater ähnelte. In den nächsten Stunden entspann sich eine lebendige Unterhaltung. Tofa fühlte sich gut aufgenommen in der Gemeinschaft, bis die schwangere Mila und Carlo erschienen. Der Etrusker begrüßte seinen Freund herzlich, auch Mila umarmte den Asturier. Dann richteten sich ihre Blicke auf die blonde Warägerin. „Tofa und ich gehören zusammen", sagte Ramon bestimmt. Milas Augen verengten sich. Sie musste die Überraschung verarbeiten, aber sie verdankte dem Asturier viel. „Das ist schön. Sie ist die richtige Frau für dich, denn sie lässt sich nichts gefallen", antwortete Carlo ruhig, ihm gefiel die Entwicklung. Die beiden Frauen musterten sich. Erinnerungen an die Unterhaltung am Sklavenmarkt in Kyiv stiegen hoch. Mila hob stolz ihren Kopf. Tofas Augen verengten sich, sie wirkte plötzlich aggressiv. Ramons Blick fiel auf seine blonde Gefährtin, die Augenbrauen hoben sich. Er erkannte ihren innerlichen Zwist, die Anspannung war für alle spürbar. Interessiert beobachteten die Anwesenden die Kontrahentinnen. Sie kannten die Geschichte der Reise zum Volk der Rus. Marco und Carlo berichteten über alles. Mila und der Etrusker heirateten erst vor kurzem. Er arbeitete für beide Familien, führte Inspektionen durch und begleitete Transporte nach Nikomedia auf der gegenüberliegenden Seite des Bosporus. In der Gastwirtschaft führte und trainierte er die Aufseher, die das Publikum überprüften. Tofa rang mit sich, aber schließlich gab sie nach. „Mein damaliges Verhalten tut mir leid, Mila. Ich bin in dieser Zeit auch Ramon feindlich gesinnt gewesen. Die Sicht auf die Welt hat sich vollkommen anders dargestellt. Es ist viel passiert in der Zwischenzeit. Der grinsende Asturier und ich wollen heiraten. Ich hoffe, wir kommen miteinander aus, denn unsere Männer sind Freunde", sagte sie mit erhobenem Kopf. Ramon blickte grinsend auf Carlo, dieser schüttelte den Kopf. Plötzlich erschien ein Lächeln in Milas Gesicht. Sie trat zu Tofa und reichte ihr die Hand. Die Warägerin ergriff diese und nickte. Anschließend wandte sie sich dem Asturier zu und ballte die Faust. „Hör auf zu grinsen!", sagte sie verärgert. Für Mila schien die Angelegenheit offensichtlich erledigt zu sein, sie genoss ihr Glück mit ihrem Ehemann. Sie nahm den Arm von Tofa und schüttelte lächelnd den Kopf. Die Frauen nahmen Platz, ihre Männer folgten. „Tofa wollte mich bereits zweimal töten", sagte der Asturier vergnügt. Er genoss die Unterhaltung. Bevor seine verärgerte Gefährtin antworten konnte, ergriff Bartholomäus das Wort. „Isabella will mich ständig töten. Das entspricht normalem Verhalten bei verrückten Frauen", sagte dieser grinsend. Die Männer nickten. „Dein Ehemann grinst ähnlich wie der Asturier. Ferrucio gleicht ihnen ebenfalls", wandte sich Tofa an Isabella. Diese nickte und schlug Bart die Faust gegen die Schulter. „Ich habe dir vor langen Jahren versprochen, dich zu töten, wenn du mich einmal betrügst. Du hechelst den jungen Frauen hinterher wie ein läufiger Hund." Bartholomäus hob entschuldigend die Hände. „Ich bin verheiratet, aber nicht tot", antwortete er lächelnd. Die Frauen blickten sich vielsagend an. Der Sänger wechselte das Thema. „Es ist nicht leicht für einen Vater. Ich muss ständig auf der Hut sein, wegen meiner Töchter. Meine ältere Prinzessin ist bereits Mutter. Melina kommt bald in ein gefährliches Alter. Wo ist Ornella?" Alle Anwesenden blickten sich um, aber Marco und seine Frau schienen verschwunden zu sein. Bartholomäus zuckte resignierend mit den Schultern. Isabella lachte. „Sie muss sich gerade für ungebührliches Verhalten entschuldigen. Wenn du verstehst, was ich meine, mein lieber Bart", sagte Emilia süffisant. Nael schlug seinem langjährigen Freund auf die Schulter. „Nimm es nicht so schwer, alter Freund, Kinder werden groß", ergänzte er ebenfalls in süffisantem Ton. „Es ist ausreichend, wenn ich mir das von diesen beiden Frauen anhören muss, aber der große Baske ist zu viel. Zudem bricht er mir fast die Schulter mit seinem Schlag." Isabella wandte sich an Tofa. „Er fühlt sich zu jung für den Großvater", sagte sie vergnügt. Bart schüttelte den Kopf und wandte sich an Emilia. „Warum muss dein Sohn meine Ornella beim ersten Mal schwängern? Das ist doch nicht notwendig, abgesehen davon, dass er mich vorher fragen sollte." Er wirkte bei seinen Worten aber nicht verärgert. „Daran bist du schuld. Ständig erzählst du von diesem seltsamen Zyklus im weiblichen Körper, aber bei unserer Tochter hat es nicht funktioniert", wandte er sich an seine Frau Isabella. Diese schüttelte den Kopf. „Ornella hört seit längerem nicht auf mich. Aber es ist vollkommen egal. Sie lieben sich, das ist eindeutig. Hör auf mit deinem Gejammere, alter Mann", sagte Isabella vergnügt. Emilia lachte herzhaft. Bart zeigte mit dem Finger auf seine jüngere Tochter Melina. „Du bleibst anständig und gehst ins Kloster, junge Dame." Die rothaarige Neunjährige schüttelte wild den Kopf. „Ich gehe nicht ins Kloster. Das kannst du vergessen, Vater", antwortete sie bestimmt, die Anwesenden lachten. Bald darauf erschienen Ornella und Marco. „Wie geht es dir, Tochter?", fragte Isabella. Die Augen der Anwesenden richteten sich auf die junge Frau. „Großartig, Mutter! Ich führe ein gutes Leben mit meinem Mann und wünsche dir dasselbe", antwortete sie genüsslich. Isabella und Emilia blickten einander an. „Sie ist ein Miststück!", sagte Isabella kopfschüttelnd. Ornella lachte herzhaft, die anderen fielen ein. Anschließend konzentrierte sich die Unterhaltung auf die Erzählungen von Tofa und Ramon über ihre Reise. „Diese Steppenvölker werden ein Problem für unser Reich", sagte Nael, alle nickten zustimmend. Das Paar teilte allen mit, dass sie nach Asturien wollten. „Ich bin gespannt auf Esperanza, wo Frauen und Männer gleichberechtigt sein sollen. Ramons Mutter Safia soll eine Prinzessin sein", sagte Tofa lächelnd. Die Unterhaltung gefiel ihr. Alle Anwesenden zeigten sich offen und gesprächig, die Paare wirkten harmonisch. Sie glaubte aber nicht an ein andauerndes, gutes Einverständnis. Selbstbewusste Frauen standen starken Männern gegenüber. Diese zeigten Respekt , traten aber nach außen hin als Oberhäupter der Familien auf. Auch die Ehefrauen mussten damit leben, die Gesellschaft funktionierte in dieser Weise. Sie stellten ihre Männer nicht bloß, reagierten aber bisweilen provokant im Innenleben der Familie. Tofa blickte auf Ramon. Nach seinen Erzählungen lief es in Esperanza ähnlich ab. Die Gemeinschaft verfügte über eine große Stabilität aufgrund der internen, gleichwertigen Rollenaufteilung. Alle wurden gehört mit ihrer Meinung. Mit dieser Stellung konnte sie sich anfreunden. Sie entschied sich für den geliebten Mann und nicht für den Weg als freie Kriegerin. Amazonen existierten keine mehr. Vielleicht kehrten sie in ferner Zukunft zurück, um die Sache für die Frauen in die Hand zu nehmen und die Gesellschaft mit dem Gedankengut der Gleichberechtigung zu konfrontieren. Vorerst änderte sich nichts für die Frauen und ihre Rollen innerhalb der Gesellschaft. Derzeit gab es die gegenteilige Richtung, die Religionen verschärften die Verhaltensnormen für Frauen. Emilia und Isabella berichteten davon. Es wurde ein langer Abend, die Anwesenden freuten sich über die Rückkehr des Asturiers mit seiner Gefährtin. Mila strahlte am meisten, die werdende Mutter genoss ihr Leben. Es gab keine Feindseligkeit gegenüber der Warägerin. Die Stimmung erwies sich als unterhaltsam und redselig, es wurde gelacht und getrunken. Tofa spürte das starke Band, das die befreundeten Familien zusammenhielt, verstärkt durch die Liebe von Ornella und Marco, die einer erfolgreichen Zukunft entgegensahen.

Nach diesem Fest kehrte der Alltag in der Stadt ein. Tofa und Ramon bezogen ein Quartier bei Isabella und Bart, das ehemalige Zimmer von Ornella. Der Asturier zeigte seiner Gefährtin die Plätze und Sehenswürdigkeiten von Konstantinopel. Tofa kam aus dem Staunen nicht heraus. Carlo begleitete sie bisweilen. Mila blieb ob ihrer Schwangerschaft zu Hause. Sie verhielt sich nicht feindselig, blieb aber reserviert gegenüber der Warägerin. Diese sprach gerne mit Isabella, die ihr viel über Esperanza und den weiblichen Zyklus erzählte. Die rothaarige Asturierin freute sich über das Interesse der jungen Frau. „Ich hätte eine Bitte an dich, Tofa. Wenn ihr diese Stadt verlässt, ersuche ich dich, einen Brief an meine Eltern mitzunehmen. Sie wissen nicht, was aus mir geworden ist und sollen es in einem ausführlichen Bericht erfahren. Ich werde meine Familie nie mehr wiedersehen. Die Entfernungen sind zu weit und die Reise in diesen Zeiten im Grenzraum zwischen den Kulturen und Religionen viel zu gefährlich. Aber sie sollen wissen, dass es mir gut geht und ihre Enkel in einer großen Stadt aufwachsen." Die Asturierin musste abbrechen. Tränen standen in ihren Augen. Tofa dachte an den Verlust ihrer Eltern, aber sie verspürte keine großen Empfindungen mehr. Diese verhielten sich kalt und abweisend gegenüber ihren Kindern. Sie freute sich auf Esperanza, dies teilte sie Isabella mit. „Die Idee der gleichen Rechte für alle ist großartig." Diese wog den Kopf hin und her. „Ich hoffe, sie können die Gemeinschaft in dieser Form aufrechterhalten. Dazu ist ein guter Kontakt zum hohen Adel und zur Kirche notwendig. Bereits in meiner Zeit hat es Neid und Missgunst gegeben. Die selbstbewussten Frauen von Esperanza sind bekannt und werden nicht von allen Vertretern der hohen Gesellschaft als gut empfunden. Aber man kann ein neues Esperanza gründen und die Hoffnung nicht aufgeben, dass irgendwann die Kirche den Frauen eine bedeutendere Rolle zugesteht." Tofa nickte. „Man muss für eine gute Sache kämpfen, auch Ramon will dies tun. Dies hat er mir gesagt. Das ist der Grund, warum er nach Hause zurückkehrt. Er hat dies bereits beschlossen, bevor wir uns gefunden haben. Ich liebe diesen Mann, er ist großartig", sagte die Warägerin. „Wir stolzen und selbstbewussten Frauen haben alle unseren Mann gefunden, der uns entgegenkommt und respektiert. Sie lieben uns wegen unseres Wesens. Das liegt an ihren starken Persönlichkeiten, denn sie schätzen die

Herausforderung und sehen den Vorteil, der sich aus einer gleichwertigen Partnerschaft ergibt. Leider gibt es solche Typen viel zu selten, deshalb werden wir wohl bei ihnen bleiben müssen, selbst wenn wir uns bisweilen ärgern", sagte die rothaarige Asturierin lächelnd. Tofa dachte an ihre Streitgespräche mit Ramon. In den Ehen dieser Paare ging es ähnlich zu, bei Ornella und Marco schien sich dieses Verhalten fortzusetzen. Isabella und ihre Tochter arrangierten die Hochzeit des Paares in einer kleinen Kirche. Tofa heiratete in einem weißen Kleid. Mit ihren blonden, fast goldenen Haaren und den blauen Augen überstrahlte sie alles an diesem Tag. Alle Anwesenden zeigten sich beeindruckt von ihrer Schönheit. Die junge Frau strahlte vor Glück. Ramon konnte sich der Ausstrahlung seiner Gefährtin nicht entziehen und wirkte ebenfalls sehr ergriffen. Die anschließenden Feierlichkeiten dauerten einige Tage und fanden in den Häusern und der Gastwirtschaft von Bart statt. Die Schönheit von Tofa wirkte auf die Umgebung, ihr Verhalten schien sich gänzlich geändert zu haben, auch Mila merkte dies positiv gegenüber Carlo an. Nach der Beendigung der Feiern gab es den nächsten Grund zur Freude. Mila gebar im neunten Monat des Jahres einen Sohn, den sie den Namen Lucius gaben, nach dem getöteten Sohn des Etruskers aus seiner ersten Familie. Ramon stand neben Carlo, als er ihn erstmals in den Händen hielt. „Pia wird sich freuen, mein Freund", sagte der Asturier leise. Der Etrusker drehte sich um und nickte dankend. „Ich hätte es nie für möglich gehalten, dass ein Mensch wie ich eine zweite Gelegenheit bekommt, eine Familie zu gründen. Das ist nicht zu glauben, aber Mila und meinem Sohn wird es gutgehen. Ich werde sie nie allein lassen, wie es bei Pia passiert ist." Der Asturier schüttelte den Kopf. „Mila ist jung, mein Freund. Du kannst eine Großfamilie zeugen, sofern du dies schaffst", sagte er grinsend. Carlo schüttelte den Kopf. „Die gute Tofa wird dich fordern, Asturier. Leider kann ich es nicht mitansehen, wie sie dich quälen wird", antwortete er süffisant. Ramon winkte ab. Carlo bat seinen Freund, auf die junge Ornella acht zu geben. „Ich bin für ihre Sicherheit verantwortlich. Vor unserer Abreise hat es den Vorfall mit dem Bulgaren Bojan gegeben. Es befinden sich einige bulgarische Verwandte in der Stadt, vielleicht könntest du auf sie aufpassen. Angeblich hat es einen Zeugen gegeben, dass Bojan zuletzt mit ihr gesehen worden ist. Ich denke, sie vermuten es nur, aber es ist egal. Sie sind jung und gefährlich, gute Kämpfer, diese Bulgaren." Der Asturier nickte. Gemeinsam mit Tofa begleitete er die junge Frau auf ihren Wegen in der Stadt. Marco befand sich manchmal ein paar Tage auf Reisen in den Norden oder über den Bosporus. Ornella erzählte ihrer neuen Freundin, dass sie viele Kinder wollte. „Marco und ich kennen uns seit der Kindheit, er ist fast zwei Jahre jünger als ich. Er hat immer gesagt, dass er mich heiraten wird und es ist tatsächlich passiert. Ich liebe ihn über alle Maßen. Er ist großartig und behandelt mich gut, dazu kommt seine unersättliche Ausdauer bei der Liebe. Ich muss vermutlich aufpassen, wenn er älter wird", sagte die schwarzhaarige Schönheit. Die Warägerin dachte daran, eine Familie zu gründen, aber die Reise nach Asturien stand an und niemand wusste, was sie dort erwartete. Sie überlegte, in Konstantinopel zu bleiben, verwarf den Gedanken aber wieder. Diese Stadt wurde oft belagert und bot keine grenzenlose Sicherheit. Zudem gefiel ihr die Idee des Dorfes Esperanza. Tofa vertrat die Ansicht, für ihre Philosophie und Vorstellung vom Leben kämpfen zu wollen, für sich und geliebte Menschen. Ihr Mann wollte nach Hause zurückkehren. Esperanza klang wie ein Märchen. Tofa hoffte, dass sie es in dieser Form vorfinden würden, wie Isabella und Ramon es verließen. In diesen Tagen überlegte das Paar ernsthaft, ob sie den Winter in der Stadt verbringen sollten. Doch die Temperaturen blieben angenehm, wie im restlichen Teil des Mittelländischen Meeres. Sie begleiteten Ornella in die Gastwirtschaft ihrer Eltern. Manchmal trat sie wieder als Sängerin auf. Marco zeigte sich einverstanden. An diesem Tag kam es zu einem Zwischenfall, da sich einige Bulgaren im Raum aufhielten, die sich als Unruhestifter betätigten. „Du hast meinen Bruder getötet!", rief einer der betrunkenen Männer. Es gab einen Tumult. Ramon musste eingreifen, einer der Männer zog ein Messer, aber er schnitt ihm den Arm auf. Die drei Bulgaren mussten das Lokal verlassen. Bart blickte ihnen nach. Ornella wirkte verunsichert. „Ich hoffe, sie verschwinden bald. Bojan wollte mich vergewaltigen. Marco hat ihn in einem fairen Kampf getötet. Er ist nicht ermordet worden", sagte die junge Frau. Sie dachte an ihren Sohn Nikos, der bei ihren Schwiegereltern sicher zu sein schien, aber keiner wusste, was die Bulgaren planten. „Wir werden dies regeln", sagte ihr Vater. Er blickte auf den Asturier, gemeinsam folgten sie den drei Bulgaren. Sie holten diese in einer dunklen Gasse ein, die spärlich beleuchtet wurde. „Milo! Du musst damit aufhören, meine Tochter zu beschuldigen und beleidigen. Deine Anschuldigungen sind falsch. Du mutmaßt Dinge, die nicht stattgefunden haben. Es ist besser, ihr verlässt die Stadt und kehrt nach Hause zurück." Der angesprochene Bulgare drehte sich um. Er wirkte wie ein erfahrener Kämpfer und strahlte Selbstbewusstsein aus. „Keiner sagt mir, was ich tun soll, vor allem kein lustiger Sänger. Diese Metze ist schuld am Tod meines Bruders, sie muss büßen. Das ist erst der Anfang!", rief der Mann mit drohendem Blick. „Du beleidigst erneut meine Tochter. Dein Bruder ist ein schlechter Mensch gewesen, der sie vergewaltigen wollte. Deshalb musste er sterben, in einem fairen Kampf. Es ist meine letzte Warnung", sagte Bart ruhig. Der Bulgare lachte höhnisch und schüttelte den Kopf. „Ich sage, was ich denke. Du solltest besser verschwinden, verweichlichter, alternder Sänger. Deine Tochter soll froh darüber sein, wenn sich mein Bruder für sie interessiert hat. Mehr ist dazu nicht zu sagen", antwortete der Bulgare und zog sein Schwert. Die beiden anderen Krieger folgten seinem Beispiel. Bart blickte ausdruckslos auf Milo. „Du hast unrecht. Es ist nicht der Anfang, sondern das Ende", sagte er ruhig. Mit einer blitzschnellen Bewegung zog Bart sein Schwert und ging sofort zum Angriff über. Der Bulgare konnte diesen parieren, aber nicht kontern, denn Bart setzte das Messer in seiner linken Hand ein. Er stach mehrmals zu. Gleichzeitig griff Ramon den neben Milo stehenden Bulgaren an, der sich durch die Rasanz überrascht zeigte und einen schnellen Tod erfuhr. Der dritte Mann riss erschrocken die Augen auf, er blutete an der Hand vom Vorfall im Lokal. „Wenn du es sein lässt und nach Hause gehst, wirst du leben", sagte Bart. Doch der Mann griff nach seinem Messer, obwohl sein Gegner ein Schwert in der Hand hielt. Bart wich kurz zurück und stach in der Vorwärtsbewegung mit dem Schwert zu, der dritte Mann fiel nach hinten und starb schnell. Die beiden Männer blickten auf die Toten.

„Tapfere Männer, diese Bulgaren", sagte der Asturier. „Tapfer vielleicht, aber nicht intelligent genug, sich rechtzeitig zurückzuziehen. Keiner vergreift sich an meiner Familie", antwortete Bart mit hartem Ton in der Stimme. Ramon wusste von dessen Fähigkeiten als Kämpfer aus Erzählungen seines Freundes Carlo. Trotz der langen, friedlichen Jahre in der Stadt zeigte er sich gegenüber Gegnern noch immer kompromisslos. Ramon holte die Aufseher vom Lokal. Gemeinsam entledigten sie sich der Leichen im Wasser des Hafens. Bart informierte Isabella und Ornella, als er ins Lokal zurückkehrte. „Es ist erledigt, aber du musst mit deinem Mann sprechen, Ornella. Leider wird es nie eine absolute Sicherheit geben. Ihr müsst euch darauf einstellen, dass es Feinde geben kann, die eure Familie bedrohen. Marco ist der richtige Mann, ruhig und intelligent mit Qualitäten als Kämpfer und Kaufmann. Du hast einen guten Geschmack, Tochter", sagte er lächelnd. Ornella umarmte ihren Vater, anschließend zog sie sich zurück und wurde vom Asturier zu ihrem Haus gebracht. In den nächsten Tagen entschieden sich Tofa und Ramon, die Stadt endgültig hinter sich zu lassen und Richtung Asturien aufzubrechen. Nael arrangierte eine Reisegelegenheit. Das Schiff würde als Teil eines größeren Verbandes der genuesischen Kaufleute fahren, um diese Transporte zu sichern. „Bis Genua wird nichts passieren, danach müsst ihr selbst entscheiden. Barcelona ist vermutlich der beste Hafen, um von dort ins Landesinnere zu reiten", sagte der große Baske. Auch er schrieb einen langen Bericht über seine letzten Jahre in Italien und Konstantinopel, mit den Unterschriften seiner Familie. Er übergab diesen Ramon in einer Ledertasche. „Bringe diesen Brief meinen Eltern in Donostia. Sie werden sich freuen, dass ihr Herumtreiber eine Heimat gefunden hat." Der große Baske lächelte und dachte an Yrsa und Danel, seine Eltern in der Heimat im Königreich Navarra. Ende des neunten Monats verabschiedete sich das Paar von ihren Freunden. Alle standen ausnahmslos am Hafen, als das Schiff abfuhr. „Er wird mir fehlen, dieser geschwätzige Asturier", sagte Carlo mit Bedauern in der Stimme. Er dachte in diesem Moment auch an seine Heimat Italien. Mila lehnte sich an ihn, sie hielt ihren Sohn im Arm. „Du hast eine andere Aufgabe, alter Mann", sagte sie lächelnd. Der Etrusker nickte und küsste sie. Ornella wandte sich an Emilia. „Ich muss dir mitteilen, dass mich dein ungeratener Sohn erneut zur Mutter gemacht hat. Wenn er als Kaufmann auch so tüchtig ist, werden wir alle im Geld schwimmen", sagte sie laut. Die Umstehenden reagierten zuerst überrascht, dann lachten sie. Marco schüttelte den Kopf. „Ich habe gedacht, dass wir es allen gemeinsam sagen, Ornella." Die junge Frau zuckte mit den Schultern und küsste ihn. „Ich bin eben spontan. Du schätzt das im Normalfall, Goldstück", antwortete sie lächelnd. Bart griff sich an den Kopf, gratulierte aber seinem Schwiegersohn. „Nun, mein Freund. Dann sieh zu, dass du im Geld schwimmst, und pass auf meine Prinzessin auf." Ferrucio ergriff das Wort. „Er passt praktisch ständig auf, das kommt dabei heraus. Aber ich kann statt ihr singen, wenn du willst", sagte er grinsend. Bart zeigte mit dem Finger auf ihn. „Wenn du einmal in meinem Lokal singst, bist du tot. Ich muss dich außerdem darauf hinweisen, die hübsche, griechische Kellnerin in Frieden zu lassen, du lenkst sie von der Arbeit ab." Der junge Mann hob entschuldigend seine Hände. „Ich mache das, was Marco ständig mit deiner Tochter macht, ich passe auf sie auf. Mehr tue ich nicht, mein Wort darauf. Melina wird übrigens auch immer älter", entgegnete er grinsend. Barts Augen verengten sich, er blickte sich um, dann schüttelte er den Kopf. Die Umstehenden lachten, es herrschte eine gute Stimmung. Gemeinsam kehrten sie in die Stadt zurück, währenddessen Tofa und Ramon Richtung Westen segelten.

Die Schiffsreise im gesicherten Konvoi der Genueser Kaufleute führte das Paar über die Dardanellen durch das Ägäische Meer nach Athen und im Anschluss über die Meerenge von Messina die kalabrische und amalfinische Küste hinauf nach Rom. Im Hafen von Ostia wurde zwei Tage um- und abgeladen. Das Paar nutzte die Gelegenheit, um die alte Stadt aufzusuchen, die nur mehr einen Schatten einstiger Größe darstellte und gegenüber Konstantinopel klein wirkte. Aber die Peterskirche, die Engelsburg und der Vatikan im Bezirk Borgo machten auf das Paar einen prächtigen Eindruck. Viele gut gekleidete Menschen trieben sich in diesem Teil von Rom herum. Über den Fluss Tiber lag das dicht bebaute Marsfeld, danach kam der große, unbebaute Teil, der oft landwirtschaftlich genutzt wurde und wo sich um Kirchen wie den Lateran Siedlungen bildeten. Das Paar erfuhr, dass es in den letzten beiden Jahren heftige Konflikte zwischen den herrschenden Familien der Tuskulaner und Crescentier gab. Papst Benedikt IX. von den Tuskulanern wurde nach einem Aufstand der römischen Bevölkerung abgesetzt, ihm wurde Simonie, der Kauf von Ämtern, vorgeworfen. Er residierte in der Stadt zwölf Jahre lang und war neben seinem Bruder Gregor II. von Tusculum der mächtigste Mann in der Stadt. Sein Kontrahent Bischof Giovanni von Sabina aus der

Familie der Crescentier folgte ihm als Papst Sylvester III. nach. Da der abgesetzte Papst über sehr viele Anhänger verfügte, brach der jahrzehntelange Konflikt zwischen den beiden herrschenden Familien aus und endete mit einem Sieg der Tuskulaner, deren Heer ihre Feinde im letzten Jahr aus der Stadt vertrieb. Sylvester III. zog sich nach Rieti, dem Hauptort der Sabina und Machtzentrum der Crescentier zurück, und übte weiterhin das Amt des Bischofs aus. Er verzichtete laut dem Erzähler, einem redseligen gutgekleideten Römer, nicht auf seine Ansprüche. Um dieses Dilemma zu lösen, trat der abgesetzte Papst Benedikt IX. zugunsten seines Taufpaten, des Erzpriesters Giovanni Gratianus Pierleoni, freiwillig zurück. Dieser trat als Papst Gregor VI. das Amt an und galt als legitim gewählter Papst im Gegensatz zu Sylvester III. Der deutsche Kaiser Heinrich III. sollte sich laut Erzählung im Norden Italiens in Pavia aufhalten und dort mit dem neu gewählten Papst treffen. „Er will Kaiser werden, unser deutscher König", sagte der gut gekleidete Mann, der offensichtlich auf die blonde Tofa Eindruck machen wollte. Ramon kannte die Geschichten aus Rom von den Familien in Konstantinopel, die in diesen alten Konflikt zwischen Crescentiern und Tuskulanern hineingezogen wurden. Nur das Gewissen Carlos, damaliger Auftragsmörder der Tuskulaner und ihrer Normannen, brachte die Entscheidung, dass alle Italien lebend verlassen konnten. Er griff auf der Seite von Nael und Bart im Kampf gegen die Normannen ein. Nach diesem Kampf starb deren Auftraggeber Dino, damaliger mächtiger Mann der Tuskulaner, unter ungeklärten Umständen. Das Paar verzichtete auf weitere Ausführungen und wollte auf keinen Fall in die Machenschaften und Intrigen des römischen und fränkischen Adels hineingezogen werden. „Die Machtgier mancher Männer und ihres Umfeldes zerstören die gute Idee der christlichen Religion, aber das ist wohl überall auf der Welt ähnlich", sagte Tofa zu Ramon. Sie sprach in Latein. Er erfuhr erst in Konstantinopel, dass Tofa diese Sprache beherrschte. Sie unterhielten sich über die verwendeten Dialekte im Westen. „Neben einem umfangreichen Wissen verfügst du auch über Kenntnisse in Latein?", fragte er damals ungläubig. Sie freute sich jedes Mal über sein Interesse und die Anerkennung, die aus seinen Worten sprach. „Frauen erlernen Sprachen leichter als Männer. Zumindest kenne ich einige Exemplare, Goldstück. Vielleicht würden wir auch besser regieren, aber diese Frage ist wohl rein theoretischer Natur", sagte sie lächelnd. „Es liegt nicht am Geschlecht, sondern an den Möglichkeiten, die sich Menschen bieten, wenn sie an große Macht gelangen. Trotz aller guten Vorsätze werden sie nie gerecht handeln. Sie werden ihr eigenes Umfeld stärken, Reichtum und Macht aus der Stellung ziehen und diese erhalten, mit allen Mitteln. Vielleicht würden auch wir uns zum Schlechten verändern, wenn wir Macht über Leben und Tod vieler Menschen hätten. Ich vielleicht nicht, aber du wärst möglicherweise eine böse Kaiserin, liebe Tofa", sagte er grinsend. Ihre Augen verengten sich. Sie blickte ihn lange an, dann schüttelte sie den Kopf. „Du kennst dich aus mit bösen Kaiserinnen, wie ich erfahren habe, und bist es gewohnt, als Lustknabe zu dienen. Diese Tradition halten wir aufrecht, mein Guter", antwortete sie lächelnd. Danach führten sie das Gespräch auf eine angenehme und vergnügliche Art zu Ende. „Du bist ein wunderbarer Lustknabe. Deine Bemühungen sind ehrenwert und gefallen mir, Sklave", sagte sie nach dem Liebesspiel. Sie lachten herzhaft, die verbalen Duelle gefielen ihnen. Ramon erinnerte sich an dieses Gespräch, als seine Frau in Rom fehlerlos mit Latein kommunizierte. Sie ließen die alte Stadt mit ihren Intrigen und Konflikten hinter sich und begaben sich nach Ostia. Danach führte die Reise weiter in die Stadt Genua. Sie verließen das Schiff und bedankten sich beim Kapitän für die sichere Überfahrt. Dieser erwies sich behilflich, er mochte das freundliche, adelige Paar. Tofa trug auf Anraten Emilias auf der Reise ein schönes Kleid, auch Ramon stattete sich aus. Die Kleidung stellte ein Geschenk von Emilia und Nael dar. Auch Isabella und Bart zeigten sich entgegenkommend und versorgten das Paar mit erforderlicher Kleidung. Ein gutes Auftreten half, die Menschen benahmen sich oft besser. In Genua bestiegen sie ein Schiff, dass die Küste des Mittelländischen Meeres entlang bis nach Barcelona fuhr. Die Seeleute erwiesen sich als aufdringliche Menschen, die die blonde Frau mit ihren gierigen Blicken ständig musterten. Der Kapitän reagierte nicht darauf und schien dies nicht als besorgniserregend zu empfinden. „Disziplinloser Haufen!", schimpfte Tofa. Ramon sah den Ärger und kannte mittlerweile die Reaktionen seiner Frau. Er wollte vermeiden, dass sich die Mannschaft gegen sie wandte. Nach den Geschichten mancher Seeleute brachten Frauen an Bord Unglück. Einer der Männer überschritt eine Grenze, in dem er die blonde Frau nicht nur ungeniert musterte, sondern seine Gedanken aussprach. „Wenn der werte Gemahl müde wird, kann ich jederzeit aushelfen, Gnädigste!", rief er laut. Ramon musste ein Exempel statuieren. Er trat vor und blickte dem bulligen, ungewaschenen Mann in die Augen. Wenige Zähne zeugten von einigen Kämpfen in dessen Leben. Ein wuchernder Vollbart prägte das Gesicht eines wilden, harten Mannes, der sich zeit seines Lebens in diesen Seefahrergemeinschaften durchsetzen konnte und es trotz seiner fehlenden Bildung bis zum Anführer dieser Männer brachte. Er unterstand nur dem Kapitän. „Du solltest dich bei meiner Frau entschuldigen, Dicker. Sie kann nämlich sehr böse werden, wenn ihr euch weiterhin benehmt wie dumme Menschen", sagte er ruhig und fasste den Bulligen ins Auge. Dieser schien unbeeindruckt zu sein und trat einen Schritt näher. „Ich kann Adelige nicht leiden. Sie nehmen sich, was sie wollen. Deine Frau kann uns behilflich sein, indem sie sich auszieht!", rief er laut. Gejohle ertönte, den Männern gefiel die Unterhaltung. Der Asturier nickte seiner Gefährtin unmerklich zu. Sie stellte sich neben dem lächelnden Kapitän. „Deine Dummheit ist noch größer, als ich gedacht habe, Dicker", antwortete er kopfschüttelnd. Die Augen des Bulligen verzogen sich, er stieß einen Schrei aus. Dann griff er an und erwies sich als schnell, aber nicht schnell genug für einen ausgebildeten Kämpfer. Mit einem kurzen Schritt wich Ramon zur Seite und ließ den Seemann mit dem eigenen Schwung an sich vorbeilaufen, dabei stellte er ihm das Bein. Dieser fiel krachend auf das Deck, verwundert blickten die Seeleute auf ihren Anführer, normalerweise traf er seine Gegner. „Du musst schneller werden, Dicker. Ich hoffe, du siehst ein, dass du dich schlecht benommen hast und entschuldigst dich bei meiner Frau!", rief er laut. Seine Augen umfassten die restlichen Seeleute, denen die Entwicklung nicht gefiel. Der Bullige sprang auf und griff an. Ramon wich zurück. Er vermied, den anderen Seeleuten zu nahe zu kommen. Diese würden helfend eingreifen, er kannte solche fragwürdigen Gemeinschaften. Der Bullige schlug erneut vorbei. Diesmal setzte Ramon nach und versetzte ihm zwei harte Schläge gegen das Kinn. Der Seemann stolperte rückwärts und schüttelte den Kopf, für kurze Zeit schien er benommen zu sein. Plötzlich grinste er und griff erneut an. Der Asturier wich aus, ließ ihn an den Rand des Schiffes laufen und setzte sein Bein ein. Ein mächtiger Tritt beförderte den Mann über die Bordwand, mit einem Schrei fiel er in das kalte Meer. Ein Teil der Seeleute rannte aufgeregt an die Seite und erblickte den schreienden Mann im Wasser. Einigen Männern gefiel der Ausgang des Kampfes nicht, ihre Augen verfinsterten sich. In diesem Moment griff Tofa ein. Ein Messer bohrte sich in die Seite des Kapitäns. „Wenn deine Männer nicht aufhören, werden einige sterben. Du wirst das erste Opfer sein, du missratener Sohn einer Dirne", sagte sie hart. Der Mann drehte sich zur blonden Frau und erkannte in ihren blauen Augen die Ernsthaftigkeit ihrer Worte. Plötzlich brach Schweiß auf seiner Stirn aus, als er in die kalten Augen der blonden Warägerin blickte. Sie drückte das spitze Messer stärker gegen seine Seite. „Hört auf damit, ihr Idioten!", rief er laut. Ramon stellte sich an die andere Seite des Kapitäns und zog sein Schwert. Die Männer erkannten die Situation und wurden unsicher. Einer stand an der Bordwand und schrie:" Wir müssen ihm helfen, er kann nicht schwimmen!" Die Seeleute vergaßen ihre Absichten und wandten sich ihrem Kameraden zu, der im kalten Wasser schrie und immer wieder untertauchte. „Werft ihm ein Seil zu!", rief der Kapitän und wollte zu seinen Leuten laufen. „Du bleibst schön hier, mein Bester, ansonsten hat dieses

Schiff keinen Kapitän mehr", sagte die blonde Warägerin. Ihre Augen lasteten auf dem Mann. Dieser nickte, er fühlte sich elend. Ramon blickte ihn an. „Du solltest tun, was sie sagt. Diese Frau kann sehr böse werden, ich weiß das aus eigener Erfahrung", sagte er mit tadelndem Ton. Tofa nickte lächelnd zu seinen Worten und fixierte weiterhin den Kapitän, während der Asturier den Rest der Mannschaft beobachtete. „Er geht unter!", schrie einer. Ramon schüttelte den Kopf. „Springt hinein und holt ihn heraus!", rief er laut. „Wir können alle nicht schwimmen, Herr", antwortete einer der Seeleute. Der Asturier schüttelte fassungslos den Kopf. „Ihr fährt zur See und könnt nicht schwimmen?" Seine Frau und er blickten sich in die Augen. „Hast du alles im Griff, meine Liebe?", fragte er lächelnd. Die blonde Warägerin nickte. „Mein Freund ich werden aufpassen, dass sich diese Idioten wie Männer verhalten. Habe ich recht?", fragte sie grimmig. Der Kapitän nickte gequält. Ramon zog sich das Oberteil aus und folgte dem untergegangen Mann ins Wasser. Er spürte die Kälte, als er eintauchte. Der Mann kämpfte unter Wasser um sein Leben, aber seine Kräfte schienen zu erlahmen. Ramon packte ihn am Hemd und Hals und zog ihn über Wasser. „Ruhig bleiben, mein Freund. Dann kannst du weiterleben", sagte er eindringlich. Doch der Mann schien bereits einiges Wasser getrunken zu haben, er zeigte keine Reaktion. Der Asturier band das Seil um den Körper des Bewusstlosen. Einige Männer zogen diesen hoch. Das Seil ließ kurz auf sich warten. Misstrauisch blickte der Asturier nach oben, aber die Männer schienen ihre Lektion gelernt zu haben. Bald darauf stand er an Deck und kniete beim bewusstlosen Mann. Er drückte ein paar Mal gegen die Brust, bis das

Wasser herauskam. Plötzlich ächzte der Mann und spuckte aus, er rollte sich auf die Seite. Der Asturier erhob sich, das kalte Wasser wirkte nach. „Gut siehst du aus, mein Held", sagte Tofa mit lächelndem Blick. Sie wandte sich an den Kapitän. „Kann ich das Messer wegnehmen oder benehmt ihr euch weiterhin wie Idioten?", fragte sie ernst. Der Kapitän schüttelte den Kopf. Das Paar zog sich in den Raum unter Deck zurück, sie verhielten sich vorsichtig. Er wechselte die Hosen. Tofa blickte ihn verlockend an und küsste ihn intensiv. „Wir sollten vorsichtig bleiben. Zudem würden deine lauten Freudensbekundungen die Männer verstören", sagte er grinsend. Sie drängte sich an ihn und blickte ihn vergnügt an. „Ich bin nur laut, weil du damit eine Freude hast, Goldstück. Ansonsten ist es nichts Großartiges. Ich schätze dein Bemühen, aber wir müssen sachlich bleiben", antwortete sie süffisant, zog aber seinen Kopf zu sich und küsste ihn leidenschaftlich. Die aufsteigende Erregung wurde unterbrochen durch ein Klopfen an der Tür. Ramon hielt beim Öffnen sein Schwert bereit. Der Kapitän stand vor der Tür. „Die Männer wollen ihnen etwas sagen, wenn sie Zeit hätten", sagte er höflich. Das Paar blickte sich an, gemeinsam betraten sie anschließend das Deck. Der beinahe Ertrunkene ergriff das Wort. „Mein Name ist Lapo. Ich fahre lange zur See. Noch nie hat ein Adeliger für einen von uns sein Leben riskiert." Der Mann unterbrach seine Rede, er wirkte unsicher. „Wir entschuldigen unser schlechtes Benehmen, ehrenwerte Herrschaften. Es tut uns und mir persönlich leid, dass wir uns respektlos verhalten haben!" Die angetretenen Männer nickten. Ramon blickte auf Tofa, die ihre Zustimmung signalisierte. „Vergessen wir die Sache, aber die Männer werden sich zukünftig gegenüber meiner Frau besser benehmen und sie nicht anstarren wie eine Dirne. Ist das klar, Lapo?", fragte der Asturier laut. Der Bullige nickte, trat zu Ramon und reichte ihm die Hand. „Sie haben mir das Leben gerettet, das werde ich nie vergessen. Die restliche Fahrt wird für sie beide ein großes Vergnügen, dafür sorge ich persönlich. Ich werde jeden Mann persönlich bestrafen, der sich nicht daran hält. Dies ist mit Kapitän Benedetto abgesprochen!" Dieser nickte und verneigte sich, auch Lapo neigte den Kopf vor Tofa. Ein Lächeln erschien in deren Gesicht. „Es ist in Ordnung. Lasst uns weitersegeln, wir müssen nach Barcelona!" Die weitere Fahrt erwies sich als Gegensatz zur bisherigen gemeinsamen Reise. Kapitän Benedetto und die Mannschaft zeigten sich von ihrer besten Seite, vor allem Lapo kümmerte sich sehr um das Paar. Nach Aufenthalten in Marseille und Narbonne gelangten sie nach Barcelona, mittlerweile war es Ende November nach dem Julianischen Kalender. Die Mannschaft verabschiedete sich lautstark. Lapo und Benedetto begleiteten das Paar, die in der Stadt eine dem Kapitän bekannte Unterkunft aufsuchten. Danach verabschiedeten sich die beiden Seeleute. Der Asturier blickte auf seine Frau. „Wir haben Freunde fürs Leben gefunden." Tofa nickte lächelnd. „Das ist meiner Ausstrahlung geschuldet, nicht nur deinem Bad im Meer, Goldstück", antwortete sie leise. Die blonde Warägerin schloss die Zimmertür und trat zu ihrem Mann. Diesmal wurden sie nicht gestört in ihrem weiteren Tun, das beide genossen, intensiv und genussvoll auslebten.

In den nächsten zwei Tagen besorgten sie sich Pferde und Proviant. Tofa wechselte das Kleid mit ihren Hosen und der

Kleidung der Kriegerin. Sie schlossen sich einem Handelszug an, der das Paar bis nach Pamplona führen sollte. Die
Gegend gefiel der blonden Frau, im Norden zeigten sich die
mächtigen Berge der Pyrenäen. Sie merkte, dass die Heimkehr ihrem Gefährten nahe ging. „Alles in Ordnung,
Ramon?", fragte sie ernst, sie wollte ihn nicht provozieren.
Der Asturier blickte sie an und nickte. „Es ist schön, wieder
in Hispanien zu sein, ein gutes Gefühl." Sein Blick lastete
lange auf Tofa. „Was ist los?", fragte sie neugierig. „Deine
Entwicklung seit unserem ersten Kennenlernen ist großartig.
Ich liebe dich, blonde Warägerin", sagte er ernst. Sie lächelte,
auch sie fühlte sich gut an der Seite dieses Mannes. „Ich
danke dir, aber freue dich nicht zu früh. Wir lassen ein Leben
hinter uns, beginnen aber gemeinsam ein neues Abenteuer,
wenn wir in Esperanza sind." Der Asturier nickte und blickte
auf die Berge in der Ferne. Sie durchquerten das Königreich
Aragon, das von Ramiro I. beherrscht wurde, einem Sohn
von Sancho III., dem Großen. Ramon erzählte Tofa aus der
Geschichte Hispaniens. Sie erfuhren während der Reise, dass
die Söhne des großen Sancho nach dessen Tod aneinander-
gerieten. Garcia von Navarra und Ramiro von Aragon standen sich vor drei Jahren als Gegner gegenüber. Ramiro verbündete sich mit den maurischen Königen von Huesca, Sa-
ragossa und Tudela gegen seinen Bruder, verlor aber in der
Schlacht von Tafalla. Danach nutzte er im letzten Jahr die
Ermordung seines Bruders Gonzalo durch dessen Gefolgs-
mann und verleibte sich dessen Regionen Sobrarbe und
Ribagorza in sein Königreich ein. Diese Gebiete standen früher unter der Herrschaft der fränkischen Könige, mittlerweile änderte sich die Lage. „Unser König heißt also Garcia

III., er regiert in Pamplona", sagte Tofa zu ihrem Mann auf ihrem Ritt entlang der Pyrenäen. Die Temperaturen erwiesen sich ertragbar, aber gegen das Steppenland im Osten sehr angenehm. Sie wurde von den Männern des Handelszuges bisweilen interessiert gemustert, da sie als stolze Kriegerin auftrat. „Gibt es in diesem Land keine Kriegerinnen?", fragte sie ihren Gefährten. „Die Frauen der Basken sind sehr stolz, unter ihnen kann es welche geben. Es gibt sie auch in Asturien, aber sie sind selten geworden und werden misstrauisch angeblickt. Aber diesbezüglich gibt es keine Probleme, in Esperanza beherrschen einige Frauen die Kampfkünste", antwortete der Asturier. Er erzählte von König Fernando I., der mit seiner Gattin Sancha das Königreich von Leon und die Grafschaft von Kastilien führte und den mächtigsten christlichen Herrscher Hispaniens darstellte. „Der Höhepunkt von al-Andalus, dem Reich der Mauren im Süden, ist vorbei. Die Rückeroberung durch die Christen wird fortgesetzt. Derzeit existieren viele kleine Königreiche und Fürstentümer, die verschiedenste Allianzen bilden. Christliche Herrscher verbinden sich mit Muslimen gegen ihre Brüder und dasselbe passiert innerhalb der Taifakönigsreiche der Mauren. Derzeit herrscht eine ausgewogene Situation. Nach Vereinigung aller christlichen Königreiche im Norden wird vermutlich der letzte Schritt erfolgen." Tofa hörte interessiert zu. Auf ihrer Reise nach Donostia erfuhr sie weitere Einzelheiten über die Geschichte Hispaniens. Ihr Wissensdurst war riesig, denn in diesem Land wollte sie ihr weiteres Leben verbringen. „Was passiert mit uns, wenn das Dorf Esperanza in dieser Form nicht mehr existiert, Ramon?" Der Asturier zuckte mit den Schultern. „Diesbezüglich mache ich mir keine Sorgen. Wenn das tatsächlich der Fall sein sollte, stellt eine Rückkehr nach Konstantinopel zu unseren Freunden die beste Möglichkeit dar. Was hältst du davon, Tofa?" Die blonde Warägerin nickte und zeigte sich einverstanden. In Pamplona trennten sie sich vom Handelszug und ritten weiter in Richtung Donostia, dass sie Mitte des letzten Monats im Jahr erreichten. Tofa riss die Augen auf. „Was für eine schöne Bucht?" Der Anblick des Meeres und der Stadt machten Eindruck auf die Warägerin. Die Temperaturen erwiesen sich als angenehm, obwohl es leicht nieselte. „Ich mag deine Heimat. Sie ist warm und angenehm, dazu wunderschön." Die blonde, junge Frau spürte, dass sie in diesem Land heimisch werden konnte. Es bot vieles, was in ihrer kalten Heimat im Osten nicht vorhanden war. Vor allem das gemäßigte Klima und die wunderschöne Meeresküste hinterließen einen bleibenden Eindruck. Obwohl in diesem Gebiet auch Kriege stattfanden, schienen die Strukturen gefestigter zu sein als im Land der wilden Steppenvölker. Ramon führte sie in die Stadt hinein und vor das Haus der Familie von Yrsa und Danel, der der Baske Nael entstammte. Eine dunkelhaarige Frau mit fast Vierzig Jahren trat aus dem Haus, gefolgt von zwei jungen Männern. Interessiert blickte sie auf die beiden Reiter, die absaßen und sich dem Haus näherten. Der Asturier trug einen Vollbart, früher rasierte er sich fast täglich. Plötzlich riss die Frau die Augen auf. „Ramon, bist du es?", fragte sie verblüfft. Er nickte und umarmte die dunkelhaarige Frau. Ihr Blick fiel auf Tofa, die er als seine Frau vorstellte. „Endlich hat der Lüstling eine Frau gefunden, die ihn führt. Ich erkenne an deinen Augen, liebe Tofa, das er dir aus der Hand frisst, oder irre ich mich?" Die Warägerin lachte herzhaft und nickte. „Manchmal ist er schwierig, wir müssen noch daran arbeiten", antwortete sie lächelnd. Die Frau stellte sich als Elena vor. Es handelte sich um die Tochter von Madoc und Leia aus Esperanza, die den ältesten Sohn der Baskenfamilie, Mikel, vor zwanzig Jahren heiratete. Ramon wandte sich an Tofa. „Du darfst Elena nicht alles glauben. Sie entspricht ihrer Mutter Leia, einer stolzen Asturierin. Die Behandlung von Männern in diesen Familien ist etwas eigenartig", sagte er grinsend. „Das stimmt auf alle Fälle!", rief ein junger Mann mit neunzehn Jahren, sein sechzehnjähriger Bruder gab ihm recht. Elena schüttelte den Kopf. „Das sind meine missratenen Söhne Alvaro und Rodrigo. Der Jüngste Esteban ist dreizehn und er ist der Schlimmste. Sie geraten nach ihrem Vater. Leider ist es mir nicht vergönnt gewesen, eine Tochter zu haben", sagte die dunkelhaarige Frau kopfschüttelnd. Sie wirkte selbstbewusst und dominant. Alvaro grinste und zeigte auf seinen Bruder. „Du hast doch eine Tochter", erklärte er süffisant. Der Angesprochene ballte die Fäuste, aber ihre Mutter schritt ein. „Hört auf mit diesem Unsinn und holt euren Vater und Esteban!", rief sie laut. Die jungen Männer verschwanden grinsend, nicht ohne Tofa einer eingehenden Musterung zu unterziehen. „Wenn ihr meine Frau zu lange anblickt, muss ich euch verprügeln. Ist das klar?", fragte der Asturier lächelnd. Rodrigo wandte sich an seinen Bruder. „Ramon ist bereits gebrochen, wie unser Vater. Es ist nicht zu glauben, aber gefährliche Weiber beherrschen diese Familien!" Er grinste über das ganze Gesicht, während sich das Gesicht seiner Mutter ärgerlich verzog. Sie trat einen Schritt auf ihn zu, aber die Brüder entkamen ihrem Ärger. Ihr wütender Blick folgte den Davoneilenden, anschließend schüttelte sie resignierend den Kopf. Sie bot Tofa den Arm. „Was soll ich tun? Sie sind gute Burschen. In ihrem Alter glauben sie aber, dass ihnen die Welt und vor allem Frauen zu Füssen liegen. Ramon hat sich ähnlich verhalten. Seine Mutter Safia musste die Frauen in Esperanza vor ihm schützen. Ich muss aber zugeben, dass manche Frauen dies gerne annehmen. Es ist mühsam. Ich hoffe, Ramon hat sich ausgelebt", sagte Elena zur blonden Warägerin. „Alvaro, Rodrigo und Esteban sind großartige Männer, sie wollen leben. Es ist nichts Falsches daran", sagte der Asturier grinsend. Tofa blickte auf die Gastgeberin. „Du kennst deine Söhne am besten. Bei diesem Mann kannst du erkennen, dass er noch an sich arbeiten muss. Vor allem dieses dämliche Grinsen verstärkt den Unsinn seiner Aussagen", antwortete sie kopfschüttelnd. Elena lachte und führte die blonde Warägerin ins Haus. In den nächsten Stunden versammelte sich die Familie von Mikel und Elena. Tofa erinnerte den Asturier an Naels Brief. „Wo sind Yrsa und Danel?", fragte er in die Runde. Mikel ergriff das Wort. „Vater ist vor zwei Jahren während eines Sturms von einem Schiff gefallen, er ruht im Kantabrischen Meer. Seitdem verfällt Mutter. Sie ist mittlerweile fast siebzig Jahre alt und liegt gerne im Bett, vor allem in dieser Jahreszeit. Ich will sie nicht stören, sie verweilt mit ihren Gedanken in früheren Zeiten", sagte der großgewachsene Mann. Der Asturier blickte ihn an und legte eine Ledertasche auf den Tisch. „Leider habe ich nicht sofort daran gedacht. Wir haben Nael und Isabella getroffen, sie leben in Konstantinopel mit ihren Familien. Beide haben mir einen Bericht über ihr Leben nach dem Weggang aus der Heimat mitgegeben. In dieser Tasche ist jener von Nael, vielleicht will ihn Yrsa lesen." Mikel griff nach der Tasche und lächelte. Er wandte sich an Alvaro. „Reite zu Ivar und Nahia, sie sollen kommen. Wir wollen alle hören, was Nael schreibt", sagte er laut, der junge Mann sprang sofort auf. Ivar war der jüngste Sohn von Yrsa und Danel. Ramon erzählte von Isabellas Gesangskünsten. Danach unterrichtete Mikel das Paar über die letzten Ereignisse in Donostia und von den Unglücksfällen in Esperanza. „Fabio ist in der Schlacht von Tamaron vor neun Jahren gefallen. Dein Vater Rey hat den halben Arm verloren. Der alte Haudegen Madoc hat lange Zeit benötigt, um sich von den Verletzungen zu erholen. Leia und er haben sich zurückgezogen, aber das weißt du alles. Sie wollen sich gänzlich aus Esperanza zurückziehen und zu Brios und Nela nach Gijon ziehen. Diese führen die Geschäfte in der Hafenstadt, während Rafael und Alaia Esperanza leiten." Mikel verstummte und blickte auf Elena, die still wirkte. „Der Brief von Isabella wird ihnen helfen. Ich bin stolz auf meine wilde Schwester. Sie verfügte immer schon über eine schöne Stimme, jetzt nutzt sie diese auch", sagte die dunkelhaarige Frau lächelnd. Bald darauf trafen Ivar und Nahia mit ihren vier Kindern ein, die älteste Tochter Leira entwickelte sich bereits zu einer jungen Frau." Der etwas ältere Esteban meldete sich. „Setz dich zu mir, Leira. Wir können uns unterhalten!", rief er laut. Nahia blickte auf Elena. Diese wandte sich an ihren Jüngsten. „Leira ist deine Cousine. Das solltet ihr nie vergessen, auch deine Brüder nicht. Hast du mich verstanden?" Esteban grinste und wollte etwas erwidern, aber sein Vater griff ein. „Ein falsches Wort von dir und ich nagle dich an die Wand, mein Sohn. Deine Mutter hat recht. Eure Dummheiten nehmen überhand!" Der drohende Blick seines Vaters ließ den Jungen langsam nicken. Die zwölfjährige Leira ergriff das Wort. „Lass sie doch, Onkel Mikel. Sie erzählen lustige Geschichten", sagte das hübsche Mädchen oder stand sie schon an der Schwelle zur Frau. Sie setzte sich zwischen Rodrigo und Esteban, die beide unschuldig blickten. Ivar und Mikel holten ihre Mutter Yrsa. Ramon wirkte schockiert, als er die grauhaarige Frau erblickte. Er erinnerte sich an die wilde, stolze Wikingerin, die vor nichts Furcht zeigte, selbst in späteren Jahren wirkte sie unzerbrechlich. Aber der Tod ihres Mannes schien sie gebrochen zu haben. Sie wirkte stark gealtert, aber mittlerweile war sie fast siebzig Jahre alt. Tofa und Ramon erhoben sich. Die Augen von Yrsa wurden größer, als sie die blonde, blauäugige Frau erblickte. „Ich habe von dir auf dem Weg hierher gehört, liebe Tofa. Es ist nicht zu glauben, dass dieser Herumtreiber eine so starke Frau bekommt, aber es ist vermutlich notwendig. Die Männer werden sich wohl nie ändern, diese Lüstlinge", sagte sie lächelnd. Sie umarmte die junge Warägerin und führte sie zum Tisch. Die Anwesenden blickten überrascht auf, seit langem zeigte sie wieder ein früheres Verhalten. Danach erzählte sie der jungen Frau von Island und ihren Vorfahren und fragte nach deren unter den Warägern. „Ich denke oft an meine Heimat, Tofa. Dort ist es rau und heiße Quellen schießen in die Luft. Als Kriegerin bin ich weggegangen und habe in diesem Land eine neue Heimat gefunden, bei Danel, diesem großartigen Basken. Auch er ist ein Herumtreiber gewesen und hat sich zu einem führenden Mann in dieser Region entwickelt. Dein Asturier besitzt ähnliches Potential, aber Männer sind bisweilen sehr schwierig", sagte die alte Frau süffisant. Tofa und die anderen Frauen lachten. Die Verwandten merkten, dass die blonde Warägerin Yrsa an ihre eigene Jugend erinnerte. „Es ist ein gutes und schönes Land im Norden Hispaniens. Ich hoffe, in Esperanza ist alles gut. Leia ist letzten Sommer hier gewesen. Ich werde meine alte Freundin nicht mehr sehen, aber wir haben gut und abenteuerlich gelebt. Bald werde ich Danel sehen, der am Grund des Meeres liegt. Ich freue mich darauf", sagte die alte Frau. Elena wollte etwas sagen, aber Yrsa hob die Hand. „Es ist gut, Elena. Du bist die gleiche großartige Frau wie deine Mutter. Gemeinsam mit Mikel, Ivar und Nahia werdet ihr Erfolg haben. Ich bin stolz darauf, was geschaffen worden ist, zudem gibt es Verbindungen in meine Heimat." Dann richtete die alte Frau ihr Wort an die drei jungen Männer der Familie. „Ihr trägt das Blut eures Großvaters und der Wikinger in euch, deshalb neigt ihr zu Dummheiten. Das liegt an eurer Abenteuerlust und der Bereitschaft, Risiken einzugehen. Hört auf die Eltern und lasst eure Cousinen in Frieden", sagte sie laut und streng. Alvaro und Rodrigo hoben unschuldig die Schultern und zeigten auf Esteban, dessen Grinsen sich über sein Gesicht zog. „Du bist sehr streng, Großmutter. Es gibt Ehen von Cousinen, das ist erlaubt. Außerdem tendiere ich dazu, in die Welt hinauszugehen. Ich werde nach Island oder Vinland gehen wie Onkel Nael und alle Frauen im Norden glücklich machen. Sie freuen sich, wenn andere Männer auftauchen", antwortete er grinsend. Der Junge erwies sich als sehr schlagfertig für sein Alter. Yrsa lachte und schüttelte den Kopf. Sie wandte sich an Mikel. „Deine Söhne sind wie Nael und du in jungen Jahren. Er ist in den Norden gegangen, aber du hast Elena gefunden, zum Glück aller", fuhr die alte Frau fort. Diese blickte auf ihre Schwiegermutter. „Dein Sohn ist noch immer schwierig, Yrsa", sagte sie süffisant. Die alte Frau lachte laut und zuckte mit den Schultern. „Es liegt an uns, dies zu verbessern. Das gilt auch für dich, Tofa. Ramon hat das Blut eines stolzen Asturiers gepaart mit der Wildheit der Mauren", sagte sie und zeigte auf den Asturier. Die blonde Frau lächelte und beugte sich vor. „Es ist nicht so schlimm, nur bisweilen zeigt er sich widerspenstig, liebe Yrsa", antwortete die junge Warägerin. Die alte Frau lachte herzhaft. Alle Anwesenden freuten sich, dass die alte Patronin wieder die Energie aus früheren Jahren zeigte. Ramon musste sich einiges von den jungen Männern und Mikel anhören, nur Ivar hielt sich zurück. Seine Frau Nahia und er erwiesen sich als ruhige Menschen, im Gegensatz zu ihrer jungen Tochter Leira, die die Aufmerksamkeit ihrer Cousins genoss. Danach las Alvaro den Brief seines Onkels Nael vor, in dem dieser detailgetreu schilderte, was in den letzten Jahren passierte. Am Ende blickten alle auf Yrsa, deren Augen feucht schimmerten. „Dieser Herumtreiber hat es tatsächlich geschafft, auch nach dem Tod seiner Frau Alva. Ich hätte Emilia gerne kennengelernt, eine Adelige aus Rom. Sein Vater wäre sehr stolz heute", sagte sie leise. Die Gefühle der alten Frau rührten auch andere zu Tränen. Mikel legte den Arm um seine Mutter, die sich an ihn drängte. „Er hat es doch geschafft, dein wilder Bruder. Heute ist ein schöner Tag. Lasst uns feiern, wie in früheren Zeiten, als euer Vater, Nael und Alaia noch in Donostia gelebt haben", sagte sie bestimmt. Danach erlebte Tofa zum ersten Mal die Gastfreundlichkeit der Basken und der Menschen in Donostia hautnah und fühlte sich wohl in der Gesellschaft dieser

Menschen, die sie herzlich empfingen und als eine der ihrigen betrachteten. Sie unterhielt sich lange mit der alten Wikingerin Yrsa, die von Island, Vinland und den wilden Menschen des Nordens erzählte. Das Paar blieb zwei Tage, dann sattelten sie ihre Pferde und machten sich bereit für den Aufbruch. Yrsa verabschiedete sich von den beiden. „Ich wünsche euch alles Gute für die Zukunft. Ihr müsst an das Gemeinsame glauben, das macht euch stark, wie meine Nachkommen in Donostia. Wir werden uns nicht mehr sehen, aber es hat mich gefreut, dich kennenzulernen, stolze Tofa", sagte sie laut, anschließend umarmte sie das Paar und trat zurück. Mikel trat hinzu. „Ich werde euch zwei Männer mitgeben, damit ihr den letzten Rest eurer Reise sicher hinter euch bringt." Alvaro und Rodrigo traten nach vor. „Wir machen dies gerne, Vater. In Esperanza wird um diese Jahreszeit die gute Ernte des Apfelweins gefeiert. Wir können unsere liebe Tante Alaia besuchen." Elena blickte auf ihre Söhne und wollte den Kopf schütteln, aber ihr Mann flüsterte etwas in ihr Ohr. Plötzlich zeigte sie ein Lächeln und zuckte mit den Schultern. Mikel ergriff das Wort. „Begleitet die beiden und verbringt ein paar Tage in Esperanza. Meine Schwester Alaia wird sich freuen, aber ihr müsst aufpassen, ihr kennt eure Tante", sagte er grinsend. Alvaro und Rodrigo nickten und trafen die Vorbereitungen für den Aufbruch. Anschließend verabschiedete sich der kleine Trupp, der sich Richtung Westen bewegte. Das Tempo Richtung Esperanza nahm stetig zu, denn Rodrigo und Alvaro schienen es nicht erwarten zu können, in das Dorf zu kommen. „Nur mit der Ruhe, Männer", sagte Ramon. Rodrigo winkte ab. „Donostia wird langweilig und deine Frau dürfen wir nur kurz ansehen.

Wir benötigen Abwechslung in unserem Leben. Vermutlich werden wir mehr Zeit in Gijon verbringen, Geld haben wir genug. Tante Alaia ist ähnlich wie Mutter, sie quält uns mit strengen Regeln. Dabei können die wissenden Frauen von Esperanza ungewollte Kinder verhindern", sagte der junge Mann vergnügt. Tofa schüttelte den Kopf und blickte auf Ramon. „Sie sind jung und du hast mit Isabella darüber gesprochen", sagte er grinsend. Sie griff sich an den Kopf. „Oh, mein Gott! Drei solche Typen, das wird hart." Die Männer lachten. „Bis Esperanza stellt ihr unseren Schutz dar. Männer müssen an ihre Aufgabe denken", sagte die Warägerin bestimmt. „Sie hat recht, Freunde, erst danach kommt das Vergnügen", ergänzte Ramon. Die jungen Männer nickten und grinsten vor sich hin. Aufgrund der Pilgerströme nach Santiago des Compostela erwies sich die Küstenstraße als gut ausgebaut. „Esperanza lebt gut von den Pilgern, wie Oviedo, Leon und andere Städte", erzählte Alvaro. Sie benötigten einige Tage bis Esperanza, es herrschte viel Verkehr auf der Straße. Als sie von der Küstenstraße abbogen, ergriff Ramon ein starkes Gefühl. Er wirkte in sich gekehrt. Rodrigo bemerkte dessen Verhalten und wandte sich an seinen Bruder. „Ich hoffe, er fängt nicht an zu weinen." Der Asturier reagierte blitzschnell, riss den jungen Mann vom Pferd und packte ihn am Kragen. Seine Augen blickten drohend auf Rodrigo, dessen Augen sich weiteten angesichts der überraschenden Aktion. „Du hast Glück, dass ich deine Eltern schätze, mein Sohn. Wenn du noch einmal dein großes Schandmaul aufmachst bis Esperanza, dann schlage ich dich so oft zusammen, dass dich keine Frau der Welt mehr ansieht!" Alvaro sprang vom Pferd herunter. Er hob die

Hände, als Tofa dies ebenfalls tat und an ihn herantrat, ihre Augen verhießen nichts Gutes. „Entschuldige dich bei Ramon, du Idiot!" Er wandte sich an das Paar. „Er sucht noch seine Grenzen und wird sich mustergültig verhalten", sagte Alvaro. Der Asturier schnürte dem jungen Mann fast den Hals zu mit seinem festen Griff, dann blickte er auf Tofa. „Lass ihn leben, Ramon. Er wird seine Grenzen finden. Du musst nur an dich denken, Goldstück", sagte sie lächelnd. Er ließ den Basken los, der nach Luft rang und anschließend sein Pferd bestieg. Die Brüder ritten voraus. „Hast du gehört, Rodrigo? Sie hat ihn Goldstück genannt. Vielleicht sollten wir das auch tun", sagte Alvaro laut. Bevor der Asturier reagieren konnte, gaben sie ihren Pferden die Sporen und galoppierten davon. Sie schrien und lachten. „Ich kann euch jederzeit einholen und töten!", rief er hinterher, aber die beiden wilden Basken schien das nicht zu beeindrucken. Sein Blick fiel auf Tofa. „Warum nennst du mich Goldstück vor diesen Idioten?", fragte er verärgert. Sie zuckte mit den Schultern. „Es hat sich angeboten. Die beiden sind in Ordnung, nur wild und ausgelassen, aber sie erledigen ihre Aufträge. Frauen finden Gefallen an solchen Typen, du musst das am besten wissen. Sie werden eine starke Frau finden, aber sie sind noch jung. Vielleicht helfen Prügel, das kannst du in Esperanza nachholen", sagte sie lächelnd. Der Asturier nickte. „Das ist ein guter Vorschlag", antwortete er grinsend. Das Paar folgte mit dem Packpferd den wilden Basken, die sich auf die Abwechslung freuten.

In Esperanza erweckte der Reitertrupp die Neugier der Bewohner. „Wir grüßen euch, Einwohner dieses edlen Dorfes!", rief Alvaro laut. Die Menschen verließen ihre Häuser, um die Besucher zu betrachten. „Das sind die beiden wilden Basken aus Donostia", sagte einer der Männer. Alvaro und Rodrigo schienen bereits Eindruck hinterlassen haben. Einige junge Frauen erkannten sie und winkten freudig, misstrauisch beäugt von den Eltern. Dann fielen die Blicke der Bewohner auf den anderen Teil des Trupps. Überrascht blickten sie auf den großgewachsenen Asturier. „Ramon, der Teufelskerl, ist wieder da!", rief jemand. Beifall setzte ein. Tofa blickte auf ihren Gefährten. „Du bist wohl sehr beliebt und bekannt in diesem Dorf", sagte sie süffisant. Sie stiegen ab. Ramon reichte vielen Menschen die Hände. Tofa stand etwas abseits. Die Basken unterhielten sich mit zwei jungen Frauen, die gerne lachten und sich aufreizend bewegten. Ramon wollte weitergehen, aber die Wiedersehensfreude unter den Bewohnern schien groß zu sein. Tofa spürte eine große Lebensfreude der Menschen, die Bewohner wirkten neugierig und selbstbewusst. Plötzlich ertönte eine Stimme. „Was hat dich aufgehalten, mein Sohn." Ramons Vater erschien. Der sechzigjährige Rey besaß einen gesunden Arm, der linke erwies sich als Stumpf. Die Männer umarmten einander lange, Jubelschreie ertönten. Rey wandte sich ab und blickte sich um. „Die beiden Basken kenne ich. Wenn sie diesmal wieder einen Radau machen, sperren wir sie ein. Habt ihr mich verstanden?" Seine Stimme schallte Rodrigo und Alvaro entgegen, die sich höflich verneigten. Dann wandte er sich der blonden Frau zu. „Ich nehme an, du gehörst nicht zu diesen Halunken. Mein Sohn sieht dich an, als ob du ein Teil von ihm bist. Wie ist dein Name?" Sie trat nach vor. Das Treffen mit ihrem Schwiegervater verunsicherte die blonde Warägerin kurzfristig, aber ihr Stolz setzte sich durch. „Ich bin Tofa, Ramons Ehefrau!" Rey blickte sie überrascht an, dann fiel der Blick auf seinen Sohn. Dieser nickte lächelnd. Gemurmel setzte nach einer kurzen Stille ein. „Meine verehrte Ehefrau sagt, er hat meine schlechten Eigenschaften geerbt. Deshalb bin ich froh, dass er eine Frau gefunden hat, die es mit ihm aushält", sagte Rey und lachte. Die Bewohner stimmten ein, sein Sohn schüttelte den Kopf. Bevor sich Tofa versah, drückte sie der Sechzigjährige an sich. „Es freut mich sehr, dich kennenzulernen. Du bist stolz, blond und blauäugig, und erinnerst mich an die junge Yrsa." Sie mochte den Mann auf Anhieb, er stellte die ältere Ausgabe ihres Gefährten dar. Die Menge wanderte weiter. Das Paar führte ihre Pferde bis vor das Haus von Rey. „Bruder!" Die Stimme von Rafael ertönte. Kurz darauf lagen die Brüder einander in den Armen. Rafaels Ehefrau Alaia folgte. Neugierig blickten sie auf die blonde Frau, die den Blick stolz erwiderte. Sie fühlte sich gut unter diesen Menschen und spürte keine Abneigung gegen ihre Person. Alaia trat näher und stellte sich vor. „Woher stammst du, Tofa?" Die blonde Warägerin erklärte ihre Herkunft. Alaia drehte sich um und klatschte in die Hände. „Das gefällt mir! Eine zweite Wikingerin in diesem Dorf, besser kann es nicht kommen. Was meinst du, großer Mann?", fragte sie ihren Ehemann provokant. „Du hast dich nicht geändert, Alaia. Rafael macht noch immer, was du willst", sagte Ramon grinsend. „Die Brüder ähneln sich in diesem Verhalten", sagte Tofa zu ihrer Schwägerin, die laut und herzhaft lachte. „Du bist in Ordnung, ich mag deine Art. Dazu kommt dieses wunderschöne blonde Haar. Ich bekomme Neidgefühle, Tofa", sagte die dunkelblonde Frau. „Wo ist Mutter?", fragte Ramon. Sein Bruder wollte etwas sagen, aber plötzlich ertönte eine Stimme. „Seit Jahren warte ich auf deine Heimkehr und dann lässt du mich warten!", rief Safia bestimmt. Die Menge verstummte. Sie schritt durch die Bewohner hindurch, schüttelte den Kopf, als sie ihren Mann sah. „Er kommt nach dir, das wird sich wohl nie ändern." Ramon wollte etwas erwidern, aber seine Mutter unterbrach ihn. Die Stille hielt an. Tofa spürte den Respekt der Bewohner vor dieser Frau. Sie genoss hohes Ansehen unter diesen Menschen. Safia präsentierte sich trotz ihrer fast sechzig Jahre als elegante, schlanke Frau, deren schwarzes Haar graue Strähnen aufwies. Das Gesicht zeigte ein paar Falten, aber strahlte noch immer Schönheit aus. Bei ihrem Anblick fielen der Warägerin die Erzählungen ihres Mannes ein. Ihre Schwiegermutter wirkte tatsächlich wie eine Prinzessin. Der Blick dieser Frau verunsicherte sie, denn dieser schien sie zu durchleuchten. Stolz hob sie ihren Kopf. Plötzlich erstrahlten ihre Augen in einem intensiven Blau. Ein Lächeln erschien in Safias Gesicht. Sie trat näher. „Willkommen, Tofa! Ich habe bereits vernommen, dass du diesen Abenteurer und Halunken geheiratet hast. Du musst das Risiko lieben, den er gleicht seinem Vater, der im Alter noch Dummheiten im Kopf hat. Wie gehst du damit um?" Die blonde, junge Frau erkannte die Freundlichkeit in den Augen der Araberin. „Er kennt die Konsequenzen schlechten Verhaltens. Ich habe keine Zweifel, dass er gewisse Grenzen nicht überschreiten wird." Ramon wandte sich an seinen Vater. „Zuerst hat sie mich verprügelt, anschließend wollte sie mich zweimal töten, bevor sie meine Fähigkeiten erkannt hat", sagte der Asturier grinsend. Rey und Rafael fielen ein. Tofa wollte etwas anmerken, aber ihre Schwägerin winkte ab.

„Das bringt nichts. Die Männer dieser Familie sind zu selbstgefällig." Safia nickte zu den Worten ihrer Schwiegertochter. „Es ist schön, dass mein Sohn eine starke Frau gefunden hat. Er ist lange weg gewesen. Wie lange bleibt ihr?" Tofa blickte der Frau in die Augen, sie erkannte Unsicherheit darin. Es musste schlimm für eine Mutter sein, nicht zu wissen, ob das Kind noch lebte. „Ich habe mein altes Leben hinter mir gelassen. Ramon hat erzählt, dass in diesem Ort Gleichberechtigung unter den Geschlechtern herrscht. Ich habe dies für ein Märchen gehalten und will der Sache nachgehen. Aber wir sind gekommen, um zu bleiben und eine Familie zu gründen", sagte sie offen. Ein Lächeln erschien im Gesicht von Safia, die Freude über diese Information war der eleganten Frau anzusehen. Rey blickte anerkennend auf seinen Sohn, die Nachricht schien auch ihn sehr zu freuen. „Ich werde nicht mehr fortgehen und hoffe, dass es einen Platz für uns gibt in Esperanza", sagte Ramon. Sein Bruder schlug ihm auf die Schulter. „Natürlich! Du wirst die Äpfel in den Plantagen ernten, Brüderchen, und ich werde mit einer Peitsche dahinterstehen", antwortete er grinsend. Ramon lächelte und ballte die Faust. Safia unterbrach die Unterhaltung ihrer Söhne. Sie umarmte ihren heimgekehrten Sohn lange. Tränen standen in den Augen der Mutter. Dann wandte sie sich Tofa zu. „Komm mit mir, Tochter. Ich werde dir alles zeigen. Wir werden ein Fest feiern, aber erst in zwei Tagen." Die Brüder führten die Pferde in den Stall. „Wo sind Leia und Madoc?", fragte Ramon. Er wusste von der Übernahme der Führung des Dorfes durch Rafael und dessen Frau. „Es ist gut, dass du nach Hause kommst, Bruder. Ich bin der letzte der Kinder der zwei Paare im Ort gewesen, nach

Fabios Tod und Brios Entscheidung, in Gijon zu verbleiben." Er erzählte von den Diskussionen und seiner Bereitschaft, Ortsvorsteher zu werden. „Brios und Nela haben sich für Gijon entschieden, aber wir führen eine gute Partnerschaft. Die Geschäftsbereiche sind getrennt und neu definiert worden, die Zusammenarbeit funktioniert gut, auch mit den Ablegern in Oviedo, Leon und Santiago de Compostela." Rafael brach ab. Die Last der Verantwortung lag auf seinen Schultern und jenen seiner Ehefrau. „Ich bin der Hidalgo von Esperanza. Madoc hat dies bei König Fernando und Königin Sancha erreicht, obwohl ich ein halber Araber bin. Brios darf sich ebenfalls weiterhin Hidalgo nennen." Ramon hörte gespannt zu. Sein Bruder trug große Verantwortung für die große Siedlung. Der eigentliche Nachfolger Brios blieb lieber in der Stadt, dort erwies sich der Zuständigkeitsbereich viel kleiner. Es gab auch keine Anfeindungen. Im Dorf musste die Schule erhalten, das Leben der Bewohner organisiert werden. Mittlerweile war aus dem kleinen Esperanza eine Siedlung mit über zweihundert Personen entstanden, die versorgt, ausgebildet und geführt werden mussten. Es gab Streitigkeiten über die Verteilung. Jede Familie besaß ihren Platz in der Gemeinschaft, manche waren damit vielleicht nicht zufrieden. Brios und die anderen Kinder in den Städten arbeiteten weiter im Verbund mit Esperanza, mussten sich aber die täglichen Sorgen und Probleme einer Dorfgemeinschaft nicht anhören. Die Kinder des ursprünglichen Führungspaares Leia und Madoc lebten nicht mehr in der Siedlung. Elena führte gemeinsam mit ihrem Ehemann Mikel als Patronin die Baskenfamilie in Donostia. Keiner kannte derzeit den Aufenthaltsort von Isabella. Fabio erlitt den Tod in der Schlacht und der jüngste Sohn Brios übernahm den Geschäftsbereich in Gijon. Drei Kinder von Safia und Rey, dem zweiten Gründerpaar dieser Gemeinschaft, zogen es vor, ihr Leben an anderen Orten zu führen. Die Töchter Maria und Sara und der zweitälteste Sohn Juan verließen Esperanza. Maria lebte mit ihrer Familie in Santiago de Compostela, Sara in Leon und Juan in Pamplona. „Wir sehen uns nicht oft, aber wir vertragen uns weiterhin gut. Die Zusammenarbeit mit Maria und ihrem Mann Diego gestaltet sich besser als mit Sara und ihrem adeligen Ernesto. Aber wir halten zusammen, wenn es notwendig ist. Juan lebt in Pamplona sein eigenes Leben, er kommt fast nicht nach Esperanza", sagte Rafael abschließend. Ihr Vater kam in den Stall. „Wo seid ihr, Söhne? Eure Mutter wartet und ich will mir ein paar Krüge Apfelwein hineinschütten angesichts der Rückkehr meines Jüngsten!" Die Söhne liebten ihren oft gut aufgelegten Vater. Bisweilen geriet er zwar mit seiner Frau in heftige Diskussionen, aber das Paar führte eine gute Ehe auf Basis einer starken, inneren Verbindung. „Kommen Leia und Madoc nicht mehr nach Esperanza? Vor ein paar Jahren sind sie noch hier gewesen", sagte Ramon. Sein Vater nickte. „Mein alter Freund und meine Cousine leben in Gijon. Brios ist ihr letztes Kind in Asturien. Sie sind gealtert, aber die Enkel halten sie auf Trab. Fabio ist tot. Elena kommt nur sporadisch auf Besuch und Isabella ist verschwunden. Sie leiden darunter", erzählte der Sechzigjährige mit Bedauern in der Stimme. Ramon fiel ein, dass er bis jetzt nicht über Isabella sprach. „Isabella lebt in Konstantinopel. Ich habe einen langen Brief an ihre Eltern im Gepäck. Sie berichtet darin über die Jahre seit ihrem Weggang. Auch der Baske Nael lebt dort, beide haben andere Partner geheiratet." Überrascht blickten Vater und Bruder auf Ramon, dann klatschte Rey in die Hände. „Das müssen meine alten Freunde dringend erfahren, aber erst morgen, heute wird gefeiert." Die drei Männer suchten das Haupthaus auf und wurden von ihren Frauen empfangen. Der vierzehnjährige Pedro, ältester Sohn Alaias und Rafaels, stand daneben. „Du hast eine großartige Frau gefunden, lieber Schwager. Tofa und ich werden uns gut verstehen!", sagte Alaia. Rey blickte auf seine Söhne. „Das klingt nicht gut für euch. Zwei wilde Wikingerweiber, das geht an die Grenzen des Möglichen!", rief er laut und umarmte seine Schwiegertöchter von hinten. Die Brüder setzten sich grinsend an den Tisch. Krüge mit Apfelwein wurden gebracht. Tofa kostete das Getränk. „Es schmeckt sehr gut. Ich werde mich schnell daran gewöhnen." Alaia prostete ihr zu. „Du wirst es auch benötigen. Safia hat ihre Söhne etwas verzogen. Sie verhalten sich manchmal wie sture Kinder", sagte die dunkelblonde Frau. „Ich muss dich heute bestrafen, Alaia", sagte ihr Mann in strengem Ton und einem Grinsen im Gesicht. „Das ist das Einzige, was dieses Leben gut macht. Seine Bestrafungen sind in Ordnung, liebe Tofa. Ich hoffe, mein Schwager verhält sich ähnlich geschickt", sagte sie süffisant. Tofa mochte die rebellische, wortgewandte Alaia, eine Mischung aus einem Basken und einer Wikingerin. Die Warägerin musste ihrer neuen Familie aus ihrem bisherigen Leben berichten, die Neugier erwies sich als riesengroß. Die Rückkehr des Paares brachte Abwechslung in den Alltag des Dorfes. „Ich wollte Kriegerin werden nach der Befreiung durch Ramon, aber ich bin ihm gefolgt und spüre, dass ich damit richtig liege", sagte die blonde Frau offen. Safia nickte lächelnd. Sie genoss die Ankunft ihres Sohnes sichtlich. Zwei andere Kinder von Alaia und Rafael stürmten ins Haus, ebenfalls Söhne. „In unserer Jugend träumten Elena und ich ebenfalls davon, unseren Müttern als Kriegerinnen nachzufolgen. Wir haben Rafael und Mikel seit der Kindheit gekannt, aber als Männer haben sie unser Leben verändert. Jede von uns hat drei wilde Söhne geboren", erzählte Alaia. Plötzlich erinnerte sie sich an Alvaro und Rodrigo und fragte ihren Mann nach den beiden Basken. Er zuckte mit den Schultern. „Ihr predigt ständig das Selbstbewusstsein der Frauen von Esperanza. Soll ich sie aufhalten, wenn sie sich jungen Männern zuwenden, die ihnen gefallen", antwortete er süffisant. Alaias Augen verengten sich, aber sie sagte nichts darauf. Schließlich zuckte sie resignierend mit den Schultern. „Leider halten sich nicht mehr alle Mädchen an das Wissen von Leia über den weiblichen Körper. Sie geraten in Gefahr, schwanger zu werden, wenn sie nicht wollen." Tofa erzählte aus ihren Gesprächen mit Isabella, die ihr über dieses Geheimnis erzählte. Überrascht blickte sie auf Alaia und Safia, diese wussten bis jetzt nichts vom Aufenthaltsort der rothaarigen Asturierin. Im Laufe des Abends tauschten sich die Menschen aus und freuten sich über die Rückkehr des verlorenen Sohnes und seiner Frau. Das Paar bezog vorerst im Haus seiner Eltern einen Raum. Zwei Tage später erschienen Leia und Madoc in Begleitung ihres Sohnes Brios. Er entschuldigte seine Frau. „Sie kommt wie immer nicht mit, die gute Nela. Aber auf ihre Art ist sie in Ordnung. Brios setzt sich zu unserem Glück durch", merkte Alaia sarkastisch an. Tofa blickte interessiert auf jenes Paar, mit dem in Esperanza nach langen Jahren des Verfalls alles neu begann. Sie kannte die Geschichte mittlerweile. Die Asturierin wies bereits graues Haar auf. Sie wirkte aber körperlich frischer als ihre Freundin Yrsa in Donostia. Madoc besaß noch einige rote Strähnen in seinem grauen Haar. Ramon vermisste die körperliche Präsenz des Mannes, der in seinem Leben keinen Kampf verlor. „Endlich kann ich dich zu einem Zweikampf fordern, Madoc", sagte Ramon. Der Kelte lachte und reichte ihm die Hand, auch Leia begrüßte den Heimkehrer und seine Ehefrau. „Du bist eine Schönheit, Tofa. Deine blauen Augen strahlen wie das Kantabrische Meer", sagte die über Sechzigjährige anerkennend. Sie begaben sich in die große Halle von Esperanza, dort wurden Feste gefeiert. Dieses sollte zu späterer Stunde beginnen, davor informierte Ramon das Paar über ihre Tochter Isabella. Er übergab ihnen den Brief. Leia las ihn langsam vor, immer wieder unterbrach sie ihren Vortrag und blickte auf ihren Mann. Am Ende wandte sie sich an Tofa und Ramon „Ich danke euch für diesen Brief. Wir werden sie nicht mehr sehen, aber es geht ihr gut. Es ist unglaublich, sie singt in großen Hallen und hat Kinder mit diesem Mann." Tränen standen in den Augen der Asturierin, auch ihr Mann wirkte berührt. Die Information über das Schicksal ihrer verschwundenen Tochter gab ihnen Auftrieb. „Ich habe gewusst, dass sie noch lebt. Das ist ein großartiges Gefühl, dass meine wilde Tochter dermaßen erfolgreich ist." Madoc blickte auf seine Frau. „Das hat sie von mir, meine Liebe", sagte er grinsend. Leia schüttelte den Kopf. „Er ist noch immer sehr arrogant, dieser Kelte, aber ich liebe ihn trotzdem", antwortete sie lächelnd. Es wurde ein langer Abend. Die beiden alternden Paare saßen beisammen und unterhielten sich, während Tofa und ihre Schwägerin Alaia angeregt sprachen. Die Bewohner des Dorfes feierten und tanzten, es herrschte eine ausgelassene Stimmung „Wo sind unsere Männer?", fragte die blonde Warägerin. Alaia winkte ab. „Sei froh, dass er dich eine Weile in Ruhe lässt. Manchmal tut etwas Abstand gut, meine Liebe", antwortete die dunkelblonde Hidalga. Sie schien bereits betrunken zu sein, auch Tofa spürte den Konsum von Wein und Apfelwein. Sie blickte auf die älteren Paare und wandte sich danach an ihre Schwägerin. Alaia betrachtete die jungen Basken misstrauisch, beide hielten eine junge Frau in ihren Armen. „Sie wirken noch immer glücklich, nach all den Jahren", sagte Tofa nachdenklich. Alaia folgte ihrem Blick und lächelte. „Es sind starke Verbindungen, obwohl sie ständig miteinander diskutieren. Nach meiner Einschätzung benötigen sie diese verbalen Duelle, um die Frische in der Beziehung aufrechtzuerhalten." Sie blickte auf ihre Schwägerin. „Mit unseren Männern verhält es sich ähnlich, Tofa. Ich liebe diesen Halunken. Er ist der Mann meiner Träume, besser geht es für mich nicht. Aber bisweilen möchte ich ihn mit einem Tritt in das Meer hinausbefördern", erzählte sie laut und hob ihren Becher. Die Frauen prosteten einander zu. „Wir sind die nächste Generation und werden die Philosophie von Esperanza weitergeben. Ich unterrichte mit Safia die Kinder. Du kannst uns helfen, vor allem die Mädchen sind uns ein Anliegen. Leider neiden uns einige den Erfolg, immer wieder gibt es Vorfälle mit Bewohnern anderer Siedlungen. Aber dies erscheint normal. Gefährlicher stellt sich die Definition der Frauenrolle durch die katholische Kirche dar." Tofa nickte nachdenklich zu Alaias Worten. Die Feier dauerte lange und endete für beide Frauen in den Armen ihrer betrunkenen Männer. In den nächsten Wochen erhielt das Paar ihre Aufgaben. Sie würden sich um die Plantagen kümmern, es wurde alles geregelt. Tofa zeigte sich beeindruckt über die exakten Planungen und die Menge an schriftlichen Aufzeichnungen. Sie gebrauchte Latein bisher, aber sie wollte den regionalen Dialekt besser erlernen. Diese Sprache ähnelte aber sehr stark dem gesprochenen und geschriebenen Latein. Sie besuchten Brios und Nela in Gijon, dieser sprach bei der Feier eine Einladung aus. Dessen Frau zeigte sich distanziert, aber nicht unhöflich. Während des Aufenthalts führte die Warägerin lange Gespräche mit Leia und Madoc. Diese wirkten zufrieden. Die Familie von Isabella in Konstantinopel schien deren Mutter zu beschäftigen. Tofa saugte die Informationen über gleiche Rechte für Frauen und Männer auf, sie las die schriftlichen Aufzeichnungen darüber. Die Philosophie von Esperanza gab es tatsächlich, sie bestand in der Realität dieses Dorfes. Alaia und Safia freuten sich über das Interesse einer neuen, starken Frau, sie benötigten Unterstützung in allen Bereichen. Tofa erkannte die Strategie, die im Innenleben der Gemeinschaft gleiche Rechte vorsahen, aber in der Aufteilung der Aufgaben der gesellschaftlichen Rollenverteilung der Geschlechter gerecht wurde. Die gleiche Ausbildung verschaffte allen Vorteile gegenüber anderen Bewohnern Asturiens. Vor allem die Frauen von Esperanza profitierten davon und nahmen ihr Wissen mit, wenn sie einen Mann aus einer anderen Siedlung heirateten. Es blieben auch fremde Krieger im Dorf. Sie fanden in Esperanza ihre Liebe und Zukunft. Das Dorf und seine Wirtschaftskraft erwiesen sich als stabil und nachhaltig. Im zweiten Monat des neuen Jahres erschienen Leia und Madoc zu Besuch. Sie sprachen über die Zukunftsaussichten der Gemeinschaft. „Während der Regentschaft von König Fernando und Königin Sancha wird dieses Dorf in dieser Form bestehen bleiben und weiterwachsen. Sie schätzen die Vorteile und profitieren davon. Es spricht sich herum, dass es in diesem Ort keine Sklaven gibt und Frauen Meinungen in Versammlungen äußern dürfen. Aber dies erzeugt Gegenwind, der vor allem von einer immer größer werdenden Gruppe innerhalb der kastilischen Kirche kommt. Sie misstrauen Frauen und halten sie für sündig", erzählte Leia in ruhigem Ton. Keiner der Männer sprach dagegen, die Situation konnte eines Tages zu einer großen Gefahr werden. „Ihr müsst den Gegnern immer einen Schritt voraus sein und diese Gemeinschaft mit allen Mitteln verteidigen. Bevor diese angreifen, müsst ihr bereits dagegen vorgehen. Planung und schnelle Umsetzung sind notwendig. Verbündete beim Hof und dem König, aber auch innerhalb der Kirche sind überlebenswichtig. Dazu bedarf es den Einsatz von Geld und vieler Gespräche. Aber bei Notwendigkeit müssen die schlimmsten Gegner ausgeschaltet werden. Gezeigte Härte und Gewalt kann bei manchen helfen, dabei ist eine unauffällige Vorgangsweise zu wählen. Es spricht sich trotzdem herum in diesen Kreisen", sagte Madoc hart. Safia erzählte über das kritische Hinterfragen der arabischen Herkunft in manchen Gesprächen, aber Geld und Geschenke ließen diese Stimmen oft verstummen. Sie kamen auf ihre Familien zu sprechen. Leia dachte an ihre Tochter Isabella. „Es wäre schön, sie zu sehen", sagte sie leise. Tofa blickte auf die Asturierin und sprach dieses Thema an. Seit Tagen beschäftigte sie sich damit. „Isabella kann ihre Familie in der Stadt nicht verlassen, sie hat zu viele

Verpflichtungen. Aber ihr seid nicht zu alt, um eine Reise nach Konstantinopel anzutreten." Überrascht blickten alle auf. Ramon wollte etwas sagen, aber sein Vater unterbrach ihn. „Lass deine hübsche Frau sprechen, Sohn. Sie weiß, was sie sagt." Alle Augen richteten sich auf Tofa, die über das Interesse überrascht war. „Ich verstehe nicht, warum ihr dies selbst noch nicht überlegt habt. Ihr seid in jungen Jahren Abenteurer gewesen, die kein Risiko gescheut haben. Eure jahrzehntelangen Verpflichtungen sind übergeben, ihr könnt frei entscheiden über eure verbleibenden Jahre. Isabella würde sich riesig freuen. Ihre Familie ist erfolgreich, sie lebt die Philosophie von Esperanza in einer großen Stadt weiter." Stille kehrte ein. Leias Augen richteten sich auf ihren Mann. „Ich denke nicht, dass Brios damit einverstanden ist." Madoc lächelte plötzlich. „Mein Sohn mag der Hidalgo sein, aber ich bin sein Vater. Wir haben ihnen alle Wege offengelassen für ihre Zukunft. Nela wird die Abwesenheit ihrer Schwiegermutter verkraften." Leia nickte lächelnd. Sie diskutierte manchmal mit ihrer Schwiegertochter in Gijon. Plötzlich ging ein Ruck durch die Frau. Die Aussicht auf eine Reise belebte sie, auch Madoc wirkte bereit. Beide dachten an ihre Jugend, bevor sie Esperanza neu belebten und Verantwortung für viele Menschen übernahmen. Leia und Madoc lächelten einander zu, ein stummes Übereinkommen besiegelte ihre Absichten. Plötzlich erwachte der Abenteuergeist aus früheren Jahren, der lange verdrängt wurde. „Tofa hat recht. Wir haben alles übergeben. Eine Reise würde uns guttun. Ich würde gerne diese große Stadt und unsere Isabella sehen. Das klingt hervorragend!", rief der ansonsten ruhige Madoc erfreut. Ramon nickte Tofa anerkennend zu. „Und wir werden euch begleiten, in Donostia kommt Yrsa dazu. Nael lebt auch in der Stadt!", rief Rey begeistert. Die alternden Menschen wirkten plötzlich jung und ob der möglichen Reise wie Kinder. Safia blickte ihren Mann an. „Unsere Kinder leben hier, Rey. Sie brauchen uns." Der Sechzigjährige blicke seine Frau kopfschüttelnd an. „Sie brauchen uns nicht. Alaia ist ebenfalls froh darüber, wenn du ihr nicht auf die Nerven gehst, das gleiche gilt für Elena in Donostia. Und wir werden wiederkommen, dann können wir über die größte Stadt der Welt erzählen. Vielleicht fahren wir auch nach Rom, diese Stadt ist ursprünglich das Ziel von Nael und Isabella gewesen!" Niemand sagte etwas, auch Safia schien zu überlegen. Rafaels Augen veränderten sich, ihm gefiel der Vorschlag weniger. Alaia kannte die Anzeichen und wandte sich an ihren Mann. „Bevor du etwas sagst, überlege deine Worte, Rafael. Sie haben dieses Dorf aufgebaut und uns übergeben. Brios und Nela und die anderen Paare leiten seit Jahren ihre Geschäftsbereiche. Ramon und Tofa werden uns helfen, aber für sie ist es die letzte Möglichkeit, eine große und interessante Reise anzutreten. Auch deine Eltern haben lange Jahre große Verantwortung getragen. Ich denke, es steht ihnen zu." Nach den Worten Alaias richteten sich alle Augen auf den Hidalgo des Dorfes. Rafael blickte auf seine Frau, dann schüttelte er den Kopf. Er legte seine Hand auf die von Alaia, ein Lächeln erschien in seinem Gesicht. „Ich habe eine großartige Frau. Wenn meine Eltern diese Reise antreten wollen, haben sie meinen Segen. Wir sollten diesen Plan aber mit Nela und Brios und Elena und Mikel abstimmen. Möglicherweise wollen Mutter und Yrsa nicht fahren." Sein Blick fiel auf die lächelnde Safia, die ihren Sohn interessiert beobachtete. „Das ist ein netter Versuch, Rafael. Aber dein Vater kennt mich am besten. Er weiß, dass ich gerne reise. Wir werden Leia und Madoc begleiten, aber wir sollten alle darüber sprechen. Das ist in diesen Familien immer in dieser Form gehandhabt worden. Wir sollten alle Betroffenen benachrichtigen, um darüber zu sprechen. Das Frühjahr kommt erst, es ist noch Zeit." Rey stieß einen Freudenschrei aus, sein gesunder Arm legte sich um die Schultern seiner Frau, die plötzlich lächelte. Alaia wandte sich an Tofa. „Das hast du gut gemacht, liebste Schwägerin. Dann können wir schalten und walten, wie wir wollen. Die Alten sind wir los und unsere Männer müssen gehorchen", sagte sie süffisant. Nach einer kurzen Stille begannen alle zu lachen. Im Anschluss berichteten Tofa und Ramon über ihre Reise von Konstantinopel nach Asturien. „Wir kennen einen Kapitän, der uns zu Dank verpflichtet ist. Er verkehrt regelmäßig von Barcelona nach Genua. Ab dieser Stadt gibt es gesicherte Transporte der Kaufleute nach Konstantinopel, ihr müsst euch auf Nael und Emilia berufen", erzählte der Asturier. In den nächsten Tagen wurden alle Betroffenen informiert, nach weiteren zwei Wochen trafen die Baskenfamilie und die Familie aus Gijon ein. Alle hörten sich noch einmal alles an. Tofa und Ramon erzählten von ihrer Reise. Brios wirkte nachdenklich. „Meine Eltern haben mir bereits gesagt, dass sie dies machen wollen. Trotzdem halte ich es für bedenklich und riskant. Die Schnittstelle zwischen den Religionen und Kulturen läuft quer durch das Mittelländische Meer. Was sagst du dazu, Nela?" Alle Augen richteten sich auf die attraktive und gut gekleidete Asturierin. „Ich werde in dieser Familie immer distanziert betrachtet und versuche mich deshalb zurückzuhalten. Mein Mann sieht dies skeptisch, er denkt als Sohn. Meine Schwiegereltern und das befreundete Paar in Esperanza haben etwas Großes geschaffen und dies rechtzeitig übergeben. Sie haben ihren Kindern und deren Partnern eine große Verantwortung übergeben, um in ihrem Sinne alles weiterzuführen. Aber jetzt ist der Zeitpunkt gekommen, endgültig loszulassen. Die Nachfolger sind seit Jahren bestimmt, jetzt müssen wir ohne Ratschläge beweisen, dass wir es auch so gut können." Alle blicken überrascht auf die Frau, die sich bisher distanziert zu den restlichen Familienmitgliedern verhielt. Tofa erinnerte die Asturierin im Auftreten an die Römerin Emilia, die Ehefrau des Basken Nael. Nela fuhr fort. „Mein Mann und ich können mit den beiden Paaren aus Esperanza sämtliche Familienangelegenheiten erfolgreich in der Zukunft gestalten. Der gegenseitige Respekt ist vorhanden. Es muss nicht immer eine enge Freundschaft sein, die Menschen verbindet." Sie wandte sich an ihren Mann. „Wir haben darüber gesprochen. Deine Mutter kommt wieder, keine Angst, Goldstück", sagte sie lächelnd. Stille kehrte ein. Brios grinste plötzlich. Ramon ergriff das Wort und zeigte auf Tofa. „Sie nennt mich auch Goldstück, diese Wikingerin!" Plötzlich begannen alle zu lachen. „Manchmal glänzt das Gold nicht, es bleibt nur das Stück über. Aber ich denke, bei Brios ist es ähnlich, liebe Nela", sagte Tofa vergnügt. Diese lachte herzhaft und nickte. Mikel ergriff das Wort und zeigte auf Elena und Yrsa. „Ich kann diese beiden sturen Weiber nicht davon abbringen, dass meine Mutter diese Reise antritt. Grundsätzlich teile ich die Skepsis von Brios, da jedes Schiff ein Opfer von Piraten oder Sarazenen sein kann. Es besteht die Möglichkeit, dass wir sie

alle nicht mehr sehen. Wir leben in kriegerischen Zeiten."
Yrsa unterbrach ihren Sohn. „Du redest zu viel. Ich gehe auf
diese Reise und freue mich, wieder etwas anderes zu sehen,
als die Bucht von Donostia. Bei aller Schönheit wird derselbe
Anblick manchmal langweilig." Elena nickte. „Wir haben alle
Zweifel, aber sie haben uns auch gehen lassen. Du machst
dir zu viele Sorgen, mein Guter", wandte sie sich an ihren
Mann. Dieser blickte seine Ehefrau an. Seine Augen wirkten
ruhig, aber sie kannte ihn gut. Misstrauisch betrachtete sie
ihn. „Du führst etwas im Schilde, Mikel. Ich kenne dich."
Der Baske schüttelte den Kopf. Dann überlegte er kurz, bevor er das Wort ergriff. „Sie haben uns alle Wege ermöglicht
und ihre Kinder selbst über ihre Zukunft entscheiden lassen.
Isabella und Nael sind die besten Beispiele dafür." Er brach
ab und blickte in die Runde, auch seine Mutter betrachtete
ihn mittlerweile misstrauisch. „Sie sollen ihre Reise machen,
aber aufgrund des fortgeschrittenen Alters benötigen sie
Schutz, egal was sie sagen. Vier Basken werden sie begleiten,
Alvaro wird sie führen. Er freut sich schon darauf." Elenas
Augen verwandelten sich plötzlich, sie blickten zornig. Mikel
zeigte mit dem Finger auf seine Frau. „Er ist ein Mann und
will hinaus aus der Langeweile von Donostia, wie er es nennt.
Du machst dir zu viele Sorgen, meine Gute", sagte er lächelnd. Bevor sie antworten konnte, wollte er noch etwas
loswerden. „Und denke daran, dass einer unseren wilden
Söhne weniger für alle Bewohner in Donostia ein Geschenk
darstellt, auch für uns beide", ergänzte er seine Ausführungen. Elena enthielt sich vorerst einer Antwort. Ihre Augen
wirkten wieder normal. Plötzlich lächelte sie und blickte auf
Yrsa. „Dein Sohn hat recht, obwohl ich dies ungern zugebe.

Ich werde die Abwesenheit einer meiner Halunken und meiner Schwiegermutter genießen", sagte sie genüsslich und deutete einen Kuss in Richtung ihres Mannes. „Vier Asturier kommen ebenfalls mit", sagte Rafael bestimmt. Alaia blickte ihren Mann misstrauisch an, anschließend fiel ihr Blick auf die lächelnde Nela. „Hat er dir nicht erzählt vom Gespräch mit meinem Mann?" Alaias Augen trafen sich mit jenen von Elena, die drei Ehemänner wirkten unschuldig. „Sie haben sich abgesprochen, unsere drei Helden, ohne uns etwas zu sagen", sagte Elena zu ihrer Schwägerin. Diese nickte und zuckte mit den Schultern. „Pedro wird nicht mitgehen. Er ist zu jung", sagte sie zu Rafael. „Ich habe ihn gefragt, aber er bleibt lieber hier, es muss mit einer jungen Frau zusammenhängen", antwortete dieser vergnügt. „Mein Mann hat gute Laune, das macht mich unruhig. Was sagt ihr dazu, werte Damen?", fragte Alaia in die Runde. Tofa zeigte auf Ramon. „Dieser Typ hat nur gute Laune. Ich kann dies nicht abstellen. Was soll ich machen?", fragte sie laut. Die Anwesenden lachten. Danach erfolgten detailliertere Besprechungen. „Alvaro soll sich um alles kümmern. Rodrigo wird ihm helfen. Sie sollen lernen, wie diesbezüglich Planungen von statten gehen", sagte Mikel. „Wir können diesen wilden Basken noch mitschicken. Esteban ist ausreichend in Donostia", antwortete seine Frau Elena. Er schüttelte den Kopf. „Seine Richtung zeigt derzeit mehr nach Asturien, wie bei Pedro", antwortete er kryptisch, verriet aber nicht mehr. In der nachfolgenden Feier erfuhr Elena doch noch, dass ihr Sohn an einer schönen, jungen Frau in Esperanza interessiert war. In den nächsten zehn Tagen wurde alles organisiert. Vier junge asturische Krieger begleiteten Leia, Madoc, Safia und Rey nach Donostia. Die Bewohner des Dorfes gestalteten einen großen Abschied. Alaia und Tofa blickten dem abziehenden Reitertrupp nach. „Es ist seltsam. Diesmal blicken die Kinder den Eltern hinterher", sagte Alaia. Sie zuckte mit den Schultern und legte einen Arm um Tofa. „Wir haben viel zu tun, liebste Schwägerin. Mit Nela werden wir uns treffen. Sie wirkt verändert. Es lastet viel Verantwortung auf uns, aber zum ersten Mal fühle ich mich von einem Druck befreit. Diese beiden halben Mauren sollen es schwer haben und den Tag verfluchen, an dem sie uns geheiratet haben", sagte sie in verschwörerischem Ton. Diese lachte herzhaft. Gemeinsam kehrten sie zum Haus zurück, wo ihre Männer warteten. „Wir müssen vorsichtig sein. Unsere größten Feinde liegen mit uns im Bett", sagte Ramon und grinste. Sein Bruder nickte und wandte sich an die Frauen. „Obwohl unsere Eltern weg sind, spüre ich, dass es ein Tag für eine kleine Feier in unserem Haus ist. Was halten die Damen davon?" Alaia verneigte sich. „Das ist ein guter Vorschlag. Die Aussicht, keine Ratschläge deiner Mutter und die lustigen Kommentare deines Vaters zu hören, erfüllt mich mit einer kleinen Freude, lieber Mann." Rafael hob die Hände, alle lachten. Gemeinsam betraten sie das Haus von Safia und Rey. Dieses wurde ab diesem Tag ausschließlich von Tofa und Ramon bewohnt.

Während die alternden Paare ihre Reise nach Konstantinopel antraten und diese genossen, kehrte in Esperanza der Alltag zurück. Die Zusammenarbeit der Paare, auch mit jenem in Gijon, funktionierte gut. Tofa und Ramon suchten die anderen Verwandten in den Städten auf. Im Monat Mai traf im Dorf ein kleiner Trupp ein, der aus einem Priester und zwei schwerbewaffneten Reitern bestand. Der Geistliche wirkte dürr und trug einen Haarkranz. Er wirkte distanziert zu den Bewohnern, die ihn auf dem Ritt vor das Haus des Hidalgos begleiteten. Rafael befand sich mit seinem Bruder außerhalb des Dorfes. Alaia stand vor dem Haus. Tofa stellte sich neben ihre Schwägerin, während der Priester die Frauen abschätzig musterte. „Willkommen, Padre", sagte die Patronin freundlich. Der Angesprochene erwiderte den Gruß nicht, Verachtung stand in seinen Augen zu lesen. Tofas Augen verengten sich. „Wo ist der Hidalgo dieses Ortes, Weib?", fragte der Priester ungehalten. Alaia blieb freundlich. Ihr Blick lastete auf dem Mann, der feindselig wirkte. „Antworte dem Padre, Weib!", rief einer der beiden Begleiter. Tofa zog ihr Schwert und richtete es gegen den Mann. „Du solltest freundlicher sein, Dummkopf, denn mit deiner Art stirbst du schnell", sagte die Warägerin hart. Ihre Augen fixierten den Reiter, dessen Augen sich verengten. „Du wagst es, mich zu beleidigen!", rief dieser zornig, aber der Priester hob die Hand. „Bleib ruhig, Jacobo, und lass dich von dieser Hexe nicht provozieren. Sie ist mit dem Teufel verbunden, wie dieses ganze Dorf von sündigen Weibern und ihren Gehilfen!", rief er bestimmt. „Wollen sie mit mir sprechen oder nicht, Padre? Wenn nicht, lade ich sie ein, im Haus auf meinen Mann zu warten", sagte Alaia. Sie blieb trotz ihres Ärgers höflich, denn sie kannte das Verhalten mancher Priester. Sie zeigten Arroganz und Abgehobenheit gegenüber Frauen. Der Priester blickte sie mit bösen Augen an. „Ich bin Francisco el Maligno. Mein Name sagt dir etwas?", fragte er herrisch. Alaia kannte den Namen aus Erzählungen. Er gehörte zu einer kleinen, fanatischen Splittergruppe in Santiago de

Compostela, die härteres Vorgehen gegen Andersgläubige und Frauen forderten. Der Priester wartete auf keine Antwort. „Ich bin gekommen, um mich selbst zu überzeugen, ob die Gerüchte über dieses Dorf stimmen, dass hier Hexerei und Sünde herrschen. Es soll Schulen für Frauen geben. Dort erlernen diese, wie man Männer verwirrt und versündigt. Entspricht das der Wahrheit?" Alaia schüttelte lächelnd den Kopf. „Wir haben eine Schule, aber es wird niemand verwirrt oder versündigt, wie sie es nennen. Bildung ist wichtig, alle Menschen sollten Lesen und Schreiben können", antwortete sie ruhig. Der Priester setzte ein arrogantes Lächeln auf. „Du irrst dich. Dies sollte gewissen Menschen vorbehalten sein, dem Adel und der Kirche. Ich muss nicht mehr sehen, damit ich weiß, dass in diesem Dorf gegen den Willen Gottes gelebt wird. Es ist ein Ort des Teufels!", rief er wütend. Er steigerte sich in seine Wortiraden hinein, einige Bewohner erschienen und umringten den Trupp. Sie wirkten nicht aggressiv, aber die beiden Begleiter wurden unsicher. Der Priester blickte sich um. „Ihr müsst keine Angst haben, Bernardo und Jacobo. Gott ist mit uns, er wird uns schützen vor diesen sündigen Menschen. Vielleicht können wir einige Bewohner retten vor den Qualen der Hölle!", schrie er laut. Die Menschen wichen zurück. Der unheimliche Priester erweckte Unsicherheit, da er sein Verhalten als gottgegeben darstellte. Die Bewohner beteten oft und mochten ihren eigenen Priester, der an diesem Tag nicht im Dorf weilte. Alaia zuckte mit den Schultern. „Wenn sie nicht warten wollen, verschwinden sie aus dem Dorf und nehmen sie ihre Wächter mit", sagte die Patronin bestimmt. Ihre Höflichkeit zeigte Grenzen. „Du wagst es, in dieser Form mit einem Mann Gottes zu sprechen, Weib!", rief der Priester erbost. Alaia schien nicht beeindruckt zu sein, dies erzürnte den Mann noch mehr. Er wollte noch etwas sagen, seine beiden Begleiter legten die Hände auf ihre Schwerter. „Sie hat gesagt, du sollst verschwinden, du Ausgeburt der Hölle!", rief Tofa erzürnt. Mittlerweile stand sie mit Schwert und Messer bewaffnet vor den Männern. Der Priester wurde bleich angesichts der kampfbereiten Kriegerin. Ihm fiel vorerst nichts ein, er zitterte plötzlich vor lauter Zorn. Die Reiter wollten ihre Schwerter ziehen, aber die Bewohner stellten sich auf die Seite der Frauen. Tofa setzte die Spitze ihres Schwertes an den Bauch des Priesters. „Sprich weiter, Francisco. Ich bin neugierig, was dir noch einfällt", sagte sie lächelnd an seiner Seite, ihre blauen Augen strahlten. Er erkannte, dass sein Leben in diesem Dorf enden könnte. Der innere Zorn wich einer Angst, er zitterte noch mehr. Eine Stimme ertönte. „Lass den Priester in Ruhe, Tofa!" Ramon und Rafael erschienen. Der Asturier blickte die blonde, junge Frau eindringlich an, widerwillig folgte sie seiner Aufforderung. Langsam gewann der Priester seine arrogante Selbstsicherheit zurück. „Wer ist Rafael de Esperanza, der Hidalgo dieses Dorfes?", fragte er herrisch. Der Angesprochene stellte sich vor. „Dieses Dorf ist ein Ort der Sünde und des Lasters. Ich gebe dir die Gelegenheit, mir anderes zu beweisen, Don Rafael." Einer seiner Begleiter mischte sich ein. „Warum willst du mit dem halben Araber verhandeln, Padre? Er hat sich unterzuordnen, nichts anderes zählt." Rafaels Augen veränderten sich, der Sprecher konnte seinem harten Blick nicht standhalten. „Du hast meine Frau gehört, Priester. Verschwindet und kommt nie mehr in unser schönes

Dorf!", rief er hart. Seine Blicke fixierten den Priester. „Wenn du deine Hand nicht vom Schwert nimmst, schlage ich sie dir ab, du arroganter Bastard", sagte Ramon zum linken Reiter. Sein Blick ließ keinen anderen Schluss zu, dass er die Wahrheit sprach. Unsicher blickten sich die Reiter um, auch der Priester verlor seine Arroganz angesichts des anhaltenden Widerstands. „Lasst sie reiten!", rief Rafael. Die Menschen machten Platz. Der Trupp entfernte sich rasch vom Sammelpunkt. Am Ende des Dorfes hielt der Priester an. „Ich werde dem König und meinen Vorgesetzten berichten, wie ein Mann Gottes von Hexen und Arabern behandelt wird. Wir werden wiederkommen, das verspreche ich euch!", schrie er wutentbrannt. Alle blickten den Reitern nach, die das Dorf in Richtung Leon verließen. Die Menschen sahen auf ihre Anführer. Rafael und Alaia beruhigten die Bewohner, danach zerstreute sich die Menge. „Ich habe gehört von diesem Mann, er ist ein Fanatiker. Bis jetzt hat er sich für Esperanza nicht interessiert. Vermutlich wollte er Geld, damit er Ruhe gibt", sagte der Hidalgo. „Es geht immer um Geld", antwortete Alaia. „Dieser Mann wirkt gefährlich. Er will Rache nehmen für die Behandlung. Sie werden versuchen, uns zu diskreditieren", sagte Ramon nachdenklich. Seine Augen richteten sich auf Tofa, die still wirkte. „Du hast einen Priester bedroht und beschimpft", sagte er vorwurfsvoll. In seinen Augen stand der Ärger zu lesen. Die blonde Frau blickte auf ihren Ehemann. „Er hat sich schlecht benommen und ist ein böser Mensch. Was verstehst du daran nicht, Großer?", fragte sie angriffslustig. Er wollte antworten, aber Alaia unterbrach ihn. „Tofa hat mich verteidigt, das ist alles gewesen. Sie hat absolut richtig gehandelt, der Mann ist bösartig!" Rafael erkannte den Zorn seiner Frau. „Aber er kann gefährlich werden. Vermutlich wollte er ein Geschäft aushandeln, aber jetzt haben wir einen rachsüchtigen Feind, der Richtung Leon reitet. Er wird vielleicht Verbündete finden, die aus anderen Gründen Esperanza angreifen wollen", sagte er nachdenklich. Die Warägerin blickte in die Runde. „Madoc hat davon gesprochen, feindselige, bösartige Gegner auszuschalten. Dies sollten wir tun", sagte sie bestimmt. „Was meinst du damit, Tofa?", fragte Alaia. Ramon blickte in die blauen Augen seiner Frau und lächelte plötzlich, er kannte ihre Gedanken. „Dieser Priester ist erstmalig in Esperanza gewesen. Wahrscheinlich weiß keiner seiner Vorgesetzten davon, nur seine beiden Begleiter. Möglicherweise wollte er sich ein Zusatzeinkommen sichern, er strebt sicher eine Karriere innerhalb der Kirche an. Sie stellen keine Gefahr mehr dar, wenn sie Leon niemals erreichen. Wir müssen schneller handeln als sie", sagte Ramon ruhig. Er nickte seiner Frau zu, beide erhoben sich. „Es handelt sich um einen Priester", sagte Rafael nachdenklich. „Er ist ein Mann des Teufels, nicht von Gott", antwortete die Warägerin ernst. „Wir sollten nicht zulassen, dass er Esperanza gefährdet. Kämpfen wir mit allen Mitteln und warten nicht wie Schafe auf den Wolf. Sie werden vermutlich kommen und alles einreißen, unter dem Vorwand der Hexerei und ähnlichem Unsinn. Der Mann stellt ein großes Risiko dar", sagte Alaia fest. Sie blickte ihren Mann an. „Wir gehen alle zusammen", antwortete Rafael. Die Paare sattelten die Pferde und holten die Waffen, auch Alaia trug seit langem wieder die Ausrüstung einer Kriegerin. Sie folgten dem Trupp in einem großen Abstand. Bald verließen sie dessen Route und nahmen einen kürzeren Weg. Als die Dunkelheit anbrach, warteten sie in einem Waldstück, in der Umgebung schien sich niemand zu befinden. Sie zogen sich Tücher über das Gesicht. „Wir machen es schnell und schmerzlos, keine Reden und Unterhaltungen", sagte Rafael leise. Vorerst warteten sie vergebens neben der Straße, da der Trupp nicht auftauchte. Die Freunde ritten langsam den Weg zurück und bemerkten ein Lagerfeuer abseits der Straße. Sie banden die Pferde in sicherer Entfernung an, schlichen sich an das Feuer heran und lauschten den Gesprächen. Diese beseitigten die letzten Zweifel, ihren Plan umzusetzen. Der Priester gab den Unterhalter. „Ich werde mir diese Hexen holen, aber bevor ich sie verbrennen lasse, werde ich mich mit ihnen beschäftigen. Die blonde Frau soll mir dienen." Er wirkte im Gespräch nicht wie ein Geistlicher, sondern wie ein machtbewusster Tyrann. Seine Begleiter fanden seine Worte amüsant und lachten. Sie ergänzten sie um einige anzügliche Bemerkungen. Rafael gab das Zeichen für den Angriff. Die Brüder traten aus dem Wald und wurden vom Feuerschein erfasst. Die Begleiter sprangen auf, aber sie kamen zu keiner Gelegenheit, aktiv einzugreifen. Zwei Wurfäxte beendeten ihre Leben. Der bösartige Priester schrie auf und wandte sich ab. Er wollte in den Wald flüchten und lief in das gezückte Schwert von Tofa. Sie ließ den Sterbenden zu Boden sinken. Seine Augen blickten starr und überrascht. „Geh dorthin, wo du hergekommen bist, Dämon", sagte sie hart. Als er am Boden aufschlug, befand er sich nicht mehr unter den Lebenden. „Ob mit Priestergewand oder nicht, böse bleibt böse", sagte Ramon leise, alle nickten zu seinen Worten. Niemand sprach, die Aktion wirkte nach. Sie löschten anschließend das Feuer, nahmen das Geld der Männer und beseitigten die Spuren des Lagers. Danach brachten sie die Toten mit den Pferden in ein nahe gelegenes Höhlensystem. In diesem unzugänglichen Ort verschwanden die Leichen, die Ortskenntnisse machten sich bezahlt. Das Gepäck und die Sättel warfen sie in der Nähe in eine enge Schlucht. Diese würde nie ein Mensch betreten. Die Pferde ließen sie frei, da sie keine Brandzeichen trugen. Sie würden die Freiheit nutzen, und im Kantabrischen Gebirge ihre Zuflucht finden. Anschließend kehrten sie auf Umwegen in ihr Dorf zurück. Niemand bemerkte ihr Verschwinden und die Rückkehr. Danach lagen sie lange wach, viele Gedanken drängten sich in ihren Köpfen. In den kommenden Tagen besprachen sie die Angelegenheit noch einmal, das gemeinsame Vorgehen stärkte ihren Zusammenhalt. „Kein Mensch soll Esperanza gefährden. Wir müssen für die Bewohner und unsere Lebensweise alles Notwendige tun, damit diese Gemeinschaft bestehen bleibt. Dies müssen wir auch unseren Kindern lehren", sagte Ramon ernst. Alle nickten zustimmend. Sie wussten, dass sie eine Grenze überschritten, aber die schlimmsten Gegner befanden sich innerhalb der fanatischen Zirkel der katholischen Kirche. „Es geht diesen Menschen nur um Macht, nicht um den Glauben. Fanatismus müssen wir bekämpfen, aber es gibt sehr viele gute Geistliche. Wir müssen sie unterscheiden lernen und unseren Leuten mitteilen, wie sie damit umgehen sollen", sagte Rafael. Seine Frau nickte. „Wir brauchen Informationen und verfügen über ein gutes Netz. Dies können wir ausbauen. Weibliche Kundschafter können mit vielen Waffen kämpfen. Es wird interessant", sagte Alaia, ihre Augen leuchteten. Tofa nickte grimmig zu den Worten ihrer Freundin. Das Ereignis wirkte nach, aber das Leben ging weiter. Es wurden keine Nachforschungen wegen der Toten von anderer Seite angestellt. Niemand fand die versteckten Leichen. Im Sommer saßen Ramon und Tofa am Strand, den sie bisweilen aufsuchten, um allein zu sein. Sie sprachen über die Reisenden, die bereits die Stadt Konstantinopel erreicht haben mussten „Dieser schöne Strand wird von vielen Menschen aufgesucht. Hier sind vermutlich einige Kinder gezeugt worden", sagte die blonde, junge Frau schelmisch und legte sich zurück. Ramon beugte sich über sie. Tofa blickte ihn an und lächelte. „Wann werden wir eine Familie gründen, schöne Warägerin?", fragte er leise. Die blonde Frau schüttelte den Kopf und lachte. „Das ist bereits passiert, lieber Asturier. Der nächste Kämpfer oder die nächste Kämpferin für Esperanza wächst bereits in mir, Goldstück. Das hast du ausgezeichnet gemacht", sagte sie lächelnd und küsste ihn lange. Der Abend senkte sich über dem Küstenabschnitt in der Nähe von Gijon im schönen Land Asturien, wo Menschen stets bereit waren, für ihre Ideale zu kämpfen und zu sterben.

Familien
(in Klammern sind die Geburtsjahre der Personen angeführt)

Donostia – San Sebastian

Elena (1008)/Mikel (1006)

Alvaro (1027)
Rodrigo (1030)
Esteban (1033)

Nahia (1014)/Ivar (1012)

Leira (1034)
1 jüngere Tochter und 2 Söhne

Esperanza

Alaia (1010)/Rafael (1007)

Pedro (1032)
2 jüngere Söhne

Tofa (1024)/Ramon (1018)

4 Kinder

Gijon

Nela (1017)/Brios (1015)

2 Töchter und 2 Söhne

Oviedo

Aida (1014)/Fabio (1013/verstorben 1037)

1 Sohn

Santiago de Compostela

Maria (1009)/Diego (1007)

1 Tochter und 2 Söhne

Leon

Sara (1013/Ernesto (1010)

2 Töchter und 2 Söhne

Pamplona

Felicitas (1015)/Juan (1011)

1 Tochter und 1 Sohn

Konstantinopel

Isabella (1010)/Bartholomäus (1012)

Ornella (1028,Ziehtochter)
Melina (1037)
Leto (1039)

Emilia (1008)/Nael (1008)

Marco (1030, Vater Giovanni)
Ferrucio (1030/Ziehsohn)
Alva (1037)
Giovanni (1039)

Ornella (1028)/Marco (1030)

Nikos (1046)
Drei jüngere Töchter und zwei Söhne